Hotelles

Emma Mars

Hotelles

Quarto 2

Tradução de Rejane Janowitzer

Rocco

Título original
HOTELLES
Chambre Deux

EDITORA ROCCO LTDA.
Av. Presidente Wilson, 231 – 8º andar
20030-021 – Rio de Janeiro – RJ
Tel.: (21) 3525-2000 – Fax: (21) 3525-2001
rocco@rocco.com.br
www.rocco.com.br

Printed in Brazil/Impresso no Brasil

Preparação de originais
MAIRA PARULA

CIP-Brasil. Catalogação na fonte.
Sindicato Nacional dos Editores de Livros, RJ.

M326h
Mars, Emma
Hotelles: quarto 2 / Emma Mars; tradução Rejane Janowitzer. –
1. ed. – Rio de Janeiro: Rocco, 2015.

Tradução de: Hotelles: chambre 2
ISBN 978-85-325-2985-5

1. Romance francês. I. Janowitzer, Rejane. II. Título.

15-20300 CDD: 843
CDU: 821.133.1-3

O texto deste livro obedece às normas do
Acordo Ortográfico da Língua Portuguesa.

Um sujeito vai ao psiquiatra e diz:

– Doutor, o meu irmão é louco. Ele acha que é uma galinha.

– Ora, por que você não manda interná-lo? – pergunta o médico.

– Bem que eu gostaria... mas preciso dos ovos!

Creio que é exatamente o que sinto sobre os relacionamentos. Eles são totalmente loucos, irracionais e absurdos, mas continuamos a mantê-los porque precisamos dos ovos!

Em *Annie Hall*, Woody Allen (1977)

Paris, primeiros dias do mês de maio de 2010,
um quarto de hotel no meio da tarde

O nosso refúgio. A nossa casa.

Foi nisso que se tornou o quarto 1, o Joséphine, no instante em que nele me refugiei com o meu vestido de noiva em frangalhos. No instante em que Louis me abriu seus braços. Talvez o quarto tenha perdido um pouco do seu lustro depois que o elegemos como nosso domicílio, enterrado sob bandejas de comida e roupas amarrotadas. Mas ele destila também um charme mais sutil, o dos suspiros que acrescentamos dia após dia a suas paredes, o dos gemidos que escorrem até o chão e povoam o assoalho, exército efêmero e invisível que só nós percebemos. Seja como for, não deixamos ninguém entrar.

Lá fora, é intensa primavera. O verão, depois o outono e por fim o inverno passaram como um sonho. Fechar os olhos, abri-los novamente. Puf. Já acabou. Um ano quase inteiro se passou antes de ousarmos voltar para nossa casa, na rue de la Tour-des-Dames. O Hôtel de Mademoiselle Mars estará pronto em breve, com sua decoração romântica identicamente restaurada. Faz dez anos que Louis espera. Agitado, ele bate o pé e range os dentes de impaciência a cada palavra, a cada gesto. Minhas carícias fazem tudo para suavizar e temperar sua pressa. Prefiro exacerbar seus sentidos do que irritar seus nervos.

Até a mudança, aproveitamos os dias ensolarados através das cortinas e lençóis, onde o astro radioso vem nos tirar do ninho. Durante todos esses meses, nós nos domesticamos, como dois bichos, dois animais selvagens, enroscados constantemente um no outro. Nós nos exploramos minuciosamente, ávidos por descobrir todos os secretos desenhos, as sensibilidades e as delicadezas de um corpo, de um sexo, de uma alma. Passeamos nus, e praticamente não saímos, só para o funeral de Maude. Só abrimos vez por outra a única janela. Preferimos nos saciar com nossos cheiros misturados, almiscarados, nos embriagar com sua união perfeita.

Contudo, não esqueci de David e suas mentiras. Não apaguei minha mãe da memória, nem sua insuportável agonia. Não me esvaziei de lembranças, eu me fartei de Louis. Ele preencheu os mínimos espaços que havia em mim. Conquistou tudo. Absoluto êxtase, absoluta doçura, absoluto desejo de absoluto e de abandono.

Hoje eu não saberia dizer em que data estamos. E menos ainda em que dimensão vivem os outros, lá embaixo, na rua, as pessoas de quem fiquei afastada todo esse tempo.

A nossa dimensão é doce, acariciante, adornada de amor, apenas perturbada pelos intervalos triviais dos pratos sendo trazidos da cozinha por Ysiam, o malicioso cúmplice de nossa alegria ainda tão recente. Cada raio de luz quer nos iluminar para toda a eternidade. E nos deixamos embalar por essa benevolência natural, indolentes, esfaimados apenas de nossos corpos nus.

Envolta pela claridade, semiadormecida, sinto a mão de Louis deslizar entre minhas coxas, serpente de desejo pronta para me morder e subir até a origem de sua tentação. Ele toca de leve e minha virilha palpita, minhas pernas se afastam lentamente, num reflexo que ele acolhe com um sorriso satisfeito. Três dedos sulcam minha fenda até recolher o primeiro orvalho. Ele esperaria eu estar pronta se eu não me sentisse constantemente disposta a acolhê-lo. Ele sabe. Abusa disso, e eu não paro de sentir prazer e de querê-lo em mim.

Gemo apenas o suficiente para ele compreender. Deito-me de costas como uma gatinha para lhe oferecer uma visão completa, pictórica e original. Eu mudei bastante. Não temo mais seu olhar e me entrego sem o mínimo recato. Não importam a posição, a iluminação ou o ângulo. Não importam minhas formas, às quais as sestas e a ociosidade devolveram suas curvas abundantes. Não abro os olhos. Uma vez que ele me quer agora, arrancada do sono, vai me pegar indolente, sem ardor, não mais do que num mole abandono. Suas mãos pousam onde o sol já aqueceu minha pele e ornou-a com um brilho sedoso.

Quando sinto sua língua encostar no meu clitóris é tarde demais para afastá-lo. E quem disse que eu quero?

Ele não se dedica, como de hábito, a contornar a minha glande rosada. Em vez disso, pressiona o botão com a língua toda, como se testasse a resistência elástica do caramelo regado pelo meu suco adocicado. A novidade me agrada. Gosto que ele faça tentativas, que reescreva nossas regras, que as transgrida, que me ame de forma imprevisível. O bombom de carne incha e estremece. Ele é guloso. Quer mais. Eu também. Eu lambuzo seus lábios com meus sucos.

Às cegas, agarro seu dedo médio e o introduzo em mim com pressa. Ele parece surpreso, depois se diverte, descrevendo grandes círculos entre minhas paredes. Elas se contraem, acometidas de espasmos, irradiadas pelo prazer próximo. Quando ele força a última falange bem no fundo, minha vagina desabrocha em volta do seu punho para aceitá-lo.

– Não pare... isso, ass...!

Não tive tempo para nem uma palavra a mais. Foi a vez de seu membro tomar o lugar. Pestanejo em sinal de reconhecimento. Por entre meus cílios, adivinho seu torso subindo e descendo sobre mim. Ele me parece menos magro do que o normal. Mais musculoso. Mas deve ser o efeito da letargia dos meus sentidos, do orgasmo que ruge em algum lugar dentro de mim e anuncia sua descarga próxima, iminente. Seu pênis é menos preciso do que o dedo, mas a maneira como ele me preenche atende meus desejos. Posso senti-lo se avolumar numa estocada mais violenta. Eu espero seu retorno a cada retirada. Nossos corpos confeitados de preguiça, quentes como pães saídos do forno, chocam-se com lentidão. Não é uma das nossas grandes cavalgadas. É um amor gostoso e revigorante, em que saboreamos o prazer com a consciência de cada bocado. Sexo vital, primordial, nutritivo. Nada é demasiado intenso para nós. No entanto, irradiamos suavidade.

– Eu vou gozar.... – diz ele quando começa a estremecer.

E eu suplico, também à beira da capitulação:

– Sim, goze!

Como ele está prestes a me inundar, eu abro bem os olhos. Quero contemplá-lo inteiramente. Deixar seu olhar entrar em mim e me vasculhar. Quero conciliar a imagem e os sons, os cheiros e o contato de sua pele escaldante imprimindo seu desejo em mim cada vez que ela encontra a minha.

Mais do que tudo, quero ler as reentrâncias e saliências de seus músculos longos, onde se enrolam as últimas tatuagens. A litania de seu alfabeto vivo, cujos arabescos gosto tanto de ver ondular em volta de mim.

Mas não os vejo... Seu ombro esquerdo é virgem. Assim como a parte interna de seu braço. Quase o expulso para sempre, quando seu rosto finalmente aparece, emoldurado pelo belo sorriso, tão triunfante quanto sabe ser.

– David?

Devo ter gritado baixinho, arrancada do sonho. Era a primeira vez há meses que eu sonhava com David. A invasão súbita do irmão não surpreendeu Louis, e ele não pareceu contrariado. Ele me pegou nos braços e me acalentou para dissipar os efeitos do pesadelo que podia ler nos meus olhos incrédulos. Os espectros do passado podiam muito bem errar à nossa volta, mas a força dos seus beijos não tinha rival. Ele triunfara sem dúvida ou reservas. Eu era toda dele. Quem poderia duvidar?

1

10 de maio de 2010

A primeira imagem que tive daquela festa foi um fiacre preto puxado por dois alazões, cujo manto cintilante atraía toda a luz dos candeeiros públicos. A aparição da carruagem na rue de la Tour-des-Dames não fazia senão prefigurar o tema antigo desejado por Louis. Um grupo de homens de sobrecasaca e cartola desceu, rindo ruidosamente quando um deles, tropeçando no estribo, estatelou-se na calçada.

À medida que me aproximava do Hôtel de Mademoiselle Mars, eu podia apreciar em detalhes a extrema sofisticação dos trajes usados pelos convidados. Com exceção de mim – uma vez que Louis não me avisara, me dando como única instrução chegar ao nosso novo domicílio às 22 horas em ponto –, todos haviam seguido o tema proposto, a moda romântica, embora houvesse quem usasse peças de décadas posteriores.

Na minha frente, duas jovens com vestidos cor-de-rosa, saias vaporosas em forma de corola abaixo dos tornozelos, mangas bufantes curtas e amplos decotes revelando seus ombros graciosos, apressavam o passo na calçada irregular saltitando alegres, encantadas por usar aquelas fantasias.

O lacaio que me recebeu à entrada, com uma imponente libré e segurando um candelabro, não fez senão amplificar a sensação de viagem ao passado. Ele deve ter sido prevenido de que eu seria a única a não seguir o código de vestuário da noite, pois me recebeu me chamando pelo nome:

– Boa-noite. A senhorita é a Elle, certo?

– Sou.

– Seu vestido a aguarda no vestiário, à sua esquerda – ele indicou, recuando para me deixar entrar.

– Obrigada.

– Vão ajudá-la a se vestir.

No interior, onde já fervilhava uma multidão de fraques uniformemente escuros e vestidos de todas as cores, uma jovem, cujos cabelos escuros caíam em duas madeixas encaracoladas sobre as orelhas, encarregou-se logo de mim sem sequer me dar tempo de procurar o dono da casa.

Apesar da iluminação à vela, adivinhei o esplendor da decoração, à qual fora restituído todo seu caráter original. Pelo que pude julgar, o resultado valia bem os anos de paciência e a fortuna de Louis. Via-se o estilo neopompeiano do Hôtel Duchesnois, seu vizinho, elevado a um nível de refinamento sem precedentes. A menor das frisas florais era debruada com um traço de ouro fino, e não havia um teto sem suas guirlandas e reproduções de instrumentos antigos, liras, aulos e harpas, encimados por aves-do-paraíso. Alguns últimos retoques, feitos com escovadas ou pinceladas, ainda tinham sido acrescentados desde minha última visita.

– Gosta?

Na hora em que eu ajustava o espartilho de seda rosa que ele escolhera para mim, antes de pôr o vestido de cetim da mesma cor, a voz calorosa de Louis chegou furtivamente ao meu ouvido. E com ela os acordes de baunilha e lavanda, doravante tão familiares, já ligados a tantas lembranças, promessa de tantos prazeres futuros. Eu podia sentir sua respiração varrer as mechas rebeldes que caíam na minha nuca, escapadas do hábil coque que tinham acabado de me fazer. Fazia meses que eu vivia com Louis Barlet, mas ele conservava, apenas com sua presença, o poder indizível de perturbar meu corpo, meu espírito e meus mais secretos pensamentos. Eu ainda tremia quando ele encostava no meu ombro as suas mãos tão doces. Eu me sentia arder.

– Diga... – ele insistiu. – O que está achando?

Ele estaria falando da minha roupa, da restauração da nossa residência, perfeita em todos os aspectos, ou da festa, o mais extravagante evento de inauguração que eu já vira?

– Sim, é maravilhoso.

– Espere um pouco... é apenas o começo!

Ele me fez girar à sua volta como uma boneca, como se desse corpo a sua promessa. Pude constatar seu porte tão altivo quanto lhe permitia o joelho machucado, sua elegância suprema, encarnação perfeita de suas quimeras românticas, usando o traje dos dândis: sobrecasaca azul-escura, muito cintada, com aba evasê aberta sobre um colete dourado e um lenço de seda brocada, calça fusô de cor creme, botinas com polainas da mesma cor.

Ele leu o fascínio nos meus olhos e me esclareceu imediatamente:

– Não estava falando de mim, é claro, mas de tudo que a aguarda aqui.

Quando falava nesse tom tão beatamente entusiasta, ele me fazia pensar no irmão. Mas contive minha observação, encorajando-o até com um sorriso, depois um beijo, e mais outro ainda, completando minha efusão com uma pequena reverência.

– Eu tinha compreendido, milorde.

Durante os últimos meses, eu aderira a todas as fantasias que ele imaginara para nós, sem jamais me repugnar ou me esquivar. Pois, mesmo não saindo do Hôtel des Charmes, não tínhamos ficado confinados no Joséphine, nosso amado quarto 1. Segundo os dias e a vontade dele, Louis me fizera explorar os quartos dedicados às outras cortesãs: Mademoiselle Deschamps, Kitty Fisher, Cora Pearl, Valtesse de la Bigne e Liane de Pougy.

Em cada um deles, fui iniciada em um aspecto da pluralidade sexual. Não se tratava de me entregar a outros lábios ou outras mãos que não os dele, nem de abandonar meu precioso amante a bocas desconhecidas, mas de imergir nossas efusões em uma atmosfera de sensualidade exacerbada. Assim, eu descobrira o prazer de transar diante de outros olhos, na proximidade de outros corpos, em uníssono com outros sexos, que também vinham buscar nesse grande cadinho o combustível necessário à sua própria felicidade. De amantes insaciáveis, tínhamos nos tornado libertinos apreciadores de um voyeurismo sem tabus mas sem perversão. Como um prolongamento natural, os casais que compartilhavam nosso leito sucediam às ilustres cortesãs e amantes do passado.

Soltando gritinhos de medo fingido, duas demoiselles atravessaram o vestíbulo com a bunda de fora, vestidas só com o espartilho, imediatamente seguidas por um par de cacetes em posição de sentido. Compreendi então que as noites no Hôtel des Charmes não tinham sido senão simples ensaios. O grande espetáculo se daria aqui, nesta noite.

– Saiba, madame, que estamos hoje no dia 21 de março de 1827 – disse Louis, interrompendo minhas divagações licenciosas.

– Perfeitamente – repliquei, entrando no jogo dele. – E por que esta data?

– Porque é o dia em que Anne-Françoise Boutet, ou seja, Mademoiselle Mars, inaugurou esta encantadora mansão paladina redecorada por Visconti.

– Luchino... Visconti? – me espantei, sem eu mesma acreditar no meu anacronismo.

– Querida! – ele me repreendeu, com um novo beijo elétrico no oco do pescoço. – É 1827! Louis Visconti, o arquiteto. Não Luchino, o cineasta...

Ele usou o seu tom mais precioso e varreu o espaço com um movimento circular dos braços que expressava todo o seu orgulho. Eu não duvidava de que, se as obras tivessem terminado a tempo, ele teria insistido em fazer coincidir as datas através dos séculos. Mas ele precisou aguardar mais uns dois meses.

– Então? Foi uma festa tão memorável a ponto de você querer reproduzi-la identicamente?

– E como!

Dizendo isso, bateu no chão de mármore com a bengala, um modelo que eu não conhecia, cujo castão exibia uma águia imperial.

– Imagine o baile de máscaras mais deslumbrante dessa primeira metade do século! – exclamou, como se ele mesmo tivesse sido transportado para o glorioso passado. – Toda a nata da sociedade estava aqui, príncipes, marqueses, embaixadores estrangeiros, sem contar a nata dos artistas do bairro: Sand, Chopin, Musset, Berlioz, Delacroix, Scheffer...

– Tudo bem, mas o que havia de tão excepcional? Festas desse tipo deviam ser corriqueiras, não?

– Venha, vou lhe mostrar.

Ele segurou minha mão e, como minha pequena figurinista encaixara no meu chinó à Sévigné o último grampo, não tive outra escolha senão acompanhar seu passo, tão animado que, por uma vez, quase se esquecia de claudicar.

Chegando à vasta sala de recepção, cujas três janelas em arco davam para o jardim à inglesa, ele apontou de um lado o bufê, generosamente guarnecido, e, do outro, a pista de dança onde vários casais fantasiados dançavam uma quadrilha tocada por uma pequena orquestra de câmara no canto oposto.

– Não está notando nada?

– Sinto muito, não...

– Mas está faltando um elemento essencial.

– Ah, é? O quê?

– Você tem que ir para o contexto da época – empolgou-se Louis. – Em todas as festas, era habitual colocarem mesas de jogo para os homens. Eles concediam uma dança ou duas às damas e depois iam para um pequeno salão se dedicar à *sua* verdadeira paixão. Enquanto suas companheiras valsavam, falavam e faziam companhia umas às outras, os homens se desafiavam no gamão ou no faraó. Mas não aconteceu assim no famoso 21 de março de 1827. Não naquela noite. Mademoiselle Mars recusou-lhes a prerrogativa.

– Entendi... mas por que foi tão subversivo proibir aqueles senhores de jogar?

– Porque naquela noite única eles só se ocuparam de vocês, senhoras! Pode acreditar em mim, não foi uma revoluçãozinha qualquer!

Para melhor ilustrar suas palavras, ele me arrastou até o pequeno salão contíguo, o que iria ser nossa sala de jantar. Ali, em cima do tapete, um imenso kilim antigo cujo preço eu não saberia avaliar, tinham sido jogadas grandes almofadas tão largas quanto colchões, e em cima delas já havia vários casais fazendo sexo, com suas fantasias largadas pelo chão.

Dentre eles, reconheci instantaneamente a dupla de atores que oferecera tanto prazer um ao outro sob a luz negra durante meu segundo encontro no des Charmes com Louis. Ambos me pareceram menos esbeltos do que na tela plana, mas igualmente descontrolados. Seu sessenta e nove, tornado ainda mais harmonioso e excitante pela justa igualdade de suas proporções, fascinava os observadores encostados nas paredes da sala.

– Hum... – comentei em voz baixa. – Não tenho certeza se, na época, aqueles belos senhores se *ocupariam* de suas amigas de crinolina desta maneira.

– Não se iluda. Não era raro as festas terminarem nos bastidores. Como esta noite.

Diante de nossos olhos, um novo casal se uniu, e eu identifiquei a escultural mestiça do catálogo da agência Belas da Noite, a mesma que soubera me fazer gozar com o cabo de um leque. Eu dera a ela um apelido que lhe assentava melhor do que nunca: Liana.

– Quem é? – perguntei apontando com o queixo na direção dela.

Louis pareceu se divertir com a minha pergunta, que ele recebeu com um sorriso cúmplice.

– Vocês já se conhecem, eu creio.

– Sim – assenti sem conseguir dissimular minha perturbação. – Como ela se chama, quero dizer.

– Salomé.

Varri com o olhar o resto do público. Quem era toda aquela gente? Quem compunha o círculo dos próximos de Louis, seus íntimos? Quem mais eu reconheceria, pelo tamanho do membro, pelo contorno do seio? Ele tinha verdadeiros amigos, ou eram todos apenas agentes de sua devassidão, como ele mesmo fora um instrumento nos planos do irmão?

Durante nossa reclusão voluntária, Louis tinha se ausentado pouco, comparecendo a alguns raros jantares ou coquetéis aos quais eu não tive vontade de acompanhá-lo, preferindo me dedicar a Sophia, que eu vinha negligenciando demais nesse período. Nem uma vez aparecemos juntos. Nem uma saída com amigos ou uma ida a um concerto, corpo e alma dedicados ao nosso amor. Adiamos o máximo possível o momento de estabelecer uma relação convencional, porém, nesta noite, ela tomava forma sob nossos olhos. Até então éramos amantes, e eis que nos tornávamos um casal, afligido pelas atribuições sociais de que Louis, eu via perfeitamente, apressava-se para logo nos livrar.

De repente, sua mão fina e firme segurou minha cintura comprimida pelo espartilho e me colou no seu flanco, com os olhos plantados nos meus.

– Você está magnífica.

– Obrigada. Você também não está mal.

Fingi outra vez examiná-lo da cabeça aos pés.

"Magnífica." David não teria empregado outro qualificativo. Mas o caçula dos irmãos Barlet podia surgir sem ser chamado nos meus sonhos ou em uma expressão. Para mim, ele pertencia a um passado definitivamente distante, sombra muito pouco ameaçadora que fora se esvaindo, dia após dia, desde nossas núpcias abortadas.

Contudo, não se passava um só dia sem que eu sonhasse com o casamento. Um outro casamento. Uma união repousante baseada em sentimentos infinitamente mais profundos, que o tempo e a proximidade tinham feito brotar e que não se limitava mais à realização de meus sonhos de criança. A despeito de sua abastança material, de seu poder de sedução, das mil qualidades novas que eu achara nele durante nossas longas tardes langorosas, Louis não tinha nada de ideal. Ele era opacidade e complexidade, e a vida que me propunha não se parecia com a viagem de primeira classe, sem vácuo ou sensações fortes, como teria sido o cotidiano com David.

Louis me apontou a última almofada livre e me atraiu delicadamente para a cama improvisada, desabotoando com uma mão a estreita sobrecasaca que ele vestira para a ocasião.

– Não, espere... – eu o retive.

– Por quê? Não se sente à vontade?

– Não...

– Quer que eu os mande embora?

– De jeito nenhum – eu me defendi com um sorriso. – Não é isso.

Nenhum dos amantes presentes parecia ter percebido nosso diálogo, e cada um se dedicava à vontade às delícias, usando a boca, o sexo ou as mãos, sereias proteiformes e móveis, cujo canto crescia num só gemido.

– Então qual é o problema? – perguntou Louis.

Se ele me ensinou uma coisa, desde que nos conhecemos, foi por certo a desprezar convenções. A zombar dos costumes e a distorcer os códigos em proveito exclusivo de nosso prazer, que nós sentíamos como e quando nos aprouvesse. Era fácil aplicar esses preceitos no nosso quarto, bomboneira cheia até a borda de nossos mínimos prazeres. Outra coisa era comprometer nossas vidas em algo muito diferente. E de clamá-lo na cara do mundo.

Por falta de resposta, eu me deixei cair sobre o pufe gigante. Louis teve a elegância de puxá-lo para fora do grupo ao me ver deitada numa postura infantil que incitava menos a carícias do que a prosseguir nossa conversa.

Ele se sentou junto a mim e segurou meu rosto entre as duas palmas.

– Elle... O que está havendo? Não é assim que você imaginava nossa chegada em casa, é isso?

– Não é isso... Eu lhe garanto, não tem nada a ver. Esta noite está... perfeita!

Um grunhido de orgasmo que subia em crescendo confirmou minha apreciação. O *pizzicato* de gemidos arrebatados da jovem combinava tão bem com meu comentário que eu tive dificuldade em conter uma ataque de riso.

– O que você não consegue me dizer é assim tão engraçado?

– Ao contrário, é muito sério.

– Então talvez seja melhor guardar para mais tarde – ele disse, ficando sombrio de repente, esboçando uma retirada para o salão de baile.

Eu segurei a longa ponta do seu casaco, decidida a fazê-lo ficar do meu lado.

– Não! Fique. O que eu tenho para lhe dizer... é bem simples. E lhe diz respeito antes de qualquer outra coisa.

– Bom. Estou ouvindo.

Com um gesto tímido, indiquei a preciosidade sublime que ele montara para nós e, além dela, a fortuna, a educação, o gosto tão seguro e as boas relações que tinham permitido tal milagre.

– Como você sabe, eu não tenho nada disso para lhe oferecer.

– Errado – ele me corrigiu. – Você é proprietária de uma suntuosa casa em Nanterre.

Não gosto que brinquem com a lembrança de minha mãe, que zombem de seu patrimônio tão duramente adquirido, por mais modesto que seja. Eu mesma vinha fugindo do assunto, adiando constantemente meu encontro com o sr. Whurman, seu tabelião, para resolver os últimos detalhes da herança, de que eu era obviamente a exclusiva beneficiária.

– O que eu queria dizer é que, fora minha modesta pessoa e meus sentimentos por você, eu não tenho nada para lhe oferecer.

– Não subestime jamais sua *modesta pessoa* – ele murmurou com um tom brincalhão.

– Pare... Eu nem tenho mais emprego!

Nossas demissões respectivas da BTV tinham sido efetivadas há vários meses. Justificada por uma falta grave durante a gravação do primeiro *Cultur'Mix* – eu não estava presente no set no momento de concluir o programa –, minha dispensa tinha sido imediata e sem direito a indenização, segundo os termos do contrato em vigor durante meu período de teste. Não tive que voltar à torre, na Porte de Sèvres. Chloé, a assistente de David, encarregou-se de fazer chegar meus poucos pertences ao último endereço conhecido, ou seja, rue Rigault nº 29, em Nanterre.

Quanto a Louis, assalariado e acionista do Grupo Barlet há dezenove anos, e irmão do diretor executivo, as coisas não tinham se desenrolado sem choques. Ainda que se regozijasse com a pena que o liberava finalmente de sua sujeição ao império familiar, nem por isso Louis pretendia saltar do barco dinástico de calção de banho, sem boia nem bote salva-vidas. A negociação financeira orquestrada por seu advogado, Jean-Marc Zerki, jovem raposa dos tribunais parisienses, perdurara durante semanas e dera à luz, não sem dor, um arranjo abastecido de numerosos zeros, que deixavam meu concubino protegido até o fim de seus dias.

Se nos casássemos, ele não podia ignorar, eu me beneficiaria também desta verdadeira fortuna.

– E daí? – ele me respondeu. – Tudo de que eu preciso, tudo o que eu sempre quis está aqui. Nos meus braços.

A referência era evidente. Suas palavras parafraseavam a canção que ouvíramos ao nos unir pela primeira vez, um ano antes.

Não era uma simples alusão. Eu conhecia o alcance simbólico que Louis dava às músicas, às imagens, aos sinais inumeráveis que nos envolviam e ressoavam sem parar, como se fossem ecos de nossos sentimentos.

Eu me lancei por fim, resolvida a não mais adiar o que tinha entalado na garganta, no meu ventre e sexo:

– Justamente... Quer se casar comigo?

Ele me encarou por um momento, que deixou se prolongar até a inconveniência, refreando um gigantesco sorriso, deixando surgir na base da sua bochecha direita a famosa covinha, aquela que não sabia nem mentir nem dissimular, cuja aparição sempre me levava ao cúmulo do encantamento. Tentou passar a mão nos meus cabelos, mas depois, repelido pela complexa montagem do meu penteado, optou pela nuca, que ele alisou ternamente com as costas da mão.

– Annabelle Lorand – falou, com sua voz quente e macia... – Minha menininha querida... Me diga... está preparando seu golpe há muito tempo?

Assim era Louis quando alguém exigia que se pronunciasse, quando se via obrigado a responder: ele podia derrubar quem o interrogava apenas com um sorriso, apenas com uma palavra bem colocada. Eu suspirei como uma adolescente e escondi meu rosto corado no pescoço dele.

– Sim... Quer dizer, não. Pouco tempo.

Embolada com ele no quarto 1, perdida contra seu torso, seu sexo afundado no meu, eu não pensava nisso. Mas bastava vestir por alguns instantes nossos atributos sociais para que nossa diferença de idade aparecesse de novo como um obstáculo... Não foi meu risinho infantil que me tranquilizou quanto à minha maturidade.

– Parabéns pelo efeito surpresa. E eu que acreditava que ia impressionar você esta noite... Acho que você é a grande vencedora.

– Você não me respondeu – eu me rebelei, sem deixar tempo para ele escapar.

– Tenho que te dar a resposta esta noite?

Ele não se perturbou. Parecia se divertir com a situação, com a ascendência manifesta que ela lhe conferia, ao passo que eu me via atenta aos lábios dele e às três letras, fatais ou maravilhosas, que sairiam dali.

– Tem sim... – assenti, ingênua.

– Ninguém nunca lhe falou que, no nosso mundo, é o homem que pede a mão da mulher de sua escolha? Não o inverso?

– Não. Assim como parece que não lhe informaram que não se rouba a noiva do irmão no dia do casamento. Sempre no nosso mundo, evidentemente.

Seu beijo me pareceu precipitado demais e insistente demais. Que embaraço ele tentava dissimular? Que resposta indigna queria sufocar?

Passados alguns segundos, nossos lábios já tinham se desgrudado, ele me pareceu ter recuperado a autoconfiança.

– Neste caso, minha resposta é sim.

Fiquei embasbacada. Então era assim tão fácil? Bastava solicitar para ser atendida? Bastava pedir para ser contentada? Bastava descobrir o homem mais sofisticado, mais terno, mais amoroso, mais fogoso e ele me escolhia?

– Sim... *Sim*?

Nossa promessa de compromisso exacerbara os sentidos dos casais próximos? Um sim tonitruante, grito de garganta em êxtase, gemidos embaralhados nos quais vozes femininas e masculinas se fundiam em uma só, explodiu às nossas costas, como para sublinhar o quanto minha preocupação era sem fundamento.

Contudo, a incongruência da situação não perturbou Louis minimamente, e ele prosseguiu com o mesmo tom seguro:

– Sim – falou, como se fosse uma evidência. – Poderíamos celebrá-lo aqui dentro de alguns meses. O que você me diz?

– Alguns meses? – eu me espantei.

Não pude me impedir de ver nesse prazo, vago e de repente bem longínquo, a sombra de uma reserva.

– Se me permite dizer, as decisões precipitadas não deram muito certo com você no passado.

A observação não se limitou a me incomodar. Ela convocou mais uma vez a silhueta daquele que morava do outro lado da parede contígua, e que eu mesma fazia tudo para esquecer. Mas como ele conseguira riscar o próprio irmão de sua vida? Como eu poderia exigir isso dele?

– Tem razão. – Tentei ser mais suave.

– E depois... ainda precisamos desse tempo para completar a sua educação.

Achei que estivesse brincando e acolhi a observação com um sorriso zombeteiro, mas sua expressão mostrou que eu me enganava. Não havia nada de cômico. Era exatamente o contrário. Raramente o vira exibir tamanha gravidade.

– Minha educação... Você quer dizer...?

– Erótica, sim – ele concluiu por nós dois.

A contração do maxilar indicava a que ponto o tema lhe era caro, acionando incontrolavelmente uma reação em todo seu corpo. Não era uma ideia no ar. Ele a vivia, encarnava-a inteiramente.

– Nós já não fizemos?

Entenda-se: nos últimos dias, nos últimos meses e ainda antes, quando ele era para mim apenas o fantasma que povoava meus pensamentos e os quartos do des Charmes onde eu me entregava a ele e a todos os seus deliciosos súcubos.

– Considero isso mais como uma atualização. O aprendizado dos rudimentos.

Quem era ele para me falar com arrogância e rebaixar minha ciência do amor, mesmo que ainda fresca, ao nível de rabiscos no quadro-negro? Eu era tão nula assim? Ou ele estava me acusando das mesmas lacunas sexuais que seu irmão fazia pesar sobre Aurore, minha sósia?

Minha nuca se enrijeceu, e ele retirou a mão imediatamente.

– Verdade? Os rudimentos?

– Sim. Não me leve a mal, mas sua verdadeira educação está só começando.

Desta vez eu me retesei totalmente e descruzei as pernas, pronta para partir.

Um olhar oblíquo na direção da saída me abriu a uma visão total das costas de Salomé ondulando em cima do corpo do parceiro como uma pantera se aproximando da presa. O homem embaixo dela não aguentava mais esperar. O pau dele, que me pareceu imenso, subia por espasmos até ela, tentando tocá-la, a glande saltava como uma bola de borracha sobre o ventre chato e cor de âmbar. Comparada com ela, evidentemente, eu perdia feio. Quem não se sentiria aluna diante de uma mestra daquelas?

– E no que consiste a próxima etapa? Você me deixou curiosa...

– Como todo percurso pedagógico, é uma mistura de teoria...

As leituras que ele me recomendara, supus.

– ... trabalhos práticos...

Com ele, entenda-se. E, neste capítulo, me parecia que tínhamos progredido bem ao longo dos últimos meses.

– ...e por fim provas destinadas a avaliar seus conhecimentos.

– Provas? – exclamei. – Quer que eu faça uma licenciatura em sexo?

– Eu imagino mais uma série de provas.

– De que gênero? – inquiri secamente, ainda zangada.

Ele hesitou, e foi sua vez de varrer com o olhar os casais que transavam ali do lado, demorando-se com um interesse não fingido numa pegada por trás ou numa felação que devia lhe parecer competente, depois me olhou de frente outra vez e sustentou bravamente meu olhar:

– Hum... Um pouco no estilo desta noite. Aliás, se você quiser, podemos considerar que esta prova terá sido a primeira.

– A primeira... – sussurrei para mim mesma. – Quantas você prevê, ao certo?

– Não sei. Pouco importa o número. O essencial é que você e eu constatemos sua evolução. O que acha?

Uma mulher normal, e eu mesma se não estivesse tão louca, estúpida e cegamente apaixonada por ele, o teria por certo dispensado, deixando-o sozinho com suas pobres *Mil e uma noites*. Porém, aparvalhada, só soube aquiescer. Quando eu deveria ter me mostrado teimosa, ofensiva, rebelde à sua lei, apenas falei, resignada:

– Sim... Imagino que é isso mesmo.

Ritos de passagem, como ele já me impusera seus mandamentos no ano anterior. E o que haveria ainda depois disso? Outros castigos? Outras punições? Mais pequenas ou grandes mortes? Ao menos ele limitara em dez seus encontros no des Charmes. Não me escapara que, desta vez, ele não estabelecera o número de lições, autorizando-se a prolongar minha formação tanto tempo quanto julgasse útil, adiando o prazo final. De fato, ele não fazia disso uma condição expressa para nossas núpcias – era mais um preâmbulo. Era claro, contudo, que ele só se entregaria plenamente a mim depois de ele mesmo ter o sentimento de me possuir inteiramente.

Ele pareceu ler a angústia que meus olhos refletiam, pois, acompanhando as palavras com um abraço protetor, apressou-se a esclarecer:

– Ei! Não se preocupe. Só estamos falando de prazer. E não muda a resposta que eu já te dei.

Culpado foi a palavra que me passou pela cabeça... Louis se sentia culpado em relação ao irmão caçula. Eu suspeitava, mas, pela primeira vez há meses, percebia as marcas no meu companheiro. Ao romper o acordo que os dois tinham estabelecido, seduzindo a prometida do outro, Louis reavivara o conflito que os anos e o triunfo de David tinham obliterado. Pior, surrupiando a dublê, era Aurore que tiravam de David pela segunda vez.

Era preciso que Louis dissipasse a deslealdade em novos jogos, novo atordoamento, mesmo fazendo de mim a garrafa que lhe produziria a embriaguez. E correndo o risco de me partir entre suas mãos.

– E depois, só compete a nós fazer disso uma coisa divertida.

– Divertida...?

– É! Poderíamos anotar todas as nossas experiências no Dez-vezes-por-dia.

No segredo do quarto 1, o caderno dos meus pensamentos eróticos tornara-se naturalmente uma base de expressão comum.

Meu desejo por você é total

Desde que Louis escreveu ali essas primeiras palavras, desta vez com a sua caligrafia, não paramos de dialogar por intermédio dele, trocando fantasias, vontades, sonhos e lembranças, recorrendo a ele como o infinito reservatório de nossos desejos.

– Por que não...? – concedi, relutante.

– Sim! – ele procurava me persuadir. – Você não vê? Vai dar todo sentido ao caderno. E graças a ele vamos transformar as provas em um autêntico desafio literário.

Ele divagou assim durante vários minutos, empolgado como nunca, convencido de ter achado as premissas de um projeto maior, o que nos uniria para além do desejo e de seu desgaste.

Eu não sabia mais o que dizer ou fazer para frear seu entusiasmo. Infelizmente, embora meus sentimentos por ele estivessem intactos, eu não conseguia compartilhar. O amor de Louis, eu pressentira desde nosso encontro, não era algo a se dar pela metade. Se ele escolhe você, você passa a lhe pertencer. E ele, desde então, não para mais de investir em cada pedaço da sua intimidade como se fosse um território a conquistar. Ele podia ironizar a sede de dominação do irmão, mas era um ponto em que se parecia muito com ele.

Minha salvação veio da primeira cara conhecida que se apresentou na soleira da porta dupla: David Garchey, a coqueluche do meu novo futuro marido e testa de ferro da galeria Alban Sauvage. Visivelmente menos desenvolto do que suas criações, o rapaz, que a profusão de corpos acasalados na peça parecia manter à distância, me fez um tímido sinal com a mão.

Eu me levantei repentinamente e me precipitei ao seu encontro, exibindo um sorriso social, como se fôssemos velhos conhecidos.

– Boa-noite! Estou realmente encantada em revê-lo!

O exagero do meu entusiasmo só fez aumentar seu mal-estar.

– Boa-noite – ele respondeu, estendendo uma mão mole e úmida.

Às minhas costas percebi a presença de Louis, que veio atrás de mim, vagamente ofuscado. Ele passou uma mão possessiva na minha bunda e fez esta recomendação a seu jovem protegido:

– Confio a você minha obra-prima, meu amigo. Cuide dela.

Depois desapareceu, monopolizado por recém-chegados, me deixando cara a cara com o rapazinho desconcertado, cujo novo corte de cabelo dissimulava mais ainda o rosto gorducho de boneco.

– Está preparando uma nova exposição? – falei, para dissipar sua perturbação.

– Sim. Em breve. Dentro de alguns dias, na verdade.

– Sempre na Alban?

– Sim. Eles defendem bem meu trabalho, com Louis.

Escutar um menino recém-saído da puberdade qualificar de trabalho o que não passava de pura provocação pornográfica era motivo de pasmo. Mas nem por isso me deixei desconcentrar.

– Eu sei. Há certos temas aos quais Louis se dedica realmente a fundo.

Ele deve ter captado o subentendido, pois enrubesceu a olhos vistos, e desviou imediatamente a conversa:

– Ainda mais agora que ele comprou a maioria das ações da galeria – ele se apressou a esclarecer.

Primeira novidade. Refreei minha contrariedade e optei por interrogá-lo sobre sua obra futura, em virtude do princípio segundo o qual um artista digno do nome não sabe falar de outra coisa (ou quase) a não ser de si mesmo. Eu não tinha dúvida de que aquele fedelho se enquadrava na categoria:

– E o que você escolheu como material? Mais alguns brinquedos infláveis?

– Não, não... – azedou-se ligeiramente, sensível ao sarcasmo subjacente. – Minha nova instalação será orientada para vídeo.

– Ah, é? E que tipo de filme?

– Essencialmente em tempo real, com webcam...

– Interessante – encorajei-o a prosseguir.

– ... ou, em certos casos como esta noite, câmeras de vigilância.

– Esta noite?

Seu cenho franzido me indicou que ele provavelmente falara mais do que devia, e sobretudo que não sabia como escapar daquela conversa. Não aborrecer a noiva do seu mecenas devia constituir para ele o beabá do artista patrocinado.

– Sim, pode-se controlar tudo da cabine.

A se acreditar no seu pestanejar, segunda mancada. Terceira, se eu contasse com o que ele me deixou entrever quanto ao envolvimento de Louis na galeria Sauvage.

– Ah, mas agora eu fiquei muito curiosa! – falei afetadamente, com um riso exagerado que nada tinha a ver comigo. – Quer me mostrar?

– Tudo bem...

Ele ficou desconcertado por um instante, depois compreendeu que eu esperava comportadamente para ir atrás dele. Atravessando o grande salão, agora lotado de sobrecasacas e vestidos compridos ou volumosos, ele me levou até o vestíbulo, onde uma pequena porta escondida sob a escada principal mergulhava nas profundezas do edifício.

Que ele fosse o primeiro a me oferecer a visita talvez fosse inoportuno, mas eu senti um verdadeiro arrepio no momento de descobrir a pesada porta blindada que abria para o subsolo. Ali, a instalação se revelava especialmente sóbria e moderna, sobretudo comparada aos andares restaurados, devolvidos à sua pátina de época. No final de um pequeno corredor cinzento e sem alma, apenas cortado por dutos variados, uma segunda porta metálica dava para uma sala equipada com um terminal de vídeo e cerca de dez telas em preto e branco.

– Pronto! Daqui se vê praticamente tudo que se passa na casa.

O portão na rua, a entrada, o salão, a sala de jantar onde os casais se esfalfavam, a biblioteca, a cozinha, o jardim e até nosso futuro quarto de dormir, nenhuma das peças principais faltava.

Mas não foi o que reteve mais minha atenção.

– Você registra todas as imagens? – perguntei, apontando com um gesto vago a parede de monitores.

– Não, só as indicadas pela luz vermelha piscante.

Ou seja: entrada, salão, sala de jantar.

No alto, à esquerda do mosaico, duas telas permaneciam apagadas.

– Aquelas ali correspondem a quê? Podem ser ligadas?

– Não sei... – ele se esquivou, perturbado ao máximo.

– Vamos lá! – exorteio-o. – Deve ser divertido!

Com um dedo trêmulo, ele procedeu como um zumbi, apertando uma porção de botões. Elas não eram do Hôtel de Mademoiselle Mars, mas de seu vizinho, o Hôtel Duchesnois. A primeira, que eu identifiquei como sendo o salão pompeiano, estava deserta e mergulhada numa escuridão crepuscular. Quanto à segunda tela, ela mostrava o quarto de dormir de David, só um pouco mais iluminado, mas onde se podia ver distintamente se agitarem duas silhuetas coladas uma à outra, variando posturas em cima da cama com uma regularidade de metrônomo, como se estivessem cronometradas. Havia poucas dúvidas quanto à identidade do homem – o porte atlético, a braçadeira de seda cor de nácar no braço esquerdo –, mas eu tive que esperar um minuto inteiro, ouvindo o pigarrear embaraçado de Garchey, antes de perceber o rosto da criatura longilínea que acompanhava David.

De repente, ela levantou com a mão a cortina de cabelos louros que a dissimulava e eu vi surgir o ricto extasiado de Alice Simoncini. A antiga amante, por um tempo repudiada, de volta às graças de seu príncipe.

2

Alguns dias antes... nos primeiros dias de maio de 2010

Para nada esconder de vocês – não faz mais sentido, para vocês e para mim –, aquela noite não marcou minha primeira incursão no Hôtel de Mademoiselle Mars. Talvez estejam lembrados de que, em decorrência de uma escapada da minha gata, Félicité, eu já tinha dado uma olhada inquisidora por trás da porta azul que Richard, o motorista habitual de Louis, mais que depressa fechara na minha cara. Na ocasião, minha descoberta do lugar limitara-se a uma avaliação fugaz do vasto canteiro de obras, longe do esplêndido resultado que hoje se pode contemplar.

Mas, acima de tudo, alguns dias antes do baile transtemporal almejado por Louis para marcar nossa entrada oficial no palacete, quando pus os pés pela primeira vez no *meu* vestíbulo, uma voz familiar ressoou atrás de mim:

– Puta que pariu... Que delírio!

Não tive necessidade de me virar para saber quem falara esta grosseria cheia de assombro. Sophia chegou do meu lado e ficou contemplando o espetáculo deslumbrante que se oferecia a nós. Nem todos os móveis tinham chegado, nem tinham sido dispostos em seus lugares definitivos, o que permitia que admirássemos à vontade o refinamento do trabalho de restauração executado.

– E não é, minha querida? – brinquei.

– Eu que já achava o gêmeo quase luxuoso demais...

Eu me lembrei de sua reação infantil quando exploramos juntas o Hôtel Duchesnois.

– Sim. Digamos que aqui eu não me imagino circulando de moletom ou pijamas ao me levantar da cama.

– Com toda razão – ela assentiu, séria. – Vai ter de rever o seu guarda-roupa.

– Como se eu precisasse de um pretexto!

Ela abarcou o cenário com um olhar panorâmico eloquente.

– Sim, mas desta vez terá que fazer suas compras nos museus e não nas galerias Lafayette!

Ela não imaginava o quanto estava certa, considerando o baile para o qual Louis – que mantivera com ela relações muito particulares – não a convidaria.

Um timbre mais grave, surgido às nossas costas, veio se juntar ao concerto de louvores.

– Caramba! Isto não é Nanterre, meninas.

Capacete na mão, jaqueta de couro entreaberta, Fred Morino, meu ex, surgiu quase ao mesmo tempo que Sophia. Ele fazia que sim com a cabeça como um cão na traseira de um carro, apreciando a magnificência do prédio com breves assovios entre os dentes. Minha melhor amiga e ele não se davam muito bem desde os tempos em que saíamos juntos, o senhor-alta-cilindrada e eu. Mas depois da catástrofe do meu casamento, acontecimento durante o qual se aliaram para me apoiar, eles naturalmente mantendo contato, e eu suspeitava de que o pretexto de "trocar notícias sobre Elle de vez em quando" não era a única motivação.

Dos Monacos nas varandas dos cafés às ligações telefônicas "só para saber se está tudo bem" acabara nascendo uma certa cumplicidade – e provavelmente um interesse cheio de segundas intenções, no caso do motoqueiro. Por ora, a relação deles só resultara numa bela amizade, e eu não podia senão abençoá-la. Quem não gosta que as pessoas que ama se amem também?

Findas as congratulações e os abraços, eles me ajudaram a trazer para dentro as poucas caixas e sacolas que eu repatriara do des Charmes em uma velha camionete emprestada para a ocasião pelo sr. Jacques, o concierge do hotel. Graças a uma passada pela casa de Nanterre, eu trouxera também uma parte dos meus pertences de pós-adolescente e velhos papéis.

– Também não se parece com a Paris de gente como Fred e eu... – observou Sophia, enfatizando o abismo social que os separava de meu novo padrão de vida.

Sempre gostei do clima de mudanças de casa feitas com amigos. Piadas que disparam, mãos que se tocam, lembranças exumadas sem machucar nem provocar arrependimento. Razão pela qual eu declinara as ofertas repetidas feitas por Louis de confiar a tarefa a profissionais. Um par de amigos entusiastas, algumas horas e alguns chistes ditos com afeto, era tudo de que eu precisava.

– Tem certeza?

– Tenho! Para que servem os amigos se não os fizermos suar em cima de uma pilha de caixas vez por outra? Francamente!

Francamente? A camaradagem esteve nesse dia à altura das minhas expectativas. A presença dos dois do meu lado, no instante de entrar na nova vida, me proporcionava o bálsamo reconfortante que às vezes faltava no fervor desmesurado que Louis me dedicava. Amar e ser amada por Louis Barlet era como um forte vento do mar, feroz, portador de todas as experiências mais exaltantes, todas as loucuras. Em compensação, não tinha nada do sopro salutar que se espera das relações cotidianas, mais corriqueiras, com os que nos cercam.

– Vai nos levar para visitar teu castelo? – sugeriu Fred, visivelmente impressionado com o que entrevia.

Para dizer a verdade, como Louis só me entregara as chaves naquela manhã, eu não tivera tempo de tomar posse de todo o edifício. Cheguei até a me deparar, no momento de procurar um lugar onde depositar as caixas, com uma certa porta de porão obstinadamente trancada, que nenhuma das minhas chaves conseguiu abrir.

– O que será que o teu homem esconde no subsolo? Uma masmorra?

Na boca de Sophia, esta hipótese não soou como em um livro de arquitetura medieval. Desde que eu a pusera a par das fantasias eróticas do meu homem, de que ela mesma fora testemunha direta durante uma expedição comum ao des Charmes, ela não parava de me provocar a respeito.

O fato de eu ter passado, a seu ver, da condição de anjo quase assexuado ao de submissa BDSM era para ela uma fonte inesgotável de surpresa e regozijo.

– Imagine só, nós já teríamos testado todos os equipamentos!

– Não acredito nisso...

– Nos teus sonhos!

E por falar em sonhos, nossa suíte conjugal talvez fosse o ponto alto do palacete. Mais do que em todos os outros espaços da casa, Louis exigira ali uma conformidade escrupulosa, quase obsessiva, à configuração original, que uma soma impressionante de documentos permitira estabelecer em relação aos trabalhos efetuados no seu tempo por Louis Visconti. Era aliás, por enquanto, a única peça terminada, onde não faltava sequer um elemento de mobiliário, até o mínimo detalhe. Assim era possível apreciar fiéis réplicas dos originais concebidos pelo ebanista Bénard: uma cama de estilo greco-romano com cabeceiras desiguais e colocada sobre um estrado, uma cômoda com gavetas decorada com medalhões em porcelana, duas poltronas de mogno, duas cadeiras feitas com a mesma madeira, um grande toucador com espelho, um móvel com lavatório que parecia para fazer a barba, com cabeças egípcias nas laterais e finalmente um candelabro. O conjunto, já bem pesado, era completado por uma lareira de mármore vermelho com apliques de bronze dourado.

– Muito bem, senhora marquesa – exclamou Sophia-a-gozadora. – Não são bebês que a senhora vai gerar aí dentro, são lingotes de ouro!

Nem Fred nem eu rimos da observação, de tanto que ela procedia. Eu me perguntava, com efeito, o que aconteceria com nossa sexualidade tão desenfreada, leve, espontânea, dentro daquele cenário sobrecarregado pelos séculos. Claro, havia a boa e velha teoria das recordações eróticas impregnadas nas paredes por nossos ilustres predecessores. Mas elas resistiram às camadas de reboco e pintura nova? O que restou dos suspiros de Mademoiselle Mars?

Pensando bem, uma masmorra não ia impedir nossa libido de continuar vivaz e nossos amores não seriam sufocados sob o ouro e as tapeçarias.

A campainha da entrada – que eu ouvia pela primeira vez – me tirou dessa reflexão, e eu me precipitei para o térreo para desempenhar meu novíssimo papel de dona de casa. Detrás da porta azul, apoiado na coluna da esquerda, aprumava-se a pesada silhueta de Armand, segurando nos braços uma caixa de transporte de animais.

– Bom-dia, Elle.

Eu não voltara a vê-lo desde o instante em que, depois de ter deixado a cerimônia de casamento, eu voltara imprudentemente à rue de la Tour-des-Dames antes de ir me encontrar com Louis no des Charmes. Ainda ouvia seu grito me perseguir, eu, a fujona descalça de vestido branco sujo: "Elle! Volte!"

Os miados contrariados de Félicité dissiparam o flash nostálgico. De todo modo, o que ele teria me dito naquele dia? Que palavras teriam sido capazes de alterar minha decisão e amordaçar meu amor por Louis?

– Bom-dia, Armand. Eu...

Eu não sabia o que dizer. Permanecendo a serviço de David, ele pertencia ao campo adversário. Campo que não havia hesitado, aliás, em mandar para Louis, menos de um mês depois, a fatura das núpcias abortadas. *Grand seigneur*, o irmão mais velho pagou a conta até os centavos, sem nada contestar nem comentar, até o cachê da estrela anunciada, multas incluídas.

Um campo tão inimigo que David não compareceu sequer ao funeral de Maude, minha mãe, nem se manifestou de alguma maneira para apresentar suas condolências. Nem mesmo um SMS. Nada que fizesse supor que compartilhasse um mínimo que fosse meu sofrimento, ao passo que Louis se mostrou o mais compreensivo e o mais atencioso, dando o mais firme dos apoios, me ouvindo tanto quanto eu precisava ser ouvida, achando palavras simples e tranquilizadoras quando era necessário, sabendo também se calar e deixar que as minhas lágrimas corressem no seu pescoço ou no seu ombro, quando não havia mais lugar para outra coisa.

– E vim lhe trazer Félicité.

– Obrigada – eu disse, segurando a gaiola de plástico rígido.

– Desculpe, eu não queria resolver já no dia da sua mudança... Mas David insistiu para que eu acabasse logo com tudo.

– Eu entendo. Não se preocupe.

– O relacionamento com Sinus e Cosinus não melhorou nos últimos meses. As brigas fizeram mais uma vítima na semana passada.

– Uma vítima? – eu me preocupei, só para salvar as aparências.

– Um antigo Ming que era do pai dele, André.

Vítimas desse jaez, David podia adquirir contêineres inteiros. A notícia não me comovia tanto assim.

– Annabelle, não sei como lhe dizer...

Ele torcia o velho colete de lã como uma garotinha puxa a ponta do vestido.

– Então não diga – falei, mais ferina do que gostaria de ser.

– Há determinadas circunstâncias em que nos sentimos divididos mesmo sem querer.

Ele era tão comovente que eu não prestei atenção no grande automóvel preto que passou atrás dele e parou algumas dezenas de metros mais adiante.

– Eu sei...

– O que eu quero dizer é que mesmo que eu entenda a raiva de David, a senhora ainda tem toda minha afeição.

– Sim, é natural que você continue ligado a Louis – eu me esquivei.

– Não somente a Louis – insistiu Armand. – À senhora também.

Com essas palavras, ele me apertou nos braços, um abraço breve e desajeitado, tão repentino que eu quase deixei cair a caixa de Félicité, que miava seu descontentamento. Ele mal acabara de me soltar quando um chamamento, quase um grito, se elevou da calçada. Acompanhadas de duas batidas de porta sonoras, duas sombras finas e elegantes saíram do luxuoso veículo.

– Armand!

Era David, com seu terno impecável, queixo erguido e o olhar tão desafiador como o tempo estava claro, ladeado por uma Alice mais loura e marmórea do que nunca.

Abandonei Armand um breve instante e remexi precipitadamente na minha bolsa à procura da chave principal do Hôtel Duchesnois. Durante todo esse tempo eu a conservara junto de mim, esperando a ocasião que me permitiria restituí-la a seu proprietário. Mas eu não tinha pressa de me confrontar com David, assim como não me imaginava enfiando a dita chave na caixa de correio.

Achando-a, tentei depositá-la na palma da mão do mordomo, mas ele retirou rapidamente a mão. Seu insistente piscar de olhos parecia dizer: fique com ela, nunca se sabe.

Às costas do velho homem, a apenas alguns passos de nós, David renovou seu grito esganiçado de patrão cuja paciência estava sendo posta à prova pela insubordinação do serviçal. Ele não me gratificou com nenhum olhar, ignorando ostensivamente minha presença.

– Armand!

Armand se virou lentamente, com o olhar cansado.

– Não demore, por favor – completou David com um tom mais ameno. – A vizinhança não é mais o que era.

Depois, segurando Armand pelos ombros como se recuperasse um pertence seu, arrastou-o até o portão do edifício vizinho, continuando a não me dirigir a palavra.

Atrás dele, sacudindo como uma estudante a bolsa proveniente da avenue Montaigne, Alice exibia um sorriso carregado de triunfos. Olhe, é a mim que isso tudo pertence agora, clamava cada movimento rebolativo dos quadris ao sabor do calçamento e do desequilíbrio de seus saltos exageradamente altos, até ela também desaparecer no palácio vizinho.

– Venha – eu me limitei a sussurrar para minha gata. – Vamos para casa.

Encontrei no vestíbulo meus dois comparsas, que haviam descido ao meu encontro.

– Tudo bem, menina? Você está pálida...

– Sim, está tudo bem.

– O que houve? Viu um fantasma? – disse Fred.

– É um pouco isso... – eu fiz uma careta.

– Você cruzou com David? Não me diga que foi ele que veio te devolver a bichana!

Eu tratei então de liberar o animal, com pressa de encerrar o assunto e escapar do fogo alimentado pelas perguntas.

– Sim... e não. Ele não me trouxe Félicité. Foi o Armand.

– Sempre achei esse aí esquisitão – continuou Sophia.

– Por quê? – eu me espantei.

– Não sei. Uma impressão... Por exemplo, no dia do teu "casamento"...

Ela imitou as aspas com dois pares de dedos dobrados.

– ... quando todo mundo entendeu que você não viria mais...

– E daí?

– Não sei. Ele parecia quase aliviado.

– Ah, é que ele pensou que teria menos sujeira e serviço se o bufê levasse embora os pratos ainda intocados – especulou Fred tentando nos distrair.

– Espertinho – exclamou minha amiga. – Aliás, e quanto a você, o patrãozinho ainda não te pôs na rua?

A pergunta de Sophia era pertinente e tinha a vantagem de desviar a atenção deles de mim. A situação de Fred, operador de som profissional na BTV, permanecia um enigma. Bem depois de nossas demissões respectivas, a de Louis e a minha, ele conservara seu posto sem que nenhuma ameaça pesasse sobre ele. Todas as manhãs ele esperava ser convocado para uma entrevista de dispensa, e todas as tardes ele ia embora tão sereno quanto na véspera. Todo mundo o cumprimentava pelo trabalho, e seus colegas mais próximos, sabendo de seus antecedentes sentimentais com a ex-futura madame Barlet, apelidaram-no de "o milagre".

– Se quer minha opinião, devo minha pele unicamente ao fato de que ele se esqueceu de mim.

"Lembre-se, pouco antes de você ir embora, quando ele me viu na porta da sua sala, achou que eu era no máximo um estagiário. Então, se lembrar que eu sou o seu ex..."

– Ao menos, teu salário é depositado todo fim de mês – lamentou-se Sophia, cujos negócios na área da dança periclitavam mais do que nunca.

– Eu não posso me queixar!

– Contudo, há o que falar sobre as condições de trabalho no Grupo Barlet! Estou enganado?

A intervenção de Louis surpreendeu a todos nós. Nenhum de nós o ouvira entrar. Eu me precipitei ao encontro dele e o recebi com um beijo ao qual evitei dar intensidade demais. Tinha dito a ele: ainda não me habituei a exibir nosso amor em público.

Ainda que Fred fosse reconhecido ao meu novo companheiro por tê-lo tirado do desemprego, as relações entre os dois homens esfriaram novamente depois que Louis passou a ocupar na minha vida a posição que um dia tinha sido dele. Fred virara a página, não se mostrava ciumento. Fizera o luto de nosso relacionamento, mas persistia um leve véu de mal-estar que cada um de nós podia perceber.

– Enfim, para mim não chega a ser a penitenciária... – minimizou Fred. – Conheci bem pior.

A essa estranheza, acrescentava-se o fato de Fred estar numa posição de agente duplo. Simultaneamente nosso amigo e um empregado de David, ele dispunha de um ponto de vista que Louis podia legitimamente invejar. E este último não se acanhava de fazer troça sobre o assunto:

– Quais são as novidades da emissora? David continua flertando com os coreanos dele?

– Não sei, não estou a par dos segredos dos deuses. A única grande novidade recente é o retorno da Simoncini...

– Alice? – exclamei com excessivo vigor.

– ... mesmo que ninguém ainda saiba em que função ele vai reintegrá-la.

– Ele já a recolocou na função anterior – afirmou Louis.

– Sim... aparentemente isso faz parte de uma dança das cadeiras da direção.

– Ao menos há mulheres que não vão para a cama alheia em vão! – lamentou-se Sophia.

O olhar cheio de soberba de Alice alguns minutos mais cedo fazia todo sentido.

– Eles não anunciaram nada de oficial ainda, estou certo? – perguntou Louis.

– Não. Corre o rumor de que David vai organizar uma conferência de imprensa informal, mais para revistas de fofoca do que jornal de economia.

– Onde será a conferência?

– Não será na torre, claro, senão a confusão já teria se espalhado por todos os andares.

Um novo toque de campainha pôs fim às confidências, e o sorriso imaculado e doce de Ysiam desenhou-se na parte envidraçada da porta de entrada. Carregando nos braços um grande envelope de papel pardo, o camareiro do des Charmes não estava vestido com sua habitual libré, sinal de que aproveitara o tempo livre para nos visitar.

– Bom-dia, senhorita!

– Bom-dia, Ysiam. Entre, por favor.

Ele recusou com um gesto tímido da mão e se limitou a estender o embrulho, com pressa de se desincumbir.

– Oh, não, não, só vim entregar seu correio.

– É muito gentil da sua parte. Obrigada.

Como ele foi embora logo, meus dois assistentes recomeçaram o trabalho, desta vez com o reforço de Louis, à medida que sua perna avariada lhe permitia. Todos juntos, a tarefa seria rapidamente completada.

Mas antes de retornar ao trabalho, fiquei sozinha um instante com meu grosso envelope, que eu abri maquinalmente. Fazia vários meses que eu mandara encaminhar minha correspondência de Nanterre e do Hôtel Duchesnois para nosso quarto no des Charmes. Com sua habitual eficiência, o sr. Jacques tomara a iniciativa de encaminhar minha correspondência para cá.

Passei rapidamente a pilha em revista, que continha uma mistura de faturas, anúncios e ofertas promocionais. Nada de palpitante. Mas o último envelope reteve minha atenção:

Srta. Lebourdais
Hôtel des Charmes
Rue Jean-Baptiste Pigalle, 55
75009 Paris

Era seguramente um engano. Eu não conhecia nenhuma srta. Lebourdais trabalhando no des Charmes. Provavelmente tratava-se de uma secretária ou de uma contadora que não entrava em contato com a clientela.

Sem prestar mais atenção, larguei o papel em cima do console de mogno, pensando em restituí-lo a Ysiam na sua próxima passagem por aqui.

Félicité, que voltava de sua missão de reconhecimento, esfregou-se longamente nas minhas pernas com um ronronar jovial e agradecido no qual eu a ouvia dizer alguma coisa como: nós duas vamos ficar bem aqui. Eu também queria acreditar nisso.

3

12 de maio de 2010

Meu homem talvez não tenha determinado o número ou a natureza das provas que ele me reservava, mas eu sabia que seria julgada tanto pelas minhas iniciativas quanto por minha capacidade de me conformar às suas próprias exigências. Quanto mais o surpreendesse, mais marcaria pontos. Mais minha formação estaria próxima do fim, e mais completamente Louis me pertenceria, prisioneiro destes braços, deste ventre e deste sexo já inteiramente abertos para ele e esperando apenas por ele.

Enquanto eu esperava novos episódios deste tórrido folhetim, a vida começava a se organizar no Hôtel de Mademoiselle Mars. Mais ainda do que no prédio vizinho, onde David mesclara resquícios do passado e atributos do presente, era difícil para mim familiarizar-me com o espaço, tão sofisticado quanto carregado de história. Provavelmente, eu iria precisar de muitos meses antes de me sentir verdadeiramente em casa. Graças a Deus, Sophia arranjava qualquer pretexto para vir me ver, conferindo ao lugar um ar jovial que contribuía para a minha adaptação.

– Noivado! – ela exclamou de boca aberta, quando eu lhe expus meu projeto.

– Enfim, só Louis e eu. Uma coisa sem convidados.

– Sim, eu entendi perfeitamente, mas mesmo assim...

Estupor, alegria, provavelmente um pouco de inveja e de ciúme também, tudo isso desfilava pelo rosto dela como um trailer de seus sentimentos.

– Ah, por falar em noivados... Você não viu o melhor do ano.

– O quê?

Como se atraída por nossas vozes animadas, Félicité entrou no pequeno salão onde eu tinha visto se divertirem os casais convidados por Louis na noite da inauguração da casa. Ela se esfregou nas minhas pernas e depois saltou para os meus joelhos.

– Você já tem conexão de internet no teu palácio?

– Sim – eu disse, dando de ombros. – Afinal, em relação a certos detalhes, não dá para viver como no século XIX.

– Então traga o laptop, tenho uma coisa muito doida para te mostrar.

Fiz o que ela mandou e desloquei Félicité, contrariada de ser tão depressa expulsa do macio casulo das minhas pernas cruzadas. Abri o computador, que começou imediatamente a trabalhar.

– Ok. Agora digite "David Barlet + Alice Simoncini" – ela me orientou.

– O que esses dois ainda estão aprontando?

A imagem dos dois amantes no monitor em preto e branco me voltava em ondas. Desde aquela noite, a porta metálica que dava acesso ao subsolo, à Masmorra, como chamava Sophia, permanecia hermeticamente fechada. Teria David Garchey contado a Louis aquela fanfarrice?

– Você vai ver. Ande, digite!

Na mesma hora, devidamente captada a série de caracteres pelo mecanismo de busca, um número impressionante de resultados foi exibido na tela. Os primeiros mostravam um box onde se viam os dois pombinhos ternamente enlaçados em cima de um sofá que eu conhecia muito bem.

– Agora clique em cima de um vídeo.

– Qual?

– Qualquer um, é o mesmo. Eles venderam a exclusividade à revista *Match*. Está on-line desde hoje de manhã.

– À *Match*? Mas eles não deveriam fazer uma conferência de imprensa oficial?

– Justamente... É aí que fica engraçado. Clique, minha filha, clique!

Foi o que eu fiz, com o indicador trêmulo, mais curiosa do que inquieta.

Depois da propaganda de uma caminhonete e dos créditos de apresentação com as cores da célebre revista semanal, eu identifiquei na hora o local da filmagem: o salão do Hôtel Duchesnois. Nenhuma dúvida possível. Sentada com as pernas juntas, ligeiramente inclinadas, Alice se mostrava ereta, com um sorriso estático, a cabeleira loura mais alisada do que nunca. Era evidente que um cabeleireiro e um maquiador tinham operado antes. Mesmo David, livre de seu inalterável terno, todo sorrisos na sua camisa rosa-claro aberta no peito sem pelos, parecia mais bronzeado do que o habitual.

A voz do jornalista elevou-se de repente:

– David Barlet, por que este desejo de tomar a palavra, hoje, com Alice do seu lado?

– Simplesmente para assumir nosso relacionamento. E para mostrar a todos que...

– ... Que é sério – completou Alice, com os peitos empinados.

Então eles se inclinaram um para o outro e trocaram um beijinho fugaz.

– Posso lhes perguntar há quanto tempo...?

– Estamos juntos? Faz cinco meses.

– Quase seis – acrescentou a peituda criatura. – Não é, meu fofo?

Alice alargou ainda mais o sorriso de beata e deu um beliscãozinho cúmplice no nariz do seu companheiro, uma coisa que só se faz na intimidade.

Não era apenas ridículo e um pouco indecente, era simplesmente grotesco.

– Neste caso, não é um absurdo perguntar se vocês têm *projetos*...

– Não, com efeito – confirmou David. – Nossa previsão é ficarmos noivos muito proximamente.

– É uma bela notícia – bajulou atrás da câmera o jornalista. – Meus parabéns.

– Obrigado! – eles responderam juntos, fazendo desaparecer o mínimo espaço entre seus dois corpos com um abraço de timing impecável.

Em seguida, algumas cenas mostravam os dois nos diversos cômodos do hotel, fingindo-se de atarefados, experimentando no pulso joias que pareciam caríssimas, trocando beijinhos no pescoço e se segurando pela cintura. Depois, retorno repentino ao salão e close do "Fofo".

– Acho que você quer nos anunciar outra novidade, David...

– É verdade. Alice não é apenas a mulher que eu amo, é também uma profissional da comunicação, uma das mais competentes que eu vi na minha carreira. Aliás, as pessoas que nos conhecem sabem que foi precisamente nesse contexto que nós nos conhecemos.

– Na BTV, onde Alice era a diretora de marketing, não é isso?

– Diretora de marketing internacional – corrigiu Alice, num tom ligeiramente ofendido.

– E dentro de alguns dias ela será meu braço direito no canal que continua a ser a menina dos olhos do Grupo Barlet, com o título de vice-diretora geral. Estou convencido de que ela saberá me ajudar a alavancar a BTV ao patamar que merece.

– Ou seja?

– O de primeiro canal informativo da Europa.

Esquecido o flagrante delito escabroso com Christopher Haynes. Pelos ares a demissão por justa causa sem indenização. Demonstrar tão grande amnésia diante da câmera, sem piscar nem gaguejar, era fruto do mais puro talento de ator.

Sophia estendeu a mão e clicou com autoridade o comando de pausa.

– Não é uma loucura total esta coisa?

– Sim... – admiti, dividida entre o choque e a vontade de rir.

– Se você visse como eles estão sendo comentados nas redes sociais! Entre os que se divertem e os que se escandalizam, todo mundo cai em cima deles. Fred chegou a me dizer que os sindicatos cogitam cobrar satisfação de David por causa da imagem deplorável que isso faz do grupo.

– É espantoso... – aprovei, com um murmúrio. – Mas ainda tenho dificuldade de acreditar que David tenha se prestado a tamanha palhaçada.

No entanto, o pedido de casamento de que eu mesma fora objeto por parte dele, um floreado de clichês no limite do mau gosto, me provara que o homem era meio chegado ao kitsch e ao exagero. E que, mesmo sendo o figurão que ele era, cheio de diplomas e de contas bancárias, era capaz de se divertir como um turista de sandálias fluorescentes.

– Espere, está claro que a ideia partiu dela. Olhe como a imbecil está exultante! Ela não se aguenta! Parece que está andando pela primeira vez num carrossel da Disney!

Tinha um quê de verdade nesse julgamento implacável. Contudo, eu não podia deixar de ver nesta aflitiva exibição o dedo do meu ex-noivo. Impressão inexplicável de que, apesar deste espetáculo ridículo para impressionar o público, ele ainda não havia esquecido nosso fiasco do ano passado.

E quanto mais ele exagerava no registro, mais eu tinha a convicção de que suas intervenções públicas eram dirigidas a mim, só a mim, a mulher que tivera o descaramento de rejeitá-lo. Sobretudo, para esfregar isso na minha cara. Clamar alto e bom som que ele já estava em outra.

Quem ele imaginava enganar assim?

Eu me recusei a aceitar o desafio que ele me lançava e a entrar num duelo contra este Napoleão e sua Joséphine de opereta... Mas mesmo assim, para não nos distanciarmos deles, Louis e eu devíamos o quanto antes dar uma forma ao nosso relacionamento. Ainda que permanecesse privado. Ainda que o guardássemos em segredo. Noivado, foi o que eu anunciei a Sophia?

Noivado que eu teria de organizar o mais rápido possível. E foi assim que, com o casal imperial em mente, veio a ideia do castelo de Malmaison. Mas não uma versão qualquer do Malmaison...

– Onde vamos? – perguntou Louis, com uma venda nos olhos, enquanto eu o levava sem explicações no banco de trás da limusine. – Posso saber com que molho você pretende me comer hoje, senhorita?

– Não pode não, meu querido. Qual a graça se você conhecer o menu antecipadamente?

Dócil, divertido com esta súbita tomada de poder, ele deixou que lhe tirassem a bengala e ofereceu os punhos reunidos para amarrar.

– Richard – ele disse alegremente ao motorista –, não me diga que você é cúmplice desta pequena encenação?

Oh, sim, ele era, e não só uma vez. Desde que eu entrara oficialmente na vida de seu patrão, Richard-o-motorista amansara nas suas relações comigo. Dizer que ele se tornara amável beiraria o exagero de linguagem, mas reconheci nele uma disponibilidade sem falhas e um devotamento total ao seu patrão. Duas qualidades que ele aceitou de bom grado botar à minha disposição quando lhe expus o objetivo do meu plano: sequestrar Louis e conduzi-lo até o quarto da imperatriz, no primeiro andar, na ala norte do castelo de Malmaison. Tudo isso tomando suficientes cuidados e precauções para que em nenhum momento a vítima adivinhasse nosso destino final, nem a sorte que lhe seria reservada no local.

Tudo isso sem contar os sentidos aguçados de Louis e sua capacidade de dedução igualmente afiada.

– Entramos em um segundo túnel, com uma ponte entre os dois... – ele especulou em voz alta, quando completávamos a travessia de Neuilly-sur-Seine. – Esperem... vamos a Malmaison, é isso?

Como estava combinado entre nós, nem Richard nem eu respondemos às suas perguntas. Não iríamos brincar de quente ou frio, ou de qualquer tipo de jogo que pudesse dar a ele uma pista. Ele já adivinhara demais.

O que ele ignorava, contudo, era o pequeno milagre que seu precioso caderno de endereços, de onde Richard extraíra as coordenadas úteis à minha maquinação, me permitiu realizar. Algumas ligações telefônicas feitas em seu nome – museus nacionais napoleônicos, prefeitura de Rueil-Malmaison, direção do patrimônio nacional de Malmaison e um punhado de outros burocratas e factótuns aos quais ele precisou subornar – e o prodígio abriu-se para nós, como os portões abriram-se numa fluidez mágica com a aproximação de nosso automóvel.

Todo o prédio principal estava à nossa disposição até a manhã seguinte. Evidentemente, fora preciso assinar vários documentos e fazer um seguro muito dispendioso em caso de imprevisto. Mas ninguém cogitava uma eventualidade malfadada, é óbvio.

– Cascalho! Estamos rodando sobre cascalho! – exclamou Louis.

Com efeito, a limusine subia agora a grande alameda de coníferas, por entre as quais ondulavam abundantes tufos maciços à inglesa, numa mistura de flores variadas de espécies selvagens ou mais domésticas.

Também eu me sentia pronta para uma completa floração, uma explosão selvagem dos meus sentidos, jorro anárquico dos brotos de desejo que ele plantara sobre mim, em mim, o ano inteiro. Ser a grande organizadora de nossos prazeres não acontecia sem responsabilidades, e um frio na barriga não me deixava há vários dias, mas isso decuplicava igualmente meus desejos e pontilhava cada instante com inspirações licenciosas e imagens inusitadas.

– Cale-se, senhor – eu soprava no ouvido de Louis, forçando ao excesso a sensualidade do meu timbre vibrante. – Trate de se calar... ou serei em breve obrigada a puni-lo!

Essa ardente promessa lhe provocou um sorriso de criança: ele sabe que a espera será dura, e longa, mas que a delícia não será menos intensa.

Com os olhos sempre vendados, ele saiu do carro e nós o acompanhamos pelo pátio principal, um de cada lado, até a tenda de madeira turquesa que marcava a entrada do edifício.

No vestíbulo com grossas colunatas de mármore rosa, tomamos a direita e, passando pela elegante sala de bilhar, empurramos uma porta dupla que dava para a escadaria do andar. Richard-o-motorista e eu tínhamos examinado o local a fim de que tudo se desenrolasse da melhor maneira ao chegar a hora. Portanto, ali estávamos nós.

O quarto da imperatriz ficava depois de uma curva do patamar em L. Era preciso contornar a peça em rotunda pela direita, depois passar pela incrível porta dupla envidraçada, cujo reflexo amplificava ainda mais as dimensões do capitel de dezesseis faces.

Ajudei Louis a transpor o parapeito de madeira destinado a manter os visitantes longe dos dois janelões, depois fiz com que se sentasse em um dos dois pequenos sofás vermelhos, todos os dois bordados no encosto com um imenso J maiúsculo dourado. Sobre uma estreita mesinha de centro egípcia, de ouro e mogno, nos esperava comportadamente uma garrafa de champanhe gelado e duas flûtes, acompanhadas de alguns biscoitos, macarons e calissons, como uma lembrança dos que Louis oferecera a Maude.

– Será que essa brincadeira infantil vai acabar logo? Você me autoriza a tirar a venda?

– Espere, não! Só um minuto...

Dispensando Richard – ele se eclipsou com uma furtividade surpreendente para sua corpulência –, puxei as pesadas cortinas duplas e comecei a tirar a roupa. Desta vez não se tratava de um desnudamento calculado. A surpresa que eu lhe reservava ia bem além das poses impostas por uma vulgar stripper.

Num dos grandes espelhos, verifiquei que a tinta não tinha escorrido e dei finalmente a Louis o sinal que ele ansiava escutar:

– Você pode abrir os olhos.

Ele me contemplou por um bom tempo, silencioso, visivelmente encantado com o que descobria.

– Minha flor... – ele disse à meia-voz.

Era verdade, eu era sua flor. E que flor! O entrelaçamento de caules pintados na extensão das minhas pernas, nos quadris, depois a súbita eclosão de botões cor-de-rosa e vermelhos no ventre e nos seios, todo o conjunto de formas delicadas e de cores vivas contribuía para redesenhar minhas curvas, para lhes dar um elã inédito.

E se eu aceitava plenamente este título que em outros tempos eu teria achado um pouco bobo, ou grande demais para mim, é porque eu me abrira para ele todos esses meses, na estufa do des Charmes, onde nosso amor desabrochara, onde meu corpo aprendera a domesticar seus afluxos de seiva.

Naquela mesma manhã, Sophia passara várias horas inclinada sobre meu corpo estendido reproduzindo os motivos que selecionáramos juntas, sutis arabescos de caules e pétalas trabalhadas. Ela se esmerara para restituir toda a delicadeza, as nuances, e meu corpo inteirinho se metamorfoseara em um gigantesco buquê.

Primeira hora, desfazer o buquê

Com a ajuda de um pano de algodão macio e creme hidratante, Louis ocupou toda a primeira hora me desvendando, tirando meu invólucro, apagando uma a uma as flores que me cobriam. A tinta escolhida por Sophia – ela experimentara as qualidades em um de seus espetáculos – desaparecia na primeira passagem, como evaporada em contato com o fluido leitoso. Eu percebia perfeitamente, pelo seu olhar aplicado, que Louis se maravilhava à medida que ia liberando meu corpo de seu envelope vegetal, como se o descobrisse pela primeira vez.

– E depois? – ele se preocupou, enquanto atacava exatamente o vasto campo do meu ventre e meus seios.

– Depois? Ainda temos nove horas antes de desabrocharmos um para o outro.

– Você transa à moda de Joséphine, é isso?

Eu não podia esconder nada dele. Não dele.

Joséphine de Beauharnais fizera do Malmaison a tela perfeita de suas paixões florais. Um éden tão luxuriante quanto sua Martinica natal.

Os gestos do meu homem eram leves porém metódicos. Ele abordava cada nova área da minha anatomia com a delicadeza de um arqueólogo revelando um tesouro, usando o pedaço de pano como um pincel. A carícia do tecido me fazia arrepiar, e eu tinha às vezes vontade de gemer. A zona que ele desvelava se desdobrava e se abria para ele como uma nova pétala, fremente de reconhecimento.

Segunda hora, aspirar o perfume da minha flor

Assim que ele se aproximou dos meus grandes lábios entreabertos, úmidos de orvalho, eu afastei sua mão. Nós tínhamos a noite inteira. Eu insistia em esticar as delicadas preliminares o mais possível. Adotar a paciência do jardineiro. Deixar brotar nossos desejos no ritmo da noite. Vasculhar o terreno das nossas fantasias sem bruscos e precipitados movimentos dos corpos. Respeitar nossas naturezas.

– Sinta-a... Fale com ela.

Ele me segurou nos braços e me levou até a cama – tinham me pedido para tomar cuidado com ela, o conservador do museu me garantiu ser a cama original e disse que Joséphine em pessoa dormira ali. Louis me deitou lentamente de costas e colocou o rosto no meio das minha coxas.

Com o nariz repousando na minha rosa, ele passou um longo e terno momento aspirando-a, saboreando seu perfume bruto, notas ora ácidas ora almiscaradas, que eu me esforçara nos últimos dias para preservar lavando-me apenas com água pura. Minha natureza em estado natural.

– Adoro cheirar você... Eu poderia ficar assim durante dias – ele confessou pela primeira vez.

Portanto, eu não era a única a achar o cheiro íntimo um fetiche. Essa descoberta se abriu para mim como uma borboleta e me encheu de uma confiança inédita. De agora em diante eu não precisava mais temer que ele me cheirasse com insistência, e nós poderíamos nos farejar como dois cães famintos ou falar livremente sobre o assunto.

Mas Louis ignorava que, além das leituras que ele recomendara, eu tinha comprado, durante uma expedição que realizara sozinha à Musardine, várias outras obras muito instrutivas. Dentre elas, havia o texto de um certo E.D., autor enigmático dos anos 1900, que escrevera uma pérola erótica chamada *Odor di femina*.

Com o subtítulo *Amores naturalistas*, o breve romance narra o percurso de um homem que, cansado dos sexos insossos e inodoros da cidade, parte para o campo em busca de perfumes íntimos mais autênticos.

– Gostaria de ser perfumista para extrair o teu suco e destilar o teu perfume – sussurrou Louis.

Como para melhor me convencer, ele renunciou à eloquência e mergulhou na minha fenda. Enfiou o rosto como um cachorrinho, se lambuzando do suco translúcido e recendente, levantando a cabeça um segundo para sentir o aroma depositado no seu lábio superior, recomeçando em seguida o assalto aos meus eflúvios secretos. Ele se embriagava até a loucura, e me deixava em êxtase.

Terceira hora, apagar minhas pétalas

Grandes lábios, pequenos lábios, períneo... crianças abandonadas dos amores femininos. Que homem os cultivará um dia com toda a atenção e a destreza exigidas por suas mucosas tão finas, sua incomparável delicadeza?

O meu. Meu homem.

A polpa dos seus dedos, tão sedosa. A ponta da sua língua, tão precisa. Ele se dedicou a lhes oferecer o que minhas dobras carnudas mereciam. O sexo de uma mulher é uma planta complexa. Nenhum homem pode pretender conhecê-lo se não se demorar nele, se não se der ao trabalho de explorar com minúcia seus múltiplos recantos, suas sinuosidades, toda a estrutura mutável, móvel, inchada ou dilatada em certos pontos, banhada de secreção, mal reconhecível de uma vez para a outra. É preciso tempo e paciência para tal. Nós tínhamos o primeiro e Louis tinha a segunda.

Naquele momento, ele rolava uma preguinha de carne entre o indicador e o médio e subia até o clitóris, mas desistia ao chegar junto dele e ia bem mais para baixo, na direção do ânus. Cada uma das etapas provocava uma onda que irradiava por toda a vulva.

Eu sentia uma necessidade cada vez mais violenta de ser penetrada, imediatamente, nem que fosse por um dedo ou dois. Mas a cada nova passagem, eu achava um jeito de resistir e tentava me concentrar nas sensações finas e furtivas.

Já fazia três horas que estávamos mergulhados nas preliminares, concentrados na fusão de nossos corpos, cada contato, mesmo o mais tênue, mais localizado, unindo-os melhor do que nunca. Entre nós circulava uma corrente elétrica. Tanto que a escuridão já invadira o quarto há algum tempo, esfumando nossos traços e nossas silhuetas, quando finalmente resolvemos acender a luz. Eu teria preferido que a iluminação fosse feita com velas, mas como todas as paredes eram cobertas de tapeçarias, o conservador opusera-se formalmente.

Prosseguimos portanto sob o brilho, um pouco excessivo para nosso gosto, de pequenos spots discretos, escondidos nas dobras de cetim vermelho. Louis estava tão concentrado na eclosão lenta da minha flor que achou nisso uma nova fonte de maravilhamento.

– Parece que ela produz sua própria luz!

Como as flores fosforescentes, a minha parecia destilar um clarão irisado e, como ele levantava o rosto de entre minhas coxas, acreditei ver Louis aureolado pelo meu brilho interior.

Quarta hora, colher o néctar do meu pistilo

Nossas mãos e corpos se amassavam como quem remexe uma terra de cultivo. Sob sua ação, rebentavam novos brotos de prazer como nunca tínhamos visto. As sensações jorravam de todos os lugares, às vezes concentradas em um pedaço de pele, às vezes de todos os horizontes ao mesmo tempo, mamilos, lábios, nádegas, línguas.

O desejo se tornara forte demais, e me parecia estar na hora de perder o controle. Íamos deixar nossas atitudes tão comportadas, tão policiadas, e dar livre curso ao desejo até então ordenado em alinhamentos definidos e cuidados como um jardim à francesa.

Apontando meu clitóris com um indicador malicioso, eu o intimei:

– Cuide dele... Chupe.

Ele fez melhor do que qualquer um, e até melhor do que tinha feito até então. Demorou-se agradavelmente e dedicou-se a cada etapa, prolongando-as até o limite do suportável.

Começou com lambidas bem leves no capuz, sob o qual adivinhava-se a protrusão exasperada do botão de carne sensível. Eu tinha a sensação de que ele inchava em cadência, alguns gramas a mais a cada toque úmido, como nos filmes realizados quadro a quadro, que permitem que se veja o nascimento de uma flor em ritmo acelerado.

– Na tua boca. Ponha ele na tua boca – eu implorei depois de longos minutos do delicioso tratamento.

Com os lábios para a frente, ele aspirou minha protuberância, primeiro devagar, depois cada vez mais depressa, sem se preocupar com o barulho de sucção que ele gerava e que me encantava. Não agia como se fosse uma simples balinha. A cada imersão do clitóris na boca, ele o gratificava com uma lambidinha, procurando levantar o capuz para entrar em contato direto com a glande. A manobra devia ser executada tão rapidamente que ele nem sempre conseguia, mas seus sucessos eram sistematicamente recompensados com uma descarga que atravessava todo meu baixo-ventre, erguia meus quadris e desencadeava na minha garganta um longo gemido incontrolável.

Gozei pelo menos três ou quatro vezes durante a quarta hora. Nos intervalos, ele me deixava apenas o tempo de eu me recuperar, e de meu clitóris se acalmar, antes de recomeçar o contato direto, antes de partir para um novo assalto, determinado a esgotar meu corpo tanto quanto as variantes dessa carícia. O bom grão, na boa terra, com boa rega e exposição solar ideal, produzia a mais bela flor de prazer.

Quinta hora, afagar o caule

Mas não vão acreditar que eu concebia nosso noivado como uma floração de que eu era a única beneficiária. A noite agora envolvia o palácio, os animais tocavam sua sinfonia noturna, quando eu decidi que a flor devia cuidar, por sua vez, do jardineiro.

Louis ainda estava vestido, e eu tirei sua roupa com a serenidade que eu queria, camada após camada. Quando finalmente ficou nu, beijei cada uma de suas numerosas tatuagens, me embebendo de sua tinta perene, aspirando seus eternos motivos como ele havia apagado os meus. Eu o sentia fremir ao contato dos meus lábios.

Meus lábios. Durante nosso cativeiro voluntário no Joséphine, ele escreveu uma ode a eles, e até lhes dedicou a forma literária na qual ele me iniciou: o *blason*. Curto poema glorificando uma parte da anatomia feminina, o *blason* foi um gênero poético muito em voga na Renascença. Em alguns minutos, diante de mim, modelo oferecido a seus olhos e sua verve, ele compôs:

Lábios em minha boca colados
Lábios em meu corpo soldados
Lábios que desconhecem dissabor ou fracasso

* * *

Lábios tão carnudos que os devoramos num beijo
quando pensavam que era sua vez de comer
Lábios, flores do teu corpo
Eternamente abertos
Lábios ligados a mim e a meu espadão
Lábios que de mim nunca se separarão

Lábio, experimenta se te atreveres!

Eu não tinha sua inspiração, mas tinha em mim os dois frutos de carne que ele amava tanto.

Como um eco aos seus versos, eu os esmaguei em todos os lugares onde queriam pousar. Umidifiquei-os tanto quanto quis, apartei-os como para extrair mais suco. Minhas breves evoluções o enlouqueciam, eu percebia. Ele, normalmente tão calmo, torcia-se debaixo deles e manifestava sua volúpia.

Quando eles finalmente se fecharam sobre a ponta da glande, acreditei que ele ia sufocar. Ele abriu totalmente a boca e buscou um ar que parecia lhe faltar.

– Sim... – foi só o que sussurrou.

Depois de passar um ano à disposição dele, ele não ignorava mais nada das qualidades da minha boca quando ela se fechava sobre seu bulbo inchado, se apertava em torno da haste até os testículos. Contudo, eu consegui surpreendê-lo nesse dia. Imaginei ínfimas variações, mil maneiras originais de conformar os lábios tão famosos em torno de seu membro, absorvendo, aspirando, engolindo, batendo, até sentir-lhe a textura no contato com sua virilidade.

– Atenção – ele me alertou com um grito abafado.

Eu não queria que ele se derramasse na minha boca. Não desta vez. Eu me retirei rapidamente para trás e segurei suas nádegas com mãos firmes para apertá-lo contra meu busto.

A flor de esperma que jorrou dele veio fertilizar meu peito. Ela desenhou, no lugar das flores de maquiagem preta apagadas por Louis, um motivo branco. A mancha se espalhou lentamente na minha pele, escorreu entre meus seios, na reentrância do pescoço, revelando uma a uma suas pétalas.

* * *

Sexta hora, compor um maciço

A sexta hora foi a das efusões cruzadas, dos assaltos mais livres, das figurações mais esperadas. Nós já estávamos no meio da noite. Um pouco de fadiga legítima tomara conta de nós. Para lutar contra a apatia e os eflúvios de sono que flutuavam no ar, eu introduzi algumas inovações no programa: todas as posições que adotamos tinham nomes de flor ou sua aparência. Assim, nós encadeamos quase sem transição posturas tão evocativas quanto o lótus, o botão de rosa, a orquídea ou ainda a liana, esta última nos vendo estendidos em todo nosso comprimento, um contra o outro, nossas pernas e braços emaranhados na mais inextricável das maneiras.

O vegetal, nesse nosso modo singular de fazer amor, não ficava limitado às denominações, e se caracterizava mais pela fluidez e extrema lentidão com que agíamos. Nenhum dos avanços de Louis em mim era precipitado ou violento. Suas penetrações tinham mais a ver com uma intromissão, quase superficial, nas minhas bordas. Suas carícias assemelhavam-se a um envolvimento. Seus espasmos, a uma subida progressiva da seiva, nele, e até mim.

Tentar se amar durante uma hora, contendo as exultações, dominando os orgasmos, quase imóveis um contra o outro, à espreita do menor movimento subterrâneo, é um intenso desafio. Deslizamentos progressivos do prazer de um no prazer do outro...

Era precisamente a magia dessa fórmula. Como no grande ciclo da natureza, nada se perdia. O prazer intenso que um de nós sentia alimentava o desejo do outro, até reverdecer permanentemente nossos ardores.

Por instantes, eu me limitava a contrair a vagina em volta do pau dele ou a escutá-lo palpitar em mim como um coração. Se eu fosse capaz, se simplesmente tivesse forças, eu mesma teria escrito um pequeno *blason* em sua homenagem.

Sétima hora, alimentar a terra

Richard, que eu quase tinha me esquecido de que se comprometera a permanecer no local, bateu na porta do lado do quarto contíguo, que era o quarto comum da imperatriz, e mostrou sua cara amassada. Nas mãos, carregava uma bandeja de prata contendo xícaras, uma grande cafeteira e diversos doces e frutas secas.

– Para recuperar energias...

Acolhemos seu oferecimento com suspiros satisfeitos. Colocado o tributo sobre a mesinha egípcia, de onde retirou os restos de nosso lanche precedente, ele foi embora imediatamente. Com avidez, e sem uma palavra, nós nos restauramos.

Uma vez deitados outra vez na cama, enquadrados pelos dois imensos cisnes dourados, eu achei que iríamos mergulhar no sono. Mas ele colou a boca na minha orelha, pronto, eu o sentia, a deixar florir as palavras.

– Eu te amo...

Eu não tinha me enganado. Da mesma maneira que David abusava das declarações, Louis era avaro. Talvez tenha sido de fato a primeira vez.

– ... E amo tanto que você me surpreenda...

Recebi a primeira frase como um troféu. E a segunda como um adubo para nossos futuros jogos. Já que ele me amava empreendedora, eu não perderia nenhuma ocasião de surpreendê-lo. Eu me comprometi em silêncio, respondendo às suas ternas manifestações com uma nova salva de beijos, um entrelaçamento de pernas, uma mão subindo pela sua bunda e seu membro.

Não me lembro mais com precisão das palavras que trocamos em seguida. Sei que foram sobre coisas mais sérias. Sobre nossa união, sobretudo. Louis mencionou nosso contrato de casamento, mas também o que tinha sido estabelecido entre David e mim. Entre dois bocejos, encontrei forças para lhe pedir que o nosso, estabelecido como o anterior pelo dr. Olivo, fosse enviado ao colega dele, o dr. Whurman, tabelião de minha mãe.

Certas plantas não dão apenas flores. Mas também brotos estéreis, às vezes espinhos.

Oitava hora, resistir à mudança de estação

Foi a mais rude, a menos florida. Aquela em que, a despeito das quantidades de café bebidas, a luta foi mais difícil. Lá fora, um orvalho benfazejo caía sobre as plantas. Elas eram belas de se ver, tão impacientes para sair da noite, tão sedentas de luz e de sol. Eu pensei comigo mesma que essas horas fechadas aqui seriam para nós as últimas do claustro. Que, depois de termos amadurecido à sombra o casal que éramos, primeiro no des Charmes todos esses meses, e depois aqui, chegara a hora de expô-lo à luz do dia.

Por ora, para podermos sentir o frescor da madrugada, tive a ideia súbita de mergulhar uma das mãos em mim. Tirei de dentro bastante secreção, ainda fluida, nem muito viscosa nem muito espessa, e a esfreguei em todos os lugares do meu amante onde julguei apropriado: nas bochechas, na testa, no pescoço, no peito e até na boca, que lambeu meus dedos gulosamente. Não omiti as têmporas e o espaço atrás das orelhas, pois eu sabia por experiência que algumas gotas nesses lugares o estimulavam melhor do que em qualquer outro.

Quando terminei, ele me devolveu a mesma coisa com seu líquido seminal. Mas não fiquei ofuscada nem desgostosa, eu me vi até invadida por uma vontade súbita de beber a mistura na fonte.

Nona hora, rejubilar-se com uma nova primavera

Os olhos de Louis borboleteavam, bem próximos da rendição, quando Richard se anunciou com um leve toque-toque e reapareceu na porta entreaberta, seguido de uma sombra mais esguia.

– A senhorita que vocês esperavam está aqui – ele anunciou à meia-voz.

– Obrigada. Mande-a entrar, por favor.

Reconheci a jovem pelo boné militar que ela já usava quando fui procurá-la na sua loja da rue du Roi de Sicile, a Dragon Tatoo.

Ela própria tatuada em numerosas partes visíveis do corpo, inclusive o braço, exibia um jeitão masculino que destoava da delicadeza de seus traços.

– Bom-dia – ela saudou, esboçando um sorriso.

– Entre, Stéphane, entre.

Stéphane, como a atriz Stéphane Audran, um nome tão andrógino quanto a lei permitia.

Louis saía da sua letargia e pareceu enxergar só nesse instante nossa visitante.

– Stéphane?

Ele a conhecia bem, pois tinha sido à sua mão ágil e ao seu talento que ele devia algumas de suas mais belas peças, principalmente as rosas entrelaçadas no ombro esquerdo.

– O que você veio fazer...?

– Psiu, um pouco de paciência, senhor! – repreendi-o de imediato.

A tatuadora de regata cáqui desembalou seu material, verificando várias vezes a esterilização bem como o bom funcionamento. Quando tudo finalmente ficou arrumado, ela se dirigiu a mim:

– Começo por quem?

– Por mim, se não a atrapalhar.

– Eu achava que você não queria ouvir falar... – interrompeu Louis.

– De fato. Eu não cogitava como um projeto individual. Mas agora... é diferente.

– O que você quer dizer?

Nenhuma necessidade de eu dar maiores explicações. Ele compreendeu perfeitamente o espírito, embora não entrevisse ainda a forma que adotaria o projeto.

E também, em vez de lhe responder, eu me deitei de costas, nua, oferecendo a Stéphane meu púbis, que ela imediatamente raspou integralmente. Bem depressa não subsistiu senão um rastro de pelo na borda dos meus grandes lábios.

Louis não sabia se devia aplaudir a loucura ou se rebelar. Ao menos eu ganhara essa partida: ele parecia estupefato!

O contato inicial da agulha com a minha pele macia, tão fina naquele local, me arrancou um gritinho, que em seguida eu consegui conter. Bastava habituar-se a essa pequena dor lancinante, mas de resto suportável.

Nas costas da tatuadora, eu imaginava se perfilar o rosto de Louis, curioso como um menino, incapaz de antecipar o que nascia sob seus olhos, ponto após ponto de tinta.

– O que é? – ele não conseguiu deixar de perguntar.

– Espere um pouco... Você verá.

– Uma pluma?

Não. Tratava-se de uma simples pétala, pontuda embaixo e volumosa no alto, cavada na esquerda e repleta na direita, sutilmente nervurada em tonalidades de cinza.

Stéphane trabalhava depressa, e menos de um quarto de hora depois ela olhou para Louis com um sorriso falsamente interrogador.

– Sua vez?

Eu fiz que sim com um movimento de cabeça, mais dedicado ao tatuado do que à tatuadora, e Louis, que eu sabia ser tão seguro de si, tão avesso a qualquer autoridade, deitou-se sem dar uma palavra.

Como em mim, ela o livrou do tosão pubiano e, num silêncio religioso, não sem antes tomar algumas medidas sobre a pele dele com a ajuda de uma fita métrica, aplicou-lhe a exata cópia do desenho que acabara de tatuar em mim: uma outra pétala, idêntica à minha, só que em sentido inverso, pontuda no alto e arredondada embaixo.

– Forma exatamente o que estou pensando? – me perguntou Louis, enquanto a artista terminava sua obra diretamente na pele avermelhada.

– Não sei – eu brinquei com ele. – Você acha que se trata do quê?

Quando Stéphane terminou o trabalho, e assim que o bálsamo calmante foi devidamente aplicado sobre nossas duas epidermes ainda ardidas, eu me deitei em cima de Louis tão delicada e levemente quanto possível, verificando com o olhar entre nossas duas barrigas se os dois ornamentos se ajustavam como eu sonhara.

Estava perfeito. Reunidos os nossos corpos, as duas pétalas formavam uma única e mesma esfera, seu Yang masculino de agora em diante indissociável do meu Yin feminino. Doravante, nós não nos sentiríamos mais completos, mais consumados, senão na associação das duas forças. Teríamos que juntar as duas energias, fundidas uma à outra, para recompor o todo sensual que nos tornáramos.

Acho que foi nesse momento que ele chorou? Ou fui eu que adormeci?

4

15 de maio de 2010

– Srta. Barlet, pode-se dizer que você é uma jovem muito ocupada! Há quantos meses tentamos marcar este encontro?

O homem de terno preto que me estendia a mão, velho sedutor próximo dos 60, cabelo rareando e cheio de gel, mostrou-se, apesar da crítica mal disfarçada, de uma afabilidade quase excessivamente exuberante para sua profissão. Mas, apesar de tudo, nada proibia um tabelião de se mostrar simpático com sua clientela. Ele puxou para mim uma velha poltrona gasta e instalou-se do seu lado da mesa numa cadeira de couro nova em folha. Querendo ou não, a mensagem expressa por esse detalhe não me escapou: aqui, só quem enriquece sou eu.

– Eu sei, sinto muito... Por outro lado, eu não me chamo Barlet, mas Lorand. Como minha mãe, Maude Lorand.

Seu sorriso hábil apagou-se, e ele colocou os óculos de leitura para mergulhar no par de grossos processos que guarneciam sua mesa.

– Sim, sim, sim... claro. Nós temos dois processos para ver juntos, não é isso?

– É isso – confirmei.

– Uma sucessão em nome de Maude Lorand, em benefício de sua filha, Annabelle *Lorand*, estamos de acordo...

– Sim.

– ... assim como um contrato de casamento estabelecido por meu colega parisiense, dr. Olivo, entre você mesma, srta. Lorand, e o sr. Louis *Barlet*.

– Exatamente.

– Perfeito, perfeito, perfeito. Agora está mais claro.

O motivo da minha presença devia estar claro antes da minha entrada no seu escritório, considerando-se que o dr. Whurman era o tabelião de minha mãe desde sempre e que o seu processo de inventário por certo já estava coberto de poeira há muitos meses.

Um ligeiro espasmo no lugar onde Stéphane me marcara com tinta três dias antes afastou esta pequena contrariedade. A dor era fraca mas, quando o bálsamo colocado sobre a ferida secava, ela às vezes me lembrava de sua existência.

– Segundo suas instruções – ele prosseguiu a leitura –, nós procedemos à venda do bem principal pertencente ao patrimônio da senhora sua mãe, a saber a casa situada na rue Rigault, 29, em Nanterre, da qual ela era a exclusiva proprietária. E a senhorita, de fato, a única herdeira. Como deve ter lhe esclarecido meu funcionário por telefone, nós recebemos uma oferta para o bem, e se os termos lhe convierem, podemos proceder hoje mesmo à assinatura do contrato.

– Certo, eu estou de acordo – falei precipitadamente.

– Bem, bem, bem – ele disse, procurando me reconfortar com um largo sorriso.

Eu me perguntei se ele repetia sempre suas fórmulas de aprovação três vezes ou se esse tratamento me era reservado, tendo em vista meu ar aflito.

– Vamos então preparar tudo e a senhorita pode assinar os documentos na sala ao lado dentro de alguns minutos. Enquanto isso...

Ele retirou os óculos e abandonou o ar bonachão e vagamente libidinoso.

– ... tenho o dever de alertá-la. A soma que vai receber é importante. E a experiência prova que um capital assim se dilapida bem mais rápido do que se constitui.

Ele reparara na minha bolsa monogramada? Me tomava por uma fashionista capaz de detonar todo o dinheiro da mamãe em futilidades na moda? Ou simplesmente por uma moça da minha idade, jovem e influenciável, cercada de parasitas e aproveitadores...

– Tenho perfeitamente consciência de tudo isso.

– Excelente! – exclamou, uma só vez. – Se desejar, posso lhe aconselhar algumas aplicações bastante lucrativas.

Eis o espertalhão se revelando. Pois eu não duvidava de que os tais investimentos iriam lhe proporcionar alguma vantagem.

– Obrigada, mas eu já tenho uma ideia sobre o uso que quero dar ao dinheiro.

– Ah, ah, ah... – ele triplicou seu desapontamento com um tom teatral, a mandíbula subitamente crispada. – E qual é o projeto, se eu não estiver sendo indiscreto?

– Comprar um apartamento em Paris.

O apartamento que eu nunca teria com Fred. Àquele que meu noivado com David, depois minha história com Louis, tinham me feito renunciar. Aquele que durante anos eu decorara em sonhos, imaginando até o menor detalhe, repassando as camadas de pintura imaginária como se fossem bálsamos para minhas crises existenciais.

– Hum – ele falou, fazendo uma careta. – A soma que vai herdar não é má, mas, haja vista a situação do mercado, não espere conseguir a pepita imobiliária de Paris.

– Eu não sou muito gulosa.

Teria ele corado com essas palavras, como acreditei distinguir na penumbra do seu escritório mal iluminado?

– Ou seja?

– Um estúdio ou um quarto e sala me bastam perfeitamente.

– Entendo, entendo, entendo... Eu captei melhor – ele se regozijou. – É, então, um investimento de locação que deseja efetuar?

– Sim... A princípio.

Que outro uso eu poderia dar a um estúdio em Paris, eu que acabara de me mudar para mil metros quadrados habitáveis de um palacete? O que tinha sido o sonho dos meus 20 anos, uma prova de sucesso e de independência cuja realização teria me enchido de alegria um ano antes, tornava-se em parte obsoleto pelas circunstâncias. Em parte somente. Eu não ia morar nele, era evidente. Mas me saber devidamente proprietária de tal bem, a pequena Annabelle de Nanterre, ocultava temporariamente minha falta abissal de confiança em mim mesma.

– É uma opção muito judiciosa.

O tabelião piscou os olhos três vezes seguidas para dar a entender sua aprovação.

– Contudo... – ele objetou, retomando ruidosamente o fôlego. – Tendo em vista o outro assunto que nos ocupa...

Ele tamborilou sobre o segundo processo, oportunamente localizado sob sua mão esquerda, como sempre três vezes.

– ... eu devo lhe fazer a pergunta: deseja que esta aquisição seja incluída no patrimônio mencionado no seu contrato de casamento?

– Hã... – eu hesitei. – Não é obrigatório?

– Sim, sim, sim. Mas vejo aqui que vocês optaram por um regime de comunhão parcial de bens. Tudo que a senhorita possuir *antes* da data do casamento continuará sendo sua propriedade exclusiva, não existe nenhuma ambiguidade sobre isso.

– Eu entendi, doutor – pontuei, como para lembrá-lo dos imperativos deontológicos de sua profissão. – Mas justamente: se esse bem permanece cem por cento meu depois do casamento, por que eu esconderia sua existência do meu futuro marido?

Ele se remexeu na cadeira de uma maneira um pouco ridícula, que terminou afetando seu charme de ex-galã.

Para poder disfarçar, ele mergulhou no documento, folheando as primeiras páginas, molhando o indicador entre cada uma.

– Tenho aqui o projeto de contrato de casamento com o sr. *David* Barlet.

Ele acentuou de propósito a menção do nome para evitar qualquer confusão.

– Ele me foi enviado pelo dr. Olivo, junto com o outro, o que a liga ao sr. *Louis* Barlet.

– O primeiro contrato caducou – exclamei, mais áspera do que desejaria. – Eu não o rubriquei com minha assinatura habitual.

Eu me cumprimentei outra vez pela presença de espírito que me levara, no último momento, a fazer no documento oficial uma assinatura que o tornava nulo. O dr. Whurman me encarou um segundo e depois pigarreou de um modo pouco agradável.

O que ele podia achar de tão embaraçoso nessa configuração para me aconselhar, ele, um homem da lei, a mentir por omissão ao meu futuro marido?

– Sim, sim, sim... E sei de tudo isso. Se eu estou lhe falando, é só que...

– Só que...? – eu insisti, irritada com suas delongas de virgem assustada.

– Bem, se compararmos os dois documentos, aparece claramente uma pequena anomalia. Veja.

Ele me estendeu a primeira página de cada um dos dois contratos, o do meu casamento com David, pertencente ao passado felizmente remoto, e o da minha felicidade futura com Louis. Poderiam ser mais diferentes? O contraste poderia ser mais flagrante?

– E daí? O que eu deveria notar?

Com uma das hastes dos óculos, ele apontou a linha que especificava o estado civil do meu futuro cônjuge, depois a do homem que quase chegou a sê-lo.

– Aqui. Não há nada que chame sua atenção?

Então eu li, com os olhos voando de uma página à outra. Não vi nada de início, depois tudo se esclareceu. Eu não conseguia acreditar.

David Barlet: nascido em 5 de novembro de 1969
em Saint-Servan, 35400, Ile-et-Vilaine.

Louis Barlet: nascido em 18 de maio de 1968
em Paris, 75015, Paris.

– De acordo com estes contratos – ele recomeçou –, David e Louis nasceram com sete meses de intervalo. O denominado Louis primeiro, depois seu irmão David. Sete meses mais tarde, senhorita. Sete. E não nove, doze ou dezoito. Você me compreende?

Eu não tinha necessidade de ter estado grávida para compreender a impossibilidade biológica de Louis e David terem nascido da mesma mãe.

– É evidente que se trata de um erro de anotação – eu argumentei.

Como tal detalhe pôde me escapar um ano antes, quando Armand me entregou o primeiro dos dois documentos? Verdade que eu demorei tanto, depois remanchei tanto para assinar o contrato me ligando a David, que não surpreende o fato de eu ter deixado a informação me escapar.

O dr. Whurman botou a haste acusadora na boca e esboçou uma careta de dúvida.

– Talvez não seja um...

Estas poucas palavras bastaram para entreabrir a porta de sua função a especulações mais sórdidas, e eu me recusei a isso.

– Escute: eu vivi vários meses com David. Posso lhe garantir que ele nasceu no dia 5 de janeiro de 1970. Portanto, mais de um ano e meio depois do irmão mais velho. Não há nenhum milagre.

– Bem, bem, bem. Se a senhorita está dizendo...

– Eu estou dizendo! – eu quase gritei, contendo com dificuldade a natureza real da minha emoção.

– Eu só queria lhe evitar uma má surpresa ou sabe-se lá qual desapontamento... Em caso de nova herança, por exemplo.

Freei minha exasperação e repliquei, conseguindo mais ou menos dominar a secura da minha voz:

– Posso gerir muito bem sozinha a complexidade desta situação, eu lhe agradeço.

– Foi um prazer...

– Meu também.

– ... e concluo que incluiremos sua futura aquisição na declaração de seu patrimônio, caso a senhorita a efetue antes da assinatura do contrato de casamento. Não é?

Eu permaneci desconcertada tempo demais, sem conseguir disfarçar o estado de indecisão que tomou conta de mim.

– Não é, senhorita? – ele insistiu.

– Eu... eu não sei. Veremos quando eu tiver achado o apartamento em questão, me faça o favor.

Eu estremeci. Eu mesma não acreditava que palavras tão determinadas tivessem saído da boca que devorara a de Louis, e seu corpo, e seu membro, e toda sua alma alguns dias antes no casulo vegetal de Malmaison. Já estávamos bem distantes da louca floração de então... Com este pensamento, minha tatuagem me incomodou, provocando uma ligeira careta.

Minha resposta, embora se limitasse a adiar minha decisão, era suficientemente ambígua para provar a ele que sua descoberta surtira algum efeito em mim. Contudo, no momento, o único antídoto que achei foi a negação.

O tabelião aquiesceu com um sorriso discreto no qual o subentendido malicioso aflorava sem que ele conseguisse dissimular tanto quanto exigia a reserva inerente à sua profissão.

Ao me acompanhar até a sala de sua auxiliar, uma moça surpreendentemente jovem e atraente para a função, o dr. Whurman pôs a mão no meu ombro, exercendo uma pressão insistente acompanhada de uma última recomendação de tom paternal:

– A senhorita tem razão de não precipitar nada. Reflita com calma... Nunca é demais o tempo dedicado às pesquisas preliminares.

Estaria se referindo ao meu futuro estúdio... ou ao passado dos irmãos Barlet, no momento em que eu ia me casar com o mais velho deles?

Eu ainda sondava a ambivalência da observação, e ele já retornara ao seu antro, como um caranguejo andando vagarosamente para o esconderijo sob a pedra.

Felizmente, nosso cérebro efetua constantemente um trabalho de corte comparável ao do técnico de montagem no cinema. Ele procede por elipses. E assim passamos, nas nossas lembranças, de instantes críticos a momentos intensos, apagando o banal do nosso cotidiano.

O 15 de maio foi um desses dias, milagrosamente resumido a esses únicos momentos fortes. Assim, sem nada reter do curso nebuloso das questões que me conduziram do escritório do dr. Whurman ao vestíbulo cheirando a *pot-pourri* de especiarias, eu me apresentei às 20 horas em um pequeno hotel chamado La Porte Dorée mantido por uma dupla de inglesas tão afáveis quanto seu estabelecimento era aconchegante.

– Boa-noite. Estão me esperando no quarto 15.

– O 15... – confirmou a morena de cabelos curtos e sotaque pronunciado. – Seu amigo já chegou. É no primeiro andar.

Foi durante nossas preguiçosas tardes no Joséphine que narrei a Louis, no mínimo intrigado, os encontros às cegas que um cliente anônimo mantinha com Sophia há vários meses. Ele se espantou que o homem tivesse continuado a vê-la a despeito do fechamento oficial da Belas da Noite, a agência de acompanhantes que os pusera em contato.

O que, para a minha amiga, não fora a princípio senão uma fórmula um pouco picante, rompendo a mesmice de suas missões habituais, transformara-se com o tempo em uma obsessão. E se o desconhecido não tivesse ameaçado várias vezes desaparecer definitivamente, ela teria sem dúvida tentado desmascará-lo, fazendo com que fosse dia no quarto inteiramente às escuras onde eles tinham seus hábitos secretos. Desde então, o homem do pau com cheiro de morango ou framboesa assombrava com tanta força sua libido, por sinal nada pobre de roteiros tresloucados, que ela me falava dele horas a fio, adiando permanentemente o momento de se comprometer com Fred, botando meu ex-namorado no suplício.

– Você está aí? – murmurei, empurrando a segunda porta da antecâmara do quinze.

Era esta a condição *sine qua non* para a fantasia: penetrar no quarto sem ver nem ser visto, e, para tanto, que nenhum brilho luminoso viesse se imiscuir. Assim, só os quartos providos de uma segunda porta depois da porta de entrada, havendo entre as duas uma espécie de corredor, permitiam controlar o afluxo indesejável com uma precisão satisfatória, embora raramente isenta de defeitos.

Portanto, eu atribuí a escolha do hotel a essa disposição particular, pois nada justificava que frequentássemos outro lugar em vez do nosso amado Hôtel des Charmes, e tão distante de nossa casa!

– Venha... – ele chamou do ângulo oposto à janela.

Não, é mentira, eu me lembro agora. Ele não falou nada disso. Ao contrário, fez questão absoluta, quase maníaca, de que a ilusão do anonimato fosse perfeitamente mantida entre nós. Razão pela qual não proferiu sequer uma palavra enquanto permanecemos dentro do quarto. Absteve-se também nesse dia de usar sua habitual água-de-colônia. Na verdade, eu só tinha para reconhecê-lo minhas mãos e a confiança que eu depositava nele. Nada mais podia me certificar de que se tratava mesmo dele naquela escuridão total.

Seu silêncio me intimou a ficar calada. Eu mal percebia uma sombra encostada na espreguiçadeira em frente à cama. Ele não se mexia. Desde o momento em que começou a me esperar, seus olhos devem ter se habituado à escuridão, pois senti seu olhar vasculhar a penumbra, perscrutar minha silhueta e meus deslocamentos furtivos diante dele. Sem uma palavra, eu me despi, peça após peça, preocupada também em não me precipitar, respeitando a bolha escura de éter onde nós nos esforçávamos para flutuar. Sem uma palavra, eu me deitei na cama que ele tivera o cuidado de abrir e fiquei estendida assim, com os ouvidos e o nariz à espreita.

Pelo toque delicado da sua pele, pelo ruído sedoso e leve quando ele desdobrou as pernas, concluí que ele também estava nu. Depois, vários outros sons elevaram-se pouco a pouco dentro do quarto: uma respiração mais curta, mais precipitada, um esfregar contínuo, entremeado vez por outra de um chiado úmido que deixava adivinhar o estado de excitação líquida, seminal, que ele já devia ter alcançado. Ouvi-lo se masturbar sem vê-lo nem tocá-lo me pareceu o mais delicado dos convites. O que pode parecer brutal demais, ou direto demais, quando o olhar está em jogo, nesse caso se transformava num balé cúmplice no qual cada sentido se divertia correndo atrás de seus homólogos, distanciando-se um instante, aguardando até finalmente se alcançarem. Jogo de gata e rato.

Graças ao nosso arranjo, eu escutava pela primeira vez coisas que até então me limitara a ver: eu escutava o prepúcio destapar a glande e depois voltar à posição inicial; escutava o freio se estender até doer e provocar um breve gemido; percebia seus lábios úmidos se entreabrindo, a saliva que ele passava na ponta dos dedos, e em seguida o envolvimento mais fluido da mão sobre a ponta violácea do pau, acometido de espasmos.

Apesar da distância entre nós, meu nariz percebia o cheiro do seu membro, cujo desejo amadurecia a cada movimento e cujo buquê mais forte, mais ácido, anunciava a iminência de seu prazer.

Eu não esperei nenhuma ordem para também me acariciar, com as pernas bem afastadas, sem temer a indecência de seu olhar inquisidor. Eu, que sempre detestara me exibir a ele neste exercício, podia me abandonar sem a menor reserva. Esfregar minha vagina com amplos movimentos circulares. Apertar o ápice intumescido do clitóris sem temer que ele também fizesse a mesma coisa, com menos habilidade do que eu mesma. Mergulhar na minha boceta encharcada três dedos reunidos, imperiosos, audaciosos, sem que ele tomasse a vontade súbita por um apelo. Eu queria ser preenchida, sim: por ele, mas somente quando eu quisesse, sem nada amputar dessas deliciosas preliminares. Sobretudo não parar mais, embriagada pelas loucas fragrâncias de nossos sexos, cujas notas sucessivas saturavam o ar.

O choque grosseiro da glande no meu rosto acabou com o meu entusiasmo. Eu fiquei menos contrariada do que surpresa. Empolgada como eu estava com meu próprio passatempo, não percebi seus passos se aproximando em cima do tapete grosso. Nem a respiração poderosa que eu agora sentia cobrir ora meu pescoço, ora meu ventre ou meus seios, como um véu, uma chuva fina dentro da noite.

Projetei minha boca para a frente, com os lábios entreabertos, a língua estendida como um captor do invisível. Com a ponta, roçava a bola de carne túrgida, uma vez, depois outra, sufocando de desejo, pronta para mastigá-la se por descuido se oferecesse aos meus dentes, antes de ela afundar com um golpe seco dentro da minha garganta e ficar lá, mergulhada, acolhida por nossos suspiros reunidos. Todos os dois plenamente satisfeitos, aliviados por estabelecer o contato entre nossos planetas separados pelo escuro infinito.

Eu o deixei ir e vir dentro da minha boca por um momento. Às vezes longe demais, às vezes até a náusea, mas pouco importava. Eu adorava senti-lo crescer, e mais, e mais, até me perguntar qual monstruosa proporção eu seria capaz de abrigar. Meu poder estava ali: naquele pau que eu era capaz de fazer inflar como um balão, universo de prazer em constante expansão. E, no caso particular, eu era a deusa: a única capaz de lhe oferecer essa eternidade.

Quando as primeiras contrações sacudiram o membro e fizeram tremer a glande, eu me agarrei nos quadris dele com todas as minhas forças, lutando contra seu reflexo de retirada. Eu queria sua seiva na minha garganta, eu queria beber sua Via Láctea, me saciar com a chuva de matéria cósmica. Ele compreendeu meu gesto e, em vez de se esquivar, foi mais longe ainda, nem tentando me contrariar, mergulhando um dos dedos médios na minha fenda já agora ardente. Nós nos coordenávamos sem precisar do menor olhar. Bastava-nos deixar as forças sobrenaturais nos guiar, sem a menor dissonância para poluir o silêncio das origens.

Com a minha mão livre, passei do meu pequeno meteorito incandescente – a imagem me fez sorrir – à consistência dos seus testículos, que batiam no meu queixo cadenciadamente, ou ao buraco negro do seu ânus que, menos de um ano-luz antes de nossos orgasmos conjuntos, acolheu a introdução do meu indicador e arrancou de Louis um soluço reconhecido.

Creio que esse dia foi o primeiro em que meu sexo o aspergiu. Grande jato translúcido que inundou sua mão e o lençol embaixo. Minha vulva se contraiu com tanta força que manteve por um instante seu dedo médio prisioneiro. Depois, quando o soltei finalmente, ele pôde por sua vez liquefazer-se, e sua lava branca e ardente se espalhou em mim em longos jatos generosos, cobrindo minhas mucosas de amor salgado e de prazer viscoso. Eu engolia tudo como um néctar. Chegava a estalar a língua para saborear.

Só tivemos força para desabar na cama manchada, um pousando a mão na intimidade do outro, bem-aventurado proprietário de um pedaço de céu.

5

18 de maio de 2010

Unidos pelos laços sagrados da tatuagem.

Eis o que éramos agora, Louis e eu, além dos grilhões sensuais que nos escravizavam um ao outro um pouco mais a cada dia. Sim, eu preferira, para prefigurar nossa união, a marca indelével em vez de um anel. Como devem se lembrar, os anéis de noivado não tinham dado certo comigo até então...

A propósito, teria David outra vez reciclado a aliança de Hortense, a que ele inicialmente me destinara, para o dedo de Alice? Confesso ter folheado compulsivamente a imprensa de fofocas à procura de uma fotografia onde ela não escondesse a mão esquerda. Porém, feita a verificação, seu anular parecia virgem. Estranho. Ou então talvez ele só fosse colocar o referido anel no dedo dela durante uma cerimônia mais oficial do que o ridículo vídeo – sempre com a presença de jornalistas e paparazzi, obviamente.

Na noite do nosso encontro anônimo, eu hesitara longamente, sem saber se interrogava Louis a propósito da anomalia apontada pelo dr. Whurman. Uma coisa de nada, uma bobagem... na qual contudo eu não deixava de pensar. A dois dias de seu aniversário, abordar o assunto era fácil... e tão tentador. Eu cedi, bobamente. A curiosidade mata a gente, vejam só, quando não nos enlouquece.

– Maio de 1968... Convenhamos que não é banal como data de nascimento – disse eu, com um tom casual fingido.

Como quase todos os anos, a imprensa previa uma primavera social digna deste famoso antecedente, e os políticos e sindicalistas de todas as facções conjecturavam animadamente sobre a oportunidade de tal movimento, assim como suas potenciais consequências. Na televisão, um deles pontificava a respeito. Louis olhava sem muita atenção, preso na leitura de uma revista de arte.

– Sim... Enfim, devemos ser algumas centenas de milhares que nasceram em 1968, dos quais algumas dezenas de milhares viram o dia no mês de maio. Não sou o único da minha espécie.

– Claro... Mas nem todo mundo tem histórias tão interessantes como as suas para contar sobre o próprio nascimento.

No dia 18 de maio de 1968, as greves duravam há quase três semanas, e os postos de gasolina não entregavam uma gota sequer de combustível. Sem carro com tanque cheio ou táxis em circulação, André Barlet requisitara um triciclo usado na distribuição dos jornais que ele editava para poder levar Hortense com urgência até a clínica. E foi nessa mesma geringonça que, quarenta e oito horas depois, ele trouxe a mulher e o menino para casa, sob o olhar estarrecido dos parisienses condenados a andar a pé. O fato tinha sido tão burlesco que os vizinhos usaram suas máquinas fotográficas para imortalizar a cena. O episódio permanecia na memória da família como um evento notável a ser mencionado em reuniões para divertir convidados entediados.

– Talvez não seja assim tão comum, de fato – ele se esquivou.

– Veja David, por exemplo... – eu insisti.

– O que tem ele?

– Imagino que ninguém deva se lembrar de detalhes divertidos sobre os partos do mês de janeiro de 1969.

Uma vez que ele não reagiu, eu continuei:

– Deve ter sido um mês completamente comum, janeiro de 1969. Sobretudo o dia 5, exatamente quatro dias depois do ano-novo.

Continuando a ler, ele corrigiu com uma calma quase excessivamente dominada:

– Janeiro de 1970. Não 1969. David nasceu no dia 5 de janeiro de 1970 – enfatizou ele com uma voz metálica.

Supostamente estava lendo, mas eu era capaz de jurar que suas pupilas tinham ficado perfeitamente fixas enquanto ele enunciava isso.

– Tem certeza de que não foi em 1969? – eu insisti, sem aumentar minha voz.

– Tenho. David nasceu dia 5 de janeiro de 1970. Imagine se não sei a data de nascimento do meu próprio irmão.

Seu tom decidido só me convenceu pela metade. Sim, claro, em princípio isso era incontestável.

Mas de nada servia insistir com ele sobre o assunto. Era visível que eu não ia obter mais nada de imediato.

– Sim. Enfim, 1969, 1970... tanto faz – eu fingi não dar importância.

– Não exatamente.

Ele se levantou de um salto, atirou a revista em cima da mesa e, sem dar chance de eu me aprofundar, sugeriu com um tom brincalhão:

– Diga, senhorita historiadora, tem ideia de onde pode estar o Dez-vezes-por-dia?

Sua pergunta me pegou de surpresa – era evidentemente este o objetivo –, e eu não achei nada de melhor para responder senão:

– No nosso quarto, não?

– Não, justamente. Eu procurei ainda agora e não achei em lugar nenhum da casa.

Eu ainda tinha dificuldade em empregar este último termo, tratando-se do palácio que se transformara na nossa residência habitual. Casa. A Bela Adormecida dizia do seu castelo: "Vamos, rapazes, estou farta de caçar dragão, vamos voltar para casa?"

De um espaço confinado, porém confortável, caloroso e aconchegante, onde cada canto era saturado de nossos prazeres passados, tínhamos passado para uma gigantesca moradia, à qual por certo não faltava alma, mas onde nenhuma vida havia circulado fazia muito tempo. Tempo demais.

– Ah... Quando saímos do des Charmes, nós não combinamos que você tomaria conta dele?

Eu não gostava de lhe fazer críticas, mas este tinha sido nosso acordo, eu me lembrava perfeitamente.

– Sim, por isso mesmo. Eu me pergunto se não teria esquecido no um.

– Ah... Então vou passar lá para procurar.

– Ótimo – ele aprovou. – Enquanto isso, podemos usar recargas de folhas intercalares, se você quiser.

– Ok. Enfim, achei que você é que estava querendo escrever nele...

Nós não tínhamos estabelecido nenhuma regra clara a esse respeito. E não era necessário. Enquanto vivíamos nos vinte ou vinte e cinco metros quadrados do quarto 1, o Dez-vezes-por-dia caía entre as mãos de um ou de outro ao sabor dos nossos embates, de nossas sestas e de nossas raras sessões de arrumação. Não havia necessidade de planejar, e cada um escrevia quando bem lhe aprouvesse. Assim, um acontecimento ou uma sensação compartilhada apareciam registrados nas folhas perfuradas do caderno por uma ou outra das nossas canetas, às vezes as duas em seguida.

– Eu estava pensando em reler passagens...

Tínhamos lido pouco, até então.

– Sei... E por que isso?

Ele se aproximou de mim, me pegou nos braços com firmeza, encostando nossos ventres tatuados um no outro, com os olhos fixos nos meus:

– Porque eu fico muito feliz com sua recente evolução, senhorita...

Nosso noivado em Malmaison o agradou, e sem dúvida também nosso encontro às cegas. Eu podia ler na sua maneira contida de sorrir, como se um traço acidulado tivesse nascido na sua boca. Eu exultava interiormente por ter conseguido ficar em ligeira vantagem sobre ele.

– ... e porque gostaria de comparar a Elle de hoje com a de ontem.

– E tem mais – eu me fiz de enigmática, – você ainda não viu a de amanhã!

Inclinando minha cabeça para a direita, fiz como se oferecesse o pescoço aos seus beijos e fui para a direita do pescoço dele, bem onde nascia o botão de rosa que Stéphane tatuara. Eu adorava pousar os lábios nas tatuagens. Tinha a impressão de me saciar nelas e, em contrapartida, insuflar um pouco de vida nos desenhos.

– Hum... Você me intriga.

Esse joguinho entre nós não era gratuito. Estávamos em 16 de maio, antevéspera de seus 42 anos. Ele captara a promessa implícita nas minhas palavras sem que uma legenda fosse necessária.

– Eu espero mesmo! Mas pode me torturar durante dois dias inteiros, você não vai saber de nada, meu querido!

– Só dois dias? – ele brincou, enfiando desta vez os dentes na parte debaixo da minha nuca.

– Ai!

O presente dele, que eu havia preparado com a cumplicidade de Ysiam, eu posso contar a vocês, era o prolongamento direto da noite floral. Sua versão urbana, poderíamos dizer. Eu havia reservado todos os quartos do des Charmes na noite de 18 para 19 de maio, e nós deveríamos explorar cada um deles, onde encarnaríamos a cada vez uma nova fantasia masculina... Ao menos da forma como eu imaginava que proliferassem na psique de Louis.

Porém, mais ainda do que esgotar os desejos do meu amante e futuro marido, eu queria fazê-lo perceber a que ponto a galeria de quimeras me permitia exibir meus próprios desejos. Eu não o satisfaria senão na medida em que eu mesma encontrasse o combustível necessário às minhas fantasias. Seria ele sensível a esse outro progresso? Veria despontar meu mamilo de aprendiz de feiticeira do sexo na sombra do mestre?

A vitrine da galeria Sauvage me pareceu bonita quando, de braço dado com Louis bem-vestido, eu a vi na noite do dia 18 de maio. Uma série de monitores de vídeo davam para a rue de Sévigné, sob a indiferença dos transeuntes.

– É esta a instalação chocante do teu pequeno protegido? Telas pretas?

– Seja paciente...

Ele me puxou para o interior, onde um Alban Sauvage tão volúvel e afável como eu me recordava dele, e também tão careca e barbudo, mas com novos óculos supermodernos enfeitando o rosto, não escondia nem sua excitação nem seu nervosismo.

– Isto aqui vai bom-bar, meus amigos! Bombar! O gabinete da ministra me ligou dizendo que ela passaria aqui para dar uma olhada. E teremos toda a imprensa em peso. Até o correspondente da *Time Magazine* na França virá.

A multidão de curiosos ainda era pequena e, de minha parte, eu ainda não conseguia identificar a natureza da exposição. Nas paredes brancas alinhavam-se mais monitores ainda do que do lado de fora. Também eles sem vida. A única coisa que os diferenciava de seus congêneres da rua era a menção, acima de cada um deles, de uma cidade do mundo: Londres, Tóquio, Sydney, San Francisco, Rio, Moscou, Roma, Johannesburgo, Xangai, Calcutá, Berlim, Estocolmo etc. "Essencialmente em tempo real, com webcam...", profetizara David Garchey, durante nossa festa de inauguração.

Então era esta sua grande jogada? Visões turísticas do mundo inteiro? Por quem ele nos tomava?

– As meninas estão a postos? – preocupou-se Louis, com a mão na minha cintura.

Com essas palavras, ele apontou para uma grande cortina preta no fundo da galeria, atrás da qual adivinhava-se o formato de um pequeno palco.

– Elas acabaram de ser maquiadas. Estarão prontas para a ação dentro de dez minutos – informou o galerista.

– Perfeito.

– Vai haver espetáculo? – perguntei, minha curiosidade subitamente aguçada.

– De certo modo...

Louis gostava dos efeitos surpresa, e eu podia entendê-lo. A arte contemporânea tal como ele a defendia procedia por eletrochoque. Tratava-se antes de tudo de botar o espectador em um estado de sideração, por todos os meios possíveis. Uma vez atingido, ele devia ser capaz de reunir o que lhe restava de discernimento para decodificar a crítica social contida na gororoba conceitual.

– Oh, oh! – Alban avistou um grupo na porta de entrada. – Creio que nossas vítimas estão chegando. Vamos botar no ventilador.

Os *habitués* dos vernissages têm uma espécie de radar para isso. É inevitável: tão logo os primeiros canapés enchem as mesas do bufê e o champanhe começa a fazer dançar suas bolhas nas *flûtes* simetricamente enfileiradas, eis que eles finalmente se dignam a dar as caras.

– David está no pedaço?

David Garchey, bem entendido, a vedete da noite. Aquele de quem dependia o sucesso de Louis no mundo da arte – e vice-versa.

– Se está no mesmo lugar que há cinco minutos, ele deve continuar vomitando seus Screwdrivers no banheiro.

– Vá buscá-lo, por favor.

Dentre os recém-chegados, percebi Rebecca Sibony, a gerente da Belas da Noite, a agência de acompanhantes à qual pertenci por um tempo. Sua lourice e seu corpo tão magro, quase descarnado, estavam metidos num tailleur fúcsia de uma moda sem idade. Não tínhamos nos visto mais desde que Sophia e eu aparecemos na sua casa, uma manhã de junho, no ano anterior. Isso já me parecia de uma outra era. Deixei Louis com suas obrigações e fui ao encontro de sua ex-amante.

– Boa-noite, Rebecca. Faz um bocado de tempo...

– É mesmo. E estou encantada de ver o quanto a vida amorosa está lhe fazendo bem. Você está linda.

Ela sublinhou a apreciação olhando detalhadamente meu vestido chinês muito justo que valorizava a finura da minha cintura e a amplidão dos meus quadris. Um presente que Louis me dera para a ocasião.

Sob o cumprimento, eu não podia deixar de perceber a expressão do seu velho despeito, pois formar um casal com Louis é o que ela sonhara muito tempo.

– Obrigada.

Um interminável segundo de mal-estar se instalou, durante o qual diversos instantâneos me passaram pela cabeça. Voltava-me sobretudo a maneira tão familiar com que ela se dirigira a Louis na gravação que Fred efetuara de uma de suas conversas telefônicas: "Meu Lou." "Você sabe que estou sempre com você, meu Lou. Totalmente." E esta noite outra vez, ela estava aqui, presente do lado ele.

Desde então, eu revirara muitas vezes os termos da conversa deles em pensamento. Gostava de acreditar que não existira o menor traço de ambiguidade: Louis tinha inicialmente entrado no jogo de David. Depois se apaixonara sinceramente por mim e armara uma intriga, com a cumplicidade da velha companheira, para me fazer desistir do casamento com o irmão caçula. Mas esta explicação não resistira ao resto da descoberta: eu era a sósia de Aurore, o amor de juventude dos dois. Desde então... eu tinha simplesmente parado de me torturar com o assunto. O que importa, não é, uma vez que agora estou vivendo com o único homem que já amei?

– Você sabe o que eles estão nos reservando? – perguntou Rebecca.

Ela apontou para as telas pretas em torno de nós e, como se um ouvido invisível tivesse esperado este sinal, todas elas de repente foram ligadas. Primeiro apareceu uma espécie de desenho, depois imagens confusas que deixavam supor a regulagem das diversas webcams pelo mundo afora. Começaram a surgir roupas íntimas, calcinhas, cuecas ou porta-sexo, pelos pubianos de cor e densidade variadas, e peles de diferentes cores.

Ao final de alguns segundos, o propósito verdadeiro da instalação não mostrou mais nenhuma dúvida: cerca de quarenta sexos dos dois gêneros, de todas as idades, origens e compleições, expunham-se em primeiro plano e ao vivo.

O mais surpreendente era o cabo de cor viva que partia de cada tela e corria pelo teto da sala formando uma rede tentacular multicolorida. Os fios convergiam para o fundo da galeria e desapareciam atrás da cortina que ainda ocultava o pequeno palco.

– Boa-noite e bem-vindos à galeria Alban Sauvage-Louis Barlet...

Era, com efeito, a oficialização da grande entrada do meu homem no mundo mais fechado e mais esnobe do planeta: o das galerias de arte contemporânea.

Bastante à vontade, Alban pegara o microfone e circulava no meio dos presentes, que aumentavam a olhos vistos.

– ... Estamos muito felizes em recebê-los aqui esta noite, Louis e eu, para compartilhar a nova obra de David Garchey, *Permanent Sex*.

Ele deblaterou em seguida um palavrório filosófico-conceitual durante alguns minutos, praticamente com a mesma seriedade com que teria anunciado as núpcias de um príncipe inglês com uma cantora de R'n'B, depois estendeu o microfone para o artista de topetinho, branco como a neve, que emergira de lugar nenhum.

O jovem dândi agarrou-o e, dando as costas para o público, dirigiu-se às telas como se elas fossem pessoas físicas:

– *Ok. Touch yourselves, please*. Toquem-se, por favor.

Em um sincronismo de balé, o mesmo número de mãos e de partes genitais começaram a se aventurar nas suas anatomias desnudadas.

– *Now... go jerk off* – encorajou-os David Garchey. – Acariciem-se.

E aí, com a mesma coesão que tinham acabado de exibir, todos começaram a se masturbar com afinco. Foi só nesse momento que eu notei que havia tanto mulheres quanto homens, dispostos em alternância, um homem depois uma mulher e assim por diante, como ditam as regras de *savoir-vivre* em torno de uma mesa.

À medida que cada um dos participantes anônimos acelerava, manifestando seu contentamento de modo mais ou menos ruidoso, o cabo luminoso correspondente se iluminava. Em breve, acreditamos estar numa boate com suas luzes espalhafatosas de néons multicoloridos.

Eu não tinha notado a presença de Alban do meu lado, e ele sussurrou o segredo no meu ouvido:

– Medimos o prazer de cada participante pelo espectro sonoro de seus gemidos... Quanto mais ele se anima, mais a luz e a cor correspondentes ficam vivas.

– Isto serve para quê? – perguntei, desconcertada pelo aspecto kitsch do dispositivo. – Transformar a galeria em uma boate do prazer?

– Nem imagina o quanto está certa... Os gemidos deles são também convertidos em notas musicais por um programa tipo Auto-Tune. E o conjunto será mixado ao vivo. Só é preciso esperar que alcancem o volume mínimo.

Com estas palavras, David Garchey exortou seus bons soldadinhos do prazer para obter deles o nível sonoro necessário:

– *Harder... Harder, please, guys*! Mais forte... Mais forte, por favor, meus amigos.

Quanto mais os gemidos se faziam ouvir, mais os murmúrios da multidão aumentavam à minha volta. Cada um observava os demais convidados para compor a própria atitude, sendo que alguns penavam para reprimir um suspiro de repulsa ou uma sadia hilaridade.

Eu captei o olhar de Rebecca e lhe perguntei em voz baixa:

– A ministra da Cultura vem de fato ver... *isto*?

Ela franziu uma sobrancelha impotente, tão loura e tão fina que se tornava invisível. As primeiras notas de uma música atmosférica e espacial, ritmada apenas o suficiente para dar vontade de se balançar, elevaram-se nos alto-falantes da sala. Eu deduzi que se tratava de uma composição produzida em tempo real pela soma de suspiros recolhidos no mundo inteiro. Toda a engenhosidade da instalação residia neste equívoco: pensava-se estar assistindo a uma banal instalação provocadora, e escutava-se na realidade uma performance musical, fruto das sensações reunidas sob nossos olhos.

No mesmo instante, a cortina preta subiu e surgiram três dançarinas de biquíni cor de carne, quase transparente, ainda mais libidinosas e escandalosas do que se estivessem inteiramente nuas. A despeito da perturbação suscitada por tal aparição, reconheci imediatamente Salomé, a mestiça. Depois Peggy, a famosa colega de Sophia que trabalhou um tempo na Belas da Noite e que nos emprestara o seu fusca conversível. E a própria Sophia. Todas as três rebolavam com lascívia, fazendo caras e bocas, lançando olhares de putinhas ingênuas, compartilhando o melhor que podiam a harmonia duvidosa produzida pelos masturbadores cosmopolitas.

– Não valeu a pena ter tentado inculcar nessas meninas um mínimo de decência... – lamentou-se Rebecca baixinho.

– Você sabia disso?

– Mas de jeito nenhum! – ela exclamou. – Jamais teria concordado com uma... porcaria dessas!

Louis podia ter recrutado qualquer moça para seu pequeno show. Qualquer fulana benfeitinha com coragem suficiente. Mas não Sophia. Não a *minha* amiga! Não para uma exibição dessas!

– Sophia é uma bailarina de verdade – eu a defendi. – Uma artista. Não essa...

– Mas eu sei, eu sei!

No palco, a dita cuja esboçava um strip-tease, que se resumia em soltar a parte de cima do biquíni. Ela fixava um ponto no horizonte, com a evidente preocupação de não encontrar certos olhares embaraçosos.

Quanto a Louis, David Garchey e Alban, eles pareciam satisfeitos com a estupefação que dominava o público e sorriam bobamente como três meninos. Escutar, assistir à cena erótica ou refletir sobre o sentido a dar a tudo aquilo, os convidados não sabiam o que escolher e exibiam na sua maioria expressões incrédulas e constrangidas.

– Chega. Vou me mandar daqui! – falei, tomando a direção da saída.

Pelo barulho e pelo monte de gente aglomerado na rua, compreendi que o espetáculo era retransmitido nas telas da vitrine – eu me perguntava se seria todo ele, incluindo a música sintetizada.

Uma vez do lado de fora, obtive a confirmação. A visão das três dançarinas alternava com a dos diversos sexos dispersos pelo mundo inteiro, ao vivo, se masturbando... Em plena rua?

Quer dizer que eles tinham enlouquecido de vez?

Percebi a silhueta de Louis passando pelo meio da imprensa e dos convidados, vindo atrás de mim, quando as sirenes de várias viaturas policiais explodiram na rua, aproximando-se a grande velocidade. Louis ainda não tinha alcançado a porta, Alban no seu encalço, e dois policiais civis, apenas reconhecíveis pela braçadeira laranja no braço esquerdo, se apresentaram.

– Polícia... polícia, deixem-nos passar, por favor.

Eles tentavam menos afastar os curiosos do que abrir caminho até a entrada. A cena me pareceu tão surrealista que, em vez de fugir como pretendera fazer um instante antes, fiquei paralisada na calçada no meio dos curiosos embasbacados.

Ao homem que impedia a passagem, o mais velho dos dois policiais, um louro careca de barbicha curta, perguntou sem delongas:

– É você o responsável por esta zona?

– Não, por quê? – respondeu displicentemente o sujeito.

Durante esse tempo, o colega, tão magro e moreno quanto o primeiro era atlético e claro, tirava múltiplas fotos da vitrine com uma grande câmera reflex pendurada no pescoço por uma fita.

– Sou eu!

Louis irrompeu de dentro da galeria, com tanta presteza quanto lhe permitiam o joelho e a bengala. Desembainhou seu sorriso social, o que tinha pouco a ver com ele, o que jamais deixava à mostra a covinha, e estendeu uma mão que ele queria que fosse cordial.

– Louis Barlet. Sou o responsável legal pela galeria.

– Capitão Lechère... – respondeu o oficial sem segurar a palma que lhe estendiam.

– Posso lhe perguntar a que devemos a honra de sua visita, capitão?

– Está me gozando? Tem noção da confusão que a sua projeçãozinha entre amigos desencadeou?

Ele apontava as telas com um indicador acusador, no momento exato em que dois sexos, um masculino, outro feminino, exibiam-se em um metro e cinquenta de diagonal. O da mulher, que introduzira dois dedos na vagina, parecia bem próximo do prazer final.

– Ouça, não estou lhe pedindo para compreender ou apreciar... – endireitou-se Louis. – Mas, no caso, trata-se de arte. Uma arte muito valorizada, aliás.

Como para contradizê-lo, todo o dispositivo apagou-se subitamente, de uma só vez, a vitrine bem como as telas do lado de dentro. Alban, que se agitava em todos os sentidos, visivelmente ficara com medo e desligara tudo na mesma hora.

O policial encarou Louis um instante; depois retomou seu tom pausado porém sem apelo:

– Esqueci de lhe esclarecer: represento a brigada de proteção de menores. Então não estou capacitado para determinar se isto ou aquilo é arte. Mas posso lhe dizer, caro senhor, que expor sexos em plena ação na rua, a menos de duzentos metros de um colégio, é um atentado grave aos direitos da criança. E um delito passível de prisão.

A última palavra atingiu Louis como um tapa e deixou-o sem voz.

O auxiliar com a máquina fotográfica aproximou-se do superior e, da jaqueta, tirou um par de algemas. Uma onda de indignação propagou-se pelos transeuntes.

– Posso compreender o que se passa? – inquiriu Louis, subitamente mais grave.

– Oh, é muito simples, o senhor vai seguir conosco para a cadeia.

Com estas palavras, o policial aproximou-se de Louis com as garras apontadas, à procura de seu punho.

– Espere... Eu vou com vocês. Mas não acho, de fato, que esse tipo de método seja necessário.

– O senhor é gentil, mas sou eu que decido o que é necessário.

Com um aceno de cabeça, confirmou com o colega que ele podia proceder à operação. Louis deu um passo para trás, depois deixou que se aproximassem sem resistência. Com uma manobra rápida, o policial prendeu nas costas suas duas mãos com os braceletes de aço, e empurrou meu noivo até a mais próxima das duas viaturas, cujas luzes giratórias pintavam permanentemente a rua de azul.

Embora minha raiva de Louis estivesse no máximo, ela foi submergida por uma onda de medo e solicitude que me torceu as vísceras. Meu ventre não suportava que o levassem assim para longe de mim, como um delinquente. Estranhas palpitações explodiram dentro de mim, espasmódicas, e se abateram sobre meu púbis e meu sexo como tsunamis. Meu corpo não aceitava que ele me fosse arrancado.

A sucessão de golpes no abdome dissipou meu torpor. Transpondo a primeira cortina de anônimos, eu intervim finalmente:

– Capitão!

– Quem é você? – bradou o louro barbudo, virando-se subitamente para ficar de frente para mim.

– Sou a noiva ele.

– E daí?

– Posso perguntar quem o avisou?

– Como? – ele fingiu não compreender.

– Não venha me dizer que passaram na frente desta vitrine por acaso. O vernissage mal tinha começado. Para chegar aqui tão depressa, alguém deve ter informado vocês, não?

Nos denunciado, eu me contive para não falar.

Ele franziu os olhos, torcendo ligeiramente o rosto, e se limitou a uma resposta lacônica:

– Uma associação de pais de alunos.

– Pais de alunos? – eu me espantei.

– Há o colégio e o ginásio Victor Hugo no final da rua, senhorita. Segundo o artigo 227-24 do Código Penal, expor menores a um espetáculo pornográfico, seja qual for, é passível de três anos de prisão e 75 mil euros de multa. A instalação de sex-shop ou de local reservado a adultos é proibida a menos de duzentos metros de um estabelecimento escolar. É a lei.

– Mas não é uma sex-shop! – eu me insurgi. – É uma galeria de arte!

– Tudo que estou dizendo é que convém verificar certos detalhes quando se pratica este tipo de *arte*.

Eu ia insistir, pronta para lutar contra preconceitos de burocratas, quando uma mão amistosa se abateu sobre meu ombro. A mão de Alban.

– Deixe! – ele me soprou no ouvido. – Você só vai agravar o caso dele.

– Merda! Não podemos deixar ele ser levado assim!

– Deixe, estou lhe dizendo. Eu mesmo já passei por isso uma meia dúzia de vezes em dez anos. Ele vai sair dessa. Não se preocupe.

Minhas entranhas clamavam o contrário, uma bola de chumbo esmagava meu útero e meus intestinos com a sua pesada mão metálica.

Eu vi Louis sendo enfiado à força no banco de trás do Peugeot de chapa fria, a rosa do seu pescoço desaparecendo dentro do carro, bruscamente murcha.

– Vão ficar com ele um dia ou dois. Vão assustá-lo, mas eu te garanto que não será maltratado – Alban tratou de me dizer, relatando suas experiências pessoais. – E além do mais, todos têm direito a um advogado durante a detenção.

– Advogado? Mas que advogado?

– Zerki – ele respondeu como se fosse óbvio. – Jean-Marc Zerki. O advogado de Louis. Não conhece?

Louis chegara a mencioná-lo na época de sua dispensa do Grupo Barlet, mas eu nunca me encontrara com seu homem da lei. Nem suspeitava de que ele estivesse a par das novas atividades do meu futuro marido.

– Aliás, Louis me entregou isto para dar a você.

O galerista me estendeu uma chave chata, trabalhada com uma infinidade de entalhes. Um modelo que normalmente destranca fechaduras multipontos ou portas blindadas.

– O que ela abre?

– Não tenho ideia. Ele me disse que você saberia.

– Mas quando ele teve tempo de te entregar?

– Aqui, ainda agora. Quando ele viu os policiais chegando.

– Tudo bem...

Olhei para a chave com desconfiança.

– Ele também quer que você vá pegar o caderno no des Charmes e que tranque à chave tudo o que possa ser "comprometedor" demais. Foram as palavras que ele usou. Ele me disse que você entenderia.

Nos primeiros ruídos das sirenes da polícia, Louis antecipara o que podia acontecer com a galeria e com ele, mandatário dela. Dera algumas instruções a Alban para que eu limitasse os estragos. Nós, que tínhamos colocado a sexualidade no cerne da nossa história de casal, eis que era preciso escondê-la, para que a justiça não a usasse como arma contra nós. Parecia tão absurdo, tão injusto. Outro golpe veio atingir meu baixo-ventre.

– Elle! Elle!

Um barulho de passos precipitados e uma voz familiar me fizeram girar.

Aproveitando a agitação no interior da galeria, Sophia e suas colegas deixaram o palco. Minha amiga, com um penhoar curtíssimo vestido às pressas, correu até mim, tão envergonhada quanto aflita com o que adivinhara da cena.

– Elle, deixe eu te explicar...

Então, sem refletir, comecei a correr para a frente, apesar dos meus passos entravados pelo vestido justo, abrindo caminho através das pessoas que continuavam a afluir para a estreita rua de mão única. Eu não sabia para onde estava indo – percorri a rue Saint Antoine, mais ou menos em direção ao Sena.

Eu queria apenas fugir. Dissipar minhas visões da rosa de Louis sendo levada pelos guardas. Dissipar os eflúvios do seu perfume que ainda assombravam o calçamento. Não guardar em mim senão as lembranças de nossos dois corpos reunidos e expulsar todo o resto, os sentimentos e as imagens parasitas que, a cada instante, ameaçavam estragar tudo.

Estava tudo arruinado, a começar pelo meu presente. A surpresa que eu preparara para esta noite no des Charmes estava comprometida.

6

O Marais ocupa um lugar à parte na geografia parisiense e na lenda da cidade. Judeus ortodoxos na rue des Rosiers, gays e artistas espalhados por todo o bairro, descolados de todas as tribos compõem uma fauna variada...

O que acho mais singular aqui é que o mais central dos bairros parisienses – rigorosamente no meio do primeiro, terceiro e quarto distritos – não ostenta os atributos pretensiosos que se poderiam esperar. À sua maneira, exibe, ao contrário, ares de periferia, mais característicos, mais modestos. A despeito de seus monumentos prestigiosos, de seus apartamentos de vigas aparentes de preços incalculáveis, ele conservou um ar acessível, espontâneo, popular dirão alguns. Pode-se comprar aqui um falafel ou um sanduíche de pastrami a qualquer hora. É possível dirigir a palavra a qualquer um dos seus residentes sem ter a sensação desagradável de ser um pobretão, como nos muito aristocráticos oitavo e décimo sexto distritos. O Marais misturou tão bem sua memória e a modernidade, o patrimônio e o vanguardismo, o chique e o barato, que tudo se fundiu há muito tempo em um só amálgama. O coração de Paris tem coração. E isso não para de me surpreender e me encantar.

Por que estou contando tudo isso? Porque o Marais se tornara familiar para mim, a moça suburbana, na época em que a Belas da Noite tinha ali o seu escritório. Depois do Drouot e seus arredores, esse perímetro de ruas estreitas cheio de butiques e bares era onde Sophia e eu mais circulávamos.

Foi, pois, muito naturalmente, nessa região que eu comecei minhas visitas a estúdios à venda no dia seguinte do meu encontro com o dr. Whurman. Os apartamentos de quarto e sala separados excediam meu orçamento, mas se eu aceitasse limitar minhas ambições a um quarto-sala-closet-sala de jantar numa única peça, então minha implantação no bairro se tornava um sonho razoável, no limite dos trezentos e poucos milhares de euros que me restaram, uma vez deduzido o imposto de sucessão. Após diversos horrores vetustos e sem luz, eu descobri um pequeno ninho agradável no sexto e penúltimo andar sem elevador, na apropriadamente chamada rue du Trésor, uma rua sem saída pavimentada e arborizada, famosa por suas varandas. Eu ainda não tinha feito a oferta, mas o corretor me pressionava, com a conversa habitual:

– A este preço, numa rua sem saída, é um bem excepcional! Acaba de ser posto à venda e, pode me acreditar, não vai ficar muito tempo no mercado. Já tenho outras duas visitas agendadas para esta tarde.

– Eu posso pagar em dinheiro – me limitei a responder, não descontente de poder me vangloriar das minhas pequenas economias.

– Quando você diz em dinheiro...?

Seu olho brilhou.

– Disponho da quantia total – confirmei. – Enfim, dentro de alguns dias. Não vou precisar de financiamento.

– Inclusive despesas de cartório?

– Tenho que refazer meus cálculos... mas sim, eu creio.

A que preço. A morte de minha mãe. Mas não foi a própria Maude que sempre me estimulou a preservar minha independência? Ela que lutou para fazer da casa um espaço livre de todas as servidões que sua época ainda impunha às mulheres? Após o desaparecimento do meu pai, nenhum homem teve sobre ela a menor ascendência. Ela deve ter conhecido algumas aventuras, mas ninguém senão ela própria mandou na casa. Minha mãe não foi uma feminista militante. Uma mulher livre, isso sim. Uma mulher que não deixou ninguém ditar sua conduta nem dirigir sua vida.

Assim, enquanto eu fugia correndo da galeria Sauvage, de Sophia e do infortúnio que se abatia sobre Louis e nosso recente noivado, tive o reflexo de dobrar à direita, na rue du Roi de Sicile, em direção ao apartamento que eu cogitava comprar. Como se, por milagre, o ato de venda pudesse ser assinado sem mim e as chaves aparecerem como por mágica na palma da minha mão.

Eu me aproximava da loja de tatuagens Dragon Tatoo – o território de Stéphanie e seus três acólitos, todas mulheres –, quando notei que Sophia viera atrás de mim. Descalça, penhoar semiaberto na barriga nua e no peito opulento, ela ganhava terreno sobre mim. Maldito vestido chinês que atrapalhava meus passos!

– Pare! Pare, Elle... porra!

Eu não estava a fim de ouvir. Prossegui minha marcha forçada, correndo o risco de torcer os pés nos saltos altos de meus sapatos.

Ao me chamar de novo, a voz de Sophia me pareceu mais distante. Ela suspendera a caça.

– Pare... Louis não teve nada a ver com isso... Fui eu que supliquei ao Alban para me chamar.

Eu parei. Sophia estava plantada ali, seminua, chamando atenção para ela, bem no meio da calçada. Só mais tarde me veio a ideia tresloucada de que os transeuntes provavelmente acharam que nós éramos duas lésbicas em plena crise de casal.

Considerei por um instante os poucos passos que nos separavam, mas foi ela que fez o esforço de abolir a distância. Ela me pegou pelo braço e me arrastou como uma boneca sem vida até o Escale du Liban. Reconheci o pequeno restaurante onde Rebecca marcara um encontro comigo um ano antes. Onde pela primeira vez eu avaliei os sentimentos que Louis tinha por mim.

Nós desabamos, esgotadas – nossas corridas no Bois de Vincennes eram uma longínqua lembrança –, e Sophia pediu por conta própria um chá e um sortimento de doces.

– Você quer me fazer acreditar que Louis não tem nada a ver com essa...?

– Eu juro, ele não tem. Peggy é uma amiga comum de David e de mim.

– Amiga de David?

– De David Garchey – ela foi logo esclarecendo. – Ela me falou da exposição por acaso, porque ele a chamou e ela achou engraçado... Mas não pensaram em me convidar. Os dois achavam que você podia não gostar. Fui eu que insisti para que David e Alban me aceitassem.

– Deus do céu... Você vale bem mais do que isso.

Ela me olhou fixamente e puxou as abas do penhoar, entre as quais o olho do garçom deslizava perigosamente. Ele botou as bebidas e os doces na nossa frente e desapareceu com um sorriso malicioso.

– Acorde! Eu valho só o que querem me dar. Você acha que eu aceito essas idiotices com o coração em festa? Você acha que eu não aspiro a outra coisa além de agitar meu rabo para esses esnobes babacas? Francamente, eles não valem mais do que os gordos nojentos dos peep-shows. Estes últimos ao menos não inventam álibis intelectualoides quando estão a fim de bater uma punheta.

– Então... não faça.

– Legal! Vai dizer isso ao meu senhorio. Ao gerente do meu banco. Às financeiras que me permitem sobreviver. Vai dizer isso ao babaca do supermercado, porra!

– Do supermercado?

– O cara que esquece de registrar minhas caixas de absorvente para que em troca eu lhe mostre os peitos quando me inclino para pagar!

Eu não soube o que responder. Já oferecera a ela ajuda financeira várias vezes nos últimos meses, mas todas as vezes ela declinara da oferta, alegando que minha caridade, por mais amistosa e bem-vinda, em nada resolveria seu problema. Não era de um pouco de grana que ela precisava, mas de um emprego de verdade, de uma situação estável, de uma renda regular. Não de dívidas suplementares, acrescentadas à sua pilha de passivos como uma frágil cereja no topo do bolo.

– Para você é fácil. Você passou da casa da sua mãe para a casa do David, da casa do David para a casa do Louis... Se lembra de quando teve um aluguel para pagar? Uma geladeira para abastecer? Contas para honrar em dia?

Sua observação era injusta, um pouco cruel também, e ela se deu conta na hora, erguendo para mim um olhar contrito.

– Desculpe. Eu não queria dizer isso.

– Eu sei – admiti, mais secamente do que gostaria.

Dei um gole no chá fervente para fazer recuar o soluço que eu sentia crescer no meu peito. Eu não tinha vontade de me desmanchar em lágrimas na frente dela. Consegui recuperar o fôlego.

– De todo modo, eu sei que o problema entre nós não está aí – ela acrescentou.

– O que você quer dizer?

– Você nunca digeriu que eu pudesse ter dormido com ele antes de você.

Com Louis. Não era a primeira vez que o assunto vinha à baila. Mas era a primeira vez, em compensação, que nós o abordávamos cara a cara, ela e eu.

– Não é verdade – eu me defendi sem convicção.

– É completamente verdade, e você sabe muito bem.

Se a sinceridade estava se tornando a regra nesta partida, ela acabara de marcar um ponto.

– Está bem... admito que há coisas mais agradáveis do que ficar sabendo que o namorado pegou a melhor amiga antes mesmo de darmos o primeiro beijo – eu disse a ela amargamente.

– Então quer dizer que a você ele beija, e a mim ele come. Interessante!

– Você não era Sophia naquelas noites – argumentei. – Você era uma *hotelle*.

– Verdade. E também o que foi feito não pode mais ser apagado. Mesmo que eu lamente...

Louis não era da mesma opinião.

E por esta razão, ele queria que transássemos em todos os lugares que, no passado, tinham sido importantes para nós. Particularmente naqueles onde nós dois tínhamos conhecido um amor muito forte.

Ele achava que nossos passados respectivos, inclusive nossos piores erros, podiam ser recobertos pelas lembranças eróticas que forjaríamos juntos. Ele não queria falar de esquecimento. Empregava esta palavra específica, "recoberto", como se se tratasse de uma mortalha.

Assim, ele me levara alguns dias antes ao Café des Antiquaires, pretextando uma venda de mobiliário do começo do século XIX, exatamente ao lado. Eu não tinha más lembranças afetivas deste estabelecimento aconchegante da rue de la Grange-Batelière. O que me ligava àquele espaço era apenas a força do hábito que Sophia e eu criáramos ali. Mas isso bastara para que Louis pretendesse me oferecer uma visão nova e sensual.

– Beba seu café e vá ao banheiro dos homens – ele me ordenara com seriedade.

– Por que não o das mulheres?

– Porque tem sempre mais gente no das mulheres. Além disso, um homem jamais vai se queixar de que há um casal aprontando dentro da cabine.

– Tem certeza?

– Absoluta, senhorita. No pior dos casos, o sujeito vai ficar escutando o barulho que fazemos e vai bater uma punheta no reservado ao lado. Ao passo que nunca se sabe como uma mulher vai reagir. Ela poderia nos denunciar ao gerente.

Ele falava por experiência própria? Já tinha sido surpreendido, ou ele mesmo fora o voyeur que se excita em contato com esses amantes aventurosos?

Eu obedeci e escolhi o maior dos dois estreitos reservados masculinos. Como na maior parte dos cafés parisienses, a limpeza era negligenciada e o cheiro de urina predominava sobre o dos aromatizadores florais.

Uns dois minutos depois, percebi um barulho de passos claudicando no ladrilho, em seguida uma leve batida na minha porta de madeira castanha.

"Três batidas breves, depois duas longas. Aí você abre para mim."

Seu sinal foi conforme o combinado. Ele se introduziu do meu lado no estreito reduto, e eu notei que ele tivera o cuidado – mas também o risco – de deixar o casaco no encosto da cadeira na sala.

"Teremos pouco tempo. Vamos direto ao essencial", ele me advertira.

Era verdade. Com o coração aos pulos, as têmporas percorridas por longas pulsações, eu senti em todo o meu corpo o estado de urgência de que ele me falara. O medo de ser surpreendida somava-se ao desconforto e à exiguidade. Era evidente que uma trepada clássica seria complicada. Então a evidência me bateu e eu caí de joelhos, abri a braguilha e, com um gesto ágil, imediatamente expus o pau, que apareceu na hora, já em riste, com uma gota vazando na ponta.

"Você vai me chupar com mais avidez do que nunca."

– Ah, é? – eu sorrira não sem malícia. – E o que te faz tão seguro de si?

"Você verá."

Eu vi... Sua glande palpitante inchar na penumbra, com tanta pressa de afundar entre os meus lábios. Seu rosto visto de baixo para cima, contraído pelo desejo. Suas mãos se segurando na parede do cubículo, para ele não cambalear e acabar despencando em cima de mim.

Senti o cheiro também. O odor tão específico do seu pau suplantar os outros. O cheiro bom do meu homem, meu macho dominante, marcar seu território e suplantar os outros espécimes que passaram por ali antes dele.

Era este o risco? Senti-lo tão impaciente, mas sobretudo tão vulnerável? Não fui aos detalhes. Não explorei as dobras do prepúcio com a ponta da língua, como eu tanto gostava de fazer normalmente. Apenas arredondei os lábios da melhor maneira, a mais suave, a mais suculenta, me limitando a bombear com movimentos apressados, úmidos, barulhentos, tão cheios de baba e transbordantes quanto uma cadela ao beber da sua tigela. Sedenta dele.

Logo ficou claro que a descarga seria iminente. Por sua maneira de agarrar meus cabelos, apertar minha cabeça contra seu baixo-ventre, arremeter o membro no fundo da minha garganta. Ele ofegava cada vez mais forte.

A porta do banheiro bateu de repente e eu interrompi o movimento, o pau enfiado em mim pela metade. Louis reteve o gemido durante o tempo em que o cliente se aliviava num mictório vizinho, ignorando tudo o que se tramava a alguns passos dele, na intimidade dos pequenos reservados de imitação de mogno. Não se mexa!, intimou meu amante com o olhar. O sujeito urinava devagar. Mijava no seu ritmo. Eu me perguntava como ele seria – jovem, velho, bonito ou não? – e seu pau flácido também.

"E eu? terei direito a quê?

– Você? Você vai se acariciar, minha linda."

Foi o que tratei de fazer então. Enfiando a mão sob meu vestido, afastei a calcinha e percorri minha vagina encharcada com dois dedos inicialmente tímidos. Toda a volta do meu sexo estava tão sensível que tive dificuldade para conter meu gemido. O homem que se aliviava interrompeu finalmente o jato que expulsava e perguntou em voz alta:

– Tem alguém aí?

Como o silêncio voltou, ele não insistiu, e eu enfiei o dedo médio no meu sexo escancarado. Um fluxo inundou na hora minha mão. Creio até que algumas gotas de secreção chegaram a pingar no piso encardido. Os olhos de Louis me devoravam. Do seu ponto de vista dominante, ele devia apenas me entrever sob o primeiro plano do cacete enfiado na minha boca. A justaposição dos dois quadros devia levar sua excitação ao máximo. E ficar restrito a essa imobilidade forçada devia martirizá-lo.

Finalmente, o barulho de uma torneira se fez ouvir, depois o de uma toalha rolante sendo puxada com força, e o anônimo saiu do banheiro sem se preocupar mais conosco. Pude enfiar o dedo dentro de mim com um vigor decuplicado. Para alcançar mais no fundo, estiquei a perna esquerda e o acesso à minha vagina ampliou-se imediatamente. Nesta posição, eu chegava às reentrâncias sensíveis, receptivas ao menor contato. Um montículo de carne delgada inchava um pouco mais a cada passagem. Ele propagava no meu ventre uma vibração bem fraca mas muito abafada, cuja frequência sacudia todo o meu corpo.

Eu mal notei que o vaivém de Louis recomeçara na minha boca.

"E acha que conseguiremos gozar assim?"

Mas foi o que fizemos. No mesmo momento ou quase. Seu fluxo em mim se derramou como uma nuvem de leite numa bebida quente. Eu o engoli avidamente, a lentos goles viscosos, ricos, espessos.

Embaixo de mim, a pequena poça aumentara. Louis me suspendeu com um braço firme e segurou a minha mão que trabalhara nas profundezas. Levou-a à boca e lambeu com uma aplicação gulosa.

Decididamente, nunca mais consideraríamos da mesma maneira o menu do Antiquaires.

A voz quente de Sophia me tirou do devaneio:

– Mas você sabe... sem essa missão que Rebecca me deu com ele, talvez vocês dois nunca tivessem se encontrado.

– Como assim?

– Eles não queriam que eu te contasse...

– "Ele"? "Ele" quem?

– Eles, no plural. Rebecca e Louis.

– Por quê?

– Vai entender... – ela murmurou levantando os olhos para o céu. – O que eu sei é que na primeira noite em que me encontrei com ele, eu tinha uma fotografia de nós duas como fundo de tela do meu celular. Você e eu.

Eu me lembrava da imagem. Tínhamos tirado a foto no Antiquaires, justamente, uma noite em que nos consolávamos tomando umas e outras. A foto fora batida com o braço esticado, no momento em que estávamos num estado de embriaguez avançado, o que fazia toda a diferença.

– Lá pelas tantas – ela continuou – meu telefone tocou, e nossa foto foi exibida. Digamos que nós dois estávamos numa posição na qual ele não tinha como não vê-la... Aliás, ele me pediu imediatamente para dar uma olhada.

– Foi só isso?

– Não... Ele também perguntou quem você era.

– Você quer dizer... que ele tinha me visto antes de me conhecer? Antes de me descobrir no catálogo da Belas da Noite?

– Sim. E mesmo bem antes da tua missão com David. Isso de que estou te falando aconteceu aproximadamente um mês antes da famosa noite dos ex-alunos da HEF.

Ou seja, por volta do começo de março de 2009. Mais ou menos quatro meses depois da minha estreia como hotelle. Tudo levava a crer que os irmãos Barlet não consultavam o catálogo de Rebecca todos os dias ou que Rebecca conseguira filtrar o acesso deles.

Até o momento, eu me recusara intencionalmente a me perguntar sobre a ligação de Louis com a falecida Aurore. Ao sabor de suas diversas confidências, ele reconhecia tê-la amado. Mas tinha estabelecido como ponto de honra minimizar a força de seu sentimento por ela, pretendendo que a escolha feita por Aurore – David em vez dele – tinha sido um alívio.

Qual era a verdade? O que ele sentira quando, antes do irmão, fora confrontado com a sósia da moça, eu, na famosa foto?

– Ele foi o primeiro a se apaixonar por mim... – concluí por mim mesma.

– Também acho – confirmou a minha amiga. – E se há uma coisa de que você não deve duvidar é da sinceridade do que ele sente por você.

– Você acha? – eu a pus à prova.

– Eu estava lá quando ele viu a foto. Eu percebi o que ele sentia. Louis não se apaixonou apenas por um fantasma. Ele gosta de *você*.

– Não era eu. Era apenas minha imagem.

Nossa imagem, eu também poderia dizer, evocando minha sósia.

– Talvez... Mas ele pareceu transtornado. Tipo amor à primeira vista.

Contudo, ele me deixara para o irmão. Contudo, ele fora por um tempo cúmplice de um roteiro tortuoso, no qual um casava comigo enquanto o outro me iniciava nos seus jogos depravados. Contudo, como David, ele amava uma mulher que era a sósia daquela que ele tinha amado vinte anos antes.

Tratei de afastar essas perspectivas turvas. Pois, por mim, Louis correra todos os riscos. A começar pelo desentendimento fraterno consumado após duas décadas de trégua.

Vendo meu ar melancólico, Sophia deve ter avaliado por que terreno escorregadio sua revelação me levava, pois ela mudou de assunto de repente, embora o novo não fosse mais leve:

– E você, quanto a trabalho, tem perspectivas?

– Quem dera! Com o que aconteceu, pode acreditar que David fez tudo para eu virar *persona non grata* no meio.

– Nunca se sabe... – ela disse, para diminuir o drama.

O barulho da máquina de café atravessou o espaço com seus escapamentos estridentes e interrompeu minha resposta. Depois a calma voltou finalmente, na qual flutuavam aromas de café fresco e especiarias que não conseguia identificar.

– Espere... Quando pessoas que você nunca viu lhe dizem ao telefone que seu perfil não corresponde "aos padrões em termos de profissionalismo", não há muito o que questionar.

– Verdade...

– E eu não sei se Fred lhe falou, mas eu pedi a ele que recuperasse uma cópia do meu único programa do *Cultur'Mix*.

O programa que deveria marcar minha grande estreia na televisão e cujo piloto jamais foi ao ar.

– E daí?

– Adivinhe o que os arquivos da BTV responderam para ele.

– Não sei.

– Que o piloto, as cópias para edição e até mesmo os testes de gravação tinham sido apagados a pedido da direção. Fim da história. Como se meu programa jamais tivesse existido. Mesmo enquanto projeto.

– Ao menos tem o mérito de ser claro.

– Sim. Enfim, o problema é que eu me encontro com tão pouca experiência quanto no dia que recebi o diploma. E ainda por cima com um belo buraco de um ano no meu currículo!

Quando finalmente saímos da cantina libanesa, Stéphane fumava um cigarro na calçada da frente, encostada na fachada de sua loja. Ar ausente, ela ocupava o lugar de honra diante do grande logotipo desenhado na superfície envidraçada: três silhuetas femininas brancas acima do nome Dragon Tatoo, enfeitadas com três flores cor de laranja.

Ela nos viu e nos dirigiu uma pequena saudação discreta.

– Olá. Tudo bem, sua tatuagem ainda está ardendo muito? Tem usado bastante seu bálsamo?

– Sim, sim, tudo bem... Mas não sei se teria vontade de fazer outra imediatamente – comentei com um sorriso.

– Seu homem é mais corajoso do que você.

O que ela queria dizer com isso? Louis já tinha programado as próximas etapas de seu projeto Alphabet Man?

Ele fazia segredo sobre isso, preferindo a cada nova letra desenhada me fazer a surpresa uma vez completada a obra.

Em vez de deixar Stéphane em posição desconfortável, fingi saber:

– Sim, ele não para! Aliás, ele me disse que você tinha novidades para me mostrar.

– Acabei de terminar os próximos decalques dele. Quer entrar para ver?

Na pequena sala de espera ocupada por um grande sofá dourado, ela nos expôs seus desenhos, tirados de uma pasta intitulada *Louis Barlet* que transbordava de modelos e motivos diversos.

O novo projeto de Louis consistia em um amontoado de rochedos fustigados por grandes ondas, cercados de espuma, de onde emergiam as duas letras seguintes, feitas em maiúsculas: SF.

– SF... como SF? – espantou-se Sophia. – Teu namorado é fã de *science fiction*.

– Hã, não... Não que eu saiba. Seus gostos literários são mais clássicos.

– SF de Semper Fidelis – explicou Stéphane.

O fato de a tatuadora saber mais do que eu mesma sobre as mensagens e símbolos com os quais Louis brincava me contrariou. Mas disfarcei minha exasperação e preferi satisfazer minha curiosidade:

– Não é o lema do exército? Ou de não sei qual polícia?

Não pude me impedir de olhar para o eterno boné militar que cobria a cabeça de Stéphane em todas as estações e em todas as ocasiões.

– É o dos fuzileiros americanos desde 1883 – confirmou Stéphane. – Mas não é por esta razão que ele escolheu estas iniciais.

– Ah, não? Então por quê?

– Bem antes de os militares ianques se apropriarem dela, Semper Fidelis já era a divisa de uma cidade francesa.

– Qual? Saint-Félicien? – brincou Sophia, que parecia compartilhar minha sede de saber mais.

– Saint-Malo. Na Bretanha.

Lá onde Aurore repousava para sempre, no cemitério de Rocabey.

7

19 de maio de 2010

Eu nunca soube dizer não a Sophia. Ela sempre teve sobre mim a ascendência de uma irmã mais velha que nunca tive. Ela podia me propor embarcar nas piores roubadas, que eu hesitaria antes de recusar e acabaria achando no seu programa algum tipo de graça. Desde que nos conhecêramos nos bancos da faculdade, tinha sido assim: tudo era mais sedutor, tudo vibrava mais forte quando era Sophia que sugeria.

Mesmo assim, naquele dia, eu não tinha cabeça para esse gênero de coisas...

– Isso vai fazer você mudar suas ideias – argumentou Sophia sem real esforço de convicção.

Aquilo me fez voltar sobretudo à natureza da minha relação com Louis, uma construção erótica sempre inacabada, onde a tensão sexual servia de cimento do mesmo modo que os sentimentos. À altura destes últimos.

Junto ao nº 24 da rue du Roi de Sicile, o prédio onde funcionava antigamente a agência Belas da Noite, ficava uma loja de brinquedos eróticos, a Dollhouse. Apesar das minhas passagens frequentes pela entrada vizinha, eu jamais pusera os pés ali. Sophia, como sempre, insistia em preencher essa lacuna e, a despeito de seus recursos limitados, presentear-me com a última invenção da moda, que um notório fabricante de preservativos acabara de lançar no mercado e vinha provocando gargalhadas nas revistas femininas: calcinhas vibradoras comandadas a distância via SMS.

– Qual o interesse? – tentei, cética, para dissuadi-la.

– Ponha essa calcinha um dia em que Louis esteja ausente, dê a ele o número para ligar... e eu te garanto que você sentirá muito bem o interesse, minha querida!

– Para isso teria que voltar a vê-lo vivo... – suspirei, forçando o tom melodramático.

Eu tinha dificuldade em esconder minha inquietação. E nem o mais bizarro dos presentes bastaria para me devolver o sorriso.

Um pouco mais tarde no mesmo dia, Sophia já de volta a sua precária moradia, Alban me comunicou por mensagem o endereço da Brigada de Proteção ao Menor, uma ramificação da polícia judiciária. Ela funcionava nas instalações da sede da polícia de Paris, no nº 12 do Quai de Gesvres, a uma distância de uns quinze minutos a pé, no máximo. Porém, chegando lá, um funcionário parecido tanto quanto se pode imaginar com uma porta de prisão, me informou: 1. que os escritórios estavam fechados para o público depois das 16:30; irritado com a minha obstinação, ele acrescentou: 2. que era impossível visitar um acusado detido, ainda que eu tivesse me apresentado ali estritamente no horário predeterminado.

Louis já não era mais um cidadão como os outros, eleitor e contribuinte. Era agora um "acusado". E apenas o emprego deste vocábulo para qualificar o homem que eu amava me fez estremecer.

Ironia do destino, eram exatamente 22 horas quando eu cheguei à rue Jean-Baptiste Pigalle, na entrada do des Charmes. A hora em que costumávamos nos encontrar antes, Louis e eu. Fato excepcional, a estatura alta e um pouco pomposa do sr. Jacques não aparecia por trás do balcão de recepção. Talvez estivesse trabalhando nos andares. No lugar dele, avistei da rua o sorriso afável de Ysiam.

Tão logo me viu, o rapaz agitou-se, procurando com frenesi nos numerosos escaninhos de madeira envernizada que se alinhavam atrás dele. À guisa de boa-noite, ele me estendeu um novo envelope do correio.

– Desculpe, não tive tempo de passar para lhe entregar tudo isso.

A correspondência era volumosa, com efeito. A última passagem de Ysiam já remontava há quatro ou cinco dias, quando eu lhe devolvera o erro de destinatário.

– Não é grave. Não estou esperando nada de urgente. Por outro lado... – eu hesitei.

– Sim?

– Louis acha que esqueceu aqui um caderno que nos pertence, no Joséphine.

Por pouco não chamei de quarto 1, antes de me corrigir: o número tinha sido atribuído apenas por nós, para simbolizar o lugar que ele ocupava em nossos corações, nossas memórias, e também em nossos sexos. Lugar fundamental. Para todos os outros, ele continuava sendo o Joséphine, um simples quarto do primeiro andar do hotel.

– Como é o caderno?

– Cor de prata. Com espirais. Isso lhe diz alguma coisa?

– Não. E se uma camareira o acha, ela entrega imediatamente para mim.

Seu domínio aproximativo dos tempos verbais em francês não deixava contudo margem à dúvida: ninguém havia lhe entregado o Dez-vezes-por-dia. O fato de o caderno estar desaparecido não apenas me surpreendia, ele me contrariava no mais alto grau. Toda nossa intimidade exibida ali nos mínimos detalhes. E se eu temia que o olhar de um terceiro pudesse se espojar naquelas linhas como em sua própria cama, eu não ousava imaginar o lucro que um espírito mais tortuoso podia ainda obter. Eu precisava imperativamente encontrá-lo.

– Ok. Tem problema se eu der uma olhada?

– Agora?

Teria jurado que ele corou apesar do bronzeado pronunciado da sua pele.

– Sim. Tem problema?

– Hã...

– Está ocupado, é isso?

– Sim – ele aquiesceu com alívio.

– Bom, eu compreendo.

Eu tinha que me conformar. Depois da nossa partida, o quarto 1 voltara a ser como qualquer outro, oferecido a outros amantes, outras efusões. O quarto era uma espécie de acompanhante, entregava-se a quem pagasse.

– Pode me avisar se alguém o achar?

– Sim, claro, senhorit'Elle. Posso também olhar quando o quarto estiver vazio.

– Obrigada, eu quero sim.

Ele esticava meu diminutivo até fundir meu estado civil e meu nome numa só palavra-valise: senhorit'Elle. Era uma gracinha.

– Oh! E, Ysiam... – acrescentei no momento de me despedir. – Não fale sobre isso com o sr. Jacques, por favor. É inútil incomodá-lo com este assunto.

Minha noite, sozinha no Hôtel de Mademoiselle Mars, foi uma sucessão de sonos atormentados. Um pico de repouso, breve e agitado, imediatamente seguido de um sono agoniado e um despertar em sobressalto. E assim sucessivamente, sete ou oito horas a fio, febre na testa e na barriga, a camisola ensopada de suor.

Atribuí a agitação principalmente à ausência de Louis. À falta dele. Ao medo que toma conta de qualquer mulher, à noite, numa casa tão enorme. E também à inquietação que me consumia diante da ideia de que ele teria que prestar contas à justiça. Mas, acima de tudo, minha agitação tinha uma causa bem mais simples: era a primeira noite sem ele em um ano. Todo o meu corpo se habituara ao dele, meu calor ao seu. Minhas curvas chamavam seus ângulos, nos quais elas tinham o doce hábito de se enroscar. Os tristes acontecimentos do dia tinham acabado de me amputar e, como uma enferma privada de um de seus membros, eu sentia ainda sua fantasmagórica presença.

No dia seguinte de manhã, ainda grogue, liguei para todos que poderiam me dar notícias de Louis. Alban, Sophia, David Garchey, Rebecca, e até Peggy, mas ninguém sabia de nada. O galerista insistiu contudo para que eu anotasse o número do celular de Jean-Marc Zerki, o advogado do detido. Mas eu me abstive de ligar para ele. Temia o que poderia me dizer. Bom ou ruim, eu não queria ouvi-lo falar em um tom técnico e frio.

Limitei-me portanto a lhe enviar um SMS para me apresentar e pedir que me informasse sobre todo o desenvolvimento. Ao que ele me respondeu com o mais lapidar dos assentimentos: ok.

Também me contive para não contatar Ysiam. Nem por um segundo duvidava de que, se o gentil camareiro cingalês tivesse novidades, ele se apressaria a me comunicar. Portanto, eu só tinha um tempo vazio para matar, e nenhuma arma para cumprir sua sorte. Nenhuma, a não ser a absurda calcinha vibradora. Para que ela iria servir, afinal de contas, se Louis acabasse na prisão? Restava a chave que Alban pusera na minha mão.

Eu a revirei longamente na palma da mão, como uma espécie de inseto estranho e desconhecido. Fiz de imediato a seguinte reflexão: tal modelo só podia abrir uma porta recente e resistente, o gênero de porta de alta performance em matéria de segurança. Excetuando-se a porta da rua, cuja chave tinha um aspecto muito diferente para corresponder, eu não via senão uma outra em toda a construção.

Eu me vi quase imediatamente junto da grande escadaria. A porta blindada que dava acesso ao subsolo estava fechada. Não mais a vira aberta desde minha incursão com David Garchey, na noite da festa de inauguração. Deslizei a forma longa e estreita dentro do tambor, horizontalmente, e ela se inseriu completamente, sem nenhuma resistência. Dei duas voltas inteiras para a esquerda, e um clique triplo me indicou que as linguetas se desencaixaram. A fechadura estava aberta. Só precisei baixar a maçaneta, apertar o interruptor no alto da escada e descer para as profundezas da velha construção.

No final do corredor cinzento, na sala de vídeo, todas as telas estavam apagadas. Isso me tranquilizava – Louis talvez não fosse o voyeur doentio que eu temia –, mas a razão pela qual ele me confiara a chave só me parecia mais nebulosa. O que ele esperava de mim?

Louis dera instruções a Alban nestes termos: "Ele também quer que você vá pegar o caderno no des Charmes..." Antes de acrescentar, desta vez mais evasivo: "... e que tranque à chave tudo que possa ser comprometedor demais." Ele quer que eu tranque aqui certos documentos, nesta peça, como o nosso Dez-vezes-por-dia? Não faz nenhum sentido. Em caso de investigação, os policiais explodiriam a blindagem e as trancas com prazer. E depois, o que poderia ser classificado de "comprometedor" entre as inumeráveis obras eróticas e outras curiosidades que Louis coleciona desde sempre? No contexto de sua detenção, quais desses textos ou imagens poderiam se tornar comprometedores aos olhos pudibundos da justiça?

A menos que ele tenha desejado me passar a instrução inversa: não trancar aqui o que deve escapar do olhar dos censores, mas, ao contrário, retirar e colocar em segurança em outro lugar.

Sobre o grande console eletrônico de visores e botões de comando, avistei um comando vermelho maior do que os outros, encimado por um *Power On-Off* semiapagado. Apertei-o e numerosas luzes coloridas se acenderam. Numa pequena tela de cristal líquido, no meio da unidade de controle – que me pareceu ser o centro de comando –, vários menus foram exibidos. Com o mouse situado logo abaixo, escolhi o item *Files*, que fiz aparecer pressionando a tecla *Select*. Supus que se tratasse da memória do console, algum tipo de disco rígido contendo todos os registros. A pasta tinha várias subpastas e arquivos com títulos cifrados incompreensíveis. Alguns pareciam corresponder a datas, mas a maior parte não me fazia pensar em nenhuma lógica particular.

Selecionei ao acaso um deles, e uma tela no meio da parede de monitores, bem na minha frente, iluminou-se finalmente. Imagens em preto e branco apareceram. Familiares, em certos aspectos. Reconheci de imediato um dos quartos que Louis e eu frequentáramos no des Charmes, o Kitty Fisher, nome da célebre cortesã inglesa imortalizada pelo relato que Giacomo Casanova fez de seu encontro com ela nos anos 1760.

A jovem que aparecia nas imagens era uma loura de uns 20 anos, filiforme a despeito dos dois obuses que saíam de seu busto estreito. A imagem em primeiro plano e o foco na sua boca rendiam homenagem às suas qualidades de praticante de felação, que o feliz proprietário do pênis em questão recompensava com gemidos roucos. Acelerei o vídeo – o desfile rápido fez os personagens parecerem fantoches ridículos – até cair na ejaculação facial que decorou seu rosto de boneca com múltiplas riscas esbranquiçadas. Embora desfocado, notei um aspecto importante na sequência: tinha data e hora embaixo, à esquerda da imagem – 12-05-1997 23:52.

Mas, acima de tudo, esta gravação estava longe de ser a única de sua espécie. Eu as abri uma por uma. Cada uma num quarto diferente, mas sempre filmada segundo um ângulo e um enquadramento que faziam do cameraman o herói sem rosto daqueles encontros sexuais discretos. Ou, para ser mais precisa, pesados. Pois, segundo o ambiente e o período –, eu notei a esse respeito que as práticas tendiam com o tempo para uma forma de radicalização –, o nosso homem apreciava o sexo leve bem como o pesado, a dois ou coletivo, com ou sem acessórios. Um dos últimos vídeos, datado do verão de 2005, era no limite do suportável. Nosso protagonista enfiava um cacete descomunal, três ou quatro vezes o volume de um pênis normal, na vagina estreita de uma asiática de miúda compleição. A moça continha a dor – ou era prazer? –, e todo o interesse da situação parecia residir, para o ator-operador, na capacidade do monstruoso falo artificial de provocar gemidos incessantes cada vez mais agudos e exasperantes. A menos que se tratasse, como Louis me informara, de uma figura imposta pelos filmes pornô japoneses, onde a vítima dos ataques masculinos deve simular uma rendição tanto barulhenta quanto vergonhosa. Pouco a pouco, o objeto negro e desproporcional se cobria de uma espécie de espuma esbranquiçada. Um pouco mais espessa a cada introdução. E, apesar da minha aversão, senti nascer em mim um fluxo comparável.

Mas o vídeo mais excitante de todos, aos meus olhos já embaçados de desejo, mostrava nosso trepador misterioso se atirando sobre uma jovem de longos cabelos escuros e pele clara, que se parecia comigo. A semelhança era espantosa, até na maneira de se mexer sob o seu atacante ou na maneira de gritar seu prazer. Pode-se deduzir que em físicos comparáveis a forma de gozar era a mesma?

No clímax de seu orgasmo, longo clamor percorrido por espasmos que suspendiam seu corpo possuído, a moça estava de barriga para baixo, com as pernas bem abertas, e o operador da câmera se estendera entre elas, por cima das costas do parceiro. Notei que se tratava da postura na qual Louis me possuíra e me fizera gozar pela primeira vez, um ano antes. Após um movimento confuso da câmera, o plano seguinte deixava ver os sexos acoplados, de um ângulo que englobava as coxas e as nádegas de ambos. Então, com um grito final, enquanto o pau sem nome se retirava de uma só vez, jorrou da vagina ainda extasiada uma fonte translúcida, jatos breves e convulsivos que encharcaram instantaneamente o lençol. Ela acabara de ejacular, como eu mesma fizera alguns dias antes no quarto mergulhado no escuro.

Só depois de ter assistido a uns bons quinze destes filmes, todos de épocas diferentes mas situados entre o começo dos anos 1990, algo como 1992, e o ano de 2007, é que ousei finalmente me fazer esta pergunta: quem era aquele homem? A quem pertencia o pênis anônimo que era visto penetrar todos os tipos de mulheres de estilos e aparências tão diversos, mas que tinham em comum a juventude e um físico interessante? Oh, em relação às senhoritas, não havia nenhum mistério. Nas passagens mais recentes, eu reconhecera algumas das meninas de Rebecca. E concluí sem muitos riscos que o trepador compulsivo exercera suas escolhas, durante todo esse tempo, na Belas da Noite.

Quanto ao homem... Quem senão o *meu* homem, Louis, viciado em sexo, habituado a serviços tarifados...? Que outro além dele poderia ser? Nas imagens, deformadas pelo ângulo, turvas de pixels que se tornavam granulosos pela falta de iluminação, o pau me parecia reconhecível. Claro, ele me era familiar, mas eu não poderia jurar que se tratava todas as vezes do mesmo pênis, nem daquele que eu tanto gostava de acariciar.

A dúvida que subsistia era mais intensa na medida em que, em nenhum momento, sua voz era ouvida no áudio. Só suas parceiras gemiam, urravam, sussurravam e às vezes até comentavam com pequenos "oh, ah" e outros "meu Deus!". Mas ele tomara o cuidado de jamais ser audível, bem como visível, para não ser identificado. Sua preocupação com o anonimato o levara a apagar o som das gravações?

Entretanto, se era de fato Louis que se via nas imagens, isso não fazia senão confirmar meu pressentimento, mas também as alegações maldosas de David: durante todos esses anos, Louis teria frequentado quase que exclusivamente profissionais, hotteles fornecidas por Rebecca graças à agência. Ela lhe concedia uma tarifa preferencial? O serviço era gratuito para ele?

Mas a questão que me intrigava estava em outro lugar: por que um homem tão bonito, cativante, bem-nascido e rico como ele limitara-se a relações pagas sem futuro? Uma interrogação que leva a outra, mais sorrateira, e que me dizia respeito mais do que qualquer outra coisa: por que esse homem com uma manifesta fobia por compromisso rompera de repente com a rotina e os velhos princípios de independência por minha causa, a partir do momento em que me viu no celular de Sophia? Eu o teria arrancado de seu vício em sexo por minha semelhança com Aurore? Ou, como pretendia minha amiga, haveria outra coisa, pertencente só a mim, alguma coisa verdadeira, mais forte?

Manipulando os comandos do console, descobri a função de supressão de arquivos. Com um dedo suspenso acima do botão, hesitei por alguns minutos: devia deletá-los, como Louis sugerira? Devia me privar desses elementos perturbadores sobre o passado, bastante carregados, do meu futuro cônjuge?

– Ei, mocinha, o que você veio fazer aqui? Os outros andares não chegam para você?

O surgimento repentino de Félicité, com todos os bigodes eriçados, ávida para explorar o espaço que normalmente lhe era proibido, decidiu por mim.

Estava te procurando, parecia dizer seu ronrom regular, tão logo a mocinha galgou meus joelhos.

Desisti portanto de qualquer operação definitiva que eu poderia lamentar, limitando-me a apertar o interruptor geral. Todas as telas e monitores se apagaram, e eu peguei minha bola de pelo preferida para voltar com ela à superfície.

O Hôtel Mars, meu domicílio conjugal, parecia agora um cenário de cinema ou o engenhoso equipamento de um mágico, onde, de agora em diante, cada recanto era suscetível de me revelar novos segredos desse homem sobre o qual eu sabia tão pouco.

Onde ele escondia seus mistérios? Trancava-os à chave no seu escritório, como David?

Não, o mais desconcertante era que, fora o subsolo, nenhuma porta, nenhuma gaveta ou nenhuma fechadura opunham resistência às minuciosas investigações a que eu procedi durante boa parte do dia. Eu não enganava ninguém, muito menos a mim, pretextando explorar a casa antes dos policiais para subtrair de suas buscas qualquer elemento prejudicial. Eu não fazia senão sucumbir à curiosidade doentia, da qual eu já experimentara os limites e sofrera os efeitos deletérios. Foi ela que me fez aprofundar as pesquisas no escritório mais do que em qualquer outro cômodo.

Eu ia desistir, quando meu pé esbarrou em um taco do assoalho ligeiramente desnivelado.

– Ai! Merda... Que coisa malfeita!

Eu me preparava para xingar os operários e as obras que nunca são acabadas com todo o cuidado desejado, quando uma pressão do salto de um lado do estreito taco de carvalho o fez virar completamente, liberando um estreito esconderijo poeirento. Eu me inclinei sobre aquela coisa estranha e distingui um pequeno envelope branco, do tipo utilizado para enviar convites.

– Que maluquice é essa...?

Retirei-o do esconderijo com todo cuidado e observei-o um bom tempo antes de ousar levantar a aba. Pelo estado do papel, manchado, gasto nas pontas, adivinhava-se que a permanência do envelope na sua toca de madeira envernizada não datava de ontem. Finalmente, com o peito inflado por inspirações quase ofegantes, decidi partir para a ação e puxei o triângulo com um gesto seco.

Dentro, havia apenas uma fotografia de formato reduzido, amarelada, com a moldura branca denteada que se usava nos anos 1960 ou 1970. De fato, as cores desbotadas, a pose dos protagonistas assim como suas roupas, tudo contribuía para ligar a fotografia a essa época.

Via-se um casal de adultos de pé ao lado de um pinheiro de Natal decorado com ostentação e, na frente deles, duas crianças de pouca idade, de cerca de 2 ou 3 anos. Enfim, era o que o estado da fotografia me permitia apreciar. Pois se o maior dos dois, o menino, era absolutamente reconhecível – os traços de David tinham mudado pouco com o tempo –, a garota de cabelo comprido castanho que segurava a mão dele era impossível de ser identificada. Seu rosto tinha sido raspado totalmente com a ponta de uma tesoura ou de uma faca, chegando quase a atravessar a espessura do papel brilhante.

Mesmo tendo escapado ao massacre, a aparência do homem e da mulher não me lembrava ninguém. Por ter visto numerosas fotos de André e Hortense Barlet nos arquivos de Roches Brunes, eu podia garantir que não se tratava deles. Então quem eram? E o que David estava fazendo neste retrato de família? Quem era a menina do rosto sacrificado, e por que a teriam atacado assim?

Mas, acima de tudo: por que Louis conservava tal fotografia na segurança hermética de seu assoalho?

Virei a foto para verificar se o outro lado continha qualquer inscrição de natureza a me esclarecer, mas ele era virgem.

Então eu tive um reflexo: pegar meu celular, clicar no aplicativo de multimídia e fotografar a foto a fim de conservar o vestígio cuidadosamente gravado em algum lugar da memória eletrônica do aparelho.

A menininha sem rosto tinha sido tirada de seu assoalho amnésico. Eu, em todo caso, não a esqueceria.

8

20 de maio de 2010

DET. de Louis prolongada por 24 h.
Mantenho-a a par. JMZ

Eis o gênero de SMS que Jean-Marc Zerki era capaz de enviar a seus clientes ou, na circunstância, à futura mulher de um de seus clientes. Nem um bom-dia, nem um sinto muito, nem o menor traço de afeto ou compaixão. Estrita eficácia. Profissional até o fim do Código Penal.

De todo modo, o que eu poderia responder caso ele tivesse iniciado um diálogo carregado de um pouco mais de humanidade? Que eu me entediava sozinha nos mil metros quadrados do nosso castelo? Que eu hesitava entre chorar o dia inteiro e revirar todo o assoalho do referido castelo com um pé de cabra? Que sem Louis eu ficava deprimida?

Meu professor bigodudo – sim, lembram-se, já lhes falei dele – tinha o costume de dizer aos seus alunos de jornalismo: "Um lugar-comum não passa de um lugar-comum. Dez lugares-comuns são um efeito de estilo. Mas só se vocês o assumirem", ele tratava de acrescentar. Então eu poderia dizer que estava arrancando os cabelos, roendo as unhas até tirar sangue, dando voltas como uma fera enjaulada, que não comia mais, que sem meu homem eu era apenas uma sombra de mim mesma... Nada disso era verdade, mas mesmo assim eu não estava mais muito longe do sentido literal.

O que o senhor de bigode e sua sabedoria pau pra toda obra não poderiam ter previsto é a que ponto a falta física de meu amante ultrapassava qualquer outra sensação. A falta erótica. Eu evoco minha cama órfã dele, mas também minha boca, minha bunda, meu sexo... privados de seus homólogos masculinos e de todas as combinações sensuais aplicadas todos os dias. Eu disse bem: todos os dias. Há um ano, não se passavam mais de doze horas sem que transássemos ou tivéssemos uma atividade sexual, mesmo que fossem só carícias genitais sonolentas debaixo do edredom.

A descoberta dos vídeos escondidos no console do subsolo deveria ter temperado meus ardores. Qualquer outra mulher no meu lugar teria se sentido traída, suja, aviltada, ainda que as sequências em questão remontassem a antes do começo do nosso relacionamento. Qualquer outra mulher teria fugido correndo desse monstro libidinoso, esse sátiro, esse doido por sexos – insisto no plural de tanto que a multiplicidade parecia ser o centro de sua compulsão.

E eu não fazia senão arder mais ainda, me consumir com um fogo cuja intensidade crescia um pouco mais a cada hora que eu passava sem ele. Não fora essa loucura, essa fúria, esse frenesi licencioso que me atraíra para ele desde a primeira vez, que me magnetizara apesar do proibido, e que depois me incitara a atravessar todos os obstáculos para me perder com ele, contra toda a razão, e me dissolver nele?

Honestamente, eu podia lhe atribuir a culpa?

Naquele dia, eu me acariciei várias vezes seguidas deitada na nossa cama, usando a roupa íntima que ele preferia, um conjunto de tule transparente, sutiã meia-taça e tanga debruados de cetim cor-de-rosa, que uma noite ele levou para o des Charmes e eu supus ter custado um preço inversamente proporcional à superfície que ele cobria.

No momento, eu não via o que fazer por ele a não ser me dar prazer. O que ele poderia esperar de mim, a não ser a oferenda do meu gozo? O sexo se tornara nossa linguagem muda, invisível, e eu não encontrava outra mensagem para lhe enviar do outro lado dos muros da sua prisão.

No entanto, o gozo não me trouxe alegria. Meus dedos se impuseram em mim com força, com selvageria. Eu me masturbei como quem soca uma parede com raiva e impotência, percutindo minha vagina com grandes golpes. Vasculhando-a com a ferocidade de um animal esfaimado. E os poucos orgasmos que esse tratamento brutal acabaram desencadeando não tiveram o sabor perfumado dos que ele me dava. Foi como se tivesse sido esbofeteada. Como um pano úmido que foi torcido. E me deixaram no final atordoada e ofegante, um estado estranho em que a amargura lutava com o prazer.

* * *

– Ponha na BTV! Rápido!

A ligação de Sophia soou como uma ordem. Pensei que ocorrera algo de grave. Ou grande. Simplesmente alguma coisa importante. Eu não vira mais esse canal maldito desde minha partida da torre Barlet. Mas me forcei a ligar a televisão no canal 24, com duas pressões rápidas no controle remoto.

– Pronto, está vendo ele?

Eu esperava ver surgir Louis no meio de uma horda de jornalistas, com Zerki, o advogado robótico do lado, mas em vez disso apareceu a cara inexpressiva e pouco atraente de um cinquentão careca. *Antoine Gobert – Presidente da APECEP de Paris,* anunciava o texto no pé da tela.

O cidadão de camisa azul-celeste e lenço de seda não me dizia nada, mas, em compensação, eu reconheci a rue de Sévigné e, em segundo plano, a fachada da galeria Sauvage.

– Quem é este imbecil? – perguntei, atônita.

– Foi este imbecil que mandou teu namorado dormir na cadeia.

– Mas o que é APECEP?

– Procurei na internet: Associação de Pais de Estudantes Católicos do Ensino Público. Simpático, hein?

– Espere... estou tentando ouvir.

Aumentei o som para tentar captar, no meio do burburinho de emoção que saturava meus ouvidos, o falatório do afável personagem:

"... situação é muito clara: *nós,* pais de alunos, não vamos tolerar que certas pessoas pouco recomendáveis, sob o pretexto falacioso de defender a arte contemporânea e a liberdade de expressão, usem nossos filhos como alvo de um bombardeio pornográfico. E praticamente na saída dos estabelecimentos onde eles são escolarizados. Hoje nós estamos aqui. Mas se não manifestarmos com muita firmeza nossa discordância, do que será feito o amanhã? De brinquedos eróticos distribuídos nas escolas fundamentais? Hein, afinal são brinquedos, não é?"

– Taí uma ideia! – Ria Sophia do outro lado da linha.

– Psiu! – repreendi-a para captar o resto.

"– Portanto, se eu o entendi bem – interveio a voz juvenil da jornalista –, o senhor se recusa a retirar a queixa contra a galeria Sauvage e seu representante, Louis Barlet?

– Você entendeu muito bem. Não retiraremos absolutamente nada.

– Mas a exposição do artista que lhe causava problema foi cancelada, ela...

– Pode ser, mas as imagens que nossos filhos viram não poderão ser retiradas de suas memórias como um quadro que se pendura. O mal está feito. E é quanto a isso que queremos obter reparação."

– Ele até que fala bem, para um imbecil – concluiu Sophia enquanto a reportagem seguinte expulsava o rosto de Antoine Gobert.

Eu acabara de concluir a mesma coisa. E também que eu teria gostado de estar no lugar da jornalista.

Sophia me conhecia tão bem que ela deve ter ouvido sem que eu precisasse pronunciar:

– Que tal ir lhe dar um bom-dia?

– O que você quer dizer?

– Pois bem, eu liguei para a sede da... APECEP, é isto, e usei minha mais bela voz de aeromoça. Temos um encontro com Sua Majestade Antoine Gobert dentro de duas horas.

– Sob que pretexto?

– A pura verdade. Enfim, quase: duas estudantes de jornalismo que precisam preparar um trabalho para amanhã de manhã. Sei muito bem bancar a coitadinha no telefone.

Pela primeira vez há dias, eu caí na gargalhada e aprovei o plano dela.

Um temporal de meio de tarde acabara de parar, chuva quente e pegajosa, quando chegamos no nº 12 da muito burguesa rue de l'Arcade, a alguns passos da Madeleine.

Uma secretária de coque grisalho nos fez esperar alguns minutos antes que o "presidente Gobert" se dignasse a nos receber.

Ele era ainda mais feio ao vivo, tinha um certo prognatismo, o queixo parecia cair, deixando seu rosto pesado e me provocando náusea.

O escritório era sinistro, mal iluminado, as paredes cobertas de imagens religiosas e retratos dos diferentes papas dos últimos cinquenta anos. Mesmo João Paulo II no final da vida me parecia mais vivo e benevolente do que nosso anfitrião.

– Podem falar – ele nos encorajou forçando um sorriso pavoroso. – Sou todo ouvidos para suas perguntas.

Quem empregava uma expressão como "todo ouvidos" ainda hoje?

– Gostaríamos de entender por que a exposição da galeria Sauvage o incomoda particularmente – lancei minha ofensiva com uma pergunta geral e bem banal. – Afinal, não é a primeira a pôr em cena a sexualidade de maneira tão crua. Se me lembro bem, a retrospectiva *Masculin/Féminin* no Centro Pompidou, há alguns anos, propunha algumas peças no mínimo igualmente provocantes.

– Tem total razão, senhorita. E o questionamento dos artistas sobre um tema tão fundamental quanto a sexualidade humana ou a relação homem-mulher não me incomoda. Cada um é livre para explorar seu lado artístico como bem entender... Eu mesmo frequento bastante os museus para apreciar um nu de Michelangelo ou de Botticelli. O problema não está aí.

– Onde está então? – interveio Sophia num tom ligeiramente agressivo demais. – As crianças que o senhor tanto quer proteger também vão ao Louvre. Elas também veem seios e estátuas com pintinhos.

O sapo humano na nossa frente enrijeceu-se na cadeira giratória e engoliu fazendo barulho, antes de recomeçar:

– Está caricaturando minha posição, senhorita. Eu não procuro afastar o menor traço de nudez dos olhos de nossas crianças. A nudez pode não ser apenas fruto de um trabalho artístico incontestável, os exemplos que acabei de lhes dar são a prova, mas seria de todo modo tempo perdido. Na televisão, no cinema, na propaganda... o nu está em toda parte hoje. É assim. É um fato da civilização e, de uma certa maneira, devemos nos acostumar a isso.

– Neste caso, eu não compreendo – insisti. – Por que o senhor investe contra esta exposição e os que a organizaram?

Ele plantou seus olhinhos cruéis nos meus, como um anzol se agarra à garganta de um peixe, decidido a não mais me soltar.

– Porque esta *exposição*, como você a chama, não se contenta em mostrar pepecas e pintinhos tal como as crianças os desenham nas paredes dos banheiros. Ela mostrou os sexos em plena ação, e a justaposição das imagens oferece uma representação absolutamente deformada do que deveria ser uma sexualidade respeitosa do outro e saudável. Isso não é mais arte... É pornografia exibida em plena rua!

– Ah, porque o senhor sabe o que é uma sexualidade respeitosa e saudável?! – exclamou Sophia.

A alusão a seu físico ingrato e aos limites evidentes que este devia impor à sua vida íntima foi pouco sutil. Não faltou muito para minha amiga lhe cuspir o desprezo na cara, alguma coisa do gênero. "Mas você já olhou sua cara medonha de corta-tesão?"

O mal estava feito, contudo, e o presidente da APECEP percebeu claramente nosso jogo. Quase se levantou e foi embora, como se temesse por sua segurança, mas depois se recompôs e decidiu passar à defensiva:

– Quem são vocês na verdade? O que querem de mim?

– Eu me chamo Annabelle Lorand – declarei, deixando cair minha máscara. – E gostaria que o senhor reconsiderasse a queixa contra a galeria Sauvage e o sr. Barlet.

– E por quê, posso saber? – perguntou com um tom muito menos agradável.

– Porque...

É verdade, que argumento eu tinha a lhe contrapor, a não ser meu amor pelo homem que ele estava tentando destruir?

– ... porque nós devemos nos casar dentro em breve, Louis Barlet e eu. E, se puder escolher, prefiro que o evento não ocorra na ala VIP da prisão La Santé.

Meu acesso de sinceridade mal o fez piscar os olhos, ele voltou a fazer cara feia e a falar em tom vingativo:

– Escute, você acha que eu sinto muito, mas pouco me importa que minha ação contrarie seus projetos matrimoniais. Me parece que você não captou bem o que está em jogo aqui...

– Eu compreendi perfeitamente. E acho que a opinião pública teve a oportunidade de ouvi-lo falar bastante sobre o assunto. Agora, estou lhe pedindo apenas para não insistir em...

– Ora, mas o que você está pensando? – vociferou bruscamente. – Que eu faço isso para mostrar minha cara na televisão? Para fazer publicidade? Quando se tem convicções, senhorita, e acima de tudo uma moral, elas não se evaporam quando as câmeras param de rodar! Não vamos relaxar se o que está em jogo é a proteção de nossas crianças! Está me entendendo? Nunca!

– E defendê-las significa jogar um inocente na prisão, na sua opinião? – protestei.

– Tinham que ter pensado isso antes de instalar aquelas ignomínias na rua. É muito fácil expor horrores e chorar em seguida!

Era evidente que aquele animal não ia desistir facilmente. Eu temia até que minha intervenção o fizesse insistir mais ainda nas suas posições e o incitasse a dar ao caso uma repercussão midiática maior. Uma vantagem inesperada. Acusar Louis, por certo menos conhecido do que o irmão, mas cujo sobrenome bastava para atrair a atenção, oferecia a Gobert um belo caminho que ele estava determinado a percorrer. Quanto à invocação da moral tal como a concebia, era para ele uma questão fechada.

– Esqueça – sussurrou-me Sophia. – É um babaca.

Sequer lhe demos tempo para se indignar e, um segundo depois, desaparecemos do seu escritório.

Eu estava tão desanimada que declinei do Monaco com que Sophia propunha regar nosso desapontamento. Voltei diretamente para o Hôtel Mars, onde uma visita surpresa me aguardava junto à porta.

– Bom-dia, Elle.

David estava ali, vestido informalmente, camisa polo, calça cáqui e pulôver creme nos ombros, quase sorridente. Tão bonito e solar quanto era capaz de ser. Luminoso, a seu modo.

– Oi... – falei, com um nó na garganta.

– Imagino que minha presença a surpreenda um pouco... Mas é que eu soube, do Louis...

Respondi franzindo as sobrancelhas, irritada. O que eu poderia acrescentar? Como acolher de outro modo sua solicitude?

– Queria lhe dizer que eu sinto muito. E que estou pronto para ajudar você... Quero dizer, ajudá-lo. Louis continua sendo meu irmão.

Apesar do passado. Apesar da traição. Apesar de você, de mim, Annabelle, e a escolha que você acabou fazendo. Mas ele não expressou nenhuma destas reservas que afloravam em cada uma de suas inflexões, cada um de seus olhares constrangidos.

– Você é gentil. Mas ele está bem aconselhado.

– Zerki – ele aprovou com ar entendido. – É um excelente advogado.

– Você o conhece?

– Fui eu que o apresentei a Louis, há anos. Mas neste tipo de caso, um advogado não basta para resolver a questão.

– O que você propõe? – inquiri, sempre na defensiva.

Seu sorriso ampliou-se. Aquele sorriso capaz de, sozinho, derrubar as oposições mais ferrenhas, inverter as piores tendências e conseguir no final a adesão dos indecisos. Sorriso de fazer política, eu costumava dizer na época de nosso relacionamento.

– Antes de mais nada, proponho jantarmos. Assim, terei tempo de expor minhas ideias e a maneira de tirar o idiota do meu irmão desta enrascada.

– Não tem que jantar com Alice?

– Não esta noite. Ela recebe os pais vindos da província para vê-la.

Guardei para mim a resposta, com o olhar perdido na rue de la Tour-des-Dames, como se a atitude a adotar fosse jorrar de um dos palacetes vizinhos, o de Talma, por exemplo, o célebre ator. Ele teria sabido que atitude tomar.

Louis não teria aprovado a súbita reaproximação. Mas o cessar-fogo nas nossas relações não deixava de me aliviar. Minha culpa não seria reduzida a nada, mas se veria diminuída.

– Ok. Mas fiquemos no bairro, tudo bem? – sugeri para me tranquilizar.

– Como quiser. Há o pequeno restaurante italiano da rue Trudaine.

– Muito bem.

O La Pizzetta parecia mais uma cantina de bairro do que um endereço gastronômico, mas a multidão no interior parecia indicar que era bem concorrido.

Ao entrarmos, o garçom nos conduziu a uma mesa reservada, próxima do balcão e das prateleiras de vinhos italianos, o que me fez supor que David premeditara o encontro. Não me fiz de ofendida e tentei me portar bem. Não queria deixar para ele o papel de salvador, de super-herói oportunamente surgido de sua Batcaverna, nem me comprazer no papel de coitadinha socorrida.

Fui logo passando à ofensiva assim que chegaram à mesa nossos dois martínis:

– Então, o que você acha do caso de Louis?

A imagem de David garotinho diante da árvore de Natal flutuava diante dos meus olhos, se superpondo por instantes à sua versão adulta. Mas as duas nunca coincidiam completamente e, diante de seu cenho contraído, desisti de mencionar com ele o outro tema sensível. Por enquanto.

– Não quero preocupá-la mais do que o necessário, mas creio, infelizmente, que as coisas estão mais mal paradas do que parecem.

Foi dito sem drama, mas com gravidade.

– Por quê?

– Eu preciso mesmo lhe fazer um resumo?

A garçonete botou os dois pratos fumegantes diante de nós, paccheri com atum e aspargos para os dois, e nos deixou no nosso *tête-à-tête* depois de murmurar um "bom apetite" quase inaudível.

– Olhe, se é para me falar por alusões e subentendidos... – repliquei.

Para mostrar minha determinação, fingi ignorar o meu prato, que parecia muito apetitoso.

Ele comeu um pouco da massa e fez que sim com a cabeça, os olhos semicerrados.

– Tudo bem. Mas não é segredo para ninguém: Louis é um obcecado.

– Um obcecado... – fingi não compreender.

– Annabelle... pra cima de mim, não. Você sabe muito bem o que eu quero dizer. Louis só pensa em pornografia. Um sexo ambulante. Um hipersexual, se você preferir.

– Tudo bem, tudo bem – me irritei. – Já tinha entendido da primeira vez.

– E não é de hoje – prosseguiu, no mesmo tom preocupado.

Ele já tinha me falado assim a respeito do irmão no pátio do hospital Max Fourestier de Nanterre, quando foi até lá se explicar sobre meu recrutamento através da Belas da Noite: "O tipo caçador, sabe... Sempre em busca de carne fresca."

– Qual a relação com a situação presente? – argumentei.

– A relação é que não é a primeira vez que seu vício em sexo o coloca numa situação complicada.

Ele falava bastante, mas não o suficiente.

– Ah, é? Me dê um exemplo.

– Tenho uma porção. Mas não acho que seja eu que deva...

– Vamos, desembuche! – insisti. – Só um exemplo...

Ele engoliu uma porção de paccheri e aspargo, mastigou devagar, e começou finalmente:

– Faz uns dez anos...

– Então?

– Louis foi preso por atentado ao pudor na via pública.

Primeiro fiquei sem voz. Louis, o homem que eu amava mais do que tudo... Eu era incapaz de imaginá-lo como um desses tarados de capa que frequentam as saídas de escola para entreabrir o casaco na frente das meninas aturdidas. A imagem não combinava com o Louis que eu conhecia.

– O que você entende por "atentado ao pudor"?

– Eu te asseguro uma coisa, Louis não é o exibicionista que se mostra para garotinhas.

O instantâneo abjeto se dissipou tão depressa quanto surgiu no meu espírito e deu lugar ao alívio.

– O que ele fez, então?

– Foi surpreendido transando com uma moça dentro de um carro. Em plena rua, e à luz do dia.

Não pude conter um sorriso de mofa. Eu não ignorava o que a lei estipulava a esse respeito, mas tinha dificuldade em considerar um ato repreensível. Afinal, não havia aí nada que nós mesmos não poderíamos querer experimentar. E se o amor feito dentro de um carro ainda faltava na nossa lista de conquistas, esta história só me dava vontade de colocá-lo na categoria de nossas prioridades eróticas.

– Eu sei o que você vai me dizer: não é tão grave assim.

– Com efeito – admiti.

– O problema é que, por causa desse tipo de passatempo, o senhor meu irmão já foi fichado na polícia por atentado ao pudor. E posso lhe garantir que, com respeito ao caso de hoje, isso não conta a favor dele.

– Ele já foi condenado?

– Não. Escapou todas as vezes com uma multa e uma severa reprimenda do juiz.

Todas as vezes. Deduzi que o episódio do carro não era o único do seu gênero.

Olhei um instante para os clientes das mesas vizinhas. Homens e mulheres ainda jovens, todos basicamente sedutores e bem arrumados. Eu me perguntei quais deles apimentavam sua sexualidade com esse tipo de fantasia. Limitavam todos os seus embates ao quarto de dormir ou se concediam às vezes um pouco mais de licença, dispostos a se expor a tais riscos? A libido à moda de Louis Barlet virara norma ou eu me envolvera com ele, sem mesmo ter consciência, nos caminhos excitantes (e como!) porém árduos da ilegalidade?

– O que você está procurando exatamente, David? Me alertar contra seu irmão? Me meter medo?

Ele suspirou longamente, depois pousou uma mão pesada sobre a minha, que eu retirei imediatamente.

– Elle... Você e eu somos coisa do passado, estamos totalmente de acordo. Você vive com Louis. Eu vou me casar com Alice. Não tenho nenhuma intenção de contestar estas coisas.

– Pelo menos isso... – sussurrei.

– Só quero que você esteja plenamente consciente da situação. Louis já fez o que não deve. E, sem querer assustar você, é provável que recomece.

– Ou seja?

– Não se faça de mais ingênua do que é. Louis não é apenas um colecionador de quadrinhos eróticos ou de filmes pornô.

As sequências gravadas na memória do console me vinham em flashes. Seu membro introduzido em todos aqueles sexos. Seu esperma espalhado em cima daqueles rostos, barrigas, seios...

David me olhou fixamente. Seus olhos procuravam estabelecer com os meus uma conexão, uma espécie de diálogo, que o pestanejar dos meus olhos rompia intermitentemente.

– É um predador, Elle. Um consumidor de sexo compulsivo. E lamento ter que lhe dizer isto, por mais encantadora que você seja, tenho dificuldade em acreditar que ele se contente eternamente com a mesma presa. Ele nunca será capaz. Por que você acha que ele teve a ideia de criar a Belas da Noite?

– Para achar para você uma nova Aurore – arrisquei.

– Mentira! Qualquer detetive particular ou qualquer site de encontros teria resolvido a questão. Ele só a concebeu como um acervo onde ele poderia se servir de carne fresca na quantidade que seu apetite exigia. Ele era verdadeiramente insaciável, na época, e creio poder afirmar que a promiscuidade dos clubes libertinos só lhe convinha em parte.

Insaciável. É exatamente a impressão que me deixara a quantidade de vídeos pornô no console da sala de controle.

Quanto ao projeto da agência, quando eu perguntara a Rebecca sobre este detalhe, ela se mostrara evasiva, incapaz de se lembrar qual dos dois irmãos Barlet tivera a iniciativa do projeto Belas da Noite.

– Você é que se tornou coproprietário da empresa, não ele – tentei contradizê-lo.

– A pedido *dele*! E unicamente por amizade a Rebecca. A pobre estava sem um tostão. Ele acabara de largá-la pela enésima vez. Mas você pode verificar: foi Louis quem registrou o estatuto da agência no centro de oficialização de empresas, foi ele quem registrou a marca Belas da Noite pelo menos um ano antes de ela começar realmente. Era projeto *dele*. Não meu.

Eu não notara até então o fundo musical, que se tornou de repente mais presente. Não sei por que razão o gerente achou que era bom ligar o som. Os alto-falantes destilavam um pop-rock qualquer, como os que são tocados nas rádios tão ao gosto das donas de casa e dos comerciários, torneira nostálgica dando a sensação de que um produtor louco misturou nossas recordações na grande mesa de mixagem da vida.

As primeiras notas do trecho seguinte me deixaram aparvalhada. "More than this", começou a cantar a voz de veludo de Brian Ferry. *More Than This*, um dos primeiros trechos que Louis me fez escutar no des Charmes. Uma das músicas que ele inscrevera na perfeita trilha sonora de seus embates amorosos.

– Pode perguntar a Rebecca – obstinou-se David, como se não tivesse percebido minha ausência. – Ela já passou por isso...

Esforcei-me para despertar:

– Me permita apontar uma grande diferença: Rebecca não foi objeto dos teus jogos perversos.

– Você também não – ele se defendeu, enxugando o molho dos lábios com uma ponta do guardanapo dobrado.

– Você pretende não ter nada a ver com os encontros que Louis marcava comigo no hotel?

– Nada – afirmou, e sustentou meu olhar sem piscar. – Eu nunca pedi a ele para te... te perverter como ele fez.

Esta versão dos fatos batia de frente com a confessada por Louis, na véspera do casamento anulado, no quarto do Chevalier d'Éon. Uma versão na qual ele não era senão o executor de um plano concebido pelo irmão caçula.

Ela contradizia sobretudo as indicações perturbadoras, os segredos sobre minha maneira de ser na cama, que só David poderia ter contado a Louis. Ao menos é no que eu acreditara todos aqueles meses.

Mas desde então outros elementos tinham vindo perturbar minhas certezas: a câmera colocada no quarto de dormir do Hôtel Duchesnois, graças à qual Louis poderia ter me espiado em ação com David do subsolo da casa vizinha. E se David estivesse dizendo a verdade? E se Louis fosse o único instigador dessa armadilha sensual na qual eu me precipitara?

– Você precisa abrir os olhos: o único de nós que usa o sexo como arma é Louis.

More than this. Sempre mais sensações. Amantes. Gozos. Experiências radicais. Sempre mais sexo, sob todas as formas. Eu não queria dar razão a David, mas era obrigada a constatar que isso concordava em todos os pontos com o Louis com quem eu convivia há um ano. Meu amor não me tornava tão cega a ponto de não poder obliterar todos esses aspectos de sua personalidade.

– Uma arma, não – defendi, contudo, meu noivo. – Ele nunca procurou ferir quem quer que seja.

Eu tinha tanta certeza? Os grunhidos estridentes da frágil asiática soavam ainda nos meus ouvidos.

– É pior ainda! – ele soltou em surdina, controlando com um olhar oblíquo para que ninguém se aproveitasse da nossa altercação. – Ele é como um garoto com um revólver no lugar do pau!

Tal acesso de vulgaridade não combinava com o David com quem eu convivera.

– Que fino... – fingi estar chocada.

– Você entende muito bem o que eu quero dizer: ele acredita em dar prazer e *se* dar prazer, mas não está nem aí para a louça quebrada no caminho. E Rebecca não é a única que sofreu as consequências, pode crer.

Sophia? Salomé? Quem mais ainda, quantas moças atraídas por sua aura única, sacrificadas no altar de suas orgias, como as vítimas expiatórias de sabe-se lá qual obscuro ritual esotérico?

– Vamos, conte, estou interessada – incitei-o, tomada por uma brusca náusea, empurrando meu prato cheio pela metade com uma mão desgostosa.

Ele se inclinou outra vez para mim e continuou com voz muito baixa, num tom de conspirador:

– Bom... Tudo bem, eu também dormi com hotelles. Você tem toda condição de saber... Enfim, eu não fiz disso um hábito.

– Vamos aos fatos.

– Uma moça com quem estive uma vez se abriu um pouco comigo. Sondando-a, descobri que ela passara pelo menos umas doze noites com Louis.

Ela aparecia nos vídeos? Como seria ela? Eu calei minha curiosidade e um fiz um sinal a David para que prosseguisse, enquanto a garçonete ia embora com nossos pratos, visivelmente contrariada por não termos honrado seu conteúdo.

– Ela me contou que achara um dos cadernos que ele mantinha. Que ele anotava nele absolutamente todas as suas conquistas nos menores detalhes, inclusive os mais escabrosos.

O ancestral do Dez-vezes-por-dia, imaginei, com uma raiva contida. Uma versão primitiva das notas anônimas que ele me enviara, durante várias semanas, antes mesmo do começo de nosso relacionamento oculto.

Até agora, as revelações de David tinham me chocado menos do que mortificado. Mas que Louis dedicasse seus escritos à primeira moça que ele agarrava às pressas me escandalizava, eu que acreditava ser a primeira!

– Hum... Cada um com seus hobbies, eu suponho – minimizei, trincando os dentes.

– Não acabou. A moça me deu a entender que Richard, o pseudônimo que ele usava na época para seus encontros efêmeros, divulgava as melhores passagens do tal diário íntimo na internet. Às vezes até acompanhadas de fotos que ele roubava das parceiras. Fotos ousadas, segundo ela.

Um arrepio gelado me percorreu de cima a baixo.

– Você chegou a falar com ele sobre os rumores que corriam a respeito dele? – defendi-o, pronta para apoiar meu homem custasse o que custasse.

– Lógico. Ele começou por negar. Depois confessou minimizando muito e me jurando que tinham sido erros da juventude, que ele "não queria mais saber disso" há muito tempo.

Parecia a defesa de um drogado apresentado diante da justiça ou diante dos médicos. Embora eu soubesse que sexo podia se tornar um vício, um veneno tão destrutivo quanto qualquer droga, não conseguia imaginar Louis nesse papel. Aquilo não podia ser verdade!

– Essas publicações na internet, você viu?

– Não. Mas não vejo por que a moça inventaria uma história dessa.

Se a louca paixão de Louis pelas coisas do sexo era inegável, eu jamais a vira como uma doença. Ele lhes dedicava tanta atenção, refinamento, até cultura, investia tanto sua alma e sua inteligência, que tudo isso não casava com o monstro compulsivo, sedento de número e de novidade que David procurava pintar para mim. Em Louis, o sexo nunca me parecera uma dependência, uma substância cuja falta o teria mergulhado em estado de inconsciência mas, ao contrário, uma arte de viver. Eu tinha como prova as inumeráveis leituras que ele me aconselhara e que contavam tanto para ele. Se ele fosse verdadeiramente hipersexual, teria suportado os adiamentos que ele mesmo impusera à nossa descoberta sexual?...

– Você quer saber outra coisa?

... A forma de prolongar entre nós o desejo até o insuportável. A arte consumada das preliminares e os jogos que prefiguravam a apoteose final. Um ritmo tão lento, tão paciente, não combinava com a suposta sofreguidão física, violenta e irresistível, de um tarado permanentemente se atirando sobre sua presa para matar a fome, jamais saciada. Este não era Louis. Não comigo, em todo caso.

– Elle... – David me sacudiu delicadamente o braço. – Quer saber outra coisa?

– Não... Não, obrigada, tudo bem.

Eu me recompus imediatamente.

– Sim... só um detalhe.

– Qual?

– Me diga: você nasceu mesmo no dia 5 de janeiro de 1970?

– Sim. Sim... claro.

Os músculos do seu rosto se contraíram bruscamente em uma máscara dura. A do capitão de indústria. A do homem capaz de demitir qualquer um dos seus funcionários com uma palavra rabiscada num simples post-it – a história era autêntica e me foi confirmada por vários funcionários da BTV, inclusive Albane.

– Não em 69? – insisti.

– Não, em 1970, você sabe disso. Por que está me perguntando?

– Hum, nada. Por nada. No projeto do nosso contrato de casamento...

Ele brincava nervosamente com o copo de aperitivo, infligindo ao líquido rosado uma rotação que ameaçava fazê-lo transbordar.

– E daí?

– A data de nascimento mencionada por você era 5 de janeiro de 1969.

– Que maluquice!

Ele afastou esta hipótese com um gesto irritado.

– Deve ser erro de digitação.

A mesma desculpa cômoda que eu dera para o tabelião de minha mãe.

– De todo modo, ninguém mais faz seu trabalho corretamente neste país. Até copiar uma data é um bicho de sete cabeças hoje em dia.

Sua ladainha exasperada não me interessava. Estava claro para mim que ele não diria mais nada.

Com um gesto vagamente aprovador, dei um basta na sua litania reacionária – ela fazia parte do discurso em voga – o do mau francês, do laxismo, da preguiça, do relaxo, que levava cada vez mais nossos concidadãos a tentar a sorte no exterior. Botei meu guardanapo em cima da mesa para dar a entender que eu terminara, o jantar assim como as perguntas.

Como se estivesse esperando o sinal liberador da minha parte, David se levantou para pagar a refeição, aguardando no balcão que o leitor de cartão de crédito ficasse disponível.

Do lado de fora, uma noite primaveril caía lentamente sobre a avenida percorrida por bicicletas alugadas e casais passeando despreocupadamente, de braços dados. A noite se anunciava suave. Dois tipos chiques e esbeltos passaram junto da fachada, abraçados, e me dirigiram um olhar condoído. Eu devia lhes causar pena, sozinha na mesa, a cabeça caída entre as mãos, os olhos prestes a transbordar. Após um breve sinal destinado, suponho, a expulsar minha melancolia, eles se afastaram, de repente envoltos em um raio de sol retardatário, antes de desaparecerem na penumbra, como tragados pela ternura que os aguardava.

Era uma bela noite para um jantar de namorados, pensei. Uma bela noite, perfeita para um passeio a dois. E eu a havia passado com meu ex, ouvindo-o manchar o nome do homem que eu amava. David pretendia trazer sua ajuda: não fizera senão ensombrecer ainda mais o curso carregado dos meus pensamentos.

Nós nos deixamos sem uma palavra diante de nossas portas gêmeas. Uma vez no vestíbulo, resisti à tentação de descer ao subsolo e à mais intensa ainda, a de ativar a vigilância do Hôtel Duchesnois. Para que serviria? Eu já surpreendera David e Alice na sua intimidade. E a considerava praticamente com a mesma comiseração que o casal tivera em relação a mim diante do restaurante.

Preferi me atirar na cama, na companhia de Félicité, como eu saudosa de calor. O ar que entrava pela janela entreaberta estava fresco. Mas não era ele que mais me gelava. Havia as ideias, as imagens, as palavras, cada uma mais ardilosa do que a outra. O afresco esboçado por David infiltrava-se em mim e revelava aos poucos seus contornos.

De repente, eu me levantei com um pulo, lançando a colcha em cima da minha gata espavorida.

– Meu computador, merda... Onde eu enfiei meu computador? – imprequei contra mim mesma, antes de encontrá-lo semienterrado sob um travesseiro.

Levantei a tampa do aparelho, o que teve como efeito ligá-lo na mesma hora. Uma vez digitada minha senha, precipitei-me para o navegador da internet. Diante do buscador, fiquei parada alguns instantes. O que digitar? Quais as palavras certas? Tentei diversas fórmulas e apaguei todas logo em seguida, antes de parar minha escolha na seguinte:

diário + íntimo + sexo + Richard

Uma vez que ele se apresentava sob esta identidade às suas parceiras de uma noite, era o que me parecia mais lógico. O Google não tinha a mesma opinião que eu, pois no meio da avalanche de resultados que surgiram na tela, nenhum era conclusivo. A primeira ocorrência evocava os tumultuosos amores de Richard Burton e Liz Taylor. A segunda, um romance erótico anônimo intitulado *Diário íntimo do meu sexo* – anotei o título para uma leitura posterior. A terceira, contudo, intitulada *Diário íntimo de uma acompanhante*, atraiu minha atenção. Mas tratava-se manifestamente de um fake, uma falsa confissão, provavelmente redigida por um autor profissional, destinada a atrair visitantes e vender publicidade on-line.

– Idiota... – eu me xingava baixinho. – Por que ele se esconderia?

Uma vez que o nome dos Barlet estava protegido, por que dissimular o resto de sua identidade? Melhor: por que utilizar o pretexto inventado para as hotelles arriscando-se a não poder utilizá-lo com a acompanhante seguinte?

Insisti na pesquisa substituindo o nome:

diário + íntimo + sexo + Louis

Os resultados que eu já tinha visto ocupavam agora o segundo e o terceiro lugares da lista. Quanto ao primeiro, o único que captou minha atenção, estava tudo resumido no seu título, de uma lancinante atualidade. Fui submergida por uma onda gigante que me tirou o fôlego e afogou o grito de raiva que se formava na minha garganta.

<u>ELLE E LOUIS – Diário de uma paixão erótica</u>
elle-et-louis.leblog.fr/index.html
10 de maio de 2010 – Elle & Louis é o diário de uma relação erótica
e passional, narrada nos menores detalhes, e certas escolhas
íntimas são regularmente submetidas ao voto de seus leitores...

9

21 de maio de 2010

Eu sugeri o Café Marly por falta de outra ideia. Rever-nos onde tínhamos nos encontrado na vez anterior fazia todo o sentido. De resto, François Marchadeau aprovou a escolha sem discutir e o encontro foi marcado para a mesma tarde. Mas convencê-lo a me rever não tinha sido fácil, o jornalista e amigo de David nutria alguma reserva a meu respeito:

– Sejamos bem claros: aceito encontrar-me com você, mas nem por isso esqueço o que aconteceu há um ano.

O desastre do casamento abortado – François seria o padrinho de David –, mas também as confidências comprometedoras que eu o levara a fazer a respeito de seu velho amigo...

E David não era bobo. Tinha boas suspeitas sobre a fonte de informações onde eu fora beber, e a amizade dos dois estivera por um fio. Ou melhor, por uma rede de tênis, a dupla acertava suas contas com a ajuda de *smashes* e passadas duas vezes por semana.

– Não estou lhe pedindo para esquecer.

– De todo modo, não vejo bem o que eu possa fazer por você...

– Pelo contrário, David acha que você pode me ser muito útil – blefei. – Quer dizer, ao irmão dele.

– Você esteve com David?

– Jantamos juntos ontem à noite.

– Verdade?

– Verdade... pode verificar. Só os idiotas jamais enterram o cachimbo da paz.

Isto não significava nada, mas eu adorava embaralhar provérbios com outros adágios populares: "É melhor um pássaro na mão do que chorar o leite derramado", ou "O roto falando do mal lavado" eram minhas expressões preferidas. Os conteúdos disparatados me serviam de desculpa para usar tais lugares-comuns.

Marchadeau era do gênero que apreciava esse tipo de humor literário. E o escutei sorrir do outro lado da linha, depois ele confirmou a hora de nossa entrevista.

Fui a primeira a chegar à arcada voltada para o sul, inundada de sol naquele meio de tarde. A varanda estava lotada, eu tive dificuldade para arranjar uma mesinha, um tanto mal localizada, junto da passagem.

Em cima da bandeja ainda suja de açúcar e café alguém deixou um exemplar do jornal *Figaro*, notoriamente conservador. Além das grandes manchetes da atualidade econômica e internacional, um subtítulo chamou minha atenção no final da página: *Sexo e arte: podemos permitir tudo? (cont. na pág. 12)*. Virei febrilmente as grandes folhas de papel e cheguei finalmente a uma foto de Antoine Gobert que ocupava um quarto da página, tão feio e arrogante quanto ao vivo. Nas linhas que lhe eram reservadas, o presidente da APECEP deplorava em termos nada amenos o que ele chamava de *câncer pornográfico*. Infelizmente, o homem parecia mais determinado do que nunca a prosseguir sua cruzada moral contra *os artistas pornográficos que tentam apresentar às nossas crianças a violência sexual como um simples lazer*. Louis era citado nominalmente, e a galeria Sauvage-Berlet pintada como um dos principais sequazes dessa obra maléfica. Aqueles ataques chegavam no pior momento para Louis.

O monte de bobagens me deu náuseas e tentei diluir meu desgosto com um Monaco bem gelado. Só a reportagem já justificava minha presença naquele lugar, bem como a do homem que então se apresentou diante de mim.

– Provavelmente estou me repetindo... mas você continua encantadora.

O jornalista me pareceu banhado por um halo de luz ofuscante, de camisa branca e panamá creme, traje bastante esportivo para um dia de semana. Não lhe faltava classe e mesmo um certo charme, para quem gostasse do estilo aventureiro chique que ele adotava com competência.

– De fato, você se repete. Mas eu suportarei – brinquei.

Ele puxou a pequena cadeira vermelha pespontada de bege que estava na minha frente e se sentou com todo o seu peso, com a desenvoltura próxima da arrogância exibida pelos parisienses tão logo começam a gozar de um certo padrão de vida.

Sem lhe dar tempo de fazer o pedido, brandi o jornal sob os olhos dele, aberto na página ignominiosa.

– Hum... O que espera que eu diga? – ele me questionou depois de dar uma olhada distraída no papel. – Que eu desaprovo os escrúpulos morais deste senhor?

– Não estou lhe pedindo para apoiar o que Louis faz. Peço que nos ajude a combater esta campanha que o arrasta na lama.

Ele franziu as sobrancelhas com um ar perplexo.

Eu não podia censurá-lo. Até porque, no que dizia respeito a chafurdar na lama, as minhas descobertas da noite anterior tendiam a me provar que Louis sabia se virar muito bem sozinho.

Eu não lera do começo ao fim as notas publicadas no blog Elle & Louis, mas minha consulta tinha bastado para me mortificar: a maior parte dos bilhetes eram transcrições fiéis, quase idênticas, de nossas confissões no Dez-vezes-por-dia. Aquele mesmo que desaparecera do nosso quarto 1. O pior não era isso. O pior era o sistema de votação, que propunha aos internautas avaliar segundo seus gostos, dando de uma até cinco estrelas a cada uma das cenas relatadas. Assim, as provas informais com que Louis pontuava nossas efusões nas últimas semanas eram submetidas à apreciação de todos, e minhas performances ganhavam notas como as de uma égua depois da corrida. Poupo vocês dos comentários indecentes, às vezes até repugnantes, que não pareciam ser objeto de nenhuma moderação posterior...

Não era apenas degradante, humilhante, era uma violação da nossa intimidade. Da *minha* intimidade. Eu me senti exposta numa vitrine, entregue aos olhares de todos, como os sexos exibidos na vitrine da galeria Sauvage. E se o jansenismo de Antoine Gobert provocava em mim uma reação de rejeição epidérmica, eu compartilhava agora as suas posições em um ponto: nem tudo pode ser mostrado, nem a qualquer um... E muito menos sem o conhecimento de quem serve de pasto à voracidade alheia. Louis, meu amor, Louis, meu homem e minha paixão, Louis que eu jamais deixaria de incensar apesar de seus piores ultrajes, Louis que me encanta, me desconcerta, me vira pelo avesso em cada um de seus atos, este mesmo homem acabara de me trair.

A menos que se tratasse de um novo jogo, de uma última pilhéria para testar a força e a resistência de meus sentimentos. Ele não arriscara até o seu vínculo fraterno por mim? Até a integridade da sua família? E eu, o que eu lhe dava em troca? Como ele mediria meu sacrifício para avaliar meu amor?

Renunciei por enquanto a revelar a existência do site a Marchadeau. A exposição de David Garchey, a queixa de Gobert, a reputação de Louis, tudo isso me parecia suficientemente esmagador.

– Foi David quem lhe prometeu minha ajuda?

– Não... – admiti. – Eu sozinha estou lhe solicitando.

– O que acha que eu posso fazer?

– Não sei. Uma proposta que eleve um pouco o debate: a opinião de um especialista, do tipo...

Refleti um instante antes de continuar:

– ... do tipo: a vanguarda artística tem por vocação abalar as convenções, e o uso da sexualidade nas obras mais inovadoras sempre foi uma alavanca particularmente poderosa para permitir os avanços sociais mais amplos, que excedem amplamente o que se passa nos quartos de dormir – fui arquitetando precipitadamente. – O sexo como arte é, de alguma maneira, o quebra-gelo do conformismo e do imobilismo de classes. Se proibirmos essas formas artísticas, o obscurantismo mais sombrio nos espreitará.

Um tremor nos olhos dele me indicou que ele apreciava a fórmula.

– Nada mau, "o quebra-gelo do conformismo".

– Sim, enfim, estou falando com modéstia, não sou eu quem vai lhe ensinar como orquestrar este gênero de matéria.

Depois ele voltou à sua expressão neutra, mais distanciada.

– Mesmo assim... – ele resmungou. – Não vejo bem o que eu poderia fazer. O *L'Economiste* não é propriamente um jornal de opinião. Além do mais, eu sou apenas o modesto redator-chefe adjunto. Hoje, na imprensa, para bancar o Zola, convém garantir o apoio dos acionistas antes de pegar a caneta. Caso contrário é desemprego na certa.

Em outras palavras, isso queria dizer não. Um não irrevogável e sobre o qual eu podia ver que era inútil insistir.

Eu percebi contudo, pelo seu olhar de repente mais indulgente, quase amistoso, que ele não procurava jogar contra mim. Apenas preservar seus interesses. Ele não mencionara uma vida familiar instável, durante nosso encontro precedente?

– Em relação a trabalho – recomeçou –, não ficou mais difícil depois do que aconteceu na BTV?

Evidentemente, ele perguntava por perguntar, pois não podia ignorar a política de terra arrasada que David Barlet adotava.

– Digamos que as portas não se escancararam para mim...

– Imagino... – respondeu mergulhando a boca no copo de cerveja que uma sombra de avental acabara de depositar na frente dele.

Ele botou o chapéu de sol em cima da mesa e me olhou como quem avalia a mercadoria, bebericando seu suco de lúpulo, frio e espumoso.

– O que acha de uma pequena crônica na minha revista?

– Não estou lhe entendendo: eu achei que você não poderia fazer nada por mim.

– Não estou falando da sua missão de *Pasionaria* a serviço do seu homem. É muito comovente, mas eu lhe confirmo, não há nada que eu possa fazer nas nossas páginas. Não, olhando agora para você, estou pensando em alguma coisa para *você*.

– Para mim?

Eu fiz a pergunta com a candura de Alice na versão de Walt Disney, quando o chapeleiro maluco e o coelho lhe desejam um "feliz desaniversário". Ele pensou nisso também, pois replicou imediatamente:

– Para você, minha cara. O que você diria, num primeiro momento, de uma crônica on-line para o *L'Economiste*?

– Uma crônica? Mas sobre o quê?

A crônica regular constitui, para o jornalista de imprensa escrita, uma forma suprema de consagração. Normalmente, só são admitidos no círculo muito fechado dos cronistas de jornais nomes muito abalizados, como escritores, pesquisadores, professores universitários, editores ou grandes executivos dos meios de comunicação, em todos os casos intelectuais respeitados. Eu era por certo uma neófita, mas não a ponto de ignorar esse tipo de regra elementar.

– Estou pensando numa espécie de diário mascarado, você assinaria com pseudônimo: *A vida privada de um executivo do CAC*. Ou algo desse gênero.

– Do caque? – me fiz de mais boba do que eu era, tomada pela surpresa que uma proposta dessas suscitava em mim.

– Do CAC 40, Elle, o CAC 40.

Ele bebeu de novo e esperou pacientemente que eu mordesse a isca.

– Você quer que eu faça um diário íntimo sobre a vida privada de David?

– Não sobre a vida íntima. Não se trata de revista de celebridades. Para isso, David se sai muito bem sozinho.

Ele estava se referindo evidentemente à reportagem ridícula de alguns dias antes.

– Então o quê?

– Artigos de reportagem, o lado *embed,* como dizem os americanos: o cotidiano de um homem de poder, seu dia típico, suas inquietações, seus defeitos, suas manias... suas dúvidas. Tudo isso através do olhar de uma mulher que compartilha sua vida.

– Mas justamente: eu deixei David há menos de um ano. Você sabe perfeitamente.

– Claro. Mas você foi provavelmente aquela que esteve mais perto dele nos últimos anos. Nada a impede de inventar um pouco, de extrapolar sobre o que poderia ser a vida dele hoje.

Eu fiquei desconcertada, o olhar perdido na massa de turistas que convergiam para a pirâmide de vidro do pátio do Louvre, depois voltei finalmente para ele.

– Desculpe, mas... eu não entendo bem suas motivações: David é seu amigo. Por que fazer uma coisa dessas com ele?

– Não é nada contra ele, nem contra ele nem a favor do jornal. David não vai ser nomeado, e todas as situações serão modificadas para ocultar a identidade dele e de seus próximos.

– Mas então qual é o interesse?

Ele abriu mais o sorriso que surgira no seu rosto desde que abordara o assunto.

– Ao contrário do que você pode pensar, este projeto age a favor dele. Mesmo que se reconheça David por trás da máscara. *Sobretudo* se o reconhecerem.

– Eu não vejo como divulgar a marca do cereal que ele come ou a razão de suas cólicas estomacais iria dourar seu brasão para a opinião pública – argumentei.

– David não é nada indiferente à opinião pública. E se você quiser minha opinião, ele está certíssimo.

– Mas o que ele quer alcançar, então?

– Por um acaso já ouviu falar do GKMP?

– Sim... – concordei sem convicção.

– É o primeiro grupo sul-coreano de televisão privada. Uma espécie de Canal + do Sudeste Asiático.

Os famosos coreanos, com quem David frequentemente se encontrava para almoçar ou jantar quando vivíamos juntos, a ponto de eu terminar acreditando que se tratasse de um álibi falacioso para outras atividades, mais ocultas. Afinal de contas, eu era a prova viva de que ele resistia apenas um pouco mais do que o irmão aos encantos de certos encontros pagos.

– Bom... David está preparando uma fusão entre os dois grupos. As negociações já duram tanto tempo que os rumores circulam há vários meses. Mas, mesmo assim, eu não disse nada para você.

– E o que eu teria a ver com isso?

– Digamos que David faz tudo o que está ao seu alcance para que o Grupo Barlet não seja, das duas entidades, a que vai ser engolida pela outra. Há sempre esse risco, quando se operam movimentos capitalistas em tão grande escala. Ele quer fazer com que o negócio concluído seja o mais equitativo possível. E, neste tipo de guerra de nervos econômica, todas as mensagens enviadas ao mercado contam. Inclusive as que envolvem diretamente os chefões dos dois grupos respectivos. Em suma, para ele, é o momento certo de brilhar na mídia. De se mostrar vantajosamente aos olhos dos acionistas, se você preferir.

Isso podia explicar a encenação com Alice. E também a ideia da crônica que acabara de germinar na imaginação de François Marchadeau. Uma ideia talvez soprada por seu velho amigo...

– Entendo... mas por que você mesmo não faz? Você conhece David há muito mais tempo do que eu. E não tem o mesmo...

– Passivo? – sugeriu.

– É.

– Verdade. Mas eu nunca comi os mesmos cereais que ele no café da manhã, nem cuidei das suas cólicas estomacais. Para esse gênero de artigo, a prática ou o estilo contam menos do que a experiência. O leitor quer viver o mais perto possível do personagem.

Meu celular, em cima da mesa, começou a vibrar. O rosto de Sophia apareceu na tela.

Meu interlocutor, imiscuindo-se sem constrangimento na minha esfera privada, esticou o pescoço para olhar o rosto da bela morena de cabelos cacheados.

– Quem é?

– Minha melhor amiga.

– Muito bonita.

Apertei a tecla vermelha, para recusar a chamada. O sorriso de Sophia apagou-se na hora.

– Ouça... De imediato, não estou com muita vontade – acabei confessando.

– Reflita. Você não é obrigada a me responder imediatamente.

– Não é uma questão de tempo.

– Para mim é. A fusão Barlet-GKMP deve ocorrer dentro de algumas semanas. Talvez menos. Se você demorar demais, não haverá mais nenhum interesse na minha publicação.

– Eu entendi perfeitamente.

– Neste caso...

Ele já recolhia o panamá, pronto para se levantar, quando eu aproveitei a ocasião:

– A propósito de David... Você sabia que ele nasceu no dia 5 de janeiro de 1969, e não de 1970, como se lê em toda parte?

Minha pergunta deixou-o perplexo.

– Como?

– No nosso contrato de casamento, está indicado que David nasceu no dia 5 de janeiro de 1969 e não 1970, como eu sempre acreditei.

– Deve ser um erro.

– Tem certeza?

– Não posso estar mais certo: preenchemos nossos formulários de inscrição na HEF juntos. Eu vi com meus próprios olhos a data de nascimento dele no formulário.

François Marchadeau era suficientemente esperto para saber que seu testemunho não provava nada. Nada, a não ser que David repetia esta data todas as vezes que tinha oportunidade.

Mas eu não insisti mais. Não no momento.

– Ah... Você tem razão. O tabelião deve ter se enganado.

Naquela noite, o Hôtel de Mademoiselle Mars me pareceu mais vazio e lúgubre do que nunca. Não fosse a presença de Félicité, ele teria me parecido quase hostil. Eu não conseguia, como fazia Louis, alimentar-me dos fantasmas do seu passado. Apesar do seu charme e do sucesso inegável da restauração, ele me dava a impressão, na maior parte do tempo, de ser apenas um museu do qual eu era simples visitante, de onde me mandariam embora na hora de fechar.

Desde a véspera, eu não encontrara tempo para verificar as insinuações que David havia soltado durante nosso jantar. Como na noite precedente, eu me instalei na cama com minha gata encostada em mim e abri o laptop no colo. O registro de empresas, que eu verificara um ano antes na consulta gratuita, me confirmou a primeira das informações: Louis de fato foi quem registrou o estatuto da empresa Belas da Noite, em 13 de fevereiro de 1992.

A base de dados on-line da INPI, que acolhe o registro dos nomes e marcas, deu pela segunda vez razão a David: um certo Louis Barlet registrara o nome *Belas da Noite* na vastíssima categoria 41, seção que reunia de forma confusa todo tipo de serviços de educação, formação, diversão, bem como atividades esportivas e culturais. A providência, como David sugerira, fora tomada um ano antes do começo da atividade da agência, ou seja, no mês de abril de 1991.

A dúvida não era mais possível. Ainda que David tivesse mais tarde adquirido parte da sociedade, foi Louis, apenas Louis, quem tomou a iniciativa de sua criação.

Mas por quê? A lubricidade teria sido sua única motivação, como o irmão me dera a entender? A procura da nova Aurore servira apenas como um álibi cômodo para sua sede inextinguível de libertinagem?

Pulei fora da cama e me vesti para sair. Tudo me agredia de repente naquela decoração idílica mas que eu não tinha escolhido. Tudo se tornava insuportável, como se cada detalhe, o menor friso, o menor afresco, a menor camada de ouro ou de pintura, ameaçasse revelar, por sua vez, uma verdade sobre Louis que eu não queria nem ver nem ouvir. Eu me dei conta, na hora em que botava o pé fora de casa, que tanto meu atual noivo quanto seu antecessor tinham me imposto seus estilos de vida como se fossem uma evidência. Porque ninguém recusa um luxo destes, tanta história e beleza, quando não se possui nada. Mas que partes de mim havia nesses lugares? Eu teria escolhido como domicílio um ou outro dos dois palacetes, caso tivesse escolha? Eles tinham minimamente alguma coisa a ver comigo? Se tivessem me consultado, eu não teria preferido a página em branco de um apartamento moderno e funcional, onde poderíamos escrever uma história bonita e nova, livre do peso dos amores passados?

Senti a necessidade imperiosa de me refugiar em um lugar familiar. De me enroscar em lençóis acolhedores. De deixar meus olhos vagueando por um teto amigo. A casa de Nanterre fora vendida. Quanto ao meu apartamento parisiense, por enquanto ele só existia em sonho. Na verdade, eu só via um endereço onde poderia me sentir em casa: o Hôtel des Charmes e seu quarto 1, o Joséphine.

10

25 de maio de 2010

Suas mãos desabotoaram meu sutiã com lentidão e minúcia. Nenhuma precipitação nos movimentos. Nenhuma impaciência. Era para ele usufruir à vontade o espetáculo: eu sabia que ele adorava me contemplar assim, misteriosa e frágil. Depois que deslizou as duas alças pelas minhas costas e a peça de renda rosa nacarada caiu sem barulho no tapete, ele colou o peito nas minhas costas, o nariz pousado na minha nuca como uma borboleta de asas abertas, a respiração quente fazendo esvoaçar mechas do meu cabelo, as palmas das mãos por baixo dos meus seios para livrá-los da gravidade.

– Eu queria ficar aqui parado para sempre – murmurou na minha orelha.

– Eu sei... eu também.

Contradizendo logo em seguida o que acabara de professar, ele soltou meus peitos e agarrou meus quadris, cuja opulência parecia inflar de satisfação e desejo a cada contato de suas mãos. Todo homem é um escultor, vejam só. Nós, mulheres, não lhes dizemos isso o bastante. Não valorizamos suficientemente a capacidade que seus abraços têm de nos moldar, de exaltar nossos defeitos, de transformá-los em voluptuosos volumes. Eu não emagrecera durante o ano que passou, longe disso. Culpa de nosso sedentarismo e das refeições trazidas por Ysiam. Mas minhas formas agarradas, apalpadas e amadas por Louis com tanto ardor me pareciam bem mais graciosas do que antigamente. Não eram mais motivo de desconforto ou de complexo. Em virtude dos agrados, ganharam um sentido que antes não se manifestava. Não desabrocharam mais de maneira estéril. Viviam para ele e me davam em troca um prazer inédito. Depois de tê-las detestado, em seguida apenas tolerado, acabei finalmente gostando delas. Elas eram a âncora do desejo de Louis. O velame de suas fantasias. A proa dos meus prazeres.

Descendo pela protuberância das minhas nádegas, sua mão direita se interpôs no meio delas, afastando os dois lábios já inchados, ligeiramente úmidos. O dedo médio se introduziu em mim, visivelmente curioso por sondar o estado da minha vagina. Estaria pronta para mais? Suficientemente molhada? Suas paredes cediam sem resistência, já dispostas a outras devassas? Ele girou o dedo como se quisesse alargá-la, apertando minhas mucosas, macias em alguns pontos, mais rugosas em outros, cada vez mais sensíveis.

Insensivelmente, sem eu mesma me dar conta, curvei as costas, empurrei a bacia para trás, empinei a bunda para ele. Nós já sabíamos, e havíamos experimentado diversas vezes, que as posições de pé nos convinham bem. Nossas estaturas e morfologias nos predispunham a tais acrobacias. Um tabu subsiste, inclusive entre os casais com quem conversamos livremente sobre o tema: nem todos os corpos se combinam de maneira ideal, nem todos são formados para permitir o conjunto das combinações.

Louis me explicou um dia que o *Kama Sutra*, obra de referência sobre a arte dos amantes, continha uma teoria a esse respeito, atribuindo a cada homem e a cada mulher um animal-totem em função da maneira como seu corpo e seus órgãos genitais são conformados. Touro, cavalo ou lebre para os homens; elefante, jumento ou corça para as mulheres. Dentre as nove combinações determinadas por esses atributos, duas seriam francamente desfavoráveis, a saber as que reúnem os opostos mais flagrantes (cavalo e corça, lebre e elefante), quatro se revelariam médias e, por fim, as três que acasalam os iguais seriam as mais favoráveis. Ele era lebre ou touro? E eu, corça ou jumento? Não tenho ideia. Mas seu membro, comprido e fino, adaptava-se perfeitamente ao meu sexo em todas as posições em que a penetração fosse incômoda.

Ele enfiou sua verga em mim com uma estocada seca do púbis contra minhas nádegas. Uma de suas mãos segurava minha cintura. A outra agarrava meus ombros. Ele ia e vinha em mim com a segurança de quem se sabe acolhido, esperado, senhor do seu feudo. Cada investida violenta me alargava e ameaçava o equilíbrio frágil de nossa catedral de carne fremente.

Mas eu não queria que ele fosse cuidadoso. Não por temor de decepcioná-lo, mas por preocupação com minha própria satisfação. Eu gostava de senti-lo ir até o fundo, perfurar-me de um lado a outro, esfregar a base do meu útero e fazer-me chegar às alturas. Suas incursões em mim nunca eram fogosas o suficiente, profundas o suficiente.

– Com mais força – exortei-o baixinho.

Então eu o senti dobrar um pouco os joelhos para criar um ângulo que lhe permitisse se afundar de um só golpe na avenida sem fim do meu sexo. Fundo, fundo na minha noite quente e úmida. Não pude conter o grito que se seguiu a essa sutil mudança.

– Ah, isso. Louis!

Às vezes era o nome dele que eu gritava, Louis, nome que se tornava sinônimo de prazer.

Sucedeu finalmente o que costumava acontecer quando ele me pegava dessa maneira. As premissas do meu orgasmo eram tão violentas, deflagrações surdas que partiam da vagina e se espalhavam em toda a volta, ventre e coxas, que eu perdi toda a resistência. Eu me senti cambalear sobre as pernas de algodão e cai para a frente, retendo seu pau dentro de mim com um gesto desesperado, tentando me manter presa nas suas costas e nádegas. Então eu caí com todo o meu peso em cima da cama, esmagada por meu parceiro que, sem me dar um só segundo de descanso, continuou metendo na minha boceta bem aberta, entregue a ele sem nenhum entrave. Eu adorava que ele me preenchesse assim, deitado nas minhas costas, com todo seu peso em cima de mim. Havia vezes em que ele afastava minhas coxas. Em outras, ele enfiava o polegar ou o indicador molhado no meu ânus transido de pavor, cujo esfíncter mesmo assim se submetia já na primeira tentativa. Outras ainda, ele passava a mão inteira sob o meu ventre e afagava meu clitóris enterrado entre meus pelos e as dobras do lençol. A conjunção dos dois ataques me vencia em alguns segundos. Mais uma vez, ele me fez explodir de prazer instantaneamente.

– Ohhhh... Louis...

Lembranças como esta, consignadas no nosso Dez-vezes-por-dia e expostas a todos no blog – eu o consultei outra vez nessa noite, tremendo de raiva e desejo –, Louis e eu tínhamos às dezenas entre estas paredes. Se fosse possível, nós teríamos substituído os painéis de tecido púrpura por espelhos, para contemplar à vontade os amantes desenfreados que, dia após dia, gravavam seus dois nomes na superfície do vidro. Elle & Louis. Eis o que me evocavam nossos nomes ligados. Não uma exibição on-line nojenta para masturbadores solitários.

Creio ter me acariciado durante um sono leve, sonhando com todas as nossas loucuras de antes. Eu era a única que tinha direito a fazê-lo.

Mais tarde na mesma noite, senti uma fome súbita e liguei para a gerência. Ysiam atendeu e, dez minutos depois, me entregou em pessoa o club sanduíche pedido.

– Tudo bem, senhorit'Elle? Está contente de voltar para casa?

Era tão evidente? Minha expressão traía a esse ponto a satisfação que eu sentia de me reintegrar ao quarto, *nosso* quarto? O gentil camareiro se esforçara para me conseguir o Joséphine, a despeito de um planejamento de reservas desfavorável. Creio que eu podia lhe pedir a lua assada de café da manhã, segundo a expressão consagrada da mamãe, e ele se viraria para me atender.

Quanto ao Dez-vezes-por-dia, contudo, ele foi impotente. E minhas próprias buscas no quarto foram vãs.

– Muito contente de estar de volta – aprovei com um aceno de cabeça contente. – E morta de fome também!

Eu me atirei sobre o sanduíche de camadas, mastigando com toda força sua espessura crocante e saborosa. Ysiam não economizava no abacate – um dos meus pecados veniais –, e eu lhe era reconhecida por isso todas as vezes.

– Eu trouxe a sua correspondência. Aproveitei – acrescentou no seu francês aproximativo.

Ele me estendeu o sempiterno envelope de papel pardo.

– O sr. Jacques quer saber quanto tempo você vai ficar.

– Não tenho ideia, por enquanto – respondi num tom distraído.

Eu já estava olhando a correspondência, contas e propagandas essencialmente, quando me deparei com as seguintes palavras:

Émilie Lebourdais
Hôtel de Charmes
rue Jean-Baptiste Pigalle, 55
Paris 75009

Outra vez essa mulher, da qual eu descobria agora o primeiro nome. Outra vez o mesmo erro...

– Francamente... alguém está decidido a me confundir com esta pessoa.

– Ah... desculpe.

Ele pegou de volta o envelope com ar contrito.

– Você sabe quem é?

– Não – ele respondeu com aparente sinceridade. – Enfim, creio que é alguém que trata das contas. Mas eu nunca vi ela.

Seu erro gramatical me fez sorrir. Eu achava divertido ele ligar o pronome pessoal ao meu diminutivo, como acontecia frequentemente com Louis.

– Ysiam... posso lhe pedir um último favor?

Ele confirmou seu devotamento com sucessivas piscadelas.

– Sim.

– Se o sr. Louis ligar ou se ele se apresentar na recepção, não diga que estou aqui.

– E se ele pedir para ver o quarto?

– Diga que está alugado para outra pessoa.

Ele desapareceu como tinha surgido, recusando com uma careta quase ofendida a nota de dez euros que lhe estendi.

No passado, eu já tinha escrito cartas de amor ou de rompimento. Não muitas, mas suficientes para saber em que categoria classificar cada uma delas. Inclusive a nota breve que eu enviara a David da casa de Nanterre, no dia em que fugi do nosso futuro comum.

A mensagem que redigi nesta noite para Louis, no quarto que viu desabrochar meu amor por ele, não pertencia nem a uma nem a outra das duas famílias. Nem declarações nem adeuses. Claro, eu ainda o amava, e não pretendia deixar nossas desventuras recentes abalar o sentimento forjado durante um ano. Mas em que ele se baseava agora? *Nunca analisamos suficientemente o que nos motiva a compartilhar a vida de um homem ou de uma mulher*, eu escrevera naquela vez para o meu ex-noivo. Era o mesmo exercício que eu faria com Louis, ou eu me deixaria levar pela onda tão poderosa, nascida entre as minhas pernas? Sobre que bases se assentava agora meu amor por ele? De que terras ele se nutria? Eu era capaz de cortá-lo em finas camadas e observá-lo sob o microscópio da minha razão? Ou eu não valia mais do que as desmioladas que se deixam levar pelo primeiro orgasmo? Eu era simplesmente uma boneca desfrutável que algumas trepadas elaboradas bastavam para virar a cabeça?

A sexualidade passara a ocupar um lugar tão preponderante na minha vida que era difícil, mesmo agora que morávamos juntos, determinar que outro elo poderia me unir duradouramente a Louis. "Sexo é fundamental, mas tem uma hora em que mesmo a melhor foda do mundo não me faria esquecer que é preciso pagar as contas", sintetizara Sophia à sua maneira. Mesmo filosofando de forma simplista, ela em geral pensava com justeza. Nosso problema por certo não residia no pagamento das contas, mas no sentido que daríamos ao casal que éramos. Isso me parecia ao mesmo tempo crítico e mais fundamental.

Pois se o cimento se desfizesse – o blog Elle & Louis não seria a menor das causas –, o que restaria de nós, entre nós? As circunstâncias dúbias de nosso encontro, depois de nossos começos, não bastariam para manter a chama. Um casal talvez se construa sobre sua própria mitologia, mas chega uma hora em que o mito se corrói, esmaece e se desfaz. O que fazer então para reacendê-lo?

Por falta de inspiração, rabisquei às pressas algumas linhas dirigidas a Louis, um apanhado de pretextos e lugares-comuns indignos de mim e de nós.

Meu amor,

Se você receber esta mensagem, é porque saiu da prisão.

Sobretudo, não tome estas poucas palavras e a minha ausência do seu lado como uma condenação. Você sabe que eu o apoio sem reservas no seu combate.

Mas a agitação dos últimos dias me fez sentir necessidade de uma breve ruptura. De uma respirada. Nós não nos deixamos mais desde o dia 18 de junho último, dia em que entramos no des Charmes. Convenhamos que estou precisando de um pouco de ar.

Um pouco de transparência também. Não estou criticando você, mas muitas telas opacas ainda nos separam. Muitas zonas de sombra subsistem, e elas pesam sobre seu passado e sobre nossas vidas.

Novas provas, você dizia? Novo treinamento para eu ser uma amante perfeita? Saiba que não me submeterei mais enquanto você não tiver aberto plenamente seu coração às minhas interrogações. Eu te amo. Estou do teu lado. Esteja, você também, do meu. Do nosso. Não tenha medo do meu julgamento, como não temo o seu.

Elle, sua e loucamente apaixonada

* * *

No dia seguinte de manhã, lacrei o envelope e confiei-o a Ysiam. Ele se encarregaria de deixá-lo na hora certa no hotel Mars. Abstive-me naturalmente de mencionar o blog Elle & Louis. Excessivamente frontal. Excessivamente doloroso. Uma explicação dessas devia ocorrer de viva voz, olhos nos olhos.

Enquanto isso...

– Bom-dia, é a srta. Lorand quem fala. Eu visitei um apartamento na rue du Trésor, há alguns dias... Gostaria de saber se é possível assinar a promessa de compra e venda ainda hoje.

– Hoje? Mas... o preço lhe convém?

– Sim, sim.

– Saiba que ele já recebeu uma oferta...

– De quanto?

– Sete mil euros abaixo do preço anunciado.

– Não tem problema. Eu pago o preço pedido.

– O preço pedido? Tem certeza?

– Absoluta – falei com firmeza.

Ele me pediu um tempo para fazer uma ligação, e menos de meia hora depois me confirmou que a venda poderia ser ratificada nesse mesmo dia. O proprietário aceitara minha oferta e, como ele já juntara toda a documentação obrigatória, nada impedia um acordo rápido.

Como o escritório do tabelião ficava na rue Vieille-du-Temple, a algumas dezenas de metros do meu futuro apartamento, passei a hora precedente ao encontro, marcado para o meio da tarde, na varanda do TrésOr, o grande restaurante desse beco tão encantador. Dentro em breve, *minha* rua.

A meu pedido, Sophia se encontrou comigo pouco tempo depois, com uma expressão chateada contraindo seu belo rosto bronzeado. Mesmo o primeiro Monaco do dia não bastou para desanuviar sua expressão.

– Tudo bem? – falei. – Você parece aborrecida.

– Acabei de falar com teu namorado no telefone.

Desde que Ysiam lhe entregara meu bilhete, Louis também vinha me assediando. Alternava as mensagens de voz e os SMS, pedindo uma explicação que ele considerava legítima. Implorava a graça de uma entrevista. Eu não respondi a nenhum de seus apelos. Embora fosse eu que deveria pedir explicações, eu ainda não me sentia capaz de enfrentar tal confrontação. Como me assegurar de sua sinceridade? Como não me deixar levar mais uma vez pelo charme diante do qual minhas defesas desmoronavam, mais frágeis do que um castelo de cartas?

– E daí?

– E daí que não se pode dizer que ele tenha recebido muito bem sua fuga no momento em que os policiais caíram em cima dele.

– Desde quando foi solto?

– Hoje de manhã, bem cedo.

Contudo, Louis esperara receber minha carta para se preocupar e me perseguir com mensagens inquietas e até mesmo, às vezes, vingativas.

Estava surpresa também com o fato de Zerki, o advogado, não ter me informado da soltura de seu cliente. Decididamente, o homem da lei fazia pouco caso do lugar que eu ocupava na vida de Louis.

– Ele foi indiciado? – perguntei.

– Não, não por enquanto. Mas seu advogado acha que isso não vai demorar. A campanha exercida por *nosso* amigo Antoine Gobert não ajuda muito, como sabemos.

Na mesa vizinha, eu vi um jornal preso num suporte de madeira à disposição dos clientes. Eu o apanhei e folheei distraidamente as páginas.

– Ouça, Elle... Eu não tenho nada a ver com as tuas histórias. Não é da minha conta...

– De fato – respondi aparentando mais frieza do que sentia na verdade.

– ... mas mesmo assim eu acho que você devia voltar para a casa de vocês. Seja qual for a razão de ter feito as malas, Louis merece que você dê a ele uma explicação. Não acha?

O que ele teria dito a ela para convencê-la a bancar a mediadora e defender a causa dele? Teria lhe prometido novo serviço de dançarina de bar? Guardei as perguntas desagradáveis para mim, e expus, com palavras simples e diretas, a natureza das minhas recentes mágoas: as provas, os vídeos degradantes, as revelações de David... e, para culminar, o blog maldito.

– Mesmo quando eu era uma hotelle, nenhum cliente me tratou assim...

– Você mesma está dizendo: eram clientes. A relação é contratual. Na maioria dos casos, não nos protege dos passos em falso.

– Então quer dizer que, como Louis é meu homem e não me paga, ele tem o direito de fazer qualquer coisa com a minha imagem? Contar ao mundo inteiro como eu gozo e como eu chupo? É isto que você está me dizendo?

Devo ter falado um pouco alto demais, pois um casal com uma criança, sentado um pouco mais adiante, me fuzilou com o olhar, horrorizado com a minha conversa escandalosa.

– Claro que não... – tentou Sophia, para me aclamar. – Mas imagino que ele tenha concebido isso como uma forma de jogo entre vocês dois.

– Você fala de jogo! Pelo menos ele devia me informar que a partida começou.

– Suponho que, na ideia dele, isso fazia parte das regras.

– O fato de eu descobrir o blog por acaso?

– Sim...

Tal estratégia parecia efetivamente com o Louis que me iniciara no ano anterior. O que se escondia sob uma máscara e uma capa preta de látex. O que tinha adiado até o suplício meu desejo por ele, com mil estratagemas, durante nossos encontros no des Charmes.

Mas eu agora aspirava a um outro homem. Ao Louis que retirara a máscara e que eu pensara ter descoberto, todos esses meses, na sua verdadeira natureza, nu, desembaraçado finalmente de todos os artifícios. O homem que eu amava.

Eu estremeci longamente, sem argumentos. Minha pele trêmula se lembrava das suas mãos com tanta acuidade, tanta intensidade, que às vezes elas pareciam deslizar ali, sob as minhas roupas, em qualquer lugar e a todo instante.

– Aliás, ele mandou um recado para você...

Eu já não a escutava mais: meu olhar estava parado na seção de economia do jornal, uma página inteira dedicada à fusão anunciada entre os grupos Barlet e GKMP, o grupo coreano. O rumor mencionado por Marchadeau não tinha mais nada de secreto. O artigo transbordava de detalhes, inclusive o suposto montante da troca de ações que avalizaria a transação: dois bilhões de euros. O jornalista acrescentava, com uma perfídia mal disfarçada, que, em decorrência do esperto exercício de malabarismo financeiro, David Barlet quase dobraria sua fortuna pessoal. A operação não era, portanto, unicamente lucrativa para as empresas. Os patrões, que apareciam em fotos distintas, o coreano à esquerda, o francês à direita, tinham igualmente um interesse imediato todo pessoal.

– Ei! Está me ouvindo?

– Espere...

Sem tirar os olhos do jornal, suspendi o indicador no ar para intimá-la a alguns instantes de silêncio e paciência. Percorri rapidamente a foto de David e demorei mais tempo nos dados biográficos, destacados em cor de salmão no final do artigo. A primeira linha indicava a data de nascimento. Aqui, 5 de janeiro de 1970. A data oficial. A que o interessado sempre reivindicara na minha frente. A que Louis, depois François Marchadeau, tinham confirmado quando eu lhes perguntara.

– O quê? – perguntei a ela, finalmente levantando o nariz. – Que recado?

– Ele gostaria que você fosse encontrá-lo esta noite. Não na casa de vocês. Fora.

– Ele esclareceu onde?

– Não. Ele me disse que você saberia o lugar e a hora.

O des Charmes, 22 horas. Onde mais?

– Não irei – repliquei sem hesitar.

Sophia arregalou os olhos, incrédula. Ela exagerava suas mímicas com frequência, mas, naquele instante, eu podia ver que exprimia um espanto sincero e espontâneo.

– Por quê? Você não quer que ele se explique?

– Quero, mas não agora. Não assim.

Não usando comigo a ascendência erótica que desmontaria minhas perguntas antes de eu mesma as fazer. O des Charmes? Não, *seu* charme, o poder que ele exercia sobre mim tão logo compartilhávamos um pouco de intimidade.

A assinatura no tabelião não foi senão uma breve formalidade que eu cumpri num estado de semitorpor. Boa-tarde, obrigada, perfeito, exatamente, assim que possível, foi um prazer, até breve: eu resumi minha conversa a algumas expressões funcionais e lapidares. O compromisso tinha sido provavelmente o mais importante da minha vida até hoje, mas eu o executei sem pensar, como quem se livra de uma tarefa administrativa sem consequências.

Meu espírito estava em outro lugar. Em Malmaison, por exemplo. No meio dos maciços de rosas imortalizadas pelo pintor Pierre-Joseph Redouté. Nos entrelaçamentos de pétalas e espinhos onde nós nos comprometêramos um com o outro, Louis e eu, alguns dias antes.

Estava em Nanterre também. Pois foi com o dinheiro da minha mãe, fruto de uma vida de suor e sacrifícios, que eu, ao contrário, acabara de me tornar proprietária num impulso. O dinheiro, essa coisa que só se junta com paciência e perseverança, mas se dilapida em um piscar de olhos.

Como Louis devia estar vagueando em torno do des Charmes, eu não quis voltar para lá antes da noite já bem avançada. Emendei duas sessões de cinema em um multiplex nos Halles – não saberia dizer o que vi, dada a atenção distraída que prestei nas imagens na tela. Com um kebab na barriga, passei as horas seguintes em um cibercafé do bulevar Sébastopol, colado numa sauna libertina de fachada de madeira trabalhada.

Do meu lugar, eu podia vigiar a entrada e observar os casais de todas as idades que entravam ali discretamente, depois eu os via tornar a sair, passadas várias horas, com os cabelos ainda úmidos e o sorriso satisfeito. Um deles me comoveu particularmente: a moça, jovem e morena, era um pouco parecida comigo, e estava acompanhada de um homem mais velho do que ela, como Louis. Nós poderíamos estar no lugar deles, entre os corpos unidos, no meio dos gemidos e dos suspiros.

A fórmula de sua felicidade parecia tão simples, tão proverbial. Eu deveria, como eles, diluir minhas angústias em uma efervescência de carícias e sexo?

Alternei esse espetáculo e algumas pesquisas on-line a propósito da fusão Barlet-GKMP. Segundo os sites, insistia-se nos aspectos puramente econômicos ou, ao contrário, no lado mundano do negócio: o noivado de David e Alice. Alguns links conduziam-me frequentemente ao famoso vídeo que os fazia alvo de chacota nas redes sociais. O fenômeno midiático caía um pouco de popularidade, mas tomei um susto ao descobrir quem estava presente como um novo desdobramento na novela da vida privada de David Barlet: *Noivo e já infiel?*, perguntava a legenda embaixo da imagem. Era uma foto tirada com um Smartphone, sem nitidez e mal enquadrada. Contudo, era fácil reconhecer David e eu na nossa mesa do Piazzeta, e constatar que nada na nossa atitude denotava a menor ambiguidade. Segundo o ângulo e os elementos supérfluos em primeiro plano, supus que a foto tivesse sido batida de uma mesa na outra ponta do restaurante, provavelmente próxima do balcão. Louis ficaria irritado caso seus olhos se deparassem com esta imagem de paparazzo amador.

Decidi então mudar de mesa e localizei um canto onde minha tela não pudesse ser percebida de um outro lugar. Uma intuição, suponho. Ou um resto de pudor.

Digitei o endereço do blog na barra de endereços e a página inicial exibiu-se quase imediatamente na janela principal do navegador. Notei de cara que o design do site fora melhorado depois da minha última visita. Ao título tinham acrescentado um visual erótico em preto e branco, dois corpos anônimos nus e enlaçados sobre um fundo de lençóis amarfanhados. Mas o que chamou mais minha atenção foi uma nova tecla vermelha piscante, sob a qual figurava a menção *Ao vivo*. Seria uma propaganda disfarçada? Ou uma dessas armadilhas de pegar trouxas que roubam o número do seu cartão de crédito?

Movida pela doentia curiosidade que me incitava sempre a empurrar portas trancadas – meu "lado jornalista", teria dito minha mãe – decidi clicar. Uma segunda janela, menor, abriu-se imediatamente. No centro do pop-up, o símbolo de uma mudança em curso progredia rapidamente. Ao cabo de alguns segundos apareceu finalmente uma imagem, de início muito escura para que se pudesse distinguir o que quer que seja, depois aos poucos mais perceptível.

Desta vez eu não precisei de nenhuma legenda para reconhecer o local da ação: o quarto Marie Bonaparte. Ao menos Ysiam respeitara minha recomendação e preservara nosso santuário, o Joséphine, nosso quarto 1, *a nossa casa*.

Quanto aos dois corpos embolados, luzidios de prazer e de suor, surpreendidos em plena ação, o homem se agitando com vigor contra o traseiro de sua parceira de quatro, eu também os identifiquei sem dificuldade. Aquela bunda magistral, redonda e cor de âmbar, tão perfeita que parecia o resultado sem defeito de um algoritmo informático, era de Salomé. Ela imprimia ao voluptuoso volume a mesma ondulação que eu admirara durante a festa de inauguração. Devia ser sua marca registrada. O homem que a penetrava cadenciadamente, seu pau fino esticado ao máximo, totalmente concentrado no ponto focal de suas sensações, parecendo prestes a gozar nela a cada nova intromissão... Eu ainda era obrigada a chamá-lo de meu futuro marido. Sim, Louis. Ele.

11

29 de maio de 2010

Às vezes tudo conspira contra nós. Outras vezes, tudo se encadeia com uma velocidade tão impressionante, quase vertiginosa, que você chega a duvidar da sorte e fica à espera do detalhe que irá travar a mecânica.

A compra do meu estúdio da rue du Trésor desenrolava-se como num sonho. O imóvel também fora herdado, e os dois herdeiros tinham combinado um preço para que a venda ocorresse o mais rápido possível. Também por sorte, o apartamento estava vazio e sem nenhum móvel, o que permitia uma posse quase imediata, apenas algumas horas depois da assinatura da escritura, ela mesma planejada para dois dias depois da assinatura da promessa de compra e venda. Normalmente, e por princípio, nenhuma das partes aceita que o processo se faça com tamanha precipitação. Sobretudo o tabelião, que vela para que o prazo de retratação de sete dias, o mínimo legal supostamente irredutível, seja devidamente respeitado.

– Quanto?

Na manhã do dia seguinte da minha noite no cibercafé, eu forcei a porta do seu escritório na rue Vieille du Temple e venci a resistência da secretária cão de guarda. O tabelião era mais velho do que o dr. Whurman, porém igualmente venal.

Sua virtude não era comprável por uma merreca qualquer, e ele evocou escrúpulos e pudor para fazer subir a oferta:

– Quanto para quê? – fingiu não entender.

– Para encurtar o prazo legal.

– Mas senhorita... é a lei, isto não se negocia!

– Eu entendo, eu sei... Mas quanto?

Ele deixou o olhar flutuar sobre a pilha de documentos abertos na mesa e por fim voltou-o para mim:

– Estamos de acordo que o arranjo vai ficar entre nós?

– Absolutamente de acordo. É simples, eu fiquei muda como um peixe.

– Bem, bem, bem...

Todos os tabeliães tinham o mesmo tique de linguagem? Ele franziu os lábios e proferiu, baixinho:

– Nesse caso, um por cento.

– Um por cento a mais sobre o total das suas despesas?

– Isso.

Ou seja, cerca de três mil euros embolsados ilegalmente, que passariam de mão em mão, do meu bolso para o dele, depois do bolso dele para o cofre, sem jamais transitar pelos bancos ou pelo fisco.

– Ok – aquiesci.

No mesmo dia, animada por uma energia furiosa e sem descanso que estrangulava minha tristeza, fui até minha agência bancária. Depois de fazer o cheque do tabelião, quis retirar o máximo possível de dinheiro.

– Dois mil euros por semana? Não estou autorizada a mais?

– Não, lamento – desmanchou-se em desculpas o funcionário. – É o limite previsto no seu contrato. Se quiser aumentá-lo, terá que estabelecer um novo protocolo.

– Leva tempo?

– Uma semana mais ou menos, é preciso respeitar o prazo de retratação.

O absurdo kafkiano da situação me deu vontade de cair na gargalhada.

Nessas circunstâncias, David é um trunfo interessante. Um SMS e ele aceita pôr à minha disposição o complemento, mil euros em espécie, na recepção da torre Barlet. A nova amizade do meu ex-noivo me surpreendia um pouco. Claro, ele não tivera escrúpulo em me contar as fofocas mais sulfurosas a respeito de Louis, mas parecia sinceramente querer me evitar novos percalços e ficar em bons termos comigo.

Como eu estava excepcionalmente em Nanterre, dei uma passada na casa de minha mãe. Com tanta coisa jogada fora e grandes sacos de lixo postos na calçada, a casa não tinha mais quase nenhum traço de sua presença. Minhas lembranças continuavam vivas, mas estavam órfãs como eu, sem um bibelô ou um elemento de decoração no qual se segurar.

Finalmente, eu estava fazendo a visita que adiava há vários meses. Fiquei surpresa ao descobrir que o túmulo de mamãe estava florido, e até bem cuidado. Era flagrante que uma boa alma se preocupara com ele. E, como eu não imaginava outras, eu só via a silhueta frágil de Laure Chapuis curvada sobre a sepultura da velha amiga, compensando com uma fidelidade canina as insuficiências da ingrata que eu sou.

De repente, eu desmoronei. Mal me sentei no mármore gelado de uma sepultura vizinha, todo o furor que me sustentava evaporou-se em um instante. Eu chorei como quem abre uma torneira, um fluxo igual e regular, sem soluço e sem trégua. Quanto tempo? Não sei. Me pareceram horas. Eu admitia pela primeira vez: minha mãe me fazia falta. Seu bom senso, sua indulgência carinhosa, seu perfume de rosa, eu lembrava de tudo, e não saberia dizer qual desses ingredientes fazia mais falta na minha vida.

Se ela estivesse do meu lado, teria sabido analisar minha situação com clareza, eu não tinha dúvida. Ela não teria só tratado das minhas feridas, ela teria enxergado o jogo de Louis. Teria sabido me dizer a que nova prova ele estava submetendo meu amor, as fantasias que eu devia recusar ao meu amante e as que eu podia aceitar para o meu prazer. Ela teria tentado preencher, com sua presença atenciosa, a falta que eu sentia dele. Melhor: ela teria feito tudo, na medida de suas possibilidades, para que o nosso amor fosse a aventura simples e bela que esperava para mim.

Louis era o predador que David me pintara? Afinal, ele não tinha feito de mim sua prisioneira no Hôtel des Charmes? Minhas lágrimas finalmente começaram a secar e, entre duas fungadas sonoras, uma evidência me ocorreu: Louis era o correspondente masculino das amazonas de *Femmes secrètes,* o livro cuja leitura ele me aconselhara um ano antes. Protegidas dos olhares, as heroínas escravizavam um plantel de homens dedicados a seus prazeres. Escravos sexuais, como eu era para Louis.

– Sabe por que nenhuma planta cresce em volta dos túmulos, senhorita? Bom, excetuando-se algumas ervas daninhas...

O velho de boné surgiu do meu lado, no limite do meu campo de visão. Ele usava um impermeável bege, pouco adaptado à estação, e uma daquelas calças de veludo cotelê de que Armand também era adepto. Com a mão direita ele carregava um grande regador transbordando. Um sorriso tímido pairava como uma pequena onda na superfície do seu rosto enrugado.

– Você ao menos sabe por quê?

Avaliei o inoportuno através da minha cortina de lágrimas recém-acabadas de secar. Era evidente que o espetáculo que eu lhe oferecia o emocionara, e ele procurava me distrair.

– Não... – confessei.

– Simplesmente porque as lágrimas contêm muito cloreto de sódio. Sal demais. E nenhuma planta pode se desenvolver em solo salino.

– É lógico – suspirei.

– Basta dar um passeio até o Mar Morto para entender o que eu estou falando. Você já foi lá?

– Não.

– Ainda tem tempo... De todo modo, se quiser fazer florir alguma coisa aqui, não pode ficar chorando assim. O cemitério é o pior lugar para chorar, se quiser minha opinião.

Como lhe dizer que eu não estava chorando por minha falecida mãe, mas por mim? Como contrapor a futilidade do meu sofrimento à justeza das suas recomendações?

Eu o vi afastar-se pelas alamedas retilíneas, depois parar diante de uma lápide perto da qual ele regou cada um dos pequenos gerânios anêmicos plantados na terra cinzenta e pedregosa.

Os dois dias seguintes foram apenas uma sucessão um pouco louca de providências e compras: apanhar o pequeno envelope deixado por David, fazer várias cópias de chave para dar uma a Ysiam – eu não sei por quê, mas eu tinha grande confiança nele; comprar uma cama, uma cômoda e trazer de Nanterre a roupa de cama da casa e os utensílios de cozinha; instalar tudo no meu estúdio de paredes brancas, recém-pintadas e entremeadas com um pequeno toque de elementos decorativos; aplicar uma etiqueta com meu nome na caixa de correio, encher o único armário da quitinete com mantimentos, limpar chão e janelas e trocar uma lâmpada queimada.

Despencar na cama e contemplar o teto onde uma longa rachadura me desejava boas-vindas à minha casa como se fosse um sorriso. *Minha casa*. Eu repeti estas duas palavras, aturdida e incrédula, deitada em cima da colcha recém-comprada. Fiquei assim várias horas, com uma orelha atenta aos barulhos da vizinhança, e a outra enfiada no travesseiro estufado. *Minha casa...*

Ainda não era totalmente verdade, mas eu já não era mais do que uma estranha na casinha da mamãe, do que uma visitante no palacete de Louis.

Louis me mandou mais umas quinze mensagens. Ignorei todas. As de Sophia eu li, mas também não respondi. O que eu poderia achar para dizer a isto, por exemplo:

Fred e eu, consumado. Foi bem legal.
Me liga para eu te contar. Sô.

Meu ex e minha melhor amiga juntos. Eu não conseguia me alegrar por eles, não mesmo. Minha alegria era mais racional do que sincera. Eu não conseguia me sentir envolvida.

Quando a noite chegou, depois de aquecer uma comida enlatada no fogão, liguei a televisão. Bem na hora do noticiário. O jornal abriu com uma notícia esportiva: a Uefa acabara de escolher a França como país organizador da Euro 2016 de futebol. Na Índia, o descarrilamento criminoso de um trem, reivindicado pelos rebeldes naxalitas, resultou em cento e cinquenta mortos. Depois, de repente, um rosto familiar me tirou do torpor:

"– As escolhas de meu irmão Louis nada têm a ver com o Grupo Barlet, que ele deixou há mais de um ano para se dedicar às suas novas atividades. Seja qual for meu sentimento pessoal com respeito às suas concepções artísticas e às obras que defende, não tenho nenhuma legitimidade para falar sobre o assunto. Tudo o que posso dizer hoje é que nem eu nem o Grupo Barlet aprovamos formas de criação que poderiam pôr em perigo nossas crianças."

Portanto, David adotava uma distância prudente em relação ao irmão mais velho. Considerando sua posição e o consórcio de sua empresa, eu podia entendê-lo. Mas nem por isso aceitar. A atitude receosa me decepcionava. Eu esperava mais daquele que me oferecera espontaneamente sua ajuda. A menos que seu propósito fosse diferente...

"– O senhor afirma portanto que não tem nenhuma ligação com a exposição *Permanent Sex*?

– Absolutamente nenhuma. Você pode verificar: não fui convidado para o vernissage.

– Porém algumas pessoas alegam que seu grupo é acionista em produções pornográficas que, ainda por cima, contratam ilegais...

– Ouça, se é ao caso Delacroix que está se referindo, não tenho nada a acrescentar. A justiça deverá se pronunciar. Ela é soberana. Obrigado."

David desapareceu na mesma hora do campo da câmera, que então focalizou, como um imenso falo ereto, a torre Barlet na qual ele acabara de se embrenhar.

No ar, o rosto simiesco do apresentador ocupou outra vez a tela, e ele prosseguiu com uma perícia de veterano em telejornais:

"– O caso Delacroix, mencionado há pouco, está de volta ao noticiário. Nós nos lembramos do homem, Stephen Delacroix, analista financeiro contratado pelo Grupo Barlet para diversificar seus investimentos. Ele se envolveu com o tráfico de atrizes pornô provenientes do Leste Europeu e que trabalhavam clandestinamente na França. Delacroix, condenado pelo tribunal de Paris em primeira instância, contra-ataca hoje. A audiência de recurso ocorrerá dentro de algumas semanas. Ele continua afirmando que a direção do Grupo Barlet, e David Barlet em pessoa, ditaram os termos de sua participação na empresa East-X Prod. Teria lhe sido pedido que fechasse os olhos para o status dessas mulheres bem como suas condições de trabalho.

Além dos aspectos jurídicos do processo, nós nos debruçamos sobre as famosas redes. Quem são essas jovens vindas da Romênia, Bulgária ou Polônia? Quem organiza sua entrada clandestina na França? Em que medida o trabalho que fazem para as produtoras pode ter relação com a prostituição? 'Filmes pornô: o filão do Leste', reportagem a que vocês poderão assistir na íntegra no programa *Grand Format,* no final da tarde. Atenção, o trecho que verão agora é impróprio para menores."

Eu entendia melhor a maneira bastante covarde com que David se livrara da responsabilidade diante do entrevistador. Aproximava-se o dia de seu casamento econômico com o GKMP, e, já com o caso Delacroix nas costas, ele não iria querer pôr mais peso no barco com outro processo sórdido. Louis que se virasse com seus maus passos erotomaníacos, não era problema *dele,* David. Uma pequena deslealdade em relação ao meu homem que apertou meu coração por um instante.

Eu olhava distraidamente para os rostos indistintos quando o celular em cima da cama atraiu minha atenção. *Rebecca Sibony,* novo SMS recebido.

Louis está muito aflito por sua causa.
Onde você está? Ligue para ele.
Ou ligue para mim.
R.

Louis estava aflito? Louis estava tão preocupado comigo que afogava sua angústia no sexo de uma outra? Imagens brutais e palavras obscenas me sacudiram por um momento. Eu lutava para contê-las. Eu já sabia que Salomé tinha sido uma de suas hotelles regulares, o tipo de profissional que desenvolve uma clientela de *habitués* em vez de encontros ocasionais, desconfortáveis e mais arriscados. Rebecca nunca falava, mas não era assim tão raro uma de suas protegidas ser sequestrada, surrada, ou obrigada a práticas violentas ou degradantes.

Eu me perguntava se Salomé continuara sendo sua amante durante nosso ano de reclusão no des Charmes. Na verdade, eu nunca acompanhara Louis nas suas eventuais saídas, ele podia ter se encontrado com ela quando bem entendesse. Ainda sem conexão com a internet, eu não podia rever o vídeo dos dois. Só me restavam alguns trechos, alguns instantâneos fugazes que eu lembrava fechando os olhos. Agora, pensando naquilo, a predominância das imagens animadas no blog me espantava. Louis, o Louis que eu amava e de quem eu admirava a ciência das palavras, transformara-se subitamente em um banal exibicionista, privilegiando a obscenidade do vídeo à graça do texto? Esta traição da sua personalidade me fazia sofrer tanto quanto a traição do nosso noivado. Para que o elo entre nós não se soltasse mais irremediavelmente ainda, eu tentava imaginar o modo como nós descreveríamos tal cena no *Dez-vezes-por-dia* comum... se ela tivesse ocorrido:

Ele se deita de costas e ela se aproxima dele como um animal selvagem, lentamente, sem ruído, seus pequenos seios pontudos assestados para o membro que endurece pouco a pouco. O balançar da sua bunda perfeita já dá o ritmo do coito próximo. Ele é o metrônomo da sua sensualidade. Parte de um lado, volta do outro, fluido, macio, como um joão-bobo movido por uma força interior.

Ela não se empala nele imediatamente. Faz tudo devagar. Enquanto as mãos do homem buscam os mamilos tumescentes, ela esfrega suavemente a boceta úmida no pau rígido, tenso, que repousa sobre o púbis peludo do amante. Ela não para de estimular a verga dilatada com os lábios úmidos da boceta, usa-os como um unguento, lambuzando de secreção, um de cada vez, o saco, as veias azuladas, o freio tão delicado e a base da glande violácea.

Se ela não tivesse posto a palma da mão na boca do parceiro para amordaçá-lo, provavelmente ele teria suplicado para ela acabar. Mas ela estende o suplício até ela própria não aguentar, até estremecer a cada encontro do clitóris com o relevo íntimo do homem que jaz embaixo dela. Ela é tão competente, tão dona dos movimentos dos quadris, que não precisa das mãos para introduzir o pênis dentro dela. Ela não se mexe imediatamente. Prefere apertar as paredes do seu sexo em torno do convidado. A cada pressão, ele fecha os olhos e suspira. Ela espera ele ficar com os olhos fechados para empreender a competente dança da sua bunda suntuosa, oscilação tão lânguida, tão ligeira, cujos efeitos embriagantes o homem não demora a sentir. – Pare... pare, eu não aguento mais – ele sussurra com um gemido abafado.

A vibração do celular interrompeu subitamente meu sonho, cujo ímpeto começava a fazer aumentar no meu baixo-ventre a bola de desejo característica.

Rebecca insistia. Terminei lhe respondendo, com uma mensagem lapidar:

Vamos nos ver. Onde e quando?

Afinal, quem melhor do que a companheira dos anos de juventude poderia levantar um pedaço do véu sobre Louis e os arcanos tão complexos de sua personalidade? A menor migalha de sinceridade, a mais ínfima das histórias, seria um alívio para o estado de desespero que me acabrunhava.

Eu já percebera o gosto de Rebecca pelos pontos de encontro turísticos da capital. Então a escolha do lugar não me surpreendeu. Eu não tornara a pôr os pés sob a imponente abóbada de vitrais coloridos do Printemps desde minha infância. Minha mãe já me levara de trem para um expedição aos grandes magazines do bulevar Haussmann. A obra-prima do mestre vidraceiro Brière nada perdera de seu lustro, nem de seu poder de fascinação. Esperando Rebecca, pendurada em um dos bancos altos que rodeavam o bar circular, fiquei muitos minutos de pescoço dobrado, a contemplar o detalhe dos milhares de painéis de vidro.

– É bonito, não?

Rebecca chegou, apertada em um tailleur preto enfeitado de bordas creme, sempre muito chique, apesar do fechamento da Belas da Noite.

– É magnífico, sim – aprovei.

– Sabia que durante a guerra, para que escapassem dos bombardeios, os vitrais foram retirados um por um? Só em 1973 se lembraram do lugar onde tinham sido escondidos, para poder reinstalá-los.

– Eu não sabia.

– Hum... – ela falou, suspendendo-se sobre o banco alto vizinho. – Mas você não está aqui para eu lhe contar as maravilhas da art déco de Paris.

Com efeito. Tão logo serviram nossos dois capuccinos, exageradamente espumosos, eu expus a ela o que David me revelara sobre a gênese da agência. Informações que eu fora verificar, conforme lhe esclareci.

Ela franziu os lábios finos. Estava acuada e sequer procurou negar os fatos.

– David apresentou a você a criação da Belas da Boite como a causa de todos os males do irmão... Eu compreendo bem. Mas não passa de uma consequência.

– Consequência do quê?

– De seus sentimentos decepcionados.

– Por Aurore?

– Evidentemente. Durante vinte anos, o problema entre os dois foi sempre ela.

Nunca nenhum deles, Louis, David ou ela, havia me explicado essa rivalidade sentimental em termos tão simples e diretos.

– Só existe um jeito, para um homem, de afogar a decepção e não se consumir de frustração.

– O sexo? – propus.

– Não apenas *o sexo* – ela enfatizou a última palavra. – Uma devassidão de sexo. Uma orgia de sexo! Uma mulher que não consegue o homem que deseja mais do que tudo come chocolate e vê filmes idiotas com as amigas. Já um homem, trepa com todas as mulheres que podem fazê-lo esquecer da que lhe escapou.

– A quantidade para compensar a qualidade.

– Se você quiser... – ela falou em surdina.

Isso em nada mudava as motivações de Louis, mas elas me surgiam agora sob uma ótica nova. Ele era apenas um doente. Um homem desesperado. A imagem me tranquilizou e aliviou um pouco a pressão que comprimia cada um dos meus órgãos quando se tratava das zonas obscuras de Louis.

– Eu não entendo que ele tenha se destruído por uma mulher que sequer possuiu. Não se pode lamentar tanto tempo alguém que não foi senão uma miragem – argumentei.

– Você se engana. Ela foi para ele mais do que uma fantasia.

Fiquei sem voz e me deixei cativar mais um instante pela chuva de cores que caía sobre nós do alto da cúpula.

Isso refutava por completo o que Louis me contara. Aurore escolhera David, o grande ganhador da competição instaurada pelo pai, e os dois se casaram. Fim de história, caso eu me restringisse ao relato dele.

– Antes ou depois do casamento de Aurore com David? – terminei perguntando.

– Antes *e* depois.

Uma frase pronunciada por Louis me voltou, pequeno fragmento de verdade na massa escura e compacta de suas mentiras: "Ela até o enganou sem nenhuma vergonha." Comigo, ele evitara esclarecer.

Rebecca deu alguns goles na bebida açucarada, e um fino bigode de creme maquilou seu lábio superior.

Se David insistia tanto em pintar do irmão um retrato de homem depravado, é porque ele mesmo fora vítima desse comportamento.

Antigamente, com Aurore, como hoje, comigo.

– Eu imagino que você tenha aceitado se encontrar comigo para me fazer outras perguntas...

Sua observação estava correta. Com algumas palavras escolhidas, eu a informei da existência do maldito blog e dos vídeos que podiam ser vistos nele.

Ela franziu os traços regulares do rosto até cavar as rugas que costumava preencher com grandes quantidades de base. Parecia surpresa com as revelações.

– Toda essa exibição... não parece ter a ver com ele – terminou comentando com uma expressão de dúvida.

– Eu sei. Contudo, há poucas dúvidas. Os textos em particular são os escritos no nosso caderno.

– Está bem... – ela admitiu de má vontade. – Mas você não vai me impedir de achar estranho Louis *enganar* você...

Ela insistiu na palavra, como se fosse mal escolhida para classificar os desvios de Louis. O projeto de tatuagem apresentado por Stéphane na noite da prisão me voltou à memória: *Semper Fidelis*. Sempre fiel. A ironia da mensagem não me escapava, mas eu não conseguia achar uma explicação para a utilidade da provocação. Absurda.

– ... com uma mulher como Salomé, quero dizer – ela acrescentou imediatamente.

– Por que é tão surpreendente?

– Primeiro, porque ela nunca teve a preferência dele...

Contudo, foi de braço com a bela mestiça que eu o encontrei pela primeira vez no dia em que – embora eu negasse na época – eu me apaixonei irremediavelmente por ele. Talvez ele a considerasse basicamente uma acompanhante, no sentido literal do termo, uma mulher de físico espetacular cuja presença do lado, durante suas saídas em público, contribuía para o próprio prestígio. Pois, comparando bem nós duas, eu estava longe da tigresa de linhas irreprocháveis. Como muitos homens, Louis estabelecia uma divisão manifesta entre as mulheres que ele queria para desfilar e as que apreciava na cama.

– Verdade?

– Salomé aprecia conflitos. E jamais escondeu seu interesse mais do que pronunciado por Louis.

"Então, se ele queria um extrazinho discreto e sem consequências, certamente não iria atrás dessa mulher."

Era exatamente o que me afligia. Por que ele escolhera justamente ela, a não ser que se tratasse de um jogo perverso entre nós? Ele não poderia ter escolhido uma outra no viveiro ainda abundante de Rebecca?

Eu insisti longamente até Rebecca ceder e me dar o endereço de Salomé.

– Salomé é seu pseudônimo de hotelle – ela acrescentou. – Na verdade, ela se chama Véronique Duclos.

Sem dúvida menos exótico.

– Se ela perguntar como você descobriu o nome e o endereço dela, eu não tenho nada com isso, combinado?

A raiva de Salomé-Véronique seria assim tão temível? Depois de me despedir de uma Rebecca atormentada, tomei o trem da linha A, troquei de trem nos Halles, onde peguei a linha B em direção a Saint-Rémy de Chevreuse. A linha B, a que concentrava os problemas endêmicos da rede férrea de subúrbio e as queixas dos usuários irritados. Por sorte, a composição me conduziu desta vez sem choques nem paradas imprevistas até Bourg-la-Reine.

O prédio de Salomé ficava a menos de cinco minutos a pé da estação, e eu não tardei a apertar seu nome no interfone da rua:

– Bom-dia... É Anabelle Lorand, Elle, se você preferir – eu me anunciei no interfone de Salomé.

Um silêncio seguido de estalo elétrico me respondeu. Eu me apresentei logo depois diante da sua porta, no primeiro andar do pequeno e luxuoso edifício.

– O que está fazendo aqui? – rosnou de cara.

– Eu vim por causa de Louis.

– E o que é que eu tenho com isso? É teu namorado. Você quis, você teve.

Encostei a mão na porta que ela já ia fechando.

– Sabe que ele corre o risco de ir para a cadeia?

– Hum... Ouvi falar. E em que isso me diz respeito?

– Ele publicou certas coisas na web que dizem respeito a você... e que poderiam ser prejudiciais ao processo.

– Que tipo de coisa? – ela adoçou um pouco, de repente mais atenta.

Eu a deixei cozinhar um pouco, de propósito, depois tentei minha sorte:

– Se me deixar entrar dois minutos, posso lhe mostrar.

Ela me encarou, hesitante, depois reabriu a porta e se afastou para me deixar entrar. O interior era um sala e quarto equipado com mobiliário sueco até no menor detalhe. Podia figurar em destaque num catálogo sob a rubrica "otimização de pequenos espaços".

Na sala, ela me apontou o computador portátil ligado em cima de uma mesa de trabalho de vidro fosco:

– Sinta-se em casa. Mas seja rápida, eu tenho que sair dentro de quinze minutos.

Eu acessei o blog Elle & Louis, onde constatei que o vídeo a que eu assistira ao vivo estava agora nos arquivos. Cliquei no botão de leitura e a odiosa sequência começou quase na mesma hora.

Salomé perdeu a soberba. Não podia mais negar que, dos dois corpos reunidos, o da mulher, lasciva, felina, tão audaciosa, era o dela.

– De que data é isso?

– Eu vi ao vivo há... quatro dias.

– Então é impossível.

– Por qual razão?

– Porque estas imagens têm mais de dois anos.

– Dois anos?

– Sim. E se é isso que te preocupa, eu não dormi mais com Louis desde que vocês estão juntos.

Estaria blefando? Não notei em seu rosto nenhum dos sinais sintomáticos da mentira: ela não baixou os olhos, não piscou, não mordeu os lábios, não transpirou nem demonstrou o menor sinal de rubor.

– Como posso ter certeza de que está dizendo a verdade?

Ela se virou sem uma palavra para a tela, deixou a sequência desfilar alguns segundos, depois parou-a de repente com um clique. O plano permitia que se visse Louis a três quartos, de costas, sobre o lado esquerdo. Percebiam-se sobretudo toda a superfície de suas costas, sua nuca e...

– Você deve saber melhor do que eu... Olhe para o ombro esquerdo.

Estava sem qualquer inscrição!

– Teu cara mandou fazer a roseira há pouco mais de um ano, não foi? – ela me interrogou, com a segurança recuperada.

Havia um pouco de desprezo no modo familiar de classificar Louis, "teu cara", mas mesmo assim recebi a fórmula como a mais doce das oficializações. Se Salomé o considerava assim, é porque ele me pertencia.

– Sim... – balbuciei.

– Então me explique por que um vídeo feito há quatro dias o mostraria sem tatuagem no ombro.

12

29 de maio de 2010

Já faz muito tempo que identifiquei em mim um sentimento de vazio bem específico que chamo de melancolia do trem. As paradas frequentes, a sucessão de túneis e estações, as diminuições de velocidade intempestivas, o *tatac-tatum* regular das rodas, o guincho estridente no momento da freada, a campainha preguiçosa e exasperante do fechar de portas, o silêncio adormecido que reina nas composições fora das horas de pico, tudo isso predispõe à sonolência e a um devaneio acordado que me leva para longe, muito longe da paisagem urbana. Só um trem provoca em mim este estado.

Durante o trajeto de retorno a Paris, meus pensamentos se embaralharam com o balanço do trem, passando da esperança e do alívio para a aflição mais difícil de ser pensada. As últimas palavras de Salomé rodavam em círculos: "Me explique por que um vídeo feito há quatro dias o mostraria sem tatuagem no ombro."

Se Louis não tinha ido recentemente para cama com sua ex-amante, qual seria o objetivo da postagem enganosa do vídeo no blog?

Senti-me como uma dessas imprudentes que transam com um desconhecido sem preservativo e temem no menor resfriado o sinal de uma contaminação. Como elas, eu esperava o anúncio de um resultado – positivo? negativo? – que me parecia ser de vida ou morte. Eu estava em suspenso.

Enquanto o trem seguia preguiçosamente em direção à capital, acolhendo cada vez mais viajantes à medida que nos aproximávamos, lembrei-me de outras palavras de Sophia, alguns dias antes: "Imagino que ele tenha concebido isso como uma forma de jogo entre vocês."

E se tudo não passasse de um jogo, ou então de uma forma de linguagem, um diálogo que ele estabelecia comigo a distância, por não conseguir me falar com sinceridade quando estávamos juntos? Aí tudo adquiria sentido: esses elementos não eram senão balizas, sinais para me fazer reagir. Talvez se tratasse de mensagens de alerta, de pedidos de socorro, e eu estava me comportando como uma criança que se zanga e vira as costas na primeira contrariedade.

David definia o lugar ocupado pela sexualidade na vida de Louis como um vício. Mas será que não era o caso de considerá-lo um modo de comunicação, o único à sua disposição? O único que ele dominava? Nesse caso, a longa série de provas às quais ele me submetia – o blog seria apenas um novo episódio, por certo mais espetacular e ofensivo do que os precedentes – não devia ser considerada uma maneira um tanto brutal de estabelecer comigo um contato que ele estimava rompido? Ou então de levar mais adiante a troca, para além das palavras e das próprias carícias? O sexo elevado ao nível de arte, de modo relacional sofisticado, não podia se parecer com uma forma de telepatia entre os seres? Um meio de se falar além das palavras, dos corpos, até do prazer?

Se tal hipótese se verificasse, ele não abandonaria seus costumes estranhos tão cedo. E eu devia então me preparar para uma vida inteira de experiências, algumas próximas do tormento. Eu estaria preparada para enfrentar? Para sentir o vírus de sua perversidade proliferar em mim, dia após dia, com seu cortejo de efeitos desagradáveis?

Não, pois para que eu pudesse aceitar este dialeto tão singular, eu precisava que ele fosse falado com simplicidade, sem todos os seus quebra-cabeças intrincados. Eu queria apenas seus braços em torno de mim, sua pele estendida sobre a minha como um lençol fresco, sua boca colada na minha boca para me dar outra vez o fôlego e a confiança que me faziam falta.

Duas boas notícias me aguardavam no meu apartamento: a conexão com a internet tinha sido estabelecida e, na minha caixa de correspondência, achei a cópia integral da certidão de nascimento de David que, no cibercafé do bulevar Sébastopol, eu requisitara no site oficial da prefeitura de Saint-Malo. Por sorte, graças ao projeto de contrato de casamento estabelecido com ele no ano anterior, eu dispunha de todas as informações necessárias à validação da minha requisição: seus diferentes nomes de batismo (David, Marc, Albert), sua data de nascimento – eu indiquei para isso a data suspeita, 5 de janeiro de

1969 – e finalmente os sobrenomes, nomes e locais de nascimento de seus pais. Não foi preciso mais nada para que o certificado me fosse enviado.

Usurpar a identidade e roubar a vida de uma pessoa não pareceu tão difícil uma vez que, munida de informações igualmente sumárias e como se eu fosse ele, pude receber documentos oficiais das administrações locais e nacionais relacionados a David. De posse da confirmação das minhas dúvidas, liguei para o dr. Whurman:

– Bom-dia, é a srta. Lorand... Estou ligando para o dr. Whurman a respeito do meu contrato de casamento... Não, não, não desejo anulá-lo.

De onde lhe vinha esta ideia? Seria assim tão frequente? Ou, na discrição do escritório, os funcionários e ela tinham fofocado, divertindo-se com a moça que anula o contrato de casamento com um homem para se casar com o irmão dele?

– Eu queria simplesmente informar que *não* desejo que o apartamento que acabo de comprar conste na declaração do meu patrimônio... É só isso.

A data de nascimento de David me obcecava tanto que eu não me dera ao trabalho de inspecionar o resto do documento. Pensei em me limitar a uma leitura oblíqua, quando meu olhar pousou na menção seguinte: "Nascido de pai e mãe desconhecidos." Eu reli várias vezes, destacando cada locução, remastigando cada palavra como para melhor perceber o gosto verdadeiro. Nascido. De pai. E de mãe. *Desconhecidos*. Todo o efeito residia nesta última palavra.

– Claro que sabemos quem são! – exclamei para mim mesma.

Fiquei tentada a ligar para David, ou para a prefeitura de Saint-Malo, para restaurar uma verdade incontestável... Mas quem a afirmaria, a não ser David e Louis? Armand ou Rebecca, por exemplo, cujos relatos da infância dos irmãos Barlet eram pouco aprofundados?

Contudo estava ali, naquele papel, na sua fria exatidão. O quebra-cabeça era simples de reconstituir, mas a imagem era tão difícil de constituir que levei alguns minutos para chegar à conclusão seguinte: se David nasceu de pais desconhecidos, e se todos concordavam em apresentá-lo como filho legítimo do casal Barlet, até o sobrenome que ele exibia no peito como uma medalha... então André e Hortense o tinham adotado? David sabia disso?

O choque, quase uma comoção, foi violento, mas por fim eu me lembrei da foto que dormia na memória do meu smartphone. Duas crianças, uma delas David, um casal de adultos sorrindo do lado deles. Dois desconhecidos. *Pais* desconhecidos? Mas se eles apareciam numa foto de família, é porque não eram desconhecidos... Observei a fotografia com mais atenção. Tanto quanto era possível julgar a partir de uma imagem um tanto enganadora, o homem e a mulher pareciam familiares. Mas eles não manifestavam contudo nenhum dos gestos que assinam a intimidade de um casal: nenhuma mão pousada na cintura ou passada em volta do pescoço, nada de quadris encostados, nenhum contato físico entre os dois corpos. Eles respeitavam uma distância social cerimoniosa. Padrinho e madrinha? Pai e mãe temporários no seio de uma família de acolhimento?

Na frutuosa colheita do dia, esta última informação pousou na balança com um peso funesto.

No blog Elle & Louis, que eu acessei pela primeira vez do meu novo domicílio, as postagens inéditas pululavam. Não tão inéditas do meu ponto de vista, uma vez que constatei, percorrendo-as rapidamente, que todas se apresentavam mais uma vez como uma duplicata de nossos textos comuns do Dez-vezes-por-dia. Sua publicação não respeitava a ordem cronológica de nossas aventuras eróticas no des Charmes, mas reconstituíam uma espécie de lógica temática, onde todos os verbetes relativos a ruídos e palavras usadas durante o amor estavam agrupados, do mesmo modo que se podiam apreciar um pouco mais adiante os capítulos dedicados aos odores.

Ver-nos assim descritos, colados um ao outro dentro do quarto 1, poderia ter me emocionado. Eu quase podia, fechando os olhos um instante, sentir de novo a qualidade excepcional dos arrepios que cada encontro da mão de Louis com a minha pele provocava, onda de intensidade variável que, a cada vez, viajava sobre mim para além da zona de contato. Sua palma no meu ventre era capaz de fazer minha nuca e ombros estremecerem violentamente; se fosse no meu seio, aplicada com suficiente destreza para apertar o mamilo, desencadeava uma abertura espontânea da minha flor, já gotejando orvalho.

Mas saber que o que deveria ficar entre quatro paredes e nas nossas páginas fora jogado cruamente às feras do sexo virtual me repugnava. Primeiro tive uma sensação de violação mas, ao constatar o desenvolvimento do blog e sua popularidade – ele já estava entre os mais visitados de sua categoria –, eu me senti sobretudo desapossada. Despojada da minha vida, dos meus prazeres, dos orgasmos "doces, como gostamos", como os celebrados por um cantor que Louis apreciava muito. Eu experimentava agora os inconvenientes da notoriedade: se pertencemos a todos, não nos pertencemos mais. Mas embora eu ainda me mantivesse longe do estrelato e seus brilhos, o fato de se tratar da minha sexualidade exacerbava a sensação abjeta de que mãos desconhecidas substituíam pouco a pouco as de Louis, e me apalpavam, me vasculhavam, como as dos curiosos que exploram febrilmente as prateleiras de promoções em dia de liquidação. Um artigo em liquidação, eis o que eu me tornara por culpa dele.

Liguei finalmente para Sophia. Mesmo quando me irrita, comete absurdos, mesmo quando se compraz com a impudência, coisa que não consigo fazer, não conheço melhor âncora do que ela. Só ela sabe me trazer à terra, fixar meus pensamentos na realidade, combater a irracionalidade das minhas esperanças ou dos meus medos. Depois de discorrer brevemente sobre seu nascente relacionamento com Fred, ela me escutou com muita atenção.

– Se você o ama de verdade, e eu sei a que ponto isto é verdade, tem que ajudá-lo a sair dos delírios – ela concluiu depois de ter me escutado longamente.

– É fácil de falar... – me lamentei. – Como eu faço isso?

– Se você insistir em vasculhar em detalhes os desvios eróticos dele, vai quebrar a cara, minha filha, e não vai mudar nada na maneira como ele se comporta com você.

– Mas eu não quero mudá-lo de jeito nenhum! – protestei.

Eu o queria brilhante, tórrido, livre para exprimir seus desejos, fossem quais fossem. Eu queria suas mãos perfeitas no meu corpo tão imperfeito, ainda e sempre. Precisava disto agora mais do que nunca, do seu contato apagando todas as minhas dúvidas.

Não, eu não havia deixado David, sem sensualidade e travado por suas responsabilidades e sua imagem, para cair no mesmo tédio. A sexualidade de Louis era um rio em fúria, que transbordava às vezes, mas cuja potência me oferecia uma viagem infinita onde a paisagem variava permanentemente.

Mas minha amiga tinha razão: bastara eu pedir Louis em casamento, tomando as rédeas de nosso relacionamento, para que ele radicalizasse sua atitude e usasse de métodos extremos. Talvez eu estivesse enganada, talvez o estivesse acusando injustamente. Mas era a impressão que eu tinha.

– Você quer modificá-lo só um pouco, digamos assim... Não está a fim de ficar assistindo a ele pegar mulheres na internet até você se aposentar.

– Hum... O que você propõe então?

– Seja qual for a origem desse comportamento, tem necessariamente uma ligação com a infância ou a juventude dele.

Pronto-socorro psicológico. Eu me lembro aliás que ela tinha hesitado bastante, na hora de se inscrever em Nanterre, entre o curso de história, onde nós nos conhecemos, e o de psicologia. "Se a dança não funcionar, eu me vejo ajudando crianças problemáticas, tipo psicóloga escolar, sabe?", ela especulava na época. Seis anos mais tarde, ela rebolava em *peep-shows*, e não chegava perto de crianças a não ser as que brincavam ao longe com os pais, quando ela ia correr no Bois de Vincennes.

– No seu lugar – ela prosseguiu –, eu esmiuçaria essa história da foto e data de nascimento. Aí tem um mistério para elucidar.

Entre esta avalanche de elementos novos, o que ela destacou pertencia ao passado de nossos principais protagonistas. O fato de Louis poder ter sido amante de Aurore quando ainda rapazinho lhe pareceu um fator especialmente determinante no conflito que opunha os irmãos Barlet. Provavelmente, um dos nós dessa improvável trama de paixões e rancores. Ao contrário do que Armand dera a entender, a sucessão à frente do Grupo Barlet me parecia agora apenas motivo secundário para a desavença. Existia outra coisa anterior; ainda mais profunda.

– Eu achava que devia investigar Louis...

– Louis, David... Assim como eu, você vê que os dois estão ligados. Os dois rostos do deus Ânus.

É uma das principais qualidades de Sophia: ser engraçada nos momentos mais graves, sem que saibamos se isto era calculado ou não.

– Janus. Sophia, é Janus, o deus de duas faces – disse eu, ainda rindo.

– Eu sei disso! Cheguei a vê-lo na tribuna, quando visitei a Assembleia Nacional. Está pensando que eu sou o quê, hein?

Mas eu guardei a intuição que antes já tivera: impossível compreender e modificar o comportamento de cada um dos dois irmãos sem me debruçar, antes, na gênese da sua fraternidade. Caminho que a incoerência de suas datas de nascimento havia escancarado.

– Se você quiser a minha opinião – prosseguiu Sophia num tom mais sério –, só se pode amar o que se conhece verdadeiramente. Senão é embromação.

Cômica e um instante depois filósofa.

– Você diz isso mas se mete com um sujeito que você vivia dizendo que não era confiável – retorqui.

– Para começar, eu nunca disse que estava apaixonada pelo Fred. Estou apenas bem com ele. E depois, o conhecimento lúcido do outro é só a primeira etapa.

– E qual é a segunda, por favor, dra. Sophia?

– É preciso aceitá-lo tal como ele é – ela respondeu sem ligar para o meu sarcasmo.

– Está brincando? Você me disse o contrário há dois minutos!

– De jeito nenhum. Eu disse que você não devia tolerar todos os efeitos da natureza profunda dele no relacionamento de vocês. Mas ele deve sentir que você a conhece e ama. Você deve estar preparada para suportar algumas de suas manifestações. Não todas... mas algumas.

Ela tinha razão. Eu podia encontrar melhor meio de provar a ele meu afeto do que levantar o véu sobre suas zonas de sombra? Quando eu souber tudo dele, proclamar meu amor não será uma declaração vã. Eu conhecerei a verdade que cada palavra de amor contém, seja ela crua, assustadora ou dolorosa. Essa perspectiva desencadeou um frisson de prazer que me percorreu de cima a baixo e sobretudo cavou, no âmago do meu ser, o vazio doloroso que expressava minha saudade de Louis.

Eu percebia também o risco de mergulhar no fundo de Louis. Com David eu já desejara saber mais, descascar a cebola de suas vidas anteriores. O que me aparecera, camada após camada, tinha produzido mais lágrimas do que maravilhamento.

Então eu tomei uma decisão em relação a mim mesma. A de nada formalizar com o mais velho dos irmãos Barlet enquanto não tivesse trazido toda a luz sobre seu passado e esclarecido em detalhes as relações que o ligavam ao irmão e à falecida Aurore. O fato de eu ser a dublê física da moça me autorizava algumas pequenas prerrogativas, não é? Eu me arroguei portanto o direito de ser a arqueóloga de sua história. Da história comum *deles*, dos três.

Assim, não se falaria mais do nosso casamento enquanto eu não tivesse desenterrado todos os vestígios desse passado tão carregado, desse sentimento fossilizado, cada esqueleto de seus amores ou de seus ódios. Era a minha vez de impor minhas condições.

Tratei de me convencer de que não havia em mim nenhum espírito de revanche. Eu não estava erguendo obstáculos pelo prazer de ver o homem que eu amava tropeçar neles. Eu esperava exatamente o contrário. Eu desejava que a investigação que me preparava para executar – era preciso de fato lhe atribuir este título, de tanto que a pesquisa parecia imensa – tivesse sobre todos um efeito libertador. Um dia, eu não duvidava, Louis me agradeceria por isso. Ele entenderia que a revelação dos fatos não tinha o objetivo de humilhá-lo, mas de me devolver sua alma tão acessível quanto seu coração ou seu corpo.

Uma vez que minha decisão estava tomada, nada mais me retinha ali, trancafiada nos meus poucos metros quadrados de angústia e incerteza. Saint-Malo e seu grande vento fresco e purificador, Saint-Malo e seus segredos bem guardados só estavam esperando por mim. Uma rápida pesquisa on-line esclareceu o motivo do cabeçalho enigmático na certidão de nascimento de David: "*Saint-Servan, Comuna de Saint-Malo.*" A partir de 1967, a pequena localidade de Saint-Servain, conhecida por suas grandes mansões burguesas, sua torre Solidor e sua Cité d'Aleth – uma grande colina rochosa junto à baía, cujas encostas verdejantes oferecem o mais belo mirante sobre a cidade fortificada vizinha –, fora unida a Saint-Malo, maior, mais rica e mais famosa na região e no país. Contudo, durante alguns anos ainda, os nascimentos ocorridos em Saint-Servan seriam atribuídos ao que já não passava de um simples bairro; talvez pela força do hábito. Em 1969, ou 1970, segundo a versão que se escolhesse adotar, a certidão de nascimento de David me demonstrou que o costume perdurara, como atestava o documento que eu tinha sob os olhos.

Uma batida discreta na minha porta me arrancou desses pensamentos e dos meus preparativos, que consistiam essencialmente em enfiar numa mochila o necessário para uma curta estada balneária. Minha primeira visita! Tratava-se provavelmente de um inoportuno, um vendedor em domicílio ou um vizinho, mas mesmo assim senti uma emoção que me fez ir abrir com o coração disparado. Quando batiam assim na nossa porta, na casinha de Nanterre, mamãe tinha o costume de perguntar em voz alta: "Mas quem será este desconhecido das 19:45?" Era uma referência a um programa de televisão anterior ao meu nascimento, no qual pseudocelebridades tentavam descobrir a identidade de dois indivíduos não muito mais conhecidos do que eles, disfarçados de personagens de ficção. Um jogo simples e popular de que ela particularmente gostava.

Quis o acaso, nesse começo de noite, que meu visitante se manifestasse precisamente quinze minutos antes das 20 horas:

– Vai me deixar entrar?

Seu tom era muito menos seguro que de hábito, e toda sua atitude, costas curvadas, nuca baixa, denotava uma aflição e uma falta de confiança em si que eu nunca tinha visto nele. Mais do que nunca, a bengala – notei um novo castão com a cabeça de uma górgone, cujos cabelos em serpentina caíam em fios brilhantes sobre a madeira escura – parecia necessária ao seu equilíbrio.

– O que é que... – gaguejei, com o olhar perdido para além da linha dos seus ombros. – Quem lhe deu meu endereço?

Eu acabara de falar com Sophia no telefone poucos minutos antes. Era difícil acreditar que ela pudesse ser a culpada.

– Foi o dr. Whurman. Aliás, ele não, o funcionário dele... Enfim, *a* funcionária.

Revi a moça loura, de cabelos presos e nuca fina.

Louis devia ter ido até lá e feito seu eterno espetáculo de sedução. Como consequência, ela por certo lhe descrevera todos os meus projetos imobiliários.

– Sabia que ela se chama Claire? Claire Leclerc? E ela é a *clerc* do tabelião, a secretária. Não é extraordinário? A vida dela se organizou por um jogo de palavras... A menos que seja o contrário.

– Mamãe trabalhava com uma contadora chamada Paulette Pognon.

– Sério? Paulette Grana?

– É verdade.

Tinha que ser uma piada tão fútil, um humor tão elementar, para dissipar a tensão entre nós, o véu de constrangimento quase palpável.

Ele conteve uma explosão de riso, mas ficou repentinamente muito sério no instante em que entreabri a porta, o rosto parecendo varrido por um vento marinho que dissolve o contorno da paisagem.

– Entre – terminei concedendo.

Ele deu alguns passos à frente e se imobilizou no meio da peça única, varrendo com o olhar o espaço ainda em grande parte vazio. Ele poderia ter se dignado a fazer um pequeno elogio formal, algo como "Bonitinho", "Bem legal", ou "Tem a ver com você", mas se absteve de qualquer comentário, enquanto eu continha o fluxo de perguntas que fervilhavam dentro de mim.

As respostas, eu agora já compreendia, viriam somente de mim, da minha capacidade de explorar sua personalidade e desfolhá-la sem que ele percebesse. Fazê-lo falar não me seria de nenhuma utilidade. Interrogar seu passado, em compensação, ser a primeira a mergulhar a cabeça nesse oceano tumultuoso feito de correntes contrárias que deslocavam sem parar a linha do horizonte, eis o que me reaproximaria dele. Esta era a viagem na qual eu agora escolhera me aventurar. Suas palavras, por mais doces, belas e sinceras que parecessem na superfície, não seriam senão boias enganosas, coletes salva-vidas incompletos ou rasgados, que escapuliriam debaixo de mim.

Então não lhe falei dos vídeos, nem do blog, nem mesmo de Salomé e da performance gravada dos dois. Sobretudo não mencionei o que constituía o mais importante elemento da minha investigação, e a propósito do qual ele já tinha mentido: os sete meses somente que os separavam, David e ele. Por que insistir em fazê-lo falar, por que incitá-lo a me enrolar mais uma vez, ao passo que seu corpo, sua única verdade tangível, estava ali, diante de mim, irradiando o calor febril no qual era tão delicioso me queimar.

Até ele ir embora, em alguma hora no meio da noite, nós não trocamos nenhuma palavra. Não era um jogo desta vez, era por necessidade. Nós estávamos em estado de abstinência, tanto um quanto o outro, e as queixas teriam esfriado nossos sentidos esfaimados. Quem insiste na sede de sinceridade quando se trata de saciar-se com a água corrompida de seu prazer?

Eu o puxava para a minha cama novinha enquanto ia despindo nós dois. Ele se deixou levar, surpreendentemente dócil, ele que eu conhecera mestre absoluto de nossos desejos.

Quando ele despertou na minha boca, em pouco tempo comprido e rígido, úmido de impaciência, eu me deitei de bruços, oferecendo-me como ele gostava tanto de me possuir, esmagada, subjugada, com as nádegas redondas pedindo para serem abertas e separadas por suas mãos suaves, pressionadas para darem o seu suco, como uma fruta. Mas quando a glande abria caminho através da mata dos meus pelos, hesitante na minha vulva encharcada, com uma agitação pouco costumeira, uma inspiração estranha me veio. Eu recusara sempre esse desfecho, alegando minhas reticências naturais, pretextando outras vezes o gozo tão forte que conhecíamos por outras vias, por fim transformando o assunto num objetivo a alcançar, uma recompensa suprema, para ele e para mim.

A fim de dissipar qualquer ambiguidade nas minhas intenções, eu molhei o indicador na boca e, passando-o por trás das costas, introduzi-o no furinho rebelde e tenso. Para começar, apenas uma falange. Depois, à medida que a íris marrom se alargava, o dedo inteiro. Cada imersão levantava meu traseiro inteiro, como se uma correia tivesse sido passada sob meu púbis e uma grua invisível me puxasse para invisíveis alturas. Louis permanecia imóvel, fascinado pelo espetáculo inédito.

Então eu recomecei a operação com o dedo médio, mais largo e mais longo. Mas nada poderia ter me preparado para o choque, para a incomparável onda de felicidade matizada de dor que tomou conta de mim quando da penetração de seu membro. A ponta da glande forçou primeiro a passagem, lutando contra as resistências do meu esfíncter, antes que meu conduto aspirasse lentamente a totalidade do pau, como uma serpente digerindo a presa. Ao dilaceramento inicial sucedeu a impressão estonteante de ser preenchida como quem soca roupas numa bolsa. Compreendi melhor a vulgaridade do vocabulário que os homens usam para se referir a essa delícia rara, e a reputação terrível que a precede entre nós mulheres. Várias vezes, eu quase rejeitei a estaca implacável, quase a pus para fora. Mas agora ele pesava sobre mim com todo seu peso, e mais nada me permitiria escapar de sua autoridade.

Ele esperou alguns minutos, contudo, antes de amplificar de novo meu doce suplício com um vaivém lento e cuidadoso, visivelmente atento para me encantar em vez de me torturar. Eu quase sufoquei. Toda a parte inferior do meu corpo parecia um barril de pólvora pronto para explodir, sem que eu conseguisse determinar se essa perspectiva era agradável. Então, percebendo em mim essa hesitação, ele segurou minha mão e deslizou-a sob meu ventre. A ordem estava implícita. Eu comecei com uma carícia vaga e difusa, mas, como o seu membro acelerava dentro da estreita abertura, concluí que eu precisava partir para o essencial. A ele cabia o meu ânus; a mim, o prazer. Nunca senti meu clitóris tão duro e tão elástico sob meus dedos. Ele resistia e saltava a cada pressão, surpreendente bolinha de borracha orgástica, que respondia como um eco aos solavancos no meu traseiro.

Eu gritei de felicidade quando ele transbordou dentro de mim, lava quente e pesada nas minhas entranhas, ou quando a descarga me mordeu na frente como um inseto? Implorei o seu nome? Ele gemeu o meu, aturdido e reconhecido?

13

30 de maio de 2010

Só depois entendi a utilidade da minha capitulação. O que quer que eu fizesse, e fossem quais fossem minhas descobertas futuras sobre ele, eu não queria que Louis me visse como sua inimiga. Oferecendo-lhe meu último bastião, autorizando-o a gozar onde nenhum outro se aventurou antes dele, eu me exonerava antecipadamente de suas recriminações. Uma vez que eu me abria totalmente aos desejos dele, não era legítimo que ele também me deixasse deflorar todos os escaninhos de sua personalidade? Na balança de nosso compromisso, minhas belas ancas não tinham um peso pelo menos igual aos seus mistérios?

O TGV não oferece a mesma qualidade de devaneios dos trens de subúrbio. Passados os primeiros minutos e as considerações sodomitas precedentes, cara ou coroa e outra vez cara, eu mergulhei quase na mesma hora numa sonolência indolente, conduzida através da noite. Eu pegara no último minuto o trem que partia da estação Montparnasse em direção à Bretanha, onde eu esperava obter muitas respostas. Ou até mesmo uma solução.

Tivera o cuidado de não comunicar a Louis minha escapada. Também não informei Sophia. Muito menos Fred ou Rebecca. Para que serviriam suas advertências, suas preocupações solidárias, suas previsões de Cassandra? Eu precisava conservar o espírito claro e livre, e não fazer uma baralhada de conselhos amistosos e admoestações contraditórias.

Em Rennes, após duas horas de cochilos interrompidos por sirenes e gritos de crianças, o trem de alta velocidade fez uma parada de vários minutos, o tempo de os vagões se esvaziarem de dois terços de seus passageiros. Depois ele tornou a partir num ritmo mais sacolejante e lento, adaptado à vetustez dos trilhos. Os movimentos dos viajantes à minha volta, carregados de bagagens, suplantaram meu torpor. Não faltou muito para eu despertar completamente. A calma do vagão só era interrompida vez por outra por alguns rangidos agudos.

Agora nós éramos apenas uns poucos, afundados nos assentos cor de violeta, e eu aproveitei para passar no banheiro, ocupado até então. No momento de baixar a calcinha, eu me olhei um momento no espelho arranhado. Eu era a mesma de um ano atrás, e contudo tão diferente. Teria jurado por exemplo que meus seios estavam um pouco mais pesados. Eu já devia imputar o fenômeno ao peso dos anos ou culpar o uso intensivo que Louis fazia deles, chupando meus mamilos como um neném?

Embora eu não tivesse emagrecido, meu rosto parecia mais fino, seus contornos mais nítidos, mais firmes. Ele ganhara em personalidade, como se tivesse se apropriado pouco a pouco – surpreendente mimetismo dos apaixonados – de certos traços de Louis. Eu me perguntava se, em contrapartida, eu teria transmitido para o dele as minhas formas plenas e a minha juventude...

Um último detalhe atraiu minha atenção. E, embora eu tentasse não ver nele um símbolo adicional da nossa decadência como casal, fiquei perturbada: três semanas depois de a minha pétala ter sido tatuada por Stéphane, ela começava a desaparecer sob uma pilosidade pouco abundante porém suficiente para maquiar o monte de Vênus e sua protuberância discreta. Dentro em breve, como um animal da floresta invisível do alto das copas, a tatuagem escaparia a todos os olhares. Nada mais restaria deste sésamo do nosso amor a não ser a lembrança que conservaríamos dele.

Foram essas mudanças sutis, acrescentadas ao meu abandono da noite precedente, que me deram o gosto de retomar o ato de escrever na mesma hora. Ou melhor, de digitar no teclado virtual do meu celular, em comunicação permanente com um bloco de notas na nuvem, onde minhas reflexões seriam conservadas somente para mim.

Eu não precisaria mais temer nem hackers nem plágio dos meus escritos. Sim, foi no vagão sonolento, embalada por sua oscilação regular, que nasceu o projeto. Uma vez que eu precisava de um exutório para as dúvidas e tensões que me habitavam – o Dez-vezes-por-dia morrera no instante em que Louis se apossara dele –, decidi escrever um livro, ou melhor, memórias. Deixar um vestígio escrito, em todo caso. É a esta vontade súbita que vocês devem as páginas que estão lendo atualmente.

Quanto ao meu tema, que eu pressentia que iria me levar para territórios desconhecidos, ele seria esta história, a minha, a de uma mulher que usa seu corpo para arrancar dos homens de sua vida os segredos que os subjugam. Ou como o sexo pode ser tornar um filtro da verdade, um revelador.

Escrevi as primeiras palavras, depois as primeiras linhas, chegando perto de uma página inteira, enquanto o trem se aproximava do litoral: *Nunca fui daquela categoria de mulheres que afirmam que todos os quartos de hotel se parecem. Que não passam de um único e mesmo espaço anônimo, sem classe ou personalidade. Uma espécie de túnel frio, com estilo uniforme, que oferece um conforto padrão até o dia seguinte.*

Por sorte, em Saint-Malo o céu estava fechado e cinzento, e o festival Étonnants Voyageurs, que anualmente reúne escritores, aventureiros e cineastas do mundo inteiro, tinha terminado há vários dias. Graças à conjunção dos dois fatores, consegui achar um quarto de hotel vazio assim que saí da estação, num estabelecimento completamente novo, com vista. Caminhando pelo cais para chegar ao hotel, pude apreciar mais uma vez o ar revigorante da região, onde a mais suave brisa trazia um forte cheiro de sargaço.

A grande peça em L, decorada em estilo lounge dos mais sóbrios, contradisse o primeiro capítulo do meu relato. Impossível ser mais impessoal do que este quarto, e eu penei para lhe atribuir a menor lembrança. Pouco me importava. Estava cansada. Bastou me enfiar debaixo da colcha grossa e um sono profundo me engoliu por uma noite inteira, repouso percorrido por sonhos e lembranças herdados de um outro quarto. Sonho após sonho, eu me vi de novo no quarto 1, cada um de seus quadros detalhando nossas posições favoritas, espécie de *Kama Sutra* onírico. Uma vez eu gozei com ele por trás, graças a movimentos precisos. Outra vez, estávamos mergulhados num 69 sem fim, cada um de nós levando o outro à beira do orgasmo, suspendendo de repente as carícias para prolongar por mais alguns segundos o suplício de sua iminência.

Algumas horas de um desfile como esse e eu acordei molhada, com o baixo-ventre palpitando de desejo insatisfeito.

– Bom-dia, senhorita, posso lhe servir café ou chá?

A moça que se inclinava sobre a minha mesa de café da manhã me dirigiu um sorriso inexpressivo de coelho de olhos desbotados. Ela parecia literalmente suspensa à espera da minha resposta.

– Chá, por favor.

– Teve sorte, o tempo está bom esta manhã.

Os raios vivos que desenhavam sua fina silhueta contra a luz dançavam em volta dela. Quanto à sorte... era mais difícil compartilhar seu otimismo.

– Sim... – concordei sem entusiasmo.

– É sua primeira visita a Saint-Malo?

Droga, fui topar com uma dessas funcionárias que as cadeias de hotelaria contratam por sua capacidade de cumprir à risca as regras de serviço ao cliente, com suas frases decoradas: Bom-dia, Bem-vindo, Como posso ajudá-lo?

– Não. Minha família é de certa maneira da região – eu menti sem lhe dar tempo de engatar o ponto seguinte da sua lição. – Você sabe a que horas abre a prefeitura?

– Sim. Durante a semana abre às 8:30.

Uma turista não ter outro centro de interesse senão a administração local não estava previsto na sua aprendizagem, e ela me deixou tranquila. Voltou carregada com um pesado bule metálico fumegante e despejou a água quente sem mais uma palavra.

Ao menos ela era bem informada, uma vez que às 8 horas em ponto eu entrei no majestoso pátio da prefeitura, instalada no palácio renascença da cidade fortificada.

– O que quer?

A funcionária do registro civil pareceu-me o oposto exato da garçonete do hotel: baixinha, velha, morena e tão antipática quanto a outra era simpática. Não havia frases educadas ali. Apenas a mesma pergunta, o olhar sobrenadando por cima dos óculos meia-lua caídos no nariz.

Decidida a não me deixar abalar por tal atitude e a levar minha investigação sobre os Barlet até o fim, eu lhe estendi a certidão de nascimento que sua seção – talvez ela própria – me enviara.

– Bom-dia... Gostaria de que a senhora confirmasse que este documento está conforme com o original.

– O que é? – ela perguntou, esboçando uma cara de mau humor.

– É a cópia de uma certidão de nascimento.

– Não é você, isto? – ela declarou, apontando o nome, suspeitosa.

David Barlet: a menos que ela fosse de fato míope, era difícil me atribuir tal nome.

– É meu futuro marido.

– Sei... E você tem uma prova? Um documento de família?

– Não. Mas posso lhe mostrar nosso contrato de casamento.

Eu estava inspirada ao decidir trazer comigo todos os documentos em meu poder, inclusive os que não deveriam mais ser úteis depois. Ela deu uma rápida olhada na página das assinaturas, dentre as quais minha rubrica falsa, e desapareceu sem uma palavra, aparentemente tranquilizada. Reapareceu alguns minutos depois, arrastando ostensivamente os pés e a carcaça curvada, esgotados por várias décadas de papeladas e tédio.

– Está conforme.

– Em todos os pontos? Mesmo os pais de...

– Está conforme, estou lhe dizendo – ela me interrompeu, tão cortante quanto uma folha de papel. – Não há trinta e seis maneiras de estar conforme.

Nem pensar em contrariar este tipo de burocrata.

– Obrigada, a senhora é muito amável – agradeci com deferência.

Fingi me afastar, depois voltei na mesma hora para a mesa dela.

– Se não fosse abusar da sua gentileza...

– O que é? – ela rosnou.

Àquela hora da manhã, eu era a única usuária do serviço. Prolongando minha visita, eu não penalizava ninguém a não ser ela mesma e sua vontade manifesta de dormitar em cima da sua papelada.

– A senhora também cuida dos atestados de óbito?

– Sim.

– Seria possível verificar se consta um nome?

– Qual nome?

– Delbard.

– É parente seu?

– Não... – admiti, com dificuldade para mentir. – É a mãe da ex-mulher do meu marido.

Ela me contemplou um instante, o olhar torto e o cérebro nebuloso. Mas ainda que minha investigação fosse ilegítima e incongruente, eu via que ela estava pronta para concordar com todas as minhas demandas se isso lhe permitisse se livrar de mim rapidamente.

– Sabe o nome de batismo?

– Infelizmente não... – lamentei com um movimento de cabeça.

Ela bateu a toda velocidade no teclado, depois suspendeu os dedos nodosos:

– Não tem nenhuma ideia do período em que ela faleceu?

– Pode ser entre o começo dos anos 1970 e agora.

– Com isso... – ela resmungou entre os dentes.

Eu vasculhei minha memória à cata de um detalhe que pudesse facilitar sua tarefa, recolhido durante minha estada precedente na região. Não encontrei nada mais pertinente do que:

– Delbard deve ser seu nome de casada.

– E o nome de solteira?

– Não tenho ideia. Mas o nome do marido era Jean-François. Ele faleceu em 2005, se não me engano.

– Jean-François Delbard, o tabelião?

Ela franziu o cenho, curiosa.

– Sim.

Nada de surpreendente, numa cidade de província deste tamanho, que tal notabilidade fosse conhecida dos funcionários da prefeitura. Após novos batuques no teclado semiapagado, ela enunciou com uma voz átona:

– Tenho aqui uma Florence Delbard, nascida Montroriser, que se casou com esse senhor em 1965.

– É ela! – exclamei com um certo excesso de entusiasmo.

– Mas, de acordo com meus registros... ela ainda está viva.

Disse isso como se o resultado fosse me decepcionar. No entanto, fora a melhor notícia que tinham me dado até este dia, no âmbito da minha investigação. Finalmente uma testemunha chave da juventude de David, Louis e Aurore! Finalmente um de seus próximos que escapara da morte...

Não abusei de sua paciência e desisti de lhe perguntar se dispunha de um endereço recente associado ao nome. Mas estava escrito que a sorte favorecia minha investigação, pois Florence constava no catálogo que eu consultei em um dos computadores de livre acesso no saguão da prefeitura.

O beco das tílias era uma pequena rua sem saída e sem encanto particular, no bairro residencial de Paramé, cerca de dois quilômetros a leste do centro de Saint-Malo. Como o tempo se mostrava clemente a despeito de um vento do norte que não parava de soprar, eu escolhi ir a pé pelo longo caminho à beira-mar. Mesmo com bom tempo, como neste dia, a orientação para o norte expunha este trecho de litoral a um vento frio, que temperava o verão mas congelava o resto do ano.

Enquanto caminhava, eu observava as variações sutis da cor do mar que, segundo a distância da margem e a luz, ia de um verde-esmeralda quase translúcido até um verde-escuro metálico.

No número sete erguia-se uma pequena casa geminada, parecida em todos os pontos com suas vizinhas de alinhamento, paredes de granito e telhado de ardósia. Insisti durante uns dois minutos apertando a campainha sem obter nenhuma resposta, nem notar o menor movimento no interior da casa. Tentei então minha sorte no número cinco, de onde uma senhorinha de rolinhos na cabeça e avental acabou saindo.

– Bom-dia, senhora – saudei exibindo meu mais simpático sorriso.

– Você é a mocinha da associação?

– Não. Eu vim visitar a sra. Delbard, sua vizinha. Mas pelo visto ela não está...

– Ah, é possível. Não a vemos com frequência.

Claramente tranquilizada por este primeiro contato, ela desceu a escada e se aventurou até o portão, onde pareceu me distinguir com mais precisão. Não conseguiu dissimular uma forma difusa de assombro, assinalado por um franzir curioso dos olhos.

– Você é da família? Você é uma sobrinha, não?

– Sim – blefei.

– Não avisou a ela que vinha?

– Não... cheguei de surpresa.

– Você não teve sorte. Ela quase não sai de casa... salvo para ir ver o marido em Rocabey, claro.

Por já ter frequentado o cemitério e ter parado diante do túmulo da família Delbard, eu sabia a que ela estava se referindo.

Eu a deixei com grandes agradecimentos, me esquivando a tempo de suas próprias perguntas, e tomei a direção de Rocabey, desta vez pelas avenidas interiores, grandes artérias burguesas ladeadas de casas do início do século XX, protegidas das rajadas de vento mais violentas. Acima de mim, pequenas nuvens rasgavam o céu límpido com a velocidade de estrelas cadentes.

Da entrada do cemitério e sua guarita de granito cinzento, eu reconheci o coveiro, um homem na casa dos 40 com enormes tufos de barba lateral e mãos constantemente segurando os braços de um carrinho de mão cor de laranja. Eu lhe fiz um pequeno sinal com a mão, e ele se aproximou imediatamente.

– O que posso fazer pela senhorita?

Evidentemente, ele não estava me reconhecendo, mas minha visita com Sophia precedente datava de mais de um ano.

– Eu queria saber se o senhor conhece uma sepultura com o nome Barlet.

– Barlet? Como o Barlet que a gente tem visto na TV estes dias?

Ele quase forçava o tom áspero de camponês.

– Isso mesmo – confirmei.

Enquanto falava, tirou um caderninho amarrotado do bolso interno da capa de chuva, manchada aqui e ali de terra, e começou a consultá-lo com um dedo que ele umedecia a cada folha.

– Achei... Barlet. E17. Por ali – disse ele, apontando para a esquerda com um indicador encardido. – Eu a acompanho, se quiser.

Ele me abriu um sorriso desdentado e me guiou com um passo pesado através do dédalo geométrico das alamedas, sem jamais largar o carrinho, como Caronte, inseparável do seu barco. Mas o comércio assíduo dos mortos não parecia afastá-lo dos vivos. O empenho com que bancava o cicerone provava, ao contrário, sua afeição espontânea por tudo que manifestava uma parcela de vida. Assim, ao vê-lo desviar-se de uma minhoca que ondulava sobre o solo lamacento à mercê de suas pesadas botas de chuva, com uma delicadeza de rapazola, eu pensei comigo mesma que ele devia desviar-se do caminho todos os dias, considerando a densidade de populações rastejantes no local.

– André e Hortense Barlet – declarou, apontando uma sepultura sóbria, mas cujo brilho da inscrição dourada deixava pouca dúvida sobre a qualidade de seus ocupantes.

– Só tem os dois?

O homem folheou de novo o bloquinho amarfanhado com um gesto brusco, depois ergueu para mim seus olhos de cachorro velho.

– Aparentemente, sim... Não devia ser gente da região. Normalmente, aqui, as campas acolhem gerações de uma mesma família.

Com efeito, os Barlet tinham escolhido Saint-Malo e seu entorno para estabelecer seus domínios de verão tão logo sua fortuna crescente tinha permitido. Mas, como Armand tivera o cuidado de me explicar há muito tempo, suas origens se situavam mais ao sul, na região de Nantes.

A lápide não mencionava senão os anos de nascimento e de morte dos ocupantes. Nem dia nem mês. Mas um detalhe me chamou a atenção: o ano do desaparecimento dos esposos Barlet era idêntico: 1990.

– O senhor não teria a data exata da morte deles?

– Hum... sim. E isso não é comum, aliás.

– Por quê?

– Os dois morreram no mesmo dia, 6 de julho de 1990.

– Tem certeza?

– A menos que as senhoras da prefeitura tenham me contado lorotas...

– As funcionárias do registro civil?

– Sim. Mas eu não vejo razão para elas se divertirem com isso.

Revi por um instante a cara amarrada da que me recebera naquela mesma manhã, e não tive muita dificuldade para imaginá-la fazendo brincadeiras de mau gosto com um espírito tão cândido como o dele.

Contudo, se ela falara a verdade, só podia haver uma única causa para tal conjunção dramática, e ela seria necessariamente acidental, uma vez que reunira dois indivíduos distintos em um só e mesmo acontecimento trágico. Eu me lembro que Armand tinha sido muito evasivo sobre as circunstâncias da morte de André e Hortense. Notei finalmente que ela ocorrera pouco mais de seis meses após a morte de Aurore. Os dois episódios estariam ligados? Ou a má sorte se abatera naquele ano sobre David e Louis com uma constância cega?

– A data deve estar certa – tranquilizei-o. – O senhor não sabe como eles perderam a vida?

– Não... na época eu tinha 18 anos. Eu não me interessava por esse tipo de notícia.

Seu olhar então mergulhou no meu traseiro apertado num jeans bem simples, como para ilustrar seu pensamento e me dar a entender que eu não o deixava totalmente indiferente. Mas foi feito com tanta ingenuidade, uma espontaneidade tão surpreendente, que eu não fiquei chocada.

Desde que Louis pousara seus olhos no meu corpo não trabalhado, depois suas mãos, eu passara a perceber melhor a atenção dos homens. A atração manifestada por Louis abria caminho para os desejos latentes dos outros homens. E o fato de eu não corresponder em nada esgotava o fluxo constante ao qual me habituara pouco a pouco, meio irritada, meio lisonjeada, um pouco mais segura do meu domínio sobre eles do que no tempo em que me julgava transparente.

Um dupla vibração na minha bolsa pôs um termo nessa reflexão. A mensagem vinha de Louis, como algo proposital. Mas, embora eu esperasse uma palavra de amor, uma mensagem agradecida pelo que ele obtivera de mim na véspera, recebi as informações práticas seguintes:

Elle & Louis
login: elleelouis
senha: hoteldescharmes

À guisa de declaração, eis que ele me fornecia a identificação para que eu mesma publicasse no blog. Ele achava que aquilo tinha algum interesse para mim?

Com exceção do coveiro libidinoso e eu, o cemitério estava deserto. Nada surpreendente num dia de semana, àquela hora da manhã. Por isso, a pequena silhueta que atravessou a série de túmulos, prudentemente vestindo uma capa de chuva amarela desbotada, atraiu minha atenção.

– Bom... se você não precisa mais de mim, eu já vou – disse meu guia, num tom vagamente decepcionado.

– Sim, claro. E muito obrigada.

– Bom-dia!

Ele me gratificou com um último sorriso esburacado e se dirigiu à entrada empurrando seu carrinho de mão, e logo foi engolido pelas fileiras de mármore cinzento.

A capa de chuva amarela continuou por um momento sua progressão, depois me pareceu que parava não longe do túmulo dos Delbard. Como eu me aproximava, pude distinguir com mais precisão a silhueta encapuzada, uma senhora baixinha e loura, já avançada na casa dos 60 anos. Ela deve ter percebido minha ida na sua direção, pois lançou um olhar temeroso e apressou o passo através das alamedas quando eu gritei para ela finalmente:

– Senhora! Senhora, por favor!

Quando tentei chamá-la outra vez, ela dobrou a velocidade, como uma avezinha assustada. Percebi distintamente o gesto de negação que ela fazia com a mão, como quem espanta um inseto ou uma imagem inconveniente.

– Sra. Delbard?

14

30 de maio de 2010

Ponham-se por um instante no lugar dela: a filha, morta há mais de vinte anos, reaparece de repente no cemitério onde repousa! Seu espectro não foi alterado, roído pelo tempo e pelos vermes, nem mesmo envelheceu, mas, ao contrário, exibe os mesmos traços graciosos e juvenis que você conheceu no momento em que ela partiu. Um fantasma perfeito, tão denso e encarnado quanto o original, que fala e lhe persegue quando você tenta fugir dele. Um fantasma que possui todos os atributos dos vivos. Bem mais do que um vulgar ectoplasma: uma sósia!

– Sra. Delbard, eu gostaria de lhe dar uma palavrinha.

Baixinha e gorducha, a mulher da capa amarela não andava muito depressa. Cheguei rapidamente junto dela e segurei seu braço para tentar fazê-la parar.

– Me solte!

– A senhora é Florence Delbard?

– O que é que você tem com isso? – ela rosnou.

Sua ausência de negação soou como uma confissão.

Ela foi acometida por uma leve convulsão, insuficiente contudo para liberá-la da pressão de minha mão. Mas ela estava virada para mim, e eu pude finalmente observá-la. Não podia ser mais diferente da filha, e portanto de mim mesma. Pequena, redonda e corada, tinha um rosto quase tão oval como uma bola de rúgbi, parecendo esmagado nas extremidades. Os cabelos louros e lisos eram cortados desgraciosamente em cuia, o que, aos meus olhos, só fazia inchar ainda mais suas feições já estufadas.

– A senhora não sabe quem eu sou... mas sabe com quem eu pareço, não é?

Soltei minha mão, convencida de que ela não tentaria mais me escapar, a curiosidade agora mais forte do que o medo. De fato, minha provocação acertou na mosca, mas ela não deu uma palavra e se limitou a olhar para mim, com os olhos arregalados de estupor, vermelhos de lágrimas contidas.

– Aurore morreu – balbuciou, como para melhor se convencer.

– Eu sei. E não vim aqui para assustá-la...

– Por que está aqui então? Quem é você?

Ela continuava alerta, mas compreendi que eu havia transposto inteiramente a primeira cortina de sua desconfiança. Se não quisesse vê-la evaporar-se outra vez, precisava rapidamente estabelecer nossa conversa em terreno conhecido e mencionar referências às quais ela pudesse se agarrar.

– Eu me chamo Annabelle, Annabelle Lorand. Conheci os irmãos Barlet há pouco mais de um ano. Enfim, digamos que foram eles que me acharam. Acho que a senhora compreende por quê...

Embora ela tenha permanecido muda, seu olhar aquiesceu com um piscar de olhos incrédulo.

– Quase me casei com David. E estou agora prestes a dar o sim a Louis. Mas antes... eu gostaria de lhe fazer algumas perguntas. Não vai demorar muito tempo. Prometo.

Seu olhar escapou para as alamedas vizinhas, como se uma saída mágica fosse de repente se abrir para ela poder saltar e escapar da minha insistência, tão arisca quanto o coelho de Alice. Terminou aceitando meu convite, com um ricto contrito:

– Tudo bem... mas só alguns minutos...

A avenue Moka não tinha nada a ver com o nome, pois não havia nenhum café, bar ou restaurante nas proximidades. Seguindo as indicações de Florence Delbard, nós percorremos trezentos ou quatrocentos metros até chegar perto da estação, e terminamos no Relais, um botequim simples, com toldo verde-garrafa e logotipo de uma obscura marca de cerveja.

Sentadas diante de nossos cafés, permanecemos silenciosas vários minutos. Florence Delbard parecia ainda estar na defensiva e pronta para arranjar o menor pretexto e se eclipsar para longe. Eu sentia que a menor palavra, a menor evocação dolorosa no seu ouvido bastariam para fazê-la se fechar como uma concha, e eu não obteria mais nada dela. Era preciso pesar cada uma de minhas palavras, mas também surpreendê-la, abordar os temas indiretamente, e não de frente... Então eu me arrisquei, logo após um gole fervente do líquido castanho:

– Ela não era muito parecida com a senhora...

– Como?

Ela pareceu arrancada de um sonho.

– Aurore e a senhora... vocês não têm muita coisa em comum fisicamente.

– É verdade – ela concordou, como se isso lhe fosse doloroso.

Procurei suavizar aquela abordagem demasiado brutal.

– Com seu marido, talvez?

– Não... também não.

Aquela confissão ensejava outras, mas estava claro que qualquer forçação da minha parte me faria ser dispensada sem delongas, nem segunda chance.

O sol, que tinha desaparecido por trás de um grupo de nuvens, surgiu outra vez e atingiu toda a superfície da fachada à qual nossa mesa estava encostada. Com os raios vivos, seus olhos me pareceram mais brilhantes do que o normal. Os soluços não tinham se afastado, como eu acreditara. Estavam ali, bem perto, ela estava prestes a se desmanchar em lágrimas e a afogar nelas seu precioso testemunho.

– Às vezes, as semelhanças saltam gerações. Eu, por exemplo, eu...

– Não há geração que sirva no caso de Aurore – ela me cortou. – Nós a adotamos.

Ela tirou da bolsa um lencinho bordado com uma minúscula guirlanda de flores violeta e assoou o nariz com a discrição de um camundongo.

Adotada. Era a única explicação lógica. Adotada, como eu supunha que David também tinha sido pelos Barlet.

Creio que Florence Delbard percebeu minha intenção de não iniciar imediatamente as perguntas que me queimavam os lábios. De deixá-la confessar o que transbordava do seu coração, na ordem que surgisse e no ritmo que lhe conviesse. Eu apenas permitira que a rolha do esquecimento saltasse; cabia a ela agora servir o vinho.

– Nós não podíamos ter filhos, Jean-François e eu. Na época, as técnicas de procriação assistida não existiam.

Este detalhe reavivou a lembrança deixada por um documentário que eu vira alguns meses antes na TV, cujo tema era Amandine, o primeiro bebê de proveta francês, nascido no começo dos anos 1980.

– Se quiséssemos a qualquer preço um filho, não havia outra saída senão a adoção.

– De todo modo... a burocracia devia ser mais simples do que hoje, não?

Eu tinha sobre o assunto uma imagem antiquada, a imagem tranquilizadora de orfanatos limpos e bem mantidos, onde abundavam cabecinhas louras cuidadosamente penteadas que esperavam seus futuros papais e mamães, em algum lugar no refúgio verdejante de uma província francesa. Eis a adoção tal como eu a imaginava nessa época.

– Oh, não, não acredite nisso... sobretudo se quiser adotar na França uma criança de pouca idade. Nós obtivemos o consentimento muito depressa, em alguns meses... mas foi preciso o triplo de tempo para achar uma criança que correspondesse aos nossos desejos. Nós desejávamos adotar uma criança com menos de 3 anos.

– Que idade tinha Aurore, quando vocês... *a encontraram*?

– Tinha 7 anos. Fazia vários anos que fora abandonada no orfanato mais próximo de Saint-Malo.

– Ninguém a escolhera?

– Não. No entanto, se você a tivesse visto naquela idade... Ela era tão bonitinha!

Nada mais fácil de imaginar do que a carinha da pequena Aurore: bastava pensar nas minhas próprias fotos da infância.

– Como a senhora explica isso?

– Eu não explico. Como eu lhe disse, a maioria dos pais adotivos buscam crianças pequenas. Passados dois ou três anos, suas chances de adoção diminuem, e elas podem ficar vários anos nesse tipo de estabelecimento sem que ninguém vá pegá-las.

– Seria possível que ela tivesse passado algum tempo em famílias de acolhimento?

– Isso acontece, claro, mas não foi o caso dela. Em Saint-Broladre teriam nos dito.

Saint-Broladre era o nome de uma pequena comuna situada entre Cancale e o monte Saint-Michel, a uns trinta quilômetros de Saint-Malo, onde se situava o principal orfanato da região na época.

– O que lhe disseram sobre as razões da chegada dela?

– Francamente... não muita coisa. Naquele tempo, as regras exigiam que não se divulgasse a identidade completa da criança aos seus novos pais, nem as circunstâncias que a tinham transformado em órfã. Tudo que soubemos de Aurore é que ela estava lá há cinco anos. Nós a aceitamos, ainda que ela fosse mais velha do que os critérios que estabelecêramos.

Cinco anos! Cinco anos intermináveis. Cinco anos de dormitório, de promiscuidade e falta de amor. Os anos que todos os psiquiatras da infância designam como os formadores da personalidade e cujo desenvolvimento molda para sempre o ser que nos tornaremos.

– Quando a viu pela primeira vez, que impressão ela lhe deu? Psicologicamente, quero dizer. Não a achou perturbada? Agressiva?

As observações de Armand e de Louis a respeito dela ressoavam de uma maneira nova: a depressão de Aurore, sua síndrome de borderline, suas crises frequentes...

– Não de todo, não. Era uma menina bem fácil até. Sempre contente, sempre disposta a tudo. Um verdadeiro anjinho.

Um perfil que não condizia com a órfã abandonada por cinco anos, nem com a moça perturbada que os Barlet me descreveram.

Aurore teria enganado os novos pais, com medo de ser rejeitada mais uma vez? Ou algum acontecimento teria reativado seus velhos traumas, muitos anos depois? O encontro com David e Louis, depois o conflito que ela reavivara sem querer entre os irmãos Barlet, poderia ser a causa que a levara a gestos extremos?

O final da manhã se aproximava. Adivinhava-se pelos cheiros que vinham da cozinha e pairavam na sala, cheiros de louro e carne na brasa, e pela mudança da cor dos líquidos despejados nos copos. Um grupo de operários da obra vizinha, a midiateca em frente da estação, irrompeu batendo os pés com barulho, soltando gargalhadas tonitruantes.

– Ei, Zé! – gritou um homem com sotaque português acentuado. – Qual delas é a sua mulher?

Nós éramos as duas únicas mulheres da espelunca, e Florence Delbard ficou rubra de repente.

– Ele me disse que preferia as louras, hein!

Os risos redobraram, satisfeitos com o efeito que suas brincadeiras tiveram na mais velha de nós duas.

Um dos pedreiros, o mais velho do bando, de rosto emaciado e têmporas grisalhas, talvez o famoso Zé, avançou para nós e inclinou brevemente a cabeça:

– Me desculpem, senhoras...

– Não foi nada – cortei, com um sorriso forçado nos lábios.

– Eles precisam relaxar. Um homem morreu semana passada na obra.

Mas eu via bem que essas explicações não bastavam para descontrair minha interlocutora. Se o homem não tivesse obstruído a passagem, ela teria saído correndo.

– Um morto? – fingi interessar-me.

– Um senhor muito velho. Noventa anos ou mais. O caminhão fazia marcha a ré e não o viu...

– Oh... – murmurei, num impulso espontâneo de compaixão. – É triste.

– Muito triste. Por isso é que eles estão precisando se divertir.

– Compreendo – disse eu, tentando despachá-lo.

Ele apontou nossa mesa com um movimento circular do indicador.

– E seus cafés... são por minha conta.

– Não, não há razão – eu me insurgi.

– Sim, sim. Eu insisto.

Ao virar de costas, ele me apresentou um perfil esguio, seco, quase esquelético, mas que não deixava de me lembrar um outro homem. Era um dos poderes de Louis, aparecer em toda parte, de maneira fugaz ou mais persistente, nos traços de alguma fisionomia alheia, como uma máscara passando de rosto em rosto. Então eu me consolava um pouco de sua ausência ao imaginar sua figura à minha volta.

A miragem não durou mais do que um segundo, mas mesmo assim o flash teve tempo de desenvolver um roteiro completo. Assim, eu me vi deixando meu lugar e seguindo o homem de macacão de obra manchado de tinta e cimento até o banheiro sujo, onde ele se dirigiu sem hesitar para a única cabine fechada. Ele se virou para mim e me abriu o sorriso tão familiar de Louis. Ele me esperava, com uma mão pousada na braguilha, pronta para abri-la. Eu entrei, me encostei nele e acompanhei seu gesto, vasculhando febrilmente dentro da sua calça larga. Ele já estava em ereção, e eu não fiz nenhum esforço para botar o membro duro para fora do seu nicho, de onde ele brotou com um movimento seco, tão brusco que já saiu destapado, revelando uma glande inchada e um pouco úmida. O cheiro forte que se desprendeu, um odor acre, quase apimentado, me atraiu irremediavelmente para ele. Como já havia feito no banheiro do Antiquaires, eu me ajoelhei e pus os lábios na bola de carne violeta, intumescida de desejo.

Mas tão logo comecei a trabalhar seu pênis, com a boca entreaberta, disposta a acolhê-lo inteiro, ele empurrou minha cabeça com uma palma da mão firme:

– Assim não...

– Eu quero você! – suplicava a onda de tesão que inchava no meio das minhas pernas.

– Nós também... nós todos queremos você.

Então, três dos rapazes entraram no pequeno banheiro ladrilhado e empurraram a porta da nossa estreita cabine, brandindo os cacetes na mão. Como bons operários, esperavam o sinal do seu mestre de obras. O falso Louis me virou para eles, dispondo de mim como um brinquedo, e aplicou um empurrão decisivo nas minhas costas que, associado à mão que ele passou sob o meu ventre, teve o efeito de dobrar minhas costas e lhe oferecer as nádegas. Não tive tempo para uma contestação. Ele enfiou em mim a verga, longa coluna de concreto avançando na minha vagina com sua rudeza de pedreiro.

No mesmo instante, a vara um pouco torta de um negro imenso forçou o acesso na minha boca. Os dois homens não se coordenavam, mas mesmo assim me parecia que seus vaivéns respeitavam um ritmo alternativo, um metendo enquanto o outro se retirava, surpreendente balé de estocadas que me levavam à explosão. Mas como eu me sentia à beira do orgasmo, eles me deixaram ao mesmo tempo, e seus dois companheiros vieram imediatamente preencher os vazios que gritavam de fome dentro de mim. Os novos ocupantes eram ainda maiores, mais duros e mais musculosos do que os precedentes. Eu nem queria saber quantos dias de trabalho e de suor eles traziam consigo. Eu os lavava com meu contato.

Acreditei escutar o sósia de Louis exortá-los:

– Andem, rapazes! Fodam ela toda!

O encorajamento desencadeou um furor bárbaro contra meus dois orifícios, que já ardiam e deixavam escorrer um mesmo suco adocicado.

Os intrusos se dilataram no mesmo momento do influxo que não engana, acompanhado de grunhidos que anunciavam seus gozos iminentes. Então, disciplinados como se respeitassem uma instrução, retiraram-se de dentro de mim e espalharam grandes jorros espessos e translúcidos na minha bunda, nos meus lábios e no meu rosto, seus néctares na mesma hora acompanhados dos néctares de seus colegas que acabavam de se masturbar soltando gritos de animais saciados.

Eu não tinha gozado, mas me sentia tão excitada por tê-los conduzido ao prazer...

A silhueta do mestre de obras, que se apagava na luz crua do lado de fora, me trouxe de volta à realidade. Como eu podia me deixar invadir por tais imagens enquanto ouvia confidências tão importantes?

Quando o homem chegou ao balcão, acolhido como campeão pelos colegas – Ah, pelo visto as preferências do Zé mudaram, aparentemente! – eles exclamaram –, a sra. Delbard levantou-se e pareceu que ia me deixar entregue à alegre trupe.

– Espere! – eu a retive com a mão.

Ela estacou, dando tempo para eu pegar meu celular e abrir a foto no visor. A árvore de Natal apareceu, quase tão nítida quanto na imagem original. Distinguia-se perfeitamente David criança. Eu virei a tela e a sra. Delbard observou com um olhar sem vida.

– A senhora reconhece este menino?

Seus olhos riscados de pequenas veias sondaram meu olhar, como se ela procurasse determinar que armadilha eu lhe preparava.

– É David Barlet – admitiu a contragosto.

– E aqui... Esta criança desfigurada?

Cada segundo que passava, ela perdia um pouco mais de segurança.

– Não, eu... – ela franziu as sobrancelhas.

– Poderia ser sua filha?

– Não! – ela se agitou, pronta para forçar minha precária barragem. – Não vejo por que eles apareceriam juntos numa foto de antes do orfanato!

Ela se descontrolou, subitamente consciente da inacreditável confissão que acabara de deixar escapar. Traíra-se sozinha, sentindo necessidade de falar. Certa da minha intuição, prossegui o interrogatório:

– Está querendo dizer que eles se conheciam antes do início de sua história amorosa?

Sentindo-a próxima do nocaute, fui ajudá-la a se sentar. Ela se deixou ajudar sem resistência, uma grande lágrima correndo pela face escarlate e gorda, parecida com a de uma boneca de porcelana.

– Eles se conheceram em Saint-Broladre. Sim... – ela murmurou com uma voz estrangulada. – Os dois são órfãos.

Eis que se elucidava de uma vez por todas a diferença de idade improvável entre os irmãos Barlet. Eis que se esclarecia também, e era crucial, a ligação neurótica de David com Aurore, a ponto de ele oferecer à cópia dela a felicidade que a própria não conheceu.

– Está querendo dizer que eles passaram a infância juntos?

Ela fez que sim com a cabeça, em silêncio, visivelmente imersa em sonhos obscuros.

– A senhora sabe quanto tempo eles viveram juntos?

Pois cada ano compartilhado naquele local de miséria e sofrimento tinha contribuído para consolidar o afeto que os unia. Agora eu percebia que eles tinham se ligado um ao outro como dois siameses, pela mesma dor.

Abatida, Florence Delbard agitou a mão para me indicar que estava esgotada, e saiu do café sem que, desta vez, eu tentasse nada para retê-la. Era evidente que eu não obteria nem mais uma palavra sua. A fotografia da árvore de Natal conservaria o seu mistério inviolado.

15

31 de maio de 2010

A lição essencial do jornalismo não se aprende na escola. Mesmo meu professor bigodudo mantinha a respeito um silêncio culpado. O preceito é simples, cabe numa frase: a realidade não é sua amiga. Em nenhum caso, de maneira nenhuma.

Logo que começamos na carreira, repletos de sonhos com furos jornalísticos e manchetes nas primeiras páginas, acreditamos ingenuamente que os fatos são um grande pomar cujos frutos maduros cairão espontaneamente nas nossas mãos antes de se arrumarem comportadamente no nosso artigo. Mas nada poderia ser mais falso. A verdade resiste. Ela se rebela, nos afronta, procurando por todos os meios nos escapar. A realidade de campo, como reza o jargão da profissão, é um gigantesco *trompe-l'œil*, onde biombos de ilusão se erguem como se fossem obstáculos.

O desse dia me pareceu intransponível:

– Saint-Broladre?

A funcionária do departamento regional de saúde e assuntos sociais de Ille-et-Vilaine pareceu surpresa do outro lado da linha:

– Não é o principal orfanato da região?

– Foi há muito tempo, senhorita. Ele fechou as portas há mais de vinte anos!

Obstáculo número um.

– Ah, mas ainda dá para consultar seus arquivos?

– Eles estão aqui, como tudo que diz respeito às questões de família e adoções do departamento.

– Entendi. E seria possível consultá-los?

– Tudo depende do que está procurando. Eles estão aqui, em Rennes.

– Estou procurando os registros de duas crianças que viveram no Saint-Broladre nos anos 1970.

– São os seus pais?

Eu omitia frequentemente este detalhe: a diferença de idade entre mim e Louis e David se prestava facilmente a tais confusões. Adiantaria eu mentir para ela? Eu imaginava que, chegado o momento, eu teria que justificar minha identidade. A fraude se evidenciaria por si própria.

– Não, mas um dos dois é meu cunhado.

– Nesse caso, não posso fazer nada por você. A menos que apresente uma ordem judicial, obviamente.

Obstáculo número dois.

Suspirei profundamente, antes de recuperar o controle e prosseguir a ofensiva.

– Só uma pergunta: o que aconteceu com o orfanato?

– O prédio?

– Sim. Ele ainda existe?

– Creio que foi abandonado. Vários projetos quiseram transformá-lo em hotel de luxo. Mas não foram adiante, e o edifício é agora uma ruína sem uso. É uma pena, um conjunto arquitetônico tão bonito...

Algumas pesquisas na internet, efetuadas à noite, me informaram que, com efeito, o pensionato Saint-Joseph, tal como fora batizado pelas irmãs franciscanas que o construíram no começo do século XX, era composto de um edifício em estilo típico de Nord-Pas-de-Calais, de onde sua comunidade era originária. Vários cartões-postais antigos permitiam apreciar a majestade do grande pátio interior e do campanário no alto do edifício principal.

Depois da partida precipitada de Florence Delbard, passeei a pé durante boa parte da tarde pelo bairro de Rocabey, percorrendo suas avenidas desertas, remoendo as informações que a mãe adotiva de Aurore me dera.

Caminhar não tinha como único efeito me distrair, mas permitia também organizar os pensamentos com mais clareza na minha cabeça. Por duas vezes, inclusive, entrei em cafeterias para matar a sede e para me sustentar com dois crepes doces enquanto registrava no celular os elementos recolhidos durante o dia.

Depois da mensagem contendo os códigos de acesso ao blog, Louis permanecera silencioso, sem que eu conseguisse determinar se ele estava respeitando a distância que eu estabelecera entre nós ou se ela lhe convinha, ao deixar o campo livre para suas atividades clandestinas.

Antes de voltar para o hotel, eu me sentei diante de um enorme poste de amarração pintado com uma camada de tinta preta já descascada. Eu me deixei hipnotizar pelo movimento das gruas nas docas da bacia Duguay-Trouin, a zona mais acessível do porto mercantil de Saint-Malo. Tudo parecia tão simples nesse jogo de cubos para gigantes. Tudo se encaixava tão bem, sem surpresa e sem armadilha.

O club sanduíche que pedi para me trazerem no quarto não se equiparava aos que Ysiam preparava para mim no Hôtel des Charmes, mas me proveu da plenitude e da calma às quais eu aspirava naquele momento. Depois de um banho reconfortante, envolvida num robe com cheiro de roupa lavada, liguei a tela plana em frente da cama e, mastigando a montagem de pão torrado e ingredientes suculentos, assisti ao noticiário com olhos distraídos. De repente, uma notícia por pouco não me fez engasgar com a mordida seguinte. Eu tossi fazendo barulho, com os olhos pregados no rosto do apresentador:

"– Dupla reviravolta no caso da galeria Sauvage-Barlet. Louis Barlet, irmão mais velho do diretor executivo do grupo audiovisual de mesmo nome, está de novo na mira da justiça. Seu indiciamento foi oficialmente anunciado esta tarde pelo Ministério Público em Paris. O motivo invocado: exposição de menores a conteúdo pornográfico e incitação deste mesmo público-alvo a práticas repro..."

Isso talvez explicasse o mutismo de Louis. A esta hora, ele devia estar preparando com seu advogado a contraofensiva, esmiuçando os detalhes do processo de acusação em busca de algum ponto a ser contestado.

"... prisão torna-se uma hipótese cada vez mais plausível no momento em que se descobre que ele já sofreu várias condenações por exibicionismo com agravantes."

O episódio do carro mencionado por David nada tinha, portanto, de ficção. Era um item nos registros policiais. O fato de meu futuro marido ter antecedentes criminais nada tinha de romântico, e eu não faço parte do grupo de mulheres que suspiram por bandidos.

Dei um grande gole de água com gás para tentar limpar minha garganta.

"Mas, segundo o site de notícias Mediattack, o que hoje complica Louis Barlet reside menos nesse passado nebuloso do que nas suas atividades atuais, que poderiam ser qualificadas de escandalosas..."

Eu derrubei meu copo ao descobrir, ao mesmo tempo que milhões de franceses, uma visão resumida do blog Elle & Louis.

Mas, diferentemente dos outros espectadores, Louis Barlet não soava para mim como a notícia do momento. Este homem que expunham à perseguição pública era o *meu* homem. *Meu* amor, e a mim cabia, mas só a mim, revelá-lo para melhor o amar. Como uma parte da minha pele, do meu DNA.

"Trata-se de um site na internet no qual o interessado exibe, sem nenhum disfarce, seus relacionamentos dissolutos com profissionais do sexo, chegando até a mostrar ao vivo os vídeos de suas relações..."

O auge do estupor foi alcançado quando o diretor da Mediattack, Alain Bernardini, surgiu na minha tela para comentar as revelações trazidas por seus jornalistas.

Ninguém menos que o professor que eu adulava quando era estudante, de quem eu respeitava acima de tudo a integridade e a liberdade de pensamento. Pois eis que ele se apresentava como um inimigo para mim. Decepcionada. Seu oportunismo e sua demagogia me deixaram atordoada.

Graças ao wifi grátis do hotel, pude constatar na mesma hora os efeitos devastadores de tal campanha difamatória nas redes sociais. Mesmo os comentaristas mais tolerantes, todos devidamente protegidos atrás de seus pseudônimos, deploravam a exibição da vida privada e os comportamentos depravados de Louis Barlet. Que ele tivesse uma vida dissoluta lhes parecia concebível, mas não que fizesse promoção dela para a juventude. Sem surpresa, Antoine Gobert e seus acólitos da APECEP se punham na frente das plataformas, cumprimentando-se pela primeira vitória contra o homem que simbolizava a decadência da nossa sociedade.

Penei para conciliar o sono nessa noite. Apesar do ar-refrigerado, uma febre tenaz envenenou meus sonhos, povoados sucessivamente por David, Bernardini, Gobert e Salomé, que os atiçava um depois do outro, a cada vez piscando para mim olhos zombeteiros. Veja, não é difícil fazê-los dizer o que você quer, ela parecia me dizer.

De manhã, decidi deixar o hotel e voltar para Roches Brunes, a casa da família Barlet em Dinard, do outro lado da baía.

O bom tempo se instalara, e a dezena de quilômetros que separava as duas cidades costeiras era um encantamento contínuo para os olhos, com o táxi seguindo pela estrada à beira-mar através de Saint-Servan. O motorista, que me deixou na extremidade ocidental da ponta de Malouine, na escarpa onde se localizam as suntuosas moradias dos anos 1900, pareceu se espantar com o fato de eu parar diante da casa abandonada, mas ele embolsou minha generosa gorjeta e se absteve de qualquer comentário.

Voltar ali poderia parecer mórbido, agora que eu sabia ser a sósia da que morrera junto da casa. Mas eu esperava descobrir outros elementos cruciais, como os que tinham me posto na pista dos Delbard. Por sorte, tive a ideia de trazer a grande chave enferrujada.

Como tinha feito um ano antes, comecei tirando um pouco da poeira do chão e do mobiliário e arejando os vastos cômodos. O vento do norte se infiltrou, fresco e regenerador quando não soprava o furor de suas tempestades.

Depois de um copioso café da manhã, decidi dispensar refeições a fim de dedicar o dia inteiro a uma exploração em regra da mansão, mais minuciosa ainda do que a efetuada com Sophia. Não negligenciei nenhum armário, nenhuma gaveta, a menor ripa do assoalho ou pedaço de parede que soasse oco, no caso de um esconderijo comparável ao do escritório de Louis. Cheguei a inspecionar várias vezes zonas particularmente suspeitas por natureza, como os quartos do andar de cima. Mas não havia nenhum tesouro, apenas algumas velharias sem interesse e bibelôs cujo valor se evaporara ao mesmo tempo que os ocupantes do lugar. É de se concluir que minha sagacidade e meus cinco sentidos não bastavam.

Na falta de novos elementos, decidi proceder a um novo exame das fotografias de família, pois eu guardava na memória as duas gavetas que tinham me resistido no ano passado. Como a casa não dispunha de nenhum instrumento mais adequado além de cabides ou facas cegas, fui até o depósito no fundo do jardim, do lado do mar, logo acima da pequena escadaria que levava à estradinha des Douaniers.

Era uma velha meia-água de granito e madeira, coberta com uma folha de metal enferrujado, bastante ordinária para o padrão da mansão suntuosa de que fazia parte. Na porta desprovida de fechadura, a presença de um cadeado forçado atestava um arrombamento. Deduzi que os objetos de valor provavelmente tinham desaparecido há muito tempo. Assim, eu só tive que puxar um batente para entrar no reino crepuscular que continha um inacreditável amontoado de objetos decrépitos. No meio da confusão, uma peça maior emergia, em torno da qual os empilhamentos instáveis pareciam ter se encostado ao longo dos anos. Tratava-se de um pequeno barco a motor de madeira envernizada, comparável aos célebres Riva dos anos 1950. Seu estado de deterioração era tamanho que não permitia identificar o modelo com precisão. Sob o monte de coisas que o cobria, era possível distinguir claramente um rasgão no casco, na parte da frente, do lado direito.

– Bem, o que aconteceu com você? – murmurei, encostando a mão hesitante no verniz descascado.

Embora o objeto permanecesse mudo, a resposta era evidente: um choque frontal, certamente num rochedo no nível da ondulação. O tamanho do rombo aberto a estibordo fazia supor a violência do acidente. Surpreendeu-me uma embarcação tão avariada não ter afundado logo após o impacto, e poder ser rebocada até aqui. Mas talvez o naufrágio tenha acontecido muito perto da margem. Talvez o Riva tenha ficado empalado na rocha que o feriu e, na maré seguinte, a força da onda o desprendeu e tornou possível puxá-lo até a margem.

No entanto, a interrogação mais viva era: por que os Barlet tinham conservado este barco acidentado?

A indescritível desordem me prometia outras picantes descobertas, e eu prossegui minha observação minuciosa. A partir de então, a operação de forçar as gavetas foi para bem longe do meu pensamento.

Depois de contorções extremas, quedas de objetos arrancados do amontoado e alguns arranhões, consegui alcançar a parte de trás do Riva, bem no fundo do depósito. Pequeno, sólido e quadrado, manchado de ferrugem e largado no chão de terra batida, ele me saltou imediatamente aos olhos: um pequeno cofre com segredo. Eu não entendo de cofres nem de lanchas, mas o modelo me pareceu muito antigo. A pintura de bronze descamava como uma pele morta em toda a superfície. Sem esperança real, tentei girar a pequena maçaneta sob o disco dentado. Obviamente, ela resistiu e nada de empolgante aconteceu além de uma ligeira dor na mão direita.

– Hum, você não está querendo colaborar.

Arrombar uma fechadura daquelas estava bem acima das minhas competências, e eu não via como conseguir só com meus próprios meios. Contudo, me recusei a desistir. Ninguém esconde um cofre com tanto zelo por bagatelas. Mesmo duvidando de que ele guardasse objetos de grande valor de mercado, eu farejava a importância de seu conteúdo através da espessa carapaça metálica.

Para enganar minha impotência, observei todas as junções do bicho e, na sua lateral direita, quase no nível do chão, notei uma zona de oxidação mais pronunciada, que parecia ter roído uma boa espessura da parede. Peguei ao acaso um velho regador e comecei a socar com força a parte deteriorada, constatando que a liga de metal se esfarelava depressa, expondo pouco a pouco um buraco minúsculo. Era claro que eu não o venceria com meu precário utensílio de lata, nem mesmo com um dispositivo mais sério, como um martelo ou uma marreta.

Eu tivera a boa ideia de guardar o cartão do táxi, e ele se apresentou no portão menos de quinze minutos depois que eu liguei.

– Uma loja de ferragens, na região?

Num dia de semana, em pleno dia, a estrada estava desimpedida e a grande loja especializada quase deserta. A ida e volta e a compra de um maçarico por trinta euros não levou mais de uma hora.

De volta ao cofre, ajoelhada diante dele como quem se prosterna diante de um ídolo, pus os óculos de sol à guisa de proteção, consultei as instruções sumárias e finalmente acendi o aparelho. A chama azulada atacou o metal corroído.

Sua eficácia me maravilhou. Cada vez que eu o aproximava, o fogo concentrado numa língua densa lambia o material e o desmanchava um pouco mais. A borda do buraco se avermelhava de maneira tão luminosa, tão bela, e para mim encorajadora, que em pouco tempo ela alcançou o tamanho de uma moeda de dois euros. No final de vinte minutos, ela media a largura de uma rolha de garrafa e, em pouco menos de meia hora, me pareceu que já dava para enfiar três dedos no interior, o indicador, o médio e o polegar, formando assim uma pinça com a qual eu podia tentar uma extração. Restava rezar para que os objetos passassem.

Antes de me arriscar, tive que esperar o furo esfriar. Um medo absolutamente irracional me fazia temer o animal enlouquecido pela clausura, que se atiraria sobre a minha mão inquisidora. Evidentemente, não aconteceu nada disso, e eu toquei na superfície aveludada de um envelope de papel. Um pouco mais no fundo, identifiquei vários outros, sem que me fosse possível determinar o número com exatidão. Tirar tudo me tomou muito tempo. Eu me servi dos instrumentos mais precisos e mais compridos que encontrei na casa, me decidindo finalmente por vários pares de pauzinhos chineses.

A função de lanterna do meu celular me permitiu verificar que eu não deixara nada lá dentro.

Levei as folhas escurecidas para o quarto onde Sophia e eu dormíramos, e pus tudo em cima da cama em volta de mim. Antes de afundar num sono pesado, cansada pelos esforços, notei apenas que uma mão escrevera a lápis os nomes no alto de cada página – David, Aurore, Hortense e André... – compondo um dossiê dedicado a cada um.

Quanto à caligrafia que fizera a anotação em cada um dos documentos, eu a reconheci sem a menor hesitação, entre duas piscadas de olhos já adormecidos: era a de Louis.

16

A paralisia do sono é uma perturbação que ocorre nas bordas desconfortáveis do sono paradoxal. Além da letargia muscular à qual ela deve seu nome, caracteriza-se por visões indefiníveis, que misturam ao mesmo tempo o realismo da consciência diurna e o aspecto sobrenatural e espetacular dos sonhos. Em outros termos, pode-se dizer que, durante esses episódios, os personagens e as situações saem da bolha imaginária para surgir no cenário bem real do quarto onde se encontra a pessoa que dorme. O que me perturbava é que o Louis fictício que eu vira nos traços de Zé, o mestre de obras, podia se manifestar a todo momento no meu cotidiano, inclusive em período de vigília. Louis ocupava tamanho lugar na minha libido que bastava que meus sentidos se aquecessem um pouco – sob a ação de estímulos tão mecânicos quanto um aumento da temperatura ambiente – para ele aparecer, projetado à minha volta nas encenações mais escabrosas que se possa imaginar.

Então, como eu me encontrava deitada na cama, no meio das folhas soltas anotadas pela mão dele, seminua, ele irrompeu no quarto, onde alguns troféus indicavam que poderia ter sido o de David um dia.

Ele se aproximou de mim com um indicador na boca, para me dar a entender que a maior discrição era exigida. Só então notei que ele estava nu, coberto com as tatuagens, seu pau brilhando na extremidade devido a uma gota de desejo que caiu na minha coxa. Ele molhou o dedo dentro de mim e, sem pedir minha opinião, passou-o na minha vulva, pincelando cada reentrância de carne rosada, que se tornava mais vermelha à medida que o sangue afluía. Sem precisar que me ordenasse, afastei as coxas para lhe oferecer uma visão ampliada e um acesso total à minha intimidade. Ele ficou fazendo isso vários minutos, umedecendo de tempos em tempos a polpa do dedo na fonte, tomando cuidado para jamais roçar o capuz do meu clitóris.

Uma silhueta apareceu nas costas dele, fluida e envolta num halo estranho que me impediu de identificá-la. Eu podia contudo jurar que se tratava de uma mulher, uma mulher sem roupa, cujos mamilos largos e escuros assim como o tufo triangular traíam o gênero. Louis não pareceu espantado com sua intrusão: ele parecia esperar, e estendeu a mão para ela sem olhá-la. A mulher colocou ali um pequeno objeto retangular, que ele botou na mesma hora entre as minhas coxas. Um pequeno espelho de bolso orientado de tal maneira que eu podia admirar minha virilha.

Instalado o dispositivo, ele segurou a minha mão direita e a pôs sobre meu sexo, para que eu mesma o acariciasse. Este jogo lembrava o bilhete anônimo que ele me enviara vários meses antes e no qual fizera o relato fiel da minha descoberta do meu sexo. Como se quisesse me remeter às origens da minha sexualidade. Lá onde tudo tinha começado, lá onde eu tomara consciência do segredo bem guardado entre as minhas pernas, de sua beleza clandestina.

– Vá – limitou-se a sussurrar para sua outra parceira.

Ela contornou a cama pela direita e veio até a altura da minha orelha, encostando o púbis no meu rosto, os cachos densos dos pelos quase fazendo cócegas no meu nariz. Àquela distância, eu podia sentir o cheiro do sexo dela, cuja semelhança com o meu chamou minha atenção. Erguendo ligeiramente os olhos para ela, pude perceber seu rosto, idêntico em todos os pontos ao meu. Era Aurore, tão viva como se nunca tivesse se afogado no mar.

Não fiquei chocada nem surpresa quando, a um sinal de nosso amante comum, ela começou a se acariciar. Por um momento, interrompi meu próprio gesto, mas retomei em seguida, embalada pelo movimento dela. Eu era o perfeito duplo de seu prazer, vibrando em uníssono com suas sensações. Quem melhor do que eu podia compreender o que ela sentia?

Meu olhar ia da sua vulva para a minha no espelho, e esse vaivém visual excitou-me mais ainda.

O mais intrigante era a atitude de Louis, imóvel, deleitando-se com o espetáculo. Todo seu gozo parecia se conter unicamente no prazer dos olhos, seu olhar penetrando nossas vaginas abertas melhor do que teria feito o mais tumescente dos paus.

Pouco a pouco, minha sósia e eu aceleramos a cadência, em sincronia até o êxtase, seus gestos respondendo aos meus com uma precisão fotográfica.

Nós gozamos no mesmo segundo, no mesmo espasmo, com o mesmo grito cúmplice. A onda de prazer foi tão poderosa, um vagalhão lançado sobre meu corpo inteiro tão brutalmente, que fechei os olhos por um instante para suportar o choque.

Ao finalmente reabri-los, eu estava deitada em cima das folhas amarrotadas, vestida, e sozinha no quarto.

Com os olhos colados pelas poucas horas de repouso agitado, eu me levantei com dificuldade, moída, os músculos das pernas tão doloridos como se eu tivesse corrido durante várias horas. O retângulo escuro da janela me indicava que meu sono tardio tinha me levado até a noite.

Eu sentia fome e poderia correr para um restaurante. Mas também estava impaciente para descobrir a verdade nos documentos espalhados que me cercavam, sobre os quais eu me espojara sem nenhum cuidado. Preferi consultar meu smartphone.

O sinal de rede não era muito bom, mas ainda assim suficiente para me permitir uma conexão com o blog Elle & Louis. Uma vez que meu homem viera clamar seu amor até nos meus sonhos, eu podia muito bem ir desafiá-lo no seu próprio terreno.

Munida das senhas que ele me fornecera, eu me conectei e acessei uma das páginas.

Havia mil maneiras de relatar minha fantasia da noite e compartilhar com os leitores do blog o pasmo extasiado no qual ela havia me deixado. Mas só uma me importava. Só uma correspondia.

Louis e eu desenvolvemos uma espécie de código, um tipo de linguagem oculta que só nós podemos decifrar. Baseia-se essencialmente num protocolo a ser aplicado nas carícias, cuja sintaxe varia de acordo com o teor da mensagem que desejamos nos endereçar. A exemplo da linguagem de sinais utilizada por deficientes auditivos, nosso volapuque erótico mistura gestos que resumem por si sós uma intenção completa com outros que correspondem às letras do alfabeto. Assim, "eu te amo" se diz: leve roçadela no mamilo esquerdo e movimentos circulares do indicador tão numerosos quanto o sentimento é forte.

O relato do meu sonho destinava-se a lhe transmitir a seguinte mensagem: "Eu te amo" (mamilo apertado), "estou com saudades" (boca entreaberta à espera de um beijo intenso), "preciso de você" (dedo inteiro introduzido devagar na vagina), "quero te ver" (pestanejar no momento do orgasmo), "não suporto mais esta situação, espero uma resposta sua". Qualquer outro que não fosse ele veria nisso apenas uma efusão de ninfômana. Mas ele entenderia. Se acaso estivesse atento na frente de sua tela. Ele não poderia ser surdo ao meu apelo. Para completar a explicitação do relato, o título do meu bilhete era: *Regresso do quarto 1*, e eu assinava com o diminutivo que ele empregava às vezes na intimidade: Belle.

Completados estes trabalhos, minha barriga roncando mais do que nunca, constatei que era tarde demais para ir procurar o que comer na cidade. A meia-noite já cobria o litoral com seu torpor. Por sorte, desencavei no fundo da cozinha um velho pacote de macarrão com prazo vencido há uns dez anos pelo menos, e pude me regalar com um penne rigate sem sal, sem manteiga e sem molho.

De estômago cheio, eu me debrucei finalmente sobre a tarefa que me aguardava.

O primeiro documento que chamou minha atenção, anotado com a palavra *Pais*, era um recorte de jornal arrancado de qualquer jeito. O recorte não trazia o título do jornal, mas a data da publicação destacava-se acima da notícia: 7 de julho de 1990. *Acidente de lancha fatal em Dinard*, indicava a legenda em negrito. A foto de cores esmaecidas, cujos níveis de cinza granulados esfumavam os contornos e os traços, mostrava André e Hortense Barlet a bordo do Riva, sorridentes, imortalizados durante um verão precedente ao drama, supus.

Foi com emoção e tristeza que os habitantes de Dinard receberam ontem à tarde a notícia do falecimento de André e Hortense Barlet. André Barlet, diretor executivo do grupo de imprensa e audiovisual, fez de nossa comuna sua cidade do coração desde a aquisição, em meados dos anos 1960, da mansão Roches Brunes, um dos florões da ponta de Malouine. Desde então, o casal passou a residir oficialmente na nossa localidade, que estes dois naturais de Nantes gostavam de dizer que associava "a elegância de sua região natal à selvageria inebriante do litoral bretão". Eles passavam aqui a maioria das festas e de suas férias.

O acidente fatal que pôs fim aos seus dias ocorreu ontem, por volta das 16h, no momento em que faziam um passeio de barco na baía de Saint-Malo na sua lancha Riva. Era o filho deles, Louis Barlet, segundo nossas fontes um piloto pouco experimentado, que controlava o leme no momento da tragédia. Com o barco correndo a uma velocidade excessiva, ele não conseguiu evitar o rochedo que rasgou a embarcação e lançou os dois outros ocupantes por cima da proa. Protegido pela barra do leme e a parte envidraçada da cabine, Louis Barlet saiu ileso apesar do sério ferimento no joelho esquerdo. Os corpos sem vida de seus pais foram resgatados pouco depois e imediatamente transferidos para o centro hospitalar de Saint-Malo, onde o óbito foi constatado. Um inquérito preliminar foi instaurado pelo tribunal de Rennes, mas tudo leva à conclusão de acidente resultante de erro de navegação.

Todos os habitantes de Dinard que desejarem manifestar seu apoio à família Barlet estão convidados para as exéquias que acontecerão no dia 9 de junho às 11 horas na igreja de Saint Enogat de la Rance, seguidas do sepultamento no cemitério de Rocabey, em Saint-Malo.

Não era a primeira vez que as mentiras de Louis me saltavam aos olhos, sob forma de testemunho de terceiros ou de um elemento material que surgia de maneira imprevista. Mas, desta vez, a coisa toda me pareceu tão indigesta que eu quase vomitei a massa na hora, ficando um bom tempo prostrada, com as duas mãos segurando o estômago para atenuar as cólicas que o acometeram. Quer dizer que não foi tentando salvar Aurore do afogamento, como ele sustentara na minha frente várias vezes, que ele machucara o joelho. Mas sim no acidente fatal que matara num único e mesmo choque os seus pais; um acidente pelo qual este jornal dizia ser ele o responsável.

Por que misturar o suicídio de Aurore com esta tragédia? Para me esconder sua responsabilidade no desaparecimento dos pais? Apesar do adiantado da hora e do cansaço que se abatia sobre mim numa luta desigual entre minhas pálpebras e a gravidade, eu me concedi uma curta pausa antes de tornar a mergulhar na massa de folhas, espuma cruel na superfície da minha cama. Pois eu não duvidava de que a continuação seria igualmente funesta; caso contrário, Louis não teria escondido as odiosas lembranças no fundo do depósito.

Tão logo reencontrei forças, retornei à tarefa. Minha mão pousou instintivamente num documento que Louis rasurara com a palavra *David*. Tratava-se da sua certidão oficial de adoção por André e Hortense, tal como registrada no departamento regional de saúde e assuntos sociais de Ille-et-Vilaine em 28 de novembro de 1976. Ela confirmava de uma vez por todas que David nasceu no dia 5 de janeiro de 1969. Portanto, ele não podia ser irmão biológico de Louis. Quanto ao resto, as duas páginas não me informavam mais do que as revelações extorquidas nessa mesma manhã de Florence Delbard: David tinha residido no orfanato regional de Saint-Broladre antes de ser confiado definitivamente e de maneira plena à família Barlet.

Com base nas datas, eu chegava pela segunda vez a esta conclusão estarrecedora: Aurore e ele conheciam-se desde a mais tenra infância, e portanto bem antes de sua suposta "paixão à primeira vista" adolescente, na praia de Dinard.

Em compensação, não me conformei outra vez com a ausência flagrante de detalhes a respeito das origens biológicas do adotado, e as razões que conduziram ao seu abandono. Sobre todos esses pontos, o documento que eu tinha em mãos permanecia totalmente mudo.

Só ao quebrar uma unha no clipe no alto da folha, à esquerda, é que notei a fotografia presa no papel. Eu a soltei e gritei de surpresa:

– Que história é essa?

Um close-up mostrava uma inscrição gravada toscamente num suporte de madeira azul desbotada: um coração desenhado com a ponta de um canivete, no interior do qual estavam unidas por um + as iniciais A e D. Aurore mais David.

Nova mentira. Louis zombara de mim ao fingir que David e ele tinham conhecido Aurore em idade adulta. "Eu tinha 20 anos e David 19", ele argumentara logo na primeira confidência. Uma versão falaciosa e corroborada por Rebecca...

Embora buscasse novas desculpas para Louis, eu via perfeitamente que o importante não estava mais aí. A questão era, de agora em diante: desde quando Louis sabia? Desde quando ele se tornou consciente da ligação anterior muito poderosa que unia seu irmão adotivo e Aurore? Ele desenvolvera um ciúme, um sentimento impossível de apagar? Isto não o havia impedido de seduzir por um tempo a mulher de David, como Rebecca me revelara recentemente. Nem de me roubar dele, eu, a sósia perfeita.

A colheita frutuosa me incitou a procurar prioritariamente, no meio do monte de papéis empoeirados e amarelados, tudo que se parecesse com uma foto ou, na falta dela, os maços que reunissem vários documentos. Minha perseverança foi devidamente recompensada, pois logo topei com uma página que falava da derradeira protagonista, aquela que concentrava todos os desejos, todas as atenções, todos os segredos: Aurore.

Num primeiro momento, desprezei a parte escrita e me interessei apenas pela foto. Era um retrato da jovem, ainda adolescente, numa pose que reconheci imediatamente. Era a minha! Ou a cópia quase idêntica da postura que eu adotara na imagem tão apreciada por Sophia, aquela na qual Louis me conhecera... Vocês sabem o que aconteceu depois.

Melhor ainda do que nas fotos dela que eu já vira, avaliei a semelhança quase sobrenatural que nos unia. Uma comunhão de gesto, de sorriso ou de atitude me dava a sensação de estar lidando com um clone perfeito. Eu imaginava que sentimento teria experimentado Louis quando, dezessete anos depois da morte de Aurore, dera de cara com o meu reflexo. Que espanto! Não foi por ciúme que Rebecca se calou a meu respeito, foi para atenuar o impacto da minha existência sobre os dois irmãos.

Por fim, eu me dediquei ao segundo documento, um papel oficial de uma seguradora. Pelos detalhes especificados, eu entendi que tinha nas mãos uma carta semestral que dava a Aurore direito a reembolsos complementares. A banalidade do papel me confundiu a princípio, mas ao ver a data de emissão do documento, quase perdi o fôlego: 1º de janeiro de 1992. Repeti a data a mim mesma diversas vezes em voz alta para melhor me convencer: 1º de janeiro de 1992, ou seja, mais de dois anos após a morte de Aurore Delbard, nome de casada Barlet. O erro da empresa era absurdo, uma vez que tinha sido enviada para avenue Mandel nº 118, o antigo apartamento do casal Barlet ocupado nessa data por Louis. Que valor especial este papel tinha aos olhos de Louis? O seguro de vida de Aurore ressuscitava os mortos. Grande coisa!

Antes de cair no sono definitivamente, com a cabeça pesada e confusa pelas minhas descobertas, ainda tive a curiosidade de retornar ao blog. Não ia conseguir dormir sem saber se Louis respondera ao meu bilhete em código.

Uma mão de ferro comprimiu meu peito, interrompendo alguns instantes minha respiração, quando eu vi uma nova postagem na página inicial. Assinada Louis e intitulada sobriamente *O quarto*, ela prosseguia minha fantasia no ponto onde eu a havia deixado, num relato sáfico e de gosto duvidoso, que eu achei indigno de seu estilo de escrita e muito distante de suas fantasias habituais.

A moça que estava de pé inclina-se para a outra. E segura um de seus seios na mão e o aperta como se quisesse fazê-lo explodir. A que estava deitada faz uma careta que é um misto de prazer e dor.

No entanto, o mais decepcionante não era o estilo medíocre. Não, é que o texto não empregava nenhum dos elementos de sintaxe previstos na nossa linguagem íntima. Sequer um seio acariciado às pressas para renovar a declaração de seu amor.

– Não é ele... não é ele.

Eu murmurei seguidamente enquanto o cansaço ia me vencendo. Louis não era o autor daquelas linhas. Ele jamais teria se recusado a prolongar comigo nosso diálogo secreto. Ele jamais teria fechado, e com tamanha brutalidade, a porta para minha espera. Jamais...?

17

1º de junho de 2010

– Foi embora? Mas embora para onde?

A vida é assim: passamos por ela fazendo perguntas meio bobas a pessoas que não têm as respostas. Eis por que a profissão de jornalista é também cavalheiresca: é uma causa perdida antecipadamente. Eu disse há pouco que a realidade se revolta com nossos esforços para sondá-la? É ainda pior. Ela escorrega, foge, escorre pelos furos da peneira. Tudo escapa à nossa percepção.

A vizinha baixinha só me reconheceu quando chegou ao portão. Eu a identifiquei pelos chinelos verde-garrafa e uma espécie de camisolão com grandes flores violeta. Ela caminhava tão devagar que se passaram uns bons trinta segundos até chegar onde eu estava, e seu rosto se iluminar finalmente.

– Ah, a sobrinha da sra. Delbard! Esteve com ela, afinal? – perguntou, um pouco curiosa demais para o meu gosto.

– Sim, sim... mas fiz a burrice de não perguntar o novo número do celular dela.

– Ah, sim... o celular dela.

Ela fez que sim como se eu lhe falasse de uma cabine espaço-temporal. Uma coisa de que ela ouvira falar na televisão, mas que jamais entraria na sua casinha de granito enquanto ela vivesse.

– A senhora a viu, desde ontem?

– Creio que ela voltou no final da tarde. Depois disso, não sei muito mais. Só sei que escutei a porta dela batendo depois do jornal da noite na TV.

Ou seja, aproximadamente às 20:30 ou 20:45, dependendo do canal e da duração do intervalo publicitário.

– E esta manhã, a senhora notou alguma coisa?

– Não, não notei nada. Normalmente ouço sua máquina de espresso vibrando contra a parede da cozinha. Mas não esta manhã. Não é impossível que ela tenha ido embora.

Ela vigiava o menor acontecimento e movimento dos vizinhos para preencher o vazio de suas horas ociosas, não por gosto. No fim das contas, ela não sabia muita coisa sobre os que a cercavam, apenas uma soma indistinta de pequenos barulhos cotidianos e bons-dias pronunciados às pressas na escada.

Tudo indicava contudo que Florence Delbard saíra pela tangente, talvez para evitar mais perguntas embaraçosas.

Agradeci à velha senhora, me despedi e liguei para o meu amigo do táxi, que me pegou alguns minutos depois no passeio do Sillon. Seu carro era confortável, suas escolhas musicais suportáveis e seu mutismo perfeitamente adaptado ao meu humor lunar. O tempo continuava oscilando entre chuva e raios fugazes, modelando a paisagem de modo tão inconstante que, de um segundo ao outro, tinha-se a sensação de visitar um lugar diferente. Quinze minutos mais tarde, ele me deixou diante da Roches Brunes.

– Eu a espero?

– Não, obrigada. Não precisa. No pior dos casos, eu caminho um pouco, não vai me fazer mal.

Por falta de esclarecimentos complementares por parte de Florence Delbard, tornei a mergulhar na pilha de documentos encontrados no cofre, à procura do menor elemento novo sobre a infância comum de Aurore e David. Eu me perguntava sobretudo onde teriam sido fotografados o coração e suas duas iniciais gravadas. Teria sido no Saint-Broladre? O enquadramento era tão fechado que não dava para localizar a cena.

Infelizmente, as imagens começavam a desaparecer naquele magma de papel.

Em compensação, encontrei um segundo artigo dedicado à morte do casal Barlet. Tinha sido publicado alguns dias depois dos fatos e já trazia indicações mais precisas sobre a investigação realizada pela polícia local. Ele contradizia o relato inicial em um ponto: embora tenha ficado no interior do barco no momento do choque, Louis perdera a consciência e fora carregado pela maré cheia para fora da cabine, flutuando como um pacote inanimado no seu colete salva-vidas ao sabor das correntes que percorriam a baía. Um pescador que voltava para o porto tirara-o da água e o conduzira à emergência do hospital, onde os primeiros socorros lhe foram prestados.

– E se prosseguíssemos diante de um bom café da manhã?

Hum. A solidão completa não iria me vencer. Para não ficar maluca, eu me dei mais vinte e quatro horas antes de voltar a Paris.

Da mansão até a grande praia de Dinard não leva mais do que dez minutos a pé, e eu me lembrei do garçom que nos tratara tão bem, Sophia e eu, na minha estada precedente.

Por sorte, ele estava lá, fiel no posto, embora um pouco mais gordinho do que eu me lembrava.

– Mas estou lhe reconhecendo... Você já esteve aqui, não? E não veio sozinha, se não me engano. Veio com uma amiga. Uma morena...

Com a mão livre, imitou o cabelão ondulado de Sophia, armadilha onde tantos homens emaranhavam seus corações.

– Exato. Ela voltará provavelmente. Ela gostou muito daqui.

Depois de pedir uma orgia de pães e bolos regados a suco de laranja preparado na hora, e como a varanda meio vazia lhe deixava tempo para um pouco de conversa, eu me aproveitei de sua tagarelice.

– Você mora aqui há muito tempo?

– Desde sempre – respondeu empinando o peito. – Dinardense da gema!

– Então ouviu falar do acidente de lancha, há vinte anos... Dois mortos e um ferido resgatado por um pescador?

Examinando-o, eu o imaginava na casa dos 40. Se ele morava aqui na época, não era um absurdo apelar para suas lembranças.

– Claro! O pescador que recuperou o sujeito com o joelho estropiado é um ex da minha irmã. Enfim, eles não ficaram muito tempo juntos. Yvon jogava mais garrafas no mar do que tirava caranguejos, se você entende o que eu quero dizer...

– Onde esse Yvon pode ser encontrado agora?

– Felizmente para todo mundo, ele largou a pesca no mar ao mesmo tempo que o álcool. Ele trabalha na oficina de reparação naval, em Quelmer.

– É longe daqui?

– Não, na baía de Troctin, à direita, logo depois da barragem na estrada de Saint-Malo. É um bonito passeio – acrescentou. – Quer que eu ligue para ele e avise que você vai até lá para vê-lo?

– Não precisa, obrigada.

Ele foi embora com a bandeja vazia e me deixou devorar o festim matinal numa paz apenas interrompida pelo ruído longínquo das ondas e de alguns gritos de gaivotas. Saboreando os croissants crocantes com bastante manteiga, deixei meu olhar vagar pela praia da Écluse, a mais frequentada de Dinard. A um mês das férias grandes, ela ainda exibia um rosto sereno, longe do entrechoque das toalhas de banho que grassariam dentro em pouco e a cobririam integralmente.

À esquerda da praia, junto de um imenso hotel, onde começa a estrada des Douanier, notei o alinhamento das cabines de praia. A estrutura de cimento áspero, coberta por um pequeno teto de ardósia, acompanhava toda a parte construída da orla marítima. Cada cabine era separada da seguinte por uma sequência de colunatas semiencaixadas na fachada. Todas as portas eram idênticas, de madeira branca, com uma janelinha de caixilho em forma de estrela. Eu imaginava que só as famílias mais abastadas, as que eram vistas chegando ali em tribos de crianças louras e bem penteadas, podiam se permitir esse tipo de privilégio. Um pensamento que me levou, depois de engolido o último bocado, a inspecionar o lugar mais de perto.

Evidentemente, todas as portas estavam trancadas. Mas, chegando ao final da fileira, na altura da cabine 68, notei uma pequena abertura na pintura opaca que impedia normalmente os curiosos de ver as nádegas nuas dos banhistas. Como o sol não estava forte, não se via bem o interior. Só o suficiente para adivinhar o revestimento de madeira que cobria as paredes, lambri gasto pelo sal e pela areia, tratado com uma tinta azulada que reconheci sem esforço. Era o azul da famosa fotografia. Os corações misturados de Aurore e David deveriam estar gravados ali em algum lugar, em uma destas pequenas cabines, por trás de uma destas portas, talvez até atrás desta onde eu me apoiava, sentindo-me ofegante de repente. Essa perspectiva, tão ínfima, bastou para apertar meu coração de uma maneira singular, como se uma parte de mim jazesse ali também. Uma parte reprimida e pronta para subir de novo à superfície.

O garçom tinha razão. Quelmar não era tão longe e o caminho era agradável. Até a travessia do rio Rance pela via de pedestres na barragem constituía uma curiosidade para quem passeava. Em seguida, o declive se tornava bem abrupto, mas rapidamente dobrei à direita, seguindo por caminhos verdejantes que desciam até o lugarejo. Lá, uma ruela sem saída terminava numa larga enseada, e de um lado e do outro via-se uma infinidade de barcos em condições variadas. Barcos de pesca prontos para voltar ao mar ao lado de um barco naufragado reduzido ao estado de esqueleto, coberto de ferrugem e algas, quase totalmente desossado. Havia numerosos destroços espalhados em toda a volta mas, apesar dessa visão de desastre, a vista era bonita sobre a pequena baía ensolarada. A alguns passos de mim, avistei um homem de calça de sarja e boné cáqui inclinado sobre uma luneta de observação, provavelmente um ornitólogo amador. As ilhotas desabitadas do Rance, visíveis com a ajuda de binóculos, de fato regurgitavam de espécies às vezes raras, para as quais elas constituíam um porto natural. Mergulhão, galinhola, maçarico, bernacho... a variedade das plumagens valia por certo dar uma olhada, se alguém se interessasse por esse gênero de espécimes.

– Por favor... a oficina de reparação naval é por aqui?

– É – ele confirmou sem tirar o olho da luneta. – Mesmo que, pessoalmente, eu chame aquilo de cemitério...

Alguns metros mais adiante, uma placa metálica estragada, que mal podia ser lida, confirmou o que ele disse: *Oficina Loïc Kervaz – Reparação de barcos de todos os tipos*. Mas de Loïc, nem de qualquer alma humana, não havia sinal no canteiro a céu aberto. Atrás de uma gigantesca carcaça metálica, notei finalmente uma cabana de madeira, de onde escapava um fraco som de música de um rádio. A porta estava escancarada. Quando me aproximei, um homem com um boné de marinheiro surgiu. Ele pareceu contrariado de se ver assim cara a cara com uma intrusa. Olhou rapidamente de alto a baixo, cofiou os pelos ruivos da barba e me perguntou sem sequer um bom-dia:

– Quem é você?

– Estou procurando por Yvon.

– O que quer com ele?

– Perguntar algumas coisas.

– Você é cobradora da Urssaf?

– Não. Nada a ver. Sou noiva do homem que ele salvou há vinte anos.

– Não tenho mais nada a dizer sobre o assunto – ele declarou com um tom mal-humorado, dando de ombros, prestes a retornar para o casebre. – Já contei tudo umas dez vezes.

Yvon não devia se embebedar mais diariamente, mas conservava o nariz inchado, as pálpebras flácidas e a vermelhidão característica dos alcoólatras. Sem contar o humor tão pouco simpático, que eu percebia que não era reservado aos inoportunos do meu gênero.

Mas pelo menos eu o achara.

– Eu lhe ofereço uma bebida, o que você quiser...

Ele me olhou como se eu tivesse lhe oferecido o inferno e o paraíso na mesma frase.

– Acha que vai me comprar com isso?

Ele era tão descortês que, se eu dissesse uma palavra errada, corria o risco de ser expulsa dali e ele não diria mais nada.

– Não, é só uma ideia...

– Entre – ele me cortou, indicando o interior do seu muquifo. – De qualquer jeito, não há um bar a menos de dois quilômetros.

A cabana era uma inacreditável bagunça, mistura de secretaria e oficina mecânica, onde pilhas de papéis e peças de motor escorrendo óleo coabitavam de qualquer jeito, em meio ao cheiro de gasolina e de tabaco velho.

Ele desligou o rádio e, debaixo da mesa, tirou uma garrafa de um suco marrom sem etiqueta assim como dois copos de limpeza duvidosa. Sem perguntar, serviu um pouco em cada um e me estendeu um dos copos.

– Beba isso. É um sujeito da região que destila. Bem melhor do que todas essas porcarias vendidas nos supermercados.

Tentei não mostrar minha repugnância e dei a contragosto um gole na beberagem infernal, tão ardente na garganta quanto um detergente, mas cujo sabor maltado acariciava as papilas com uma suavidade absolutamente surpreendente.

– Nada mau, hein? – ele se alegrou, piscando o olho para mim.

Eu lhe abri um sorriso educado.

– Nada mau.

– Então o que você queria saber sobre aquele sujeito?

– Ele se chama Louis Barlet.

Como todas as vezes que pronunciava o nome dele completo, eu adotava o tom seco e o olhar de fogo de quem defende com unhas e dentes seu macho. Ele me olhou outra vez de modo sério e deu grandes goles que praticamente esvaziaram seu copo.

– Barlet... Eu devia me lembrar.

– Por quê?

– Porque aquela família aprontou naquele ano.

– Está falando do acidente?

– Não apenas... Seu amiguinho não foi o primeiro a se meter na baía num mau dia.

Foi a minha vez de observá-lo, à procura de um indício, o rosto devastado, que acusava dez anos mais do que sua idade real.

– Não entendi...

– Na época, eu comandava um pequeno barco de pesca de caranguejo e aranha-do-mar.

– Qual a relação com a família Barlet?

– Entre marinheiros, nós contamos tudo. Quando acontece alguma coisa com um de nós, todos os outros ficam sabendo no mesmo dia. E cerca de seis meses antes do desastre da lancha, um dos meus colegas salvou outro garoto da mesma família.

– David?

– É bem capaz... Era o primo ou então o irmão do outro... Não sei mais o que se dizia.

– É o irmão dele, sim. O que aconteceu com ele?

Ele franziu as sobrancelhas como sinal de ignorância.

– Nunca se soube de verdade... Parece que ele quis socorrer a namorada. Meu amigo resgatou-o junto das mansões, em Malouine. Mas a moça, eu creio que ficou no fundo.

Eu fiquei sem fala. Segundo a história que me tinha sido contada sucessivamente por David, Louis e Rebecca, o marido de Aurore supostamente não estava em Dinard naquela noite. A noite de Natal de 1989. Segundo os relatos concordantes, David, recém-nomeado por André como sucessor à frente do grupo, tinha voltado para Paris para resolver uma questão urgente. Por que todos tinham mentido para mim? Por que Louis se atribuíra o bonito papel, o de salvador de Aurore? E por qual razão obscura David aceitara fazer o papel do marido que abandona a esposa deprimida durante suas mais fortes crises de angústia e em plenas festas de fim de ano? Por que essa estranha inversão de papéis? Só para encobrir a responsabilidade de

Louis na morte dos pais? Não conseguia imaginar David aceitando o esquema para acobertar o rival, um irmão que sequer era verdadeiramente seu...

Contudo, as versões se combinavam tão bem que deviam ser fruto de um arranjo entre eles. Uma espécie de pacto, cheguei a imaginar. As mentiras e o álcool explodiam dentro da minha cabeça. Quando teriam formulado essa mentira, e ela se destinaria a qual público?

– Sabe se David Barlet se feriu? – perguntei, emergindo do meu copo e dos meus pensamentos.

– Me parece que sim, mas superficialmente. Um corte na mão, ou na coxa... Minhas lembranças não são exatas.

Acalmei minha respiração e engoli o resto do álcool de contrabando antes de soltar:

– No antebraço?

– Pode ser.

Agradeci a ele calorosamente ainda que sua mão fosse pouco agradável e, inspirada nas suas revelações, retomei a direção de Roches Brunes, com o espírito ainda abalado.

Dentre todas as fabulações, uma delas me incomodava mais do que as outras. Desde que eu descobrira a existência da braçadeira de seda em volta do antebraço esquerdo de David, todos tinham atribuído o ferimento pudicamente dissimulado a uma tentativa de suicídio consecutiva à morte de Aurore. Mas se ele não tentara cortar as veias, era o caso de acreditar no desespero de David? Tentei expulsar a horrível perspectiva que essa possibilidade abria sob meus pés: seria possível que ele a tivesse empurrado no mar revolto, e não que tivesse se jogado no mar para socorrê-la?

– Dr. Poulain? É Annabelle Lorand.

– Ah, bom-dia. Como vai você?

– Tudo bem, melhorando.

Não tinha mais falado com ele desde os funerais da mamãe. Ele voltara para seu consultório de Nanterre, e eu, para minha nova vida parisiense. Mas eu sabia que ele mantinha em relação a minha mãe uma ternura para além da morte. Afinal, ele tinha sido o último a salvá-la, no momento da última hospitalização. E seu número de telefone continuava na memória do meu celular.

– Desculpe incomodá-lo, mas gostaria de lhe pedir um pequeno favor.

– Pode falar.

– Seria possível verificar se uma pessoa foi admitida no hospital por tentativa de suicídio?

– Depende... Quando foi que aconteceu?

– Faz uns vinte anos.

– Puxa... Em qual estabelecimento?

– Não tenho certeza. Pode ter sido na Bretanha, em Saint-Malo, em Paris, no décimo sexto ou no nono.

– Hum... Não é fácil. Há vinte anos, os registros ainda não eram todos informatizados. Muitos arquivos ficaram nas suas fichas originais. Mas eu posso tentar – ele propôs com uma voz encorajadora.

Ele teve a gentileza de não me perguntar qual a finalidade da minha pequena investigação. Devo ter lhe mencionado um dia minha paixão pelo jornalismo, e ele se contentou visivelmente com esse motivo.

Dei a ele o nome completo de David e o número do seguro social – o que integrava a data de nascimento alterada – e me armei de paciência, encomprindando meu passeio de volta mais do que o necessário. Eu estava olhando distraidamente as vitrines caras do centro de Dinard quando ele me ligou, vinte minutos depois.

– Não significa que o sr. Barlet não tenha tentado – ele me expôs prudentemente. – Mas, de todo modo, não obtive resultado de tentativa de suicídio nos estabelecimentos indicados, nem em 1989, nem em 1990, nem mesmo em 1991. Nem no particular nem no público.

Ele tomara a iniciativa de ampliar a pesquisa para os dois anos seguintes à morte de Aurore, o que eliminava de fato qualquer eventualidade de uma ação tardia. Assim, a menos que ele tivesse escondido seu sofrimento, sabia-se a partir de agora que David Barlet jamais atentara contra a própria vida. Seu suicídio era tão falso quanto sua fortuna era real.

18

2 de junho de 2010

Enquanto tentava entrar em contato com François Marchadeau na sua linha profissional no *L'Economiste*, em seguida no celular, sem nenhum sucesso, eu resumia meus achados das últimas vinte e quatro horas. Estranhamente, eu me sentia menos desanimada pelas descobertas que vinham de instituições já bem estabelecidas do que pelas motivações que adivinhava implicitamente em alguns protagonistas dessa história familiar. Particularmente em Louis.

A maneira como ele estabelecera para cada um de seus próximos um verdadeiro dossiê, cada pasta contendo um lote de segredos e surpresas, tinha muito pouco a ver com o homem com quem eu convivia há um ano. O que levantava mais dúvidas ainda sobre suas relações com eles, antes de mais nada com o irmão adotivo, David. O conjunto de peças estarrecedoras me lembrava as bombas lançadas no mundo dos negócios ou da política para desestabilizar um oponente ou enfrentar um ataque do mesmo gênero, venha de onde vier. Uma vez que nenhuma das informações presentes nos documentos havia sido filtrada até o presente, eu me inclinava mais para a segunda hipótese. Talvez as pastas tivessem por vocação apenas servir de proteção.

De quem Louis tentara se precaver, preparando assim suas armas de destruição em massa? A resposta óbvia era seu irmão. Mas por quê? Inversamente, era possível imaginar que a adoção de David fosse capaz de botar Louis em perigo?

– Marchadeau, pode falar.

– Bom-dia, François, é Elle Lorand.

– Elle! Que prazer! – entusiasmou-se exageradamente. – Você refletiu sobre minha pequena proposta e está ligando para me dar o sinal verde?

– Sinto muito, mas não...

Um breve silêncio me indicou que eu dera um banho de água fria no seu bom humor, mas ele tentou não demonstrar.

– A que devo a honra então?

– Estou em Dinard. Na Roche Brunes.

– Fico feliz que esteja tirando férias – ironizou com um tom amistoso. – Mas o que eu tenho...

– Não estou tirando férias. Eu estou olhando os arquivos da família Barlet. Enfim, o que está guardado aqui.

– E está achando coisas interessantes? Roches Brunes... – murmurou, de repente nostálgico. – Não botei mais os pés aí desde o casamento de David e Aurore.

Às vezes eu esquecia que os dois amigos se conheciam há tanto tempo. Então Marchadeau conheceu Aurore. E sem dúvida reconhecera em mim a sua sósia, quando me contratou na qualidade de hotelle na noite em que conheci David.

– *Muito* interessantes – eu me esquivei. – É por isso que estou ligando. Eu gostaria de lhe comunicar alguns elementos... inéditos, creio eu.

– Se é outra vez para vir me contar problemas profissionais de David, creio já ter lhe dito que está batendo na porta errada – disse ele, mais seco.

– Não é profissional. É pessoal. E, ao contrário do que possa acreditar, não pretendo comprometer os grandes projetos dele. Não me importo nem um pouco com eles.

– Está pretendendo o quê, então?

– Compreender o enigma das relações dele com Louis.

Acreditei ouvir o *glup* de uma xícara sendo bebida, depois ele voltou a mim:

– Desejo-lhe coragem. Outras além de você já quebraram a cara, você sabe.

– Quem?

– Como Rebecca Sibonny, por exemplo.

– Rebecca não conta. Ela é apaixonada por Louis há mais de vinte anos.

– É verdade. Ela tem isso em comum com você.

Eu respondi secamente, pronta para cair em cima do primeiro que dissesse qualquer coisa desagradável sobre o meu homem:

– O que é que nós temos em comum?

– O fato de tomar partido de Louis nessa história.

Decididamente, eu não gostei da ladeira escorregadia para onde ele estava me levando. Ele invalidava antecipadamente meus argumentos, como se meu vínculo com o mais velho dos irmãos Barlet atrapalhasse minhas ações.

– Não quer ouvir o que eu tenho para dizer?

– Sim... – ele suspirou. – Me ligue quando estiver de volta a Paris.

Da minha primeira visita ao Brigantin, a única sauna gay de Saint-Malo, não me restavam senão algumas imagens escuras e vagas, misturadas com poderosos gemidos viris. Mas eu tinha certeza de não ter deixado com eles meu número de celular, uma vez que Louis é que havia organizado a noite sob o mandamento: o desconhecido explorarás.

Nessa tarde, contudo, eu recebi um SMS do Brigantin, supostamente aliciador:

Todos ao castelo!
Festa surpresa para todos os públicos, gays,
heteros, casais, homens e mulheres sozinhos,
esta noite às 21 horas.
Encontro no Brigantin, o único porto
do prazer de Saint-Malo!
Entrada: 50 € homem sozinho,
30 € casal, 15 € mulher sozinha.

Para quem já frequentou o estabelecimento, esta promessa dificilmente fazia sonhar. Escondido num armazém de chapa ondulada em plena zona industrial, o lugar não se prestava às fantasias elegantes e sofisticadas às quais aspira a maioria das mulheres. O Brigantin, adaptado para o público que o frequenta, é o local do sexo direto, sem preliminares, desprovido de decoro e afeto. O cliente entra, se satisfaz com o primeiro corpo que aparece e sai logo em seguida, aliviado, reduzido a um ser primário submetido às suas pulsões. O espaço deixado ao erotismo era tão pertinente que o convite me pareceu mentiroso: todos ao castelo? Todos ao quarto de despejo, isto sim!

Mas eu duvidava de que tal convite tivesse chegado a mim por acaso, sem uma intervenção de Louis. Mais uma vez, mesmo que desajeitada e cruamente, ele me dirigia uma mensagem. Qual era? O que eu devia ler por trás da incitação ao deboche? Ele teria me seguido até à região? Estava marcando um encontro comigo, como eu chegara a acreditar na vez anterior?

Diante desta ideia, meu ventre se contraiu, meu peito apertou, meu sexo amaciou-se, matéria dúctil que o desejo estica e torce como roupa lavada tão logo o perfume, a suavidade da pele ou a rigidez do membro dele entram no meu pensamento. E se ele estiver lá desta vez? E se estiver me oferecendo a ocasião para dissolver minhas dúvidas nas nossas efusões? E se o que vivermos lá se revelar tão duro, doce, louco e sobretudo tão bom quanto foi ao recebê-lo na minha casa, e na minha bunda? Não seria o lugar bem escolhido para recomeçar?

Uma parte de mim morria de desejo e via uma oportunidade para retomar as rédeas. Uma outra proibia qualquer nova aproximação de nossos corpos enquanto os espíritos não estivessem em harmonia. De um ponto de vista mais pragmático e mais fútil, eu só trouxera duas camisetas, duas velhas calcinhas de algodão e um jeans... Nada suficientemente sexy nem chique.

Fiquei indecisa, meus argumentos esparsos prestes a levantar voo ao primeiro vento. Louis sabia muito bem que produzia em mim este efeito.

Um arrepio nascido entre minhas nádegas, fazendo meu ânus se contrair ritmadamente sem que eu pudesse controlar, percorreu toda a minha virilha, excitando meu períneo e depois os lábios da vagina. A tentação era forte demais. Uma súbita inspiração me levou a remexer nos armários.

Bingo.

No guarda-roupa do quarto, encontrei três vestidos que eu soube instintivamente que tinham pertencido a Aurore. Um, com flores, para os passeios de bicicleta ao vento quente, outro mais formal para os coquetéis, aberto na frente em um decote audacioso. O último, por fim, guardado atrás dos outros, foi o que teve minha preferência. Preto, composto de um bustiê e dois babados superpostos, um bordado e outro de gaze, vaporoso e curtíssimo, ele desenhava minhas curvas de uma maneira tão voluptuosa, tão provocante, que eu quase enrubesci ao espelho.

Eu estava tão perturbada por estar vestindo suas antigas roupas, fazendo Aurore reviver de certa maneira, que me esqueci de botar roupa de baixo.

– Aonde vamos? – disse meu táxi, adotando um tom gozador, visivelmente contente em me rever, principalmente naqueles trajes. – Loja de ferragem?

– Vamos...

De repente, senti vergonha de mencionar o endereço da sauna gay, convencida de que ele sabia da sua reputação pecaminosa. Eis o que a educação dispensada por Louis ainda não conseguira modificar: quando se tratava de assumir em público minha sexualidade, eu perdia totalmente a segurança.

– Vamos para a zona industrial.

– La Découverte? A zona comercial perto dos armazéns? – espantou-se. – Mas está tudo fechado a esta hora!

– Eu tenho só um encontro lá. Vão passar para me buscar e seguimos para outro lugar em seguida.

– Ok, tudo bem – ele concordou, não sem deixar transparecer uma ponta de ceticismo.

Quem eu poderia encontrar num lugar daqueles ao anoitecer?

O carro seguiu sem parar até a entrada de Saint-Malo. No terceiro cruzamento, que reconheci vagamente, pedi para o motorista me deixar.

– Tem certeza de que é isso mesmo? Não quer que eu espere até seus amigos chegarem?

– Obrigada... está tudo bem.

– Bom... então boa-noite.

O que eu ignorava naquele instante era o quanto a festa surpresa imaginada pelo Brigantin para sua clientela heterossexual tinha a ver com o roteiro que eu acabara de imaginar.

Depois de subir a avenida ladeada de armazéns, uma longa artéria deserta e mal iluminada, senti uma forma de alívio ao perceber um pequeno grupo de pessoas junto da construção de metal, bem em frente à casinha que funcionava como entrada para a sauna. Os trajes eram leves, a maquiagem carregada, e a maneira exageradamente lasciva como se abraçavam certos casais não deixava dúvidas sobre seus planos para a noite que ia começar.

No momento em que me aproximei do grupo, um micro-ônibus estacionou perto, e seu motorista deu uma breve buzinada para nos informar que ele estava ali para nós. Ele desceu do veículo e reconheci o careca de corpo esculpido que estava na recepção quando de minha visita anterior.

– Prontos para a vida de castelo?! – exclamou com um tom animado.

– Não podemos esperar mais um pouco? – perguntou uma bela ruiva voluptuosa, num vestido justo de látex branco. – Lucie e Marc disseram que viriam também, mas eles ainda não chegaram.

– Não se preocupem, vamos partir daqui a dez minutos. Enquanto esperam, podem subir para se instalar e colocar as vendas no rosto. Tem uma em cada assento.

Era evidente que a maioria se conhecia e todos estavam habituados a esse gênero de experiência. Como tive a oportunidade de ver confirmado mais tarde, a comunidade dos libertinos forma habitualmente um círculo restrito, feito de clãs, onde cada membro frequentou pelo menos uma vez cada um dos outros, especialmente em cidades pequenas. Portanto, para eles eu devia parecer uma extraterrestre. Mas, pelos olhares insistentes, compreendi já na entrada do ônibus que a novidade lhes agradava e que minha plástica bastava para ser aceita no grupo.

Procurei desesperadamente a silhueta de Louis entre eles, já sonhando com nosso encontro, esperando seu corpo contra o meu, mas o ônibus já estava lotado, e eu me agarrei à ideia de encontrá-lo no destino.

Depois de contar suas ovelhas, o homem do crânio raspado deu o sinal de partida. Viajar à noite e com os olhos tapados, entregue aos sacolejos da estrada, revelou-se uma experiência agradável. O sentimento de abandono prefigurava aquele ao qual o corpo todo ia se entregar dentro em breve.

O trajeto se estendeu por cerca de meia hora, e eu procurei desesperadamente dar um nome para o castelo vizinho de Saint-Malo. À minha volta, as especulações corriam soltas:

– Eu tenho certeza de que é o castelo do russo. Ele está à venda há meses.

– O La Malouinière, de Boris Akounine? Duvido, fica no Vau-Garni, em Saint-Servan. Se tivéssemos ido para o oeste, teríamos escutado os barulhos do porto.

– E se estivermos indo para Combourg? Trepar no castelo de Chateaubriand!

Quanto a mim, me perguntando sobre o momento que Louis escolheria para se manifestar, comecei a duvidar de sua presença. Ele ia me entregar para esta horda sedenta de sexo sem afeto e sem rosto?

A chegada me reservou uma primeira decepção, compartilhada por meus companheiros tão logo nos autorizaram a retirar as vendas. Não era um castelo. Tratava-se de uma construção grande, como um monastério, cercada por um muro alto meio desmoronado e coberto de mato.

O segundo desapontamento foi que nenhum outro participante nos esperava lá, nem Louis nem ninguém.

– Alguém sabe onde estamos? – soprou a voz de uma morena magra.

Ninguém respondeu a ela, muito menos o funcionário do Brigantin, que parecia querer causar impacto e manter o anonimato do local. Porém, como já transpúnhamos o portão entreaberto para entrar num amplo pátio interno, eu não pude conter minha estupefação.

– Saint-Broladre... – exclamei à meia-voz.

– O quê? O que você está dizendo? – perguntou a mulher do meu lado.

– Eu sei onde estamos... No orfanato de Saint-Broladre.

A construção principal, o campanário... Apesar do estado de deterioração em que se encontrava o edifício, era impossível não reconhecer os cartões-postais antigos que consultei on-line.

O careca me fuzilou com o olhar e preferiu se dirigir aos outros para pedir que o seguissem para dentro do prédio.

– Vocês vão ver, nunca tiveram tanto espaço nem tantas camas para se esbaldar, crianças!

O dormitório principal, também ele fiel às fotos de época, tinha sido sumariamente arrumado para a ocasião. Ele permitia alojar uns cinquenta residentes, e nós éramos apenas quinze.

Excetuando-se uma varrida rápida, chão e paredes tinham ficado como estavam. Só as camas tinham sido feitas recentemente, iluminadas a intervalos regulares por grandes candelabros sustentados em tripés de ferro. O ambiente assim composto revelava mais um solar mal-assombrado do que o palácio das *Mil e uma noites*, mas a pequena trupe pareceu satisfeita, sussurrando e assoviando sua aprovação. As primeiras carícias não tardaram a ser trocadas em torno de mim.

– Por favor! – interpelei meu amigo, o careca fortão. – Não estamos esperando mais ninguém?

– Não, vocês estão completos. Está decepcionada? Quer que a leve de volta a Saint-Malo?

Eu percebi um pouco de condescendência na sua pergunta.

– Não... não, obrigada, tudo bem.

Afinal, com ou sem Louis, sexo desenfreado ou não, a ocasião de pôr meus passos sobre os de Aurore e David era boa demais. Eu me afastei do bando já se espojando, embolados, homens e mulheres, mulheres e mulheres, e até dois homens no meio deles, e fui explorar à vontade o resto do edifício.

Então foi aqui que os dois se conheceram. Provavelmente aqui também eles conheceram juntos as primeiras emoções infantis. Evidentemente, meninas e meninos deviam ocupar dormitórios separados. Os dois órfãos não deviam por certo ter dormido nesta sala. Então eu me aventurei pelas outras peças, guiada apenas pela luz da lua – o dia dera lugar à noite. Identifiquei um refeitório com colunas e algumas mesas ainda de pé, as cozinhas do lado, durante um tempo invadidas por moradores de rua. Visitei também a biblioteca vazia, excetuando-se por um punhado de livros atirados no chão e roídos pelos ratos ou ratazanas. Mas nenhum papel, nenhum quadro, nenhuma fotografia, nenhum traço mais tangível de David e Aurore naquele lugar.

Cheguei finalmente a um espaço amplo transformado em sala de ginástica, de paredes com janelas altas de vidro fosco. Uma pequena porta azul me atraiu para a outra extremidade: os vestiários.

Foi ali, na parede cheia de marcas, entre dois armários metálicos quase despencando sobre os vizinhos, que eu o achei: um coração gravado na pintura descascada e no gesso. Um coração que, a despeito da penumbra, eu teria jurado ter sido escrito pela mesma mão que escreveu o da fotografia achada dentro do cofre.

Para me assegurar, eu me aproximei mais ainda, com o nariz quase tocando a parede, um dedo curioso e trêmulo tocando de leve o sulco. O mesmo traço. As mesmas evoluções arredondadas e cheias de confiança no futuro.

Mas se a segunda letra era por certo o *D* de David, a primeira clamava bem alto e forte sua diferença: um *E*. O *E* de Elle, não pude me impedir de pensar.

– Você não vem conosco?

Quase gritei.

A ruiva de látex branco, cuja beleza escultural eu percebia melhor na luz azulada, de traços um pouco pesados, mas o corpo tão firme e altivo quanto o de Alice, estava a alguns passos de mim, um sorriso aliciante nos lábios. Eu não a ouvira me seguir.

– É pena... você tem vários fãs esperando-a no dormitório.

– Ah, é...? – murmurei, mais surpresa do que realmente perturbada.

– Eu faço parte deles também, você sabe.

Ela desfez a pequena distância que nos separava com um meneio delicioso dos quadris e pousou sem pedir licença os lábios nos meus, sua mão no meu seio palpitante, a outra apertando a minha bunda, com uma pegada firme e autoritária. Sua palma estava quente, ligeiramente úmida ao tocar-me.

Meu movimento de recuo foi leve, mas suficientemente perceptível para lhe provocar uma careta, imediatamente desfeita.

– Não me diga que você não está com vontade – ela me desafiou com o olhar.

– Eu... eu não sei.

Nada podia ser mais verdadeiro. Eu era incapaz de analisar meus sentimentos naquele instante. Eu oscilava a cada segundo entre o susto e o desejo, a vontade de fugir e a de me entregar. Ela era magnífica, e a ideia de que pudesse ser um presente mandado por Louis me passou pela cabeça, depois pelo ventre, depois se espalhou pela minha vulva inteira, que eu senti fremir como um animalzinho assustado.

Ela deve ter percebido, pois, sem ligar para o meu primeiro movimento de recusa, deslizou a mão direita por baixo da minha saia dupla e pousou-a sem hesitar no meu sexo entreaberto e úmido, como uma maçã de desejo já partida. Eu podia perceber seu perfume, violento, pesado, ao qual se casava uma fragrância natural mais almiscarada ainda, a do sexo dela, supus.

Quando ela mergulhou o dedo médio em mim, eu segurei seu braço com a intenção de retê-lo. Mas, encorajada pela minha respiração se acelerando e pelo arqueio das minhas costas que assinava minha capitulação, ela começou a revirar o dedo, mais e mais, apertando cada vez com mais força a pequena zona granulada cuja exasperação fechava minhas pálpebras de prazer. Ela estava colada em mim agora, e eu podia sentir seu peito esmagado contra o meu, o arquejamento agudo que exalava dele, o seu ventre tenso de impaciência. Para ela, eu era apenas uma presa fácil, o antepasto da predadora. Era evidente que ela morria de desejo por mim, como clamava o cheiro íntimo que partia do meio de suas coxas e enchia pouco a pouco todo o espaço em volta de nós.

– Ouse dizer agora que você não gosta disso... – ela sussurrou na minha orelha.

É provável que ela tivesse reparado em mim e me desejado ao subirmos no ônibus. E o fato de eu estar molhada, de estremecer e gozar a cada vez que ela investia era um triunfo que sem dúvida lhe propiciava prazer.

Mas ela não sabia de nada, pois não era a ela que eu me entregava na escuridão do vestiário, no meio das lembranças gravadas e dos amores perdidos. À medida que seu dedo médio ia e vinha, ele me parecia maior. Eu reconhecia a curvatura, o comprimento, a extremidade pontuda e inchada, o freio tenso quase se rompendo, familiar até a menor das veias, palpitando diretamente contras minhas paredes. Não, ela não tinha nenhuma consciência, mas era o pau de Louis que ela enfiava dentro de mim. Era ele que se lançava nas minhas profundezas, era ele que me arrancava suspiros reconhecidos.

– Sim... SIM!

– Você banca a inocente, mas é uma putinha, hein?

Eu não escutava nenhuma das suas exortações obscenas. Eu gozava com um outro, em um outro tempo, um outro lugar, e não tinha o que fazer com suas injúrias de prostituta.

– Você vai gozar, é?

Apesar da expertise que ela demonstrava, a violência das contrações pareceu surpreendê-la. Bem como o fluxo abundante que escapou de mim e encharcou a sua mão, o braço e o chão empoeirado embaixo de nós.

Eu gozara, não com ela, mas com Louis. Com Louis e sua ausência, que agora eu me sentia pronta para preencher em qualquer ocasião, com qualquer contato um pouco mais intenso, de homem ou de mulher, todos eles aptos a lhe servirem de dublê.

19

3 de junho de 2010

O texto, a imagem. Em qual dos dois acreditar? É uma pergunta que todo estudante de jornalismo se faz uma vez. As palavras pesam, as palavras sopesam. Mas só as imagens possuem o poder de siderar o leitor, só elas se apropriam dele e de sua consciência para não mais soltá-los, desligando um por um os fios de seu espírito crítico. É um combate desigual a que se entregam as duas mídias, e meus reveses na esfera do audiovisual me relegaram ao campo dos vencidos, o das palavras que ninguém lê.

Contudo, foi através do texto que desmascarei a pessoa que procurava sujar Louis com aquele blog abjeto. Eu lavei meu homem de toda a suspeita. Mas, se Louis não era o autor do site comprometedor, então quem era? Quem poderia atacá-lo dessa maneira, no pior momento? Antoine Gobert? Por mais hostil que fosse, impossível imaginá-lo surrupiando nosso Dez-vezes-por-dia e vasculhando-o para alimentar as notas publicadas on-line quase todos os dias. Isso supunha uma rede de cumplicidade no des Charmes que eu não conseguia imaginar. Ysiam me parecia inocente, assim como os outros funcionários do hotel. Restava o sr. Jacques. Mas, decididamente, eu não conseguia ver o presidente da APECEP desenvolvendo algum tipo de conivência com um gerente de hotel de encontros.

No TGV de volta, ao contrário do que costuma acontecer, eu não cochilei nem um segundo durante as três horas de trajeto. Mesmo que me sentisse aliviada por Louis não ter nada a ver com o blog, eu estava consternada com todas as suas outras mentiras, e isso deixava um gosto amargo em minha boca. Louis talvez não fosse o monstro exibicionista que queriam me fazer acreditar, mas o mistério dos irmãos Barlet permanecia inalterado.

Atormentada por tais pensamentos, mal cheguei a lembrar dos acontecimentos da noite anterior. Depois do meu encontro lunar com a bela ruiva, eu me mantivera distante dos outros participantes, aguardando comportadamente o fim dos seus embates amorosos, até o careca nos levar de volta a Saint-Malo. Por sorte, ele morava na encosta oeste do Rance e foi suficientemente amável para me deixar perto da mansão. A manhã já estava nascendo, e eu só tive tempo de inspecionar uma última vez a casa antes de empacotar meus tesouros e me dirigir à estação.

Eu prometera ligar para François Marchadeau assim que chegasse, mas uma necessidade incontrolável de voltar para o meu ninho me acometeu. Eu o ocupava há apenas poucos dias, mas já considerava meu estúdio um abrigo legítimo, familiar e doce, onde eu podia recuperar minhas forças.

– Rue du Trésor, no Marais – eu me escutei anunciar num tom tranquilo para o táxi que tomei em Montparnasse.

Na portaria do prédio, fiquei surpresa ao constatar que minha caixa de correio já transbordava. Vários grossos envelopes A4 a entupiam, todos idênticos, e eu retirei meu butim com excitação, com pressa de abrir.

Cada envelope continha um maço de folhas manuscritas, mais ou menos densas. A caligrafia que serpenteava de uma página a outra era idêntica às anotações que precediam as folhas recolhidas em Dinard. A de Louis.

Mas se eu estava esperando uma confissão, talvez desculpas, compreendi logo nas primeiras linhas que o documento era de um outro teor. Como um eco dos meus projetos literários, o texto se apresentava sob uma forma híbrida.

Intitulado *O alfabeto do teu corpo*, ele propunha a cada entrada uma definição de uma parte da minha anatomia, breve novela erótica encenando o uso específico que ele sugeria fazer dela. Algumas passagens se inspiravam evidentemente nas lembranças luminosas do quarto 1, embora refeitas num estilo mais elaborado do que os relatórios do Dez-vezes-por-dia. Mas na maior parte das novelas, ao contrário, divertia-se imaginando situações inéditas e fantasiosas, às vezes até no limite do sobrenatural: uma letra *S* rosada surgia na minha face esquerda quando uma vontade de sexo me acometia; caracteres de imprensa expulsos da minha vagina a cada um de meus orgasmos, e o encadeamento deles produzindo no final um poema.

Aqui ou ali, através de toques discretos, eu reconhecia algumas figuras impostas por nosso código erótico. Assim, Louis decorava sua prosa com declarações deliciosamente disfarçadas, e eu alimentei com elas meu sofrido coraçãozinho. Reli algumas passagens várias vezes, até me convencer de que eu não estava enganada e que seu amor aflorava nos caracteres cheios e nos traçados nervosos, às vezes indecifráveis.

Nádegas (s. f. pl.): seu *derrière* exibia uma redondez perfeita, um volume tão cheio, tão idealmente convexo, que a massa de carne firme que rematava o fundo das suas costas com um divino ressalto me parecia às vezes possuir vida autônoma. A dona dessas nádegas tão soberbas podia ir e vir diante de mim e até escapar às minhas carícias, mas eram inexoravelmente atraídas pelas minhas mãos, que terminavam sempre pousando e permanecendo minutos ou horas inteiras sobre elas. Ao primeiro contato do dia com sua elasticidade tão suave, eu não podia me impedir de saudá-las com um tom cheio de satisfação, como um encontro de velhos amigos: bom-dia para vocês. Elas eram duas, e eu possuía duas mãos. Significa dizer que fomos feitos um para o outro.

Embora seu amor não pudesse ser dissecado de tanto que suas formas eram diversas e complexas, ele era, pelo contrário, capaz de mostrar suas inumeráveis facetas quando focalizava um de meus atributos. Lírico no caso da minha bunda, fazia-se brincalhão ao tratar das minhas coxas, nostálgico ao contemplar minha nuca, ou então lascivo com minha boca. Não era um quebra-cabeça do meu corpo que ele me mostrava aqui, mas o de seus sentimentos por mim, e eu fiquei tão perturbada que um fiozinho de lágrima não tardou a escorrer pelas minhas faces, que ele descrevia como "duas maçãs de amor que jamais se derreterão sob minha língua, ainda que eu as lamba por toda uma doce eternidade".

O celular dele não atendia. Nem o telefone do Hôtel Mars. Minha necessidade de vê-lo, de falar com ele, de tocá-lo era tão imperiosa que entrei o mais rápido possível no metrô, estação Saint-Paul.

– Louis? Louis, você está aí?

Um silêncio glacial enchia o majestoso edifício. Mesmo sabendo que era minha casa, eu me sentia uma intrusa e batia em cada porta que empurrava, com medo de surpreendê-lo ou de perturbá-lo. Quanto maior é o espaço, mais tempo é preciso para dominá-lo, e eu frequentara pouco esse palácio, intimidador por mais de uma razão, para pretender ter deixado nele uma marca sensível.

Não era o único elemento perturbador: os cômodos estavam limpos demais, bem arrumados demais, a calma profunda demais. Louis saíra dali há vários dias, eu estava certa disso.

Félicité surgiu de repente entre minhas pernas e, por um instante cambaleante, eu quase a esmaguei sob os pés.

– Te deixaram aqui sozinha, pobrezinha...

Segui seus miados até a cozinha, onde recarreguei suas vasilhas, agradecida por um longo rom-rom modulado pelo ritmo das minhas carícias.

– Você não sabe para onde ele foi?

Eu teria gostado de acreditar que ela sabia a resposta e que estava com raiva por não saber comunicá-la. Mas, indiferente, ela se limitou a comer a ração. Tão logo de barriga cheia, voltou gingando para a sala, à procura de um raio de sol, pronta para cochilar.

Eu já tinha dado uma volta pela casa duas vezes, incapaz de parar com tanta serenidade quanto minha gata, quando o barulhinho das chaves no meu chaveiro me lembrou da existência da sala no subsolo.

Desci não sem apreensão e constatei ao entrar na peça que o console estava apagado. Nada indicava que tinha sido utilizado em passado recente, e a memória do aparelho não mostrava gravações recentes. Contudo, tive a curiosidade de ativar cada uma das dez câmeras, uma por uma. Sem surpresa, o Hôtel de Mademoiselle Mars só exibia cômodos desesperadamente vazios.

No entanto, nas duas telas que lhe eram dedicadas, notava-se ao primeiro olhar que o palacete vizinho vibrava de animação. No quarto de dormir, reconheci sem dificuldade David. Sua companhia me surpreendeu mais ainda. Uma sentada na virilha dele, a outra oferecendo à primeira seu baixo-ventre, as duas louras de cabelo comprido agitavam-se com ardor, pontuando cada um de seus movimentos com gemidos intensos.

– *Yeshche!* – gritava a moça empalada sobre David, um pouco mais alto a cada ondulação.

Longe de ficar enciumada, a colega aproveitava os lábios dela colados no seu próprio sexo.

O sotaque eslavo – supus que fosse russo – acrescentado à ação das duas em conjunto não deixava margem a erro: eram profissionais do sexo. Contudo, eu duvidava de que fossem hotelles. Essas jovens tinham tudo de garotas de programa do Leste Europeu captadas em pleno sex tour, essas turnês europeias durante as quais prostitutas russas, ucranianas ou polonesas dão uma parada em cada cidade por onde passam para cumprir encontros marcados na internet por seus agentes.

Enquanto eu olhava David em ação, fiquei pensando no caso Delacroix, novamente em cena justo no momento mais crítico de sua carreira. Seria possível que as duas moças pertencessem às famosas conexões do Leste? Como era mesmo o nome da empresa de produção na qual o grupo Barlet tinha se imiscuído?

O nome citado no noticiário da TV me escapava, mas, com um gesto reflexo, apertei o botão vermelho que comandava a gravação. Quem quer que elas fossem, de onde quer que viessem, ficariam inscritas com ele na memória do console. Para sempre gozando, enlaçados.

Embora certamente menos onerosas do que as acompanhantes *made in France*, essas criaturas deviam custar caro para David, pois ele se deixara atrair pela primeira escolha: idade muito próxima da maioridade, pele diáfana, linha perfeita, cabeleira interminável e rostinho que não faria feio num elenco de modelos.

Porém, excluindo o exotismo, eu não conseguia entender o que motivara essa escolha. Eu estava aqui, e Aurore antes de mim, para provar que seu tipo de mulher era a morena fornida e voluptuosa e não essas varapaus frágeis e insossas.

Como para me contradizer, a moça que estava de pé demonstrou uma audácia sutil, inclinando-se para o ponto de contato que ligava os outros protagonistas. Mergulhando a cabeça entre seus ventres, ela pôs para fora uma língua pontuda e rosada com a qual passou a lamber ora o pau do homem ora o clitóris da outra mulher. Agiu com tanta aplicação que sua amiga não demorou a gozar. David mostrou-se satisfeito com a variação, ejaculando por sua vez no abdome de alabastro de uma e nos lábios vermelhos da outra.

Eu devia ter gravado o episódio em curso. Contudo, antes de os três personagens desaparecerem da tela, tive o reflexo de pegar meu smartphone, ativar a função multimídia e efetuar uma captura da cena, o membro ainda intumescido descarregando em grandes jatos seu conteúdo sobre os rostos virginais.

Uma vez que a ação terminava no quarto, eu tive a curiosidade de dar uma olhada na sala. Ao contrário do que deixava entrever um olhar superficial, o aposento não estava vazio. Um homem estava sentado à mesa, com o peito curvado. O brilho eletrônico que iluminava seu rosto provinha de um retângulo prateado: a tela de um computador portátil. Ele estava no fundo da sala, do lado oposto da objetiva da câmera, e de perfil. Nestas condições, era difícil reconhecer o rosto.

Observei por um instante os comandos e logo parei num pictograma em forma de lupa que tinha um grande botão giratório. Eu o virei num sentido, depois no outro, e consegui desse modo dar um zoom na imagem até identificar a pessoa que digitava com constância e vigor o teclado: Yves, o responsável pelo setor de informática da BTV.

Eu só cruzara com ele uma ou duas vezes nos corredores da emissora, mas não havia esquecido o papel que ele desempenhara, um ano antes, na demissão de Alice Simoncini. Foi ele que surpreendera a atual noiva de David numa escabrosa postura com o diretor artístico, Christopher Haynes, também ele dispensado em consequência do incidente.

Peguei outra vez meu celular e, enquadrando o melhor que pude o monitor monocromático, fiz uma foto que mostraria a Fred na primeira ocasião. Ele saberia me confirmar a identidade do homem. Quanto ao motivo de sua presença na sala de seu diretor executivo, confesso que eu não via nenhuma explicação lógica. Porém, mais uma vez, eu contava com as informações em primeira mão que meu ex detinha.

Antes de subir, cedi à tentação de algumas últimas espiadas. Explorando de novo as gravações no console, abri os vídeos que eu não vira em minha última visita. Além da excitação estranha que isso provocava em mim, eu ainda nutria a esperança de descobrir um outro rosto de homem que não fosse o de Louis: qualquer detalhe físico que o inocentasse.

Infelizmente, o corpo anônimo que apareceu uma vez mais no monitor, seco, sem sinal distintivo, podia tanto ser o de um desconhecido quanto o dele.

Sua parceira nessa sequência parecia-se pouco com as dos outros vídeos. Pelo peso do dorso, por algumas estrias que plissavam aqui e ali a sua pele, adivinhava-se que se tratava de uma mulher de uma certa idade, mais madura do que as outras criaturas, porém dotada de um charme devasso, de seios magníficos e de surpreendentes reentrâncias de um lado e de outro das costas. Sua marca de fábrica, supus.

Deitada de bruços, ela oferecia as nádegas e as coxas arreganhadas às estocadas incessantes do amante. A câmera ia de seus sexos unidos, de onde escapava uma espuma esbranquiçada dando a impressão de que a relação se eternizava, para o rosto da mulher, perfil sorridente e satisfeito. Ela parecia apreciar o tratamento que Louis lhe reservava e acolhia cada nova metida com um gemido prolongado.

Entre os dois planos, o olho eletrônico parou por um instante nas duas covas de sua lombar, dois pequenos espaços ocos parecidos com as aberturas de um instrumento de sopro, e que me fizeram lembrar da célebre fotografia de Man Ray, *Le Violon d'Ingres*.

De novo, gravei a cena na memória fotográfica do meu celular.

De volta ao saguão, tratei de ir embora o mais depressa possível, não sem antes ter o cuidado de reabastecer as reservas de Félicité. Eu gostaria de ter feito uma visita a Armand para deixar minha filha de bigodes aos seus bons cuidados, mas o momento me parecia particularmente mal escolhido para bater na porta dele.

– Todo mundo abandona você, minha linda... – suspirei, alisando seu pelo sedoso.

Eu me dirigia a ela ou falava de mim?

A vibração do meu celular expulsou a melancolia passageira. A mensagem de voz vinha de um número não revelado. Tinha sido deixada enquanto eu estava no subsolo, privada de sinal. Uma voz de homem anasalada, de elocução seca e rápida, expunha com pressa o que tinha para me dizer:

"Bom-dia, Annabelle, Jean-Marc Zerki falando. Como você sabe, sou o advogado de Louis Barlet. Eu serei breve. Meu cliente está sendo assediado pela mídia e pelos paparazzi desde sua libertação. A conselho meu, ele se escondeu por um tempo. Ele fez questão que eu lhe esclarecesse que não está fugindo de você. Mas eu exigi apesar de tudo que o endereço fosse mantido em segredo. De imediato, você não pode falar com ele, nem visitá-lo. Eu sei que é difícil de aceitar na sua posição, mas o que está em jogo é a defesa e a segurança dele... Espero que compreenda. Ele foi ameaçado por vários grupelhos de extrema-direita. Não há por que se alarmar, mas é melhor ser prudente. Ah, sim, um último detalhe: ele não tem nada a ver com o blog noticiado na TV. Nós ainda não sabemos quem está por trás dessa manipulação, mas eu lhe sugiro não levar em conta o que é publicado nesse site, nem os e-mails que porventura venha a receber dele. Temos todas as razões para acreditar que suas principais contas e acessos foram hackeados. Não responda a mensagens eletrônicas que tiverem o endereço dele. É isso, acho que não esqueci de nada. Entrarei em contato com você em breve. Boa-tarde."

20

4 de junho de 2010

Sem seu panamá e apertado dentro de um terno escuro, François Marchadeau não exibia a descontração, quase arrogante, que demonstrara durante nosso encontro anterior. É preciso dizer que a situação não evoluíra da maneira mais favorável para seu velho colega David Barlet. Desta vez ele não quis o cenário descontraído que a varanda aberta do Marly oferecia, optando pelo ambiente mais aconchegante, e um tanto formal, de um café 1900 na place du Châtelet.

– Tenho um negócio a lhe propor – fui logo dizendo, sem me perder nas preliminares habituais.

Instalado na cadeira, com os braços pousados nos encostos vizinhos, ele franziu o cenho de maneira sarcástica.

– Um negócio? Passou a falar como espiã de cinema desde que começou a investigar os irmãos Barlet? – ironizou.

– Eu escrevo a famosa crônica sobre David... e você me ajuda a ter acesso às fontes que me escapam sobre a família Barlet.

Ele tomou um pouco do chá Mariage Frères – a etiqueta com o rótulo Marco Polo pendia sobre o lado da xícara de louça branca – e me encarou com calma, vasculhando meu olhar para melhor julgar minhas intenções.

– E por que eu faria tantas concessões para obter o que você parece já disposta a me dar?

– Primeiramente, nada lhe prova que eu tenha tanta vontade de fazer as tais crônicas...

– Ora! – ele me cortou. – Você não teria me ligado, se não fosse isso.

– ... e depois, eu tenho informações que você não tem sobre *nosso* amigo.

Um ator muito conhecido, que estava trabalhando no teatro vizinho, entrou no café, afastando a cortina de veludo vermelho fechada atrás da porta dupla como se abrisse a de um palco, com o olhar à espreita. Alguns olhares pousaram sobre ele e uma onda de curiosidade seguiu-o enquanto ele atravessava o salão, de olho em uma mesa próxima à nossa. Fiquei surpresa por achá-lo mais jovem e mais elegante do que nas suas aparições na TV.

– Muito bem. Pode falar. O que você descobriu de tão perturbador e tão secreto que eu não conheça?

– Fácil demais – eu me vangloriei. – Primeiro eu quero que você se comprometa a me ajudar nas minhas pesquisas.

– Eu me comprometo.

Respirei fundo, como uma nadadora no momento do mergulho, e me joguei na água, exortada por um trovão que soou lá fora como o rufar de tambores no momento do grande acontecimento:

– David não é filho de André e Hortense Barlet. Ele foi adotado num orfanato perto de Saint-Malo, o Saint-Broladre, por volta de 7 ou 8 anos. Portanto, numa idade em que ele não podia ignorar.

– Ele não ignora – replicou, desdenhoso. – É até uma das confidências que ele me fez.

Nem pensar em deixá-lo ficar em vantagem. Então, como do lado de fora caía um dilúvio e os pedestres fugiam em todos os sentidos, eu me apressei em acrescentar, desafiando-o com o olhar:

– Nesse caso, ele também deve ter dito que Aurore e ele já se conheciam do orfanato?

– Não faz o menor sentido – ele retrucou após um instante de perplexidade. – Eles se conheceram em Dinard, na praia. Tinham 16 ou 17 anos. Louis poderá lhe confirmar sem problema. Ele tinha bastante ciúme do irmão, e não se esqueceria de uma coisa dessas...

Preferi não responder à sua afirmação e, em vez disso, vasculhei minha bolsa, de onde tirei alguns dos elementos recolhidos na Roches Brunes. Particularmente, a foto do coração gravado na cabine da praia. Estendi-a a ele, à espera de sua reação.

– Você acha que alguém se distrai com esse tipo de coisa aos 17 anos? – provoquei-o intencionalmente.

Ele continuou reticente, segurou a foto e observou-a por um bom tempo, antes de reagir finalmente:

– Não vejo o que isto prova. É neste grafite que você baseia sua teoriazinha? É bem pouco.

– Estive com a mãe adotiva de Aurore, em Saint-Malo. Florence Delbard.

Desprezando os detalhes, expus-lhe por alto minha entrevista, a confissão da sra. Delbard sobre o Saint-Broladre, e por fim seu brusco desaparecimento, com o objetivo evidente de escapar das perguntas a respeito do relacionamento de David com a sua filha.

– Segundo o que estou ouvindo, essa mulher me parece meio maluca. Ela pode ter falado qualquer coisa para dar importância à filha...

Na opinião dele, aquela mãe chorosa teria perdido a razão?

– E daí, se David e Aurore se conheceram com 16 anos? Grande coisa! Não é com esse tipo de furo que você vai produzir manchetes.

Sua repugnância em encarar a verdade me irritou. Então peguei meu celular e, com algumas pressões do polegar nas teclas de comando, exibi a fotografia de David e da menina sem rosto, junto da árvore de Natal.

– Quem é? – ele perguntou, reerguendo-se na cadeira, repentinamente mais sério.

– Boa pergunta. Pode-se reconhecer David sem problema. Mas os outros... Tudo que eu sei é que não são nem os Delbard, nem os Barlet. E que, haja vista a idade de David nesta foto, ela provavelmente foi tirada *antes* da entrada dele no orfanato.

Pelo seu rosto de repente lívido, compreendi que eu acabara de marcar um ponto decisivo. Sua perturbação era patente. Quase palpável. Mas ainda faltava algo para fazê-lo mudar de lado.

A duas mesas da nossa, o ator célebre se levantou com um pulo no instante em que uma jovem cantora da moda, mais moça do que ele pelo menos trinta anos, irrompeu no café com os cabelos encharcados. Ao vê-la, ele exibiu o sorriso-ricto que se tornara sua marca registrada tanto quanto suas tiradas enfáticas ou seus escândalos televisivos. Ele correu ao encontro dela e cobriu seus ombros com um gesto protetor que vários celulares imortalizaram em volta de nós. Seu relacionamento já devia ser oficial para que eles o exibissem assim.

– Você acha seriamente que esta menina pode ser...?

Marchadeau interrompeu a pergunta, indiferente à comédia que se encenava a dois passos de nós.

– Aurore? Impossível afirmar com certeza. Mas faz parte das opções cogitáveis, sim.

– E estes, então... – ele murmurou apontando o casal plantado como uma estaca. – Quem seriam?

– Não tenho ideia. Uma família de acolhimento, o pessoal do próprio orfanato... Pode ser muita coisa.

Por sua vez, ele compartilhou comigo suas magras lembranças de Jean-François e Florence Delbard, os pais de Aurore, que ele avistara uma única vez, mais de vinte anos antes, no dia do casamento de David. Sua descrição da sra. Delbard era em todos os pontos fiel à imagem que eu mesma forjara durante minha breve entrevista.

– Nós não chegamos ao final das nossas descobertas.

– É o que parece mesmo – admitiu a contragosto, admirável no seu papel de amigo fiel e incorruptível. – Mas, em todo caso, você deve compreender que isso não muda em nada o afeto que tenho por David.

– Não lhe peço para trair seu amigo. Eu disse a você: quero que me ajude a compreender melhor a natureza das relações dele com o irmão.

– Se só se tratar disso, tudo bem – ele sorriu, forçando uma descontração que lhe fugia.

Enquanto ele fazia tal afirmação, lembrei-me de David junto das duas companheiras de folguedos, as garotas de programa russas. Marchadeau conhecia esse aspecto da vida de David? Compartilhava com ele algumas sessões recreativas? Ou conservava de seu amigo uma imagem tão pura e intocável que recusava a menor zona de sombra?

Hesitei um instante em contar tudo, depois me contive. Se quisesse mantê-lo do meu lado por algum tempo, não podia desde logo queimar seu ídolo. O rancor que ele desenvolveria não poderia servir aos meus interesses.

Mas, automaticamente, sem pensar, ele apertou as teclas do meu celular que mantivera na mão e passou sem querer de uma imagem para outra. Percebi primeiro a foto de David ejaculando em cima das duas russas, depois a do homem sem rosto deitado sobre a russa carnuda. Ele ficou olhando uma por uma sem uma palavra, o olhar fixo, a mandíbula contraída. Depois apertou nervosamente o comando de retorno ao menu principal e quase jogou o aparelho em cima da mesa do bar, como se o teclado de repente tivesse queimado sua mão.

Esperei que ele se indignasse, que alegasse ser uma montagem maldosa, até mesmo um complô, mas não aconteceu nada. Com uma mão febril, ele afastou a xícara de chá ainda fumegante e fez sinal para o garçom se aproximar.

– Um Jack Daniel's, por favor. Puro.

Então, como se as malignas imagens nunca tivessem existido, ele voltou à nossa conversa interrompida:

– Você estava falando de "fontes que lhe escapam" sobre os Barlet... Que tipo de informação você procura, especificamente?

– Eu gostaria de ter acesso aos arquivos do Departamento de Saúde e Assuntos Sociais de Ille-et-Vilaine.

– Me deixe adivinhar: os dossiês de David e de Aurore?

– Impossível esconder qualquer coisa de você. A consulta só é autorizada pelos parentes diretos ou por ordem de um juiz.

Ele franziu as sobrancelhas, afundou ligeiramente a cabeça nos ombros e afirmou com segurança:

– Hum... Eu conheço alguém no gabinete do ministro da Saúde e Assuntos Sociais. Ele deve poder dar um jeito nisso.

– Ótimo.

– Nada mais?

Embora ele já tivesse rejeitado meus pedidos de ajuda a favor de Louis, era o momento para tornar a insistir.

– Sim... Antoine Gobert.

– Qual a relação com David?

– A princípio, nenhuma. Mas eu acho muito esquisita a obstinação deste senhor contra Louis, e gostaria de saber de onde vem essa raiva. Imagino que ele não saiu do colégio para se tornar presidente da APECEP. Deve ter trabalhado em algum lugar antes disso.

– Ok – resmungou meu interlocutor. – Vou ver o que consigo achar sobre o animal. Mas está fora de questão publicar o que eu descobrir sobre ele no Éco, estamos entendidos?

– Perfeitamente.

Passamos os cinco minutos seguintes traçando juntos as linhas principais da minha futura crônica e nos despedimos no momento em que cessava a chuva, enquanto o ator sexagenário mergulhava a mão embaixo da saia da jovem namorada que soltava gritinhos em surdina, temendo atrair mais ainda os olhares curiosos.

– Veja só... – comentou baixinho Marchadeau, já íntimo, indicando o casal escandaloso com um olhar oblíquo. – Não se deve julgar muito severamente as pessoas que vivem permanentemente sob o olhar do público. Quando sua vida é tão exposta quanto a deles, o menor passo em falso pode se virar contra você. E a vida é longa, quando estamos sujeitos a esse tipo de atenção desde a mais tenra idade.

Como aconteceu após minha primeira estada em Dinard, uma visita a Rebecca fazia-se necessária. Trinta e cinco minutos de metrô mais tarde, toquei o interfone da avenue Mandel, 118. Assim como na visita anterior, minha ex-patroa não pareceu surpresa por me ver chegar sem avisar. Abriu a porta e me recebeu no seu pequeno quarto e sala do nono andar, vestida com uma espécie de calça jogging cor-de-rosa pespontada de fios dourados.

– Entre... quer um chá?

– Não, obrigada.

Entrei na sua pequena sala arrumadinha, tal como eu a conhecera um ano antes. Notei apenas que as pastas que se empilhavam na época em um canto da peça – os arquivos da Belas da Noite – tinham desaparecido, talvez destruídas ou mais provavelmente guardadas no porão.

– Então, Salomé mostrou-se cooperativa?

Os acontecimentos dos últimos dias tinham quase ocultado esse episódio e o ataque de ciúmes que me acometera então.

– Digamos que eu saí com a confirmação que eu esperava... e viva – brinquei um pouco.

Minha anfitriã sumiu alguns instantes na cozinha contígua e voltou logo em seguida com uma xícara na mão soltando fumaça, seu rosto tão fino encoberto pela nuvenzinha de bruma em suspensão, como numa velha foto desbotada. Justamente porque, a seu modo, ela pertencia à história dos Barlet é que seu testemunho me era precioso, ainda que ela o destilasse com parcimônia e com a lentidão de um suplício chinês.

Como havia feito um pouco mais cedo com o jornalista, eu expus as descobertas que fiz na Bretanha para soltar sua língua e incitá-la a um pouco mais de sinceridade comigo: a certidão de adoção de David, a fotografia do coração, o relato edificante de Florence Delbard etc.

Ela me escutou primeiro sem se mexer, aquecendo as mãos na caneca cheia apesar do ambiente abafado, depois adotou a expressão nostálgica que eu vira na última vez.

– David e Aurore não queriam que suas passagens pelo Saint-Broladre saíssem do círculo familiar.

– Por quê?

– Por pudor, imagino. Ou para conjurar as más lembranças. Suponho que se eu conhecesse meu futuro marido na prisão, eu não ia querer que o mundo todo ficasse sabendo.

Fazia sentido.

– Mas quando eles ficaram noivos, os pais tinham perfeita consciência de que se tratava de um reencontro e não de uma nova paixão, não?

– Não naquele momento, não.

– Se há uma versão oficiosa, suponho que haja também uma versão oficial sobre como eles se conheceram...

– A verdade é que eles nunca deixaram realmente de se ver. Depois do verão que se seguiu às respectivas adoções, eles se encontraram na praia, em Dinard. Na primeira vez, o encontro foi por acaso. David passava as férias na Roches Brunes com sua nova mãe, seu novo irmão e Armand. Quanto a Aurore, ela morava em Saint-Malo, e os Delbard frequentavam geralmente a praia de Bon Secours ou a do Sillon. Exceto naquele dia... acho que foi em julho ou agosto de 1978.

– Sabe por que eles foram à praia em Dinard?

– Não... talvez apenas por vontade de mudar. Ou foram visitar parentes na região. Mas a partir desse dia, Aurore suplicou aos Delbard para ir sempre à praia da eclusa.

– Eles não procuraram saber por quê?

– Quando uma criança recém-adotada tem um capricho sem importância, não há razão para recusar. Então, sim, eles aceitaram percorrer alguns quilômetros até Dinard para agradá-la.

– Todos os dias?

– Quase todos os dias – ela aquiesceu. – Se não me engano, Florence Delbard parara de trabalhar naquela época. Ela não tinha outra coisa para fazer senão cuidar da filha.

– Em nenhum momento ela pensou que o garoto que brincava com Aurore pudesse ter vindo do mesmo orfanato que ela?

– Você sabe, quando a garotinha de 8 anos se distrai com o garoto que tem mordomo e a mais bela mansão de toda a região, você não cria caso... afinal, eles eram apenas crianças. Brincavam bem juntos. Não tinha problema. Nem Florence nem Hortense suspeitavam do que quer que fosse.

Eu os imaginava correndo de um lado para o outro da praia, construindo castelos de areia e brincando de bolinha de gude feita de algas secas, para terminar se refugiando na cabine 68, lá onde eles deixaram para sempre sua marca.

– Quem lhe contou tudo isso?

– Louis. Ele morria de ciúmes pelo fato de o irmão adotivo preferir passar todo o tempo com uma menina em vez de brincar com ele. Foi nesse período que ele também se apaixonou por Aurore. De tanto segui-los, observá-los às escondidas, ele foi o primeiro a compreender que alguma coisa mais forte e mais antiga ligava David àquela garota.

Por que eu não estava surpresa?

– Ele não disse nada aos pais?

– Disse, ele falou de suas suspeitas a Hortense, mas ela lhe pediu que não contasse nada para ninguém. E Louis obedeceu à mãe.

Essa perspectiva me tocou. Como me emocionava a ideia de que meu homem tinha residido por tantos anos no apartamento do andar de baixo, a alguns metros sob nossos pés.

– E em seguida, o que aconteceu?

– Eles continuaram a se frequentar durante anos, no verão evidentemente, mas também durante alguns feriados escolares. Natal, Páscoa... Eram inseparáveis. Quando começaram a namorar, por volta de 15 ou 16 anos, as coisas ocorreram muito naturalmente, como se cada um já tivesse entrado na família do outro. Todo mundo achava encantador que dois amiguinhos de praia virassem namorados, depois noivos...

– Menos Louis, suponho.

– Menos Louis, é lógico...

De uma caixinha de madeira escura em cima da mesa de centro ela tirou um fino tubo de plástico escuro, no qual reconheci um cigarro eletrônico, que ela levou à boca. Ela soltou várias baforadas de vapor inodoro e isso pareceu acalmá-la. O objeto lhe caía bem. Conferia-lhe uma forma de nobreza e de mistério que algumas das cortesãs do des Charmes não teriam renegado.

– Como Louis reagiu ao anúncio do casamento deles?

– Muito mal. Ainda mais porque a relação clandestina unindo-o à futura cunhada já havia começado, tecendo entre eles um elo que ele acreditava ser indissolúvel e inflamado pela paixão.

– Contudo, Aurore escolheu David – eu concluí por ela. – Ela preferiu sua ligação passada aos sentimentos do momento.

– Não – ela contestou sacudindo a cabeça da esquerda para a direita. – Não foi seu passado que ela escolheu ao preferir David... foi justamente o contrário.

– Não entendi.

– Ela escolheu o poder, Elle.

O poder?

– Quando se casaram, David já tinha sido designado por André para sucedê-lo – ela prosseguiu sem me dar tempo de interrogá-la antes.

– E o que isso tinha a ver com Aurore?

– Essa nomeação não era apenas uma revanche para ele... mas para ela também. Estando do lado dele, ela achava que teria seu quinhão de glória e que apagaria as próprias feridas. Eles tinham uma desforra em relação à vida.

Saint-Broladre. O orfanato. As humilhações e o futuro comprometido.

Ao perder a competição que o opunha a David e a posição na direção do grupo Barlet, Louis também perdera Aurore. Ao fazer de David seu campeão, ela, ao contrário, tudo ganhara, tudo que deveria ajudá-la a reparar uma infância despedaçada. Ao menos na aparência.

Sem uma palavra, Rebecca se levantou e me largou por uns instantes para ir até o quarto. Ao reaparecer, trazia nas mãos um pequeno envelope que me estendeu com uma emoção visível.

– O que é isto?

– O convite de casamento deles.

Abri o envelope com precaução e tirei de dentro o cartão amarelado pelo tempo. Eu podia senti-lo vibrar entre meus dedos, como se as palavras que trazia fossem jorrar. Levei alguns segundos antes de poder fixar a grafia, tão rebuscada que dificultava a leitura.

* * *

Florence e Jean-François Delbard,
Hortense e André Barlet,
têm o prazer de convidá-los para o casamento de seus filhos
Aurore e David,
que será celebrado sábado, dia 18 de junho de 1988,
às 15 horas,
na Catedral Saint-Vincent de Saint-Malo.
Os noivos ficarão felizes em recebê-los
a partir das 18:30
para o *vin d'honneur* e a recepção que se seguirá,
no restaurante Maisons de Bricourt,
rue Duguesclin, 1 – 35260 Cancale.

Há outro 18 de junho. O dia dos meus dois anos.

Achei que não ficaria bem usar meu smartphone para conservar uma prova da preciosa relíquia. Tentei então memorizar as principais informações – data, horas e locais – antes de restituir o cartão à sua proprietária.

– Antes do dia D, os Barlet e os Delbard eram amigos?

– Na verdade, não. André considerava o casal Delbard gente modesta da província, e o pai de Aurore via nos pais de David apenas esnobes pretensiosos da capital... Mesmo que, privadamente, ele se felicitasse pelo bom casamento que a filha tinha feito.

E que casamento: cerimônia na catedral, recepção no restaurante estrelado mais famoso de toda a costa Esmeralda, talvez centenas de convidados...

– E depois, eles continuaram em contato?

– Depois da morte de Aurore? Que eu saiba, eles só se reviram no dia do funeral. Não exatamente o tipo de circunstância em que se trocam reminiscências sobre os anos de juventude dos filhos, se é nisso que você está pensando.

Perfeito. Mesmo deixada no acostamento da estrada de quatro faixas que era a vida dos Barlet, Rebecca mantinha uma perspicácia e uma mordacidade que fizeram dela a melhor amiga de Louis a despeito de ele ser seu grande amor.

– Você disse que Louis foi muito afetado pela união deles?

– É o mínimo que se pode dizer. Foi nessa época que ele voltou para mim, aliás. Eu devia ter desconfiado.

Ela disse isso sem amargura, só um ligeiro franzir de lábios um tanto cansado.

– A vida dele nessa época era de muito álcool, muitas mulheres e muitas viagens... – ela continuou.

– Bem como um acidente.

Pelo seu olhar, frio e direto, vi que ela captou meu subentendido, mas que o rejeitava inteiramente.

– Foi *verdadeiramente* um acidente... – ela destacou cada palavra para melhor me convencer.

– Os artigos da época dizem que Louis mal sabia segurar um leme – eu exagerei de propósito. – Se é verdade, por que André o teria deixado pilotar o Riva?

Ela se esquivou, desta vez sem convicção:

– E por que não?

Eu a deixei aspirar uma baforada de sua mistura de óleos essenciais e voltei ao ataque:

– Se Louis tem a consciência tão limpa sobre o acontecido, por que me escondeu o incidente? Por que me mentiu sobre a origem de sua deficiência?

– É justamente porque se sente culpado que ele lhe deu uma outra versão. Seja honesta: você contaria ao homem que ama que você matou seus pais? Mesmo que não tenha sido intencional?

Eu podia compreender isso, mas continuava sem entender por que ele atribuíra a si mesmo o mérito de ter salvado Aurore e porque, ao contrário, David ficara arrasado. Assumir o papel do outro tinha muito pouco a ver com ele.

Quando terminei lhe relatando o que Yvon, o consertador de barcos, dissera, ela se limitou a dar de ombros.

– Esses pescadores são todos alcoólatras. O que viu David naquele dia devia estar mais bêbado do que de hábito.

Ela estava agora na defensiva, e eu sabia que não iria conseguir mais nada sobre esse assunto.

Decidi então dar minha última cartada: o seguro de Aurore. Tirei o documento da bolsa e o brandi sob os olhos dela. Ela não poderia escapar das minhas perguntas.

– Você já viu este papel?

Seus olhos saltavam do retângulo de papel para mim, sem conseguirem se fixar. Ela estava com medo, talvez mesmo em pânico. Ela fechou por um segundo as pálpebras, depois se recompôs.

– Não, isso não me diz nada.

– Contudo, é de fato o endereço dos Barlet, aqui, neste prédio.

– Certo, mas eu não sou o porteiro deles – ela objetou num tom ligeiramente contrafeito. – Nunca vigiei a correspondência que eles recebiam, nem quando David morava embaixo nem quando era Louis.

A ênfase de sua reação me provou o contrário. Ela deve ter passado anos inspecionando o conteúdo das caixas de correio deles, como uma faminta à espreita do menor sinal de encorajamento.

– Este documento foi emitido mais de dois anos depois da morte de Aurore e enviado para cá, onde ela morava oficialmente com David.

Rebecca mordeu os lábios como se procurasse uma explicação lógica para esse envio absurdo.

– O corpo dela nunca foi encontrado – terminou soltando. – Foram necessários vários anos para que seu falecimento fosse oficialmente reconhecido. Imagino que isso explique esse gênero de erro. Enquanto ainda havia uma esperança de que a encontrassem, mesmo ínfima, David e os Delbard não tinham nenhuma razão para encerrar seus contratos de seguro ou de cobertura de doença.

A explicação fazia sentido, mais uma vez, e neutralizava todas as perguntas que eu poderia ainda fazer.

– Rebecca... eu queria lhe perguntar por que só hoje você está me contando tudo isso...

Por que não um ano antes? Por que não no momento em que eu escolhera o mais velho em detrimento do mais novo?

– Louis não queria deixar você pensar que ele a amava por causa da sua semelhança com *ela*, como o irmão dele...

Ele me repetira inúmeras vezes nos últimos meses: o fato de eu ser a sósia de Aurore por certo tinha sido o elemento desencadeador de sua atração, mas rapidamente seu sentimento tinha aumentado e ultrapassado essa evidência, para adquirir uma singularidade só devida a mim, Annabelle, apenas a mim.

No momento em que ela ia fechando a porta para mim, um pouco mais esclarecida sobre a gênese do infernal trio, mas mesmo assim cega em relação a tantos pontos, eu lhe fiz uma última pergunta:

– Você sabe se David teve uma outra namoradinha?

O termo, definitivamente infantil, levou à pergunta seguinte:

– Criança, você quer dizer?

– Sim. No orfanato, por exemplo. Antes de Aurore.

E + D. Lembrei das iniciais vislumbradas na penumbra dos vestiários, em Saint-Broladre.

– Pode ser – ela suspirou. – Mas eu não me lembro.

– Uma Emmanuelle? Uma Élise? Uma Élodie? Um nome qualquer começando por E...?

– Não... de verdade. Lamento.

Antes de deixar o prédio, fiquei alguns minutos no andar debaixo, com o ouvido colado na porta que, há pouco tempo ainda, era a de Louis. Um morador que saía do elevador terminou me fazendo sair.

Passada a tempestade, um tempo radioso porém carregado de uma umidade abafada pesava sobre a cidade. Com as axilas e a virilha molhadas, a roupa colada no peito, a testa suando como se uma febre ruim tivesse me acometido, decidi mesmo assim dar uma volta pelo bairro para organizar na minha mente consumida de calor os poucos elementos novos que eu acabara de recolher.

Nada me distraía, nem mesmo o luxo dos carros estacionados ao longo das calçadas, quando meu celular tocou:

– Elle? É Marchadeau.

Fiquei surpresa que ele me ligasse tão depressa, não mais do que duas horas depois da nossa conversa. Sua voz estava firme e determinada. Seu tom não expressava mais a reticência que mantivera algumas horas antes.

– Sim...?

– Tenho alguma coisa sobre Gobert.

– Ah... e o que é?

– Imagine que antes de ser presidente da APECEP, Antoine Gobert trabalhou muito tempo no setor privado, como técnico de contabilidade.

Eu saía aos poucos da minha letargia. Quanto ao meu interlocutor, seu duplo pigarrear embaraçado não me dizia nada de importante.

– Ele trabalhou durante uns vinte anos na Sofiba, um escritório de contabilidade e finanças... filial cem por cento do Grupo Barlet.

Fiquei alguns segundos sem voz, incapaz de reagir, e Marchadeau completou com as seguintes palavras:

– Segundo o advogado de Delacroix, ele deixou definitivamente o grupo há menos de um ano apenas. Cereja em cima do bolo: foi Gobert quem forneceu a David as provas que serviram para acusar Delacroix no caso da East-X Prod.

21

4 de junho de 2010

Durante todo o tempo de sua breve exposição, François Marchadeau restringiu-se ao tom neutro empregado pelos apresentadores de jornais de televisão para demonstrar seu profissionalismo. Era como se comentasse o comportamento da Bolsa ou a meteorologia. Contudo, eu sentia ferver agora a mesma sede de verdade que me animava. O que teria acontecido para fazê-lo mudar de opinião? Era o choque das imagens entrevistas de maneira fortuita no meu telefone? Eu tinha dificuldade de acreditar. Ele conhecia David suficientemente bem para saber que ele não era um anjo. Afinal, um e outro tinham me conhecido na qualidade de hotelle...

Entretanto, eu tive a certeza de que sua descoberta acabara de abalar sua existência tanto quanto a minha, em proporções que ignorávamos ainda. Ele já sabia que o elo entre Antoine Gobert e David implicava este último sem nenhuma sombra de dúvida na cabala montada contra Louis. Mas pela primeira vez Marchadeau discernia a verdadeira natureza de seu amigo. E enquanto ele acolhia isso com amargura e consternação, eu considerava sua reação a melhor notícia das últimas semanas. Eu só me censurava por ter sucumbido por um momento às minhas velhas sereias, ao charme insidioso de David. Ele quase conseguira me fazer acreditar que trabalhava para o bem do seu irmão.

Tanta duplicidade não chegava a me surpreender tratando-se do meu ex. Mas que ele expandisse a cada vez os limites da baixeza não parava de me desesperar. Eu gostaria de ter visto alguma coisa boa nele, amor pelo irmão e, por uma vez, não me enganar.

– Fui eu que desencadeei tudo isso... – murmurei no fone do aparelho.

– Você?

– Se eu não tivesse largado David no dia do nosso casamento, ele não empregaria tanta energia para destruir Louis.

Eu mesma não acreditava nesse resumo simplista. Minha conversa com Rebecca e todos os elementos recolhidos em Dinard me provavam que a história começara bem antes de mim. Eu não era senão um personagem a mais na interminável sucessão de episódios que esticava a novela da vida deles.

– O que você está fazendo neste momento? – perguntei abruptamente.

– Estou no jornal. Por quê?

– Dá para escapar por uma horinha?

– Eu sou quase o patrão aqui. Saio com tanta frequência e por tanto tempo quanto quero.

Eu me espantei um pouco com o fato de ele não opor qualquer resistência. A porretada que acabara de levar na cabeça devia ter abalado suas convicções e também dera um golpe fatal na amizade que o ligava a David. "Um amigo de vinte anos." Ele pertencia a uma geração que enche a boca com tais fórmulas, como se elas pudessem imunizá-lo contra a decepção e a traição. Agora não mais. Ele não acreditava mais em juras eternas.

Meia hora depois, ele me fez sinal na esquina das rues Saint-Lazare e La Rochefoucauld, onde se postara prudentemente à distância respeitável dos hôtels Duchesnois e Mars. No metrô que me trouxera até ali, e a despeito do sinal telefônico errático, eu conseguira transmitir para Fred a foto do homem no computador, capturado na tela de vigilância. Menos de dez minutos mais tarde, ele me confirmou o que eu já adivinhava:

Sim, é o Yves. O que ele
faz no Hôtel Duchesnois?

Bem que eu
gostaria de saber.

Vc acha que é ele que
hackeia as contas de e-mail
do Louis?

Pode ser.

Yves não é o único geniozinho
da informática na BTV. Meu amigo
Francky é melhor ainda, e detesta o chefe.
Quer que eu peça a ele para chegar até o
computador em questão?

Seria demais.
Obrigada!

Não há de quê ;)

François Marchedeau tirara paletó e gravata, e duas auréolas de transpiração escureciam a camisa azul-clara na cavidade das axilas. Apesar do aspecto negligente, ele conservava uma elegância aristocrática. Eu não me sentia atraída por ele. Mas não podia deixar de admirar a coragem desse homem disposto a renegar sua casta por amor à verdade tanto quanto por despeito.

Suponho que tenha sido para me parecer com indivíduos de sua têmpera que eu abracei a carreira de jornalista.

– Está me convidando para tomar chá na sua casa? – ele brincou para disfarçar a própria tensão.

– Na verdade, não... venha – eu pedi que me seguisse até o prédio da esquerda.

Ele não deu mais uma única palavra até alcançarmos a sala de controle escondida no subsolo. Pelos seus olhares, contudo, eu adivinhava sua admiração pelo trabalho de restauração realizado por Louis. Sua educação o predispunha a apreciar esse tipo de cenário.

Não precisei de mais de um minuto para ligar o console e localizar a sequência.

Em um dos monitores, David e as duas louras longilíneas apareceram finalmente, tão impetuosos quanto eu os havia deixado. Uma das duas encorajava a consorte a chupar o membro ereto com mais ardor: *"Davay! Davay! Eto otstoy!"*

Pressionei o botão vermelho tarde demais e o melhor da sequência ficou faltando, mas as atitudes e os sotaques permaneciam suficientemente explícitos.

– De que data é isso aí? – limitou-se a perguntar Marchadeau com uma voz apagada.

– Não depois da tarde de ontem.

– Você mostrou a mais alguém?

– Não... além de mim, você é o primeiro a ver.

Ele inspirou profundamente, passou a mão trêmula pelos cabelos molhados de suor e recomeçou:

– Você sabe o que estas imagens significam para David se elas saírem daqui?

Evidentemente: era a prova de que o presidente do Grupo Barlet está metido até o pescoço na rede de atrizes pornô clandestinas vindas dos países do Leste Europeu. Uma derrota garantida no processo judicial que o famoso Stephen Delacroix o faria enfrentar proximamente. Acima de tudo, caso o momento se mostrasse desfavorável, levaria diretamente ao fracasso da fusão com a GKMP e à derrocada do curso das ações Barlet. Enfim, significaria o opróbrio e talvez até a ruína. A perda de toda a herança tão duramente adquirida, que ele com tanto empenho se dedicara a fazer frutificar. Tudo isso em algumas imagens amadoras de qualidade medíocre, cinzentas e um pouco desfocadas, como se podia ver aos milhares nos canais de vídeos pornográficos.

– Por que acha que o convidei para vê-las comigo?

– Hum – ele resmungou. – No fundo, você não tinha escolha.

Era difícil esconder dele, com efeito, uma vez que ele tinha visto no meu celular.

– Na sua opinião, o que faremos com isso? – eu pedi sua opinião de jornalista experiente.

– Por enquanto, não tocamos em nada. É aqui que tamanho arsenal estará em mais segurança.

Eu concordei e comecei a desligar a aparelhagem, mas ele reteve meu gesto com uma mão lenta mas firme.

– Você tem certeza de que não há mais nada que mereça minha atenção?

– O resto não lhe diz respeito.

– Cabe a mim julgar, você não acha?

Uma vez que era preciso botar os pingos nos is, eu esclareci, tão digna quanto pude:

– Os outros vídeos não mostram David em ação.

– Quem então?

– Eles mostram... – eu engasguei. – Eles mostram Louis. E algumas de suas amantes.

– Verdade?

Um pouco surpresa com sua insistência, exasperada com seu ceticismo, vasculhei outra vez o console e exibi uma das sequências em câmera subjetiva que eu já tinha visto.

Marchadeau assistiu impassível e não fez nenhum comentário. Quando a projeção privada terminou, ele pediu uma outra, depois outra ainda, a que assistiu em silêncio, sempre igualmente impassível. Até o momento em que sua mão correu para os comandos e pressionou o botão para congelar a imagem:

– Aqui.

O plano permitia que se visse a base do pênis ereto do cameraman assim como todo seu baixo-ventre que, fato inédito, era impecavelmente raspado.

– Você não nota nada? – ele perguntou.

– Não. E deveria?

– Não me diga que nunca viu David nu!

– David? – eu quase sufoquei.

Então ele deu um zoom e conseguiu concentrar a visão num detalhe do púbis, uma pequena mancha de nascença um pouquinho maior do que um feijão e bastante parecida com as tatuagens que Stéphane fizera em Louis e em mim na noite do nosso noivado.

– Este pequeno angioma nos pelos pubianos é sua marca de fábrica. Ele nunca mostrou para você?

– Nunca... – falei, atordoada.

A mancha desaparecia quando ele deixava crescer os pelos. Eu me espantei, contudo, com o fato de David não a ter mencionado em nenhum momento durante os poucos meses que durou nossa intimidade.

E Marchedeau, como ele sabia?

– David e eu compartilhamos os mesmos vestiários e os mesmos chuveiros há cerca de vinte anos – apressou-se a esclarecer, como se tivesse lido meus pensamentos.

Ele aproveitou a minha estupefação para prosseguir à vontade a exploração do disco rígido e seus tesouros. Muda, eu observava as cenas que desfilavam com um olhar totalmente diferente. E dizer que eu duvidara de Louis...

Uma dúvida subsistia entretanto: como esses filmes rodados por David para seu próprio uso se encontravam no console de vigilância do irmão? Quem os havia transferido para cá, e com que objetivo?

Com um toque no botão para parar que ressoou no arco do teto, Marchadeau me arrancou das divagações.

– O que está acontecendo? Não é o David?

Ele ignorou minha pergunta, recomeçou a passar as imagens e depois interrompeu outra vez. Por fim, dignou-se a se lembrar da minha presença.

– É... É David, sim – ele confirmou com uma voz funérea.

Com o olhar cansado pregado na tela monocromática, ele deixou o vídeo correr. Reconheci na hora a ruiva mais velha de quem eu também capturara um instantâneo. Sem me consultar, Marchadeau passou a sequência uma segunda vez na íntegra, e eu não ousei interromper. Era flagrante que aquele físico feito para o amor, as curvas e os relevos, o rosto que reunia em uma única mulher o charme venenoso de uma feiticeira e a graça de uma madona, lhe eram familiares.

Mas quem era aquela que agora gozava sob os violentos ataques de seu parceiro?

De volta à superfície, eu o deixei digerindo sua consternação, aproveitando o tempo para alimentar Félicité e recuperar no meu quarto um par de vestidos mais apropriados ao forte calor que esmagava Paris.

– Elle? É o Fred.

Sua ligação pareceu um estrondo no silêncio contrito da casa.

– O que é?

– Hã... Você me pediu um serviço, está lembrada?

Eu me censurei pela acolhida glacial e falei com um tom mais ameno:

– Sim, desculpe. Você tem novidades?

– Algumas! Francky me garante que o IP do hacker corresponde ao laptop profissional de David.

– Tem certeza? Eu acho uma maluquice ele correr o risco de fazer isso como o próprio comput...

– É mais complicado do que isso. Yves utilizou alguns intermediários no exterior para dissimular os rastros de David. Mas mesmo assim Francky conseguiu chegar até ele.

– Ele conseguiu uma prova?

– Segundo o que Francky me disse, é impossível a distância. O único meio seria pegar diretamente no micro usado para os ataques.

Em suma, o computador portátil de David.

Voltei correndo para a sala de comando e, ignorando meu acólito cujo olhar aparvalhado se perdia nas telas, liguei a câmera de vigilância do salão do Hôtel Duchesnois. Por sorte, o moderno laptop continuava no mesmo lugar onde eu o vira na última vez. Sua tampa estava baixada, sinal de que ninguém o utilizava.

– O que foi? O que está fazendo? – perguntou Marchadeau com sua voz apagada.

– Vou precisar de você.

– De mim?

– É. Você vai ligar para Chloé e pedir para falar com David.

– Para fazer o quê?

– Para saber se ele está no trabalho neste momento.

A segunda câmera me provou que ele também não estava no quarto. Mas ele podia estar em qualquer outro lugar dos mil metros quadrados do seu palacete, embora fosse pouco provável num dia de semana no final da tarde.

– E se Chloé me passar a ligação, que pretexto falso eu alego?

– Não sei, improvise. Você conhece isso melhor do que eu.

Ele não gostou de minha alusão a métodos jornalísticos contestáveis, encheu o peito e propôs:

– Eu emprestei a ele um livro em inglês sobre a história da GKMP. Posso dizer que preciso dele de volta urgentemente para escrever um artigo.

– Perfeito. Em seguida, ligue para Armand. Peça para ele encontrar-se com você em algum lugar de Paris para lhe entregar o livro. Não indique a ele um local de encontro muito próximo, a fim de me dar tempo suficiente para agir.

Marchadeau subiu para o térreo para fazer as ligações e eu aproveitei para rever a sequência que comprometia David, aquela em que seu sinal de nascença aparecia de maneira mais visível. A semelhança com as tatuagens siamesas que Louis eu tínhamos era perturbadora. Mas Louis estava acima de qualquer suspeita uma vez que eu mesma tivera a iniciativa do projeto. A coincidência me mergulhava num abismo de perplexidade. Como eu pude deixar passar esse detalhe anatômico de David? Eu teria conservado no inconsciente uma imagem que dera origem à ideia das tatuagens gêmeas?

A cena que estava passando era uma das mais desenfreadas que eu já vira naquele pandemônio erótico. A mulher usava uma máscara branca comparável à que Louis me fizera usar algumas vezes. O fato de ser anônima não diminuía em nada o poder de fascinação que a ruiva exercia. Cintura muito fina, quadris largos, um traseiro de belas nádegas, uma barriguinha suficientemente acentuada para convidar uma mão a pousar nela, seios empinados e carnudos, ombros delicados, seu corpo roliço era feito para os prazeres do amor. Uma pin-up que explodia os cânones comuns da beleza.

Sua boceta, que palpitava cadenciadamente em volta do pau duro enterrado nela, era calcada no mesmo modelo. Uma vagina não apenas bonita, bem desenhada ou corretamente proporcionada. Ela me pareceu perfeita.

Dentre as leituras aconselhadas por Louis, figurava a pequena obra do dr. Gérard Zwang, *O sexo da mulher*, na qual o autor define a surpreendente norma de uma vagina graciosa. Segundo ele, uma boceta bem-feita respeita as divinas proporções seguintes: nove centímetros para a fenda, repartidos em três partes de três centímetros – três para o clitóris e seu capuz, três para os pequenos lábios e, por fim, três para o canal vulvar. A este conjunto convinha acrescentar outros nove centímetros do monte de Vênus, o conjunto compondo um edifício harmonioso de dezoito centímetros, do alto dos pentelhos até o início do períneo.

Acrescentando a isso uma pigmentação sem excesso, uma pilosidade dominada e os reflexos luzidios de sua excitação, a vulva da mulher na tela era uma das produções do corpo humano mais bem acabadas que eu já vira. Eu permaneci assim, contemplando seus encantos, compartilhando pela primeira vez a fascinação que os homens podem nutrir por esse segredo que nós guardamos entre as pernas.

David acelerava a cadência, sem se dar mais ao trabalho de fazer sua glande emergir daquela ardente perfeição, quando...

– Annabelle? Você está aí?

O grito de Marchadeau me tirou da contemplação invejosa. Eu desliguei o console com um toque decidido, um pouco depressa demais, para negar a emoção que nascia em mim. Uma umidade suspeita surgiu na minha calcinha, e eu mais que depressa a recoloquei no lugar, nas minhas nádegas, antes de ir para onde estava Marchadeau.

– E então? – perguntei, desenvolta, com as faces rosadas.

– David está no meio de uma videoconferência com Seul. E Armand vai me encontrar no Zimmer daqui a trinta minutos.

– Beleza!

Só nos restava esperar o clique do portão vizinho, significando a partida do mordomo, para passar à fase seguinte de nosso estratagema.

Cinco minutos depois, Marchadeau saiu para se encontrar com Armand, e eu pude me introduzir sem risco no Hôtel Duchesnois, armada com a chave que o mordomo tinha insistido para eu conservar. Eu nunca mais pusera os pés ali desde minha partida precipitada para o hospital no dia do meu casamento abortado... No dia da morte de minha mãe. E minha intrusão me pareceu duplamente ilegítima.

Além da ampulheta gigante, pulverizada um ano antes por Sinus e Cosinus, os pugs de David, nada havia mudado. O dois cães devem ter farejado minha presença, pois me fizeram festa como se eu tivesse partido na véspera.

Com minhas lembranças e o coração aos pulos de medo, eu entrei no salão. Na mesa baixa, estavam largados os jornais estampando a glória de David, as edições mais recentes elogiando sua estratégia e a conquista garantida do gigante coreano.

O computador portátil estava exatamente sobre a mesa de jantar, tal como eu havia visto da minha tela de vigilância. Eu levantei a tampa e o monitor começou a trabalhar instantaneamente, mas uma pequena caixa de diálogo apareceu no centro da tela azul.

– Merda... – resmunguei em surdina. – Uma senha.

O que eu estava pensando? Que, como a vagina daquela beldade sedutora, a máquina iria me entregar os mistérios de David sem a menor resistência?

– Fred? – sussurrei no meu celular.

– Você não vive mais sem os meus serviços, hein?

– Estou com um problema... O computador de David está na minha frente e não tenho a senha dele.

– Era de se esperar. Já tentou as opções evidentes, data de nascimento etc.?

– Não, tenho medo de fazer uma besteira e bloquear tudo.

– Nenhum risco. Num sistema padrão, não há tempo nem limite para o número de tentativas. Comece.

Então eu tentei minha sorte diversas vezes, todas elas sem sucesso: *5 de janeiro de 1970, 5 de janeiro de 1969, 050170, 050169, Aurore, AuroreDelbard, SaintBroladre, rochesbrunes*... A máquina me devolvia sempre a mesma resposta sucinta.

– Nada funciona... Você não pode perguntar para o seu colega Francky? Descobrir uma senha deve ser brincadeira de criança para ele.

– Sim, mas ele não está aqui.

– Não dá para você falar com ele?

– Ele saiu para testar programas em casa. E quando ele faz isso, fica off-line para tudo.

Portanto, eu ia ter que me virar sem as provas. David continuaria usurpando a identidade eletrônica do irmão mais velho. Com as consequências desastrosas que isso implicava.

Sinus, o mais afetuoso dos dois pugs, latiu alegremente para que eu o seguisse ao andar de cima. Sem uma razão especial, eu galguei os largos degraus de mármore atrás dele, movida por não sei qual espécie de curiosidade. Talvez fosse o desejo de rever o quarto onde, segundo as imagens, David se mostrava um amante mais apaixonado do que fora todas as vezes comigo.

Como de costume, tudo estava impecavelmente arrumado. A cama estava feita e nenhuma roupa estava jogada. Um pensamento me encorajou a empurrar a porta do closet.

Uma evidência me saltou então aos olhos.

– Ela não mora aqui!

No meio de cuecas, camisas brancas e ternos, nem um único vestido, nem o menor sutiã. A despeito de seus anúncios e do vídeo grotesco que circulara na web, era flagrante que Alice não tinha sido autorizada a se mudar para a casa do noivo. No momento em que David procurava mais do que tudo promover na opinião pública uma imagem de respeitabilidade, com mulher e futuros filhos, o casamento futuro seria apenas um contrato entre eles, provido de generosas condições financeiras?

Sob uma pilha de suéteres, instável como se fosse frequentemente remexida – o que era surpreendente para a estação –, eu percebi a ponta de um papel rígido.

Tive um sobressalto.

Uma capa cor de prata.

– Desgraçado...! – falei entredentes. – Então era você todo esse tempo.

Puxei o Dez-vezes-por-dia do amontoado macio de caxemiras. Uma folheada rápida me tranquilizou. Nada tinha sido tirado, nada tinha sido acrescentado. Seu conteúdo fora apenas pilhado, e nossa intimidade para sempre violada.

Hesitei um segundo, tentada em recuperar o que era meu, depois desisti com um suspiro resignado. Uma vez que o mal estava feito, o caderno serviria melhor meus interesses nas mãos do meu inimigo. Se eu cometesse o erro de tirá-lo dali, ele ficaria sabendo que eu invadira sua casa e que a comédia estava descoberta. Saber e deixá-lo me subestimar, minha minguada vantagem residia nesta fórmula. E eu estava decidida a mantê-la. Talvez até a aumentá-la.

22

Ao homem traído, ao homem derrubado, não restam senão duas atitudes. Ele pode deixar-se abater, acrescentando a infâmia à sua desgraça. Ou ele se levanta na mesma hora e decide pegar em armas contra aquele que causou sua aflição. Felizmente para mim, François Marchadeau escolhera a segunda opção e se ligou à minha causa, sem condições desta vez. Ele escolheu não apenas me assistir na minha investigação sobre a família Barlet, como também na minha missão de reabilitação de Louis... uma vez que isso consistia de agora em diante em abater o irmão caçula.

Como agora estávamos do mesmo lado e servíamos aos mesmos interesses, chegara a hora de eu lhe expor todas as informações em meu poder, sem guardar nada para mim... ou quase nada.

Menos de uma hora depois de sair do Hôtel Duchesnois, fui me encontrar com ele no mesmo lugar onde nos refugiáramos na véspera durante o temporal, no meio das madeiras e das pinturas cor de sangue do Zimmer, na place du Châtelet. Sentado diante de outro Marco Polo – reconheci de longe a pequena etiqueta octogonal, preta e amarela, pendendo do lado de fora do bule de chá –, ele folheava o livro devolvido por Armand.

– Ele continua se servindo da coitada como se ela fosse uma boneca de pano... – ele resmungou, quando mencionei a ausência de objetos pessoais de Alice na casa de David.

Ele estava falando da nova noiva de David ou de Cécile, a ruiva incandescente que seu velho amigo lhe roubara?

Ele prosseguiu, respondendo com algumas palavras cortantes à minha intuição:

– Esse casamento é tão fajuto quanto a nomeação de Alice no cargo ao lado de David. É preciso tranquilizar os coreanos – ele disse, brandindo o livro, como se uma quantidade de asiáticos fosse sair dele. – É preciso tranquilizar os mercados. E a experiência prova que um presidente solteiro, sem ninguém do lado em quem se apoiar, não é bom para acalmar os espíritos.

– Então, quanto a Louis e David, o que você propõe?

Ele sacudiu a cabeça um instante, deu um gole na bebida fervente e depois sugeriu com um tom ligeiramente sentencioso, seguro de si:

– Nada por enquanto.

– Nada?

– É cedo demais para agir.

– Mas nós temos tudo que é preciso para derrubar David! – eu me insurgi.

– Para fazê-lo bambear – ele me corrigiu, com um indicador erguido entre nós. – Não para derrubá-lo. Se já liberarmos o que conhecemos hoje, ele terá todo o tempo para preparar a sua defesa antes do recurso do caso Delacroix.

– E quando vai ser?

– A data ainda não está fixada. Mas deve ser questão de semanas, talvez até de dias.

Ele tentava me fazer entender que, do ponto de vista judiciário, os casos Barlet-Sauvage e Delacroix estavam agora ligados. Se fosse possível adiar as audiências do processo de Louis por um bom tempo, então nós poderíamos desacreditar previamente David durante o julgamento do recurso que o opunha a seu antigo consultor financeiro. Humilhado, acusado de proxenetismo e suspeito de conluio com Antoine Gobert, David não teria outra saída senão ordenar a Gobert que retirasse a queixa no escândalo da galeria. O fruto cairia da árvore diretamente nas nossas mãos, sem sequer precisarmos nos esticar na ponta dos pés para colhê-lo.

Quando franzi a testa, contrariada, ele segurou meu braço com uma mão amistosa, quase paternal.

– Acredite em mim, o advogado dele é um dos melhores. Se nós partirmos com a flor no fuzil, armados apenas com nossas suposições e alguns vídeos sem valor legal, ficaremos encalacrados.

– Quem é esse figurão?

– Jacques Bofford. Trinta e cinco anos de tribunal. Os maiores processos criminais e financeiros das duas últimas décadas.

– Você acha que ele é capaz de vencer Zerki, se Zerki dispuser de nossos elementos?

Ou seja, as provas manifestas da maquinação urdida por David para comprometer o irmão. Principalmente a pirataria informática.

– Zerki fez seu primeiro estágio no escritório dele. Bofford lhe ensinou tudo. A astúcia de um não é senão uma pálida cópia do talento do outro. Eu sei, já os vi em ação em um antigo processo que envolvia David, numa época em que o discípulo ainda era assistente do mestre.

– Se compreendi bem, esperamos a audiência e continuamos a preparar nossos argumentos?

Com um careta pouco graciosa, eu manifestei a impotência na qual nos precipitavam suas conclusões, embora fossem sensatas. Ele me contemplou por um instante e seu rosto se abriu num sorriso cordial.

– Não seja criança. Você sabe muito bem que minha estratégia é a única cogitável.

Uma vez que a grande ofensiva estava adiada *sine die*, ele sugeriu que eu voltasse ao fundamental da minha investigação: Aurore, a rivalidade dos irmãos Barlet e as inúmeras mentiras e zonas de sombra que cercavam os três.

– Eu não queria ser indelicado, mas considerando o passivo judiciário de Louis e os acordos que ele parece ter feito com a verdade durante a juventude... nós poderíamos ainda fazer belas descobertas. Se não quisermos que Zerki seja pego de surpresa quando o dia chegar, é melhor lhe fornecer um panorama mais completo. E o mais claro possível.

– Só uma pergunta – repliquei, irritada com suas insinuações. – Você conhece bem Louis?

– Não de todo. Nós nos cruzamos em alguns jantares e festas. Eu sou... enfim, eu era um dos amigos mais próximos de David. É uma posição pouco propícia para criar relações com o irmão dele. Você sabe do que estou falando.

Mesmo compartilhando suas dúvidas, eu não podia deixar um estranho pisotear sem mais nem menos na reputação do homem que eu amava.

– Então o que o autoriza a falar deles nestes termos?

Ele se inclinou para mim outra vez e segurou minhas mãos, quase derrubando a xícara no caminho.

– Sejamos bem claros: eu sou um marido corno e você, uma mulher apaixonada pelo seu homem.

A ruiva que nós dois tínhamos visto nos braços de David era mesmo sua mulher. Eis o que explicava sua súbita mudança a meu favor.

– Em outras palavras – ele prosseguiu –, quero saber tudo o que esta família guarda de mais sórdido, e você tem o desejo exatamente inverso. Você não quer, sobretudo, arranhar a imagem que faz de Louis, o que eu posso compreender. Contudo, nós temos o mesmo objetivo. E é provável que no caminho nós nos confrontemos com certas coisas que teríamos preferido não ver.

A referência às imagens que comprometiam sua esposa era explícita.

– É assim, Elle... a partir de agora, é preciso aceitar isso ou então renunciar, deixar a justiça seguir o seu curso e se limitar a fazer algumas preces. Cabe a você escolher.

Ele tossiu nervosamente, ainda abalado pelas imagens daquela manhã.

– Mas você já sabe de tudo isso – continuou. – Senão, não teria vindo me pedir para ajudá-la.

Ele estava certo. Eu defendia Louis por princípio, mas aceitava abrir os olhos para sua verdadeira natureza.

Marchadeau satisfez-se com o sorriso vago que eu lhe dei como resposta. Apesar do seu jeito um pouco rude, não lhe faltavam psicologia, nem sutileza.

Reexaminar uma a uma as peças recolhidas em Dinard e Saint-Malo nos ocupou todo o almoço e uma parte da tarde. O mais surpreendente, para mim, era constatar o quanto David mantivera Marchadeau afastado de seu passado, ocultando por omissão ou com mentiras a maior parte dos elementos que eu lhe revelava, mais de vinte anos depois de se conhecerem nos bancos da HEF.

Como a maioria de nós, David tinha várias vidas, entre as quais ele criara uma cuidadosa separação. Mas, em casa, a impermeabilidade raiava a obsessão. Assim, Marchadeau não sabia quase nada de sua infância no orfanato. Até o presente, Marchadeau atribuía a rivalidade que opunha seu amigo a Louis a um ciuminho sem consequência, um efeito direto da diferença de status em relação aos pais. Ele acreditava que, no caso, Aurore não passara de um episódio menor.

O que lhe revelei nesse dia – inclusive as estranhas mentiras cruzadas nas quais os dois irmãos tinham trocado seus papéis nos incidentes dramáticos dos anos 1989 e 1990 – demonstrou-lhe, ao contrário, que o triângulo passional Aurore-David-Louis, fonte de todos os males, tinha suas raízes no âmago da infância. Provavelmente numa época que precedia a adoção de David por Hortense e André Barlet.

– Você estava presente na Roches Brunes?

– Está querendo dizer no momento do acidente de Aurore?

– Sim, ou quando Louis e os pais bateram com o barco.

– Não, em nenhum dos dois momentos. Como eu lhe disse, David compartimentava sua vida ao máximo. As poucas vezes em que fui convidado para Dinard, nem os pais nem o irmão estavam lá.

Mas ele ignorava muitas outras coisas ainda, como a relação clandestina entre Aurore e Louis, "antes e depois" do casamento da jovem com David, segundo Rebecca.

– Que essa história da transa dos dois não tenha sido falada, eu posso compreender. Em compensação, não consigo explicar a obstinação de David e Aurore em esconder os anos que passaram juntos em Saint-Broladre.

– Estou com você – ele concordou. – Não vejo por que isso lhes pareceu tão embaraçoso ou tão repreensível a ponto de esconderem tão escrupulosamente.

– Tanto mais que era um verdadeiro segredo de polichinelo. Eu consegui concluir que ao menos três pessoas estavam a par: Louis, Hortense Barlet e Florence Delbard.

Ele fez que sim com a cabeça sem uma palavra, pensativo, passando a intervalos regulares uma mão maquinal nos cabelos de reflexos grisalhos.

– Você conseguiu falar com seu contato no Ministério, sobre os registros do Departamento de Saúde e Assuntos Sociais?

– Ainda não. É um pouco mais complicado do que eu esperava. Meu amigo pode me facilitar o acesso ao arquivo, mas provavelmente terei que ir até lá, em Rennes. Se for o caso, aproveitarei para também fazer uma investigaçãozinha em Dinard.

Somente sessenta quilômetros separavam as duas cidades pela D137, a chamada Voie de la Liberté. Tanto ele quanto eu teríamos desejado que ela fosse a da verdade...

– O mais esquisito – ele falou entre dois goles de chá, apanhando um dos documentos espalhados sobre a pequena mesa de bistrô – é este erro da seguradora de Aurore.

Quando eu lhe contei a hipótese apresentada por Rebecca, ele deu de ombros com raiva.

– São bobagens! – exclamou. – Se uma pessoa desaparece em circunstâncias que levam a crer que ela não pode sobreviver, e é claramente um caso de afogamento, o procurador da República tem legitimidade para declarar o óbito de imediato. Não há prazo a respeitar.

– E o que faz você acreditar que isso tenha sido feito no caso de Aurore?

– Muito simples: eu estava no seu funeral, menos de um mês depois do acidente. Na França, não há sepultamento possível sem que um atestado de óbito tenha sido expedido.

Conclusão: a seguradora fora obrigatoriamente informada de que a segurada 2 70 06 35 063 056 19 já não estava mais neste mundo. Marchadeau não acreditava em um erro dois anos depois.

– Convenhamos... – argumentei. – Não seria a primeira vez que o seguro social se engana.

– Hum... – resmungou, muito cético.

E segurei o atestado redigido *post mortem* mais uma vez e, no final do documento, notei um pé de página contendo, em caracteres maiúsculos, as coordenadas do seguro de saúde complementar ao qual Aurore fora afiliada: Mutaliz. Eu me perguntei se o endereço e o telefone ainda seriam válidos.

Sem advertir meu novo comparsa, disquei o número.

– O que está fazendo?

– Ora, meu serviço de jornalista. Ligando para eles.

– Você é louca! O que vai dizer a eles? Que você está com os papéis de uma morta?

– Melhor do que isso... – fanfarronei com um sorriso entendido antes de lhe pedir silêncio com a palma da mão.

Depois de uma gravação promocional, uma voz humana me respondeu finalmente:

– Mutaliz, bom-dia. Em que posso ajudar?

– Bom-dia, senhora. Sou uma cliente de vocês.

Na minha frente, Marchadeau erguia aos céus olhos incrédulos e irritados. Para lhe provar que meu método iria trazer frutos, acionei o viva-voz do meu celular.

– Pode me dar seu número de afiliada? E pode me confirmar seu número de seguro social, por favor?

Eu li para ela os números escritos na página.

– Aurore Delbard, é isso?

– Sim, exato.

– Perfeito. O que deseja, senhora?

– Meu cartão de beneficiária expirou há um mês e eu ainda não recebi o novo.

– Ah... pode esperar um pouquinho? Eu vou verificar.

Enquanto eu a ouvia teclar freneticamente, o som das teclas ressoando no telefone, Marchadeau me fazia vários gestos pouco amenos para me mostrar sua desaprovação: indicador na têmpora, mão atravessando a garganta para significar que vão cortá-la etc.

– Sra. Delbard? – perguntou a funcionária do outro lado. – Eu não estou entendendo. Para mim, seu novo cartão foi enviado na data prevista. Emitido no dia 1º de maio e enviado para o seu domicílio no dia 5 de maio.

Eu quase me engasguei. Do outro lado da mesa, François cessara suas gesticulações e me encarava com um olhar vazio e gelado. Para a Mutaliz e seu gigantesco arquivo de clientes, Aurore Delbard ainda existia. Ela morrera há mais de vinte anos e entretanto, para eles, continuava tão viva quanto eu. Continuava recebendo seus cartões de beneficiária e ela – ou alguém no seu lugar – não tinha deixado de pagar suas anuidades.

Vários segundos se escoaram antes de eu me sentir de novo em condições de falar.

– Sra. Delbard... a senhora ainda está aí?

– Sim, sim... desculpe.

– Se a senhora quiser, posso pedir para emitir uma segunda via do seu cartão.

– Sim, obrigada, eu quero, sim.

– Vou confirmar seu endereço, para ter certeza de que ele vai chegar sem falta. A senhora ainda reside na square d'Orléans, nº 5, Paris, 9º distrito, certo?

Eu hesitei um instante antes de lhe responder. Dar a ela meu endereço? O que eu ganharia recebendo um cartão? O que eu ficaria sabendo que já não tinha descoberto?

Marchadeau puxou uma caneta do paletó e rabiscou o endereço de Aurore no verso da apólice de seguro expirada. Reflexo de jornalista.

– Sim, é isso mesmo, confirmei com um tom ausente.

– Perfeito. Vai receber seu novo cartão dentro de cinco ou seis dias úteis.

Ela encerrou nossa conversa com as fórmulas de praxe e me deixou sem voz, aparvalhada, incapaz de descolar o telefone da orelha avermelhada.

Depois deste episódio inimaginável, Marchadeau e eu ficamos atordoados durante alguns minutos antes de nos separarmos. Tempo suficiente para ele confirmar que o endereço não correspondia a nenhum que pudesse ser atribuído à família Barlet. Nem a André e Hortense, nem ao casal de recém-casados antes da morte de Aurore ou mesmo a Louis depois disso.

Em seguida, nós dividimos as tarefas e combinamos de nos rever tão logo um ou outro tivesse novidades.

– Oh! E aliás... – eu falei, quando já ia embora.

– O quê?

– A foto, no meu celular... eu deletei.

– Obrigado – ele aprovou com um sorriso embaraçado.

Uma vez que o tempo estava de novo clemente e eu não estava tão longe da minha casa, voltei a pé para a rue du Trésor. As varandas da rua sem saída transbordavam de ociosos e turistas bebericando. De minha parte, eu só tinha uma vontade: me refugiar nos meus poucos metros quadrados e revirar à vontade as descobertas do dia.

Mais ainda do que *por quê*, o que me intrigava era o *quem*. Quem poderia ter mantido todos esses anos a ilusão de que Aurore ainda vivia? Eu até podia compreender que alguém fizesse passar um vivo por morto – os romances policiais estavam cheios de tapeações desse tipo –, mas qual o sentido de manter uma ilusão inversa? Para que serviria perpetuar a vida administrativa de um fantasma?

O que encontrei na minha caixa de correspondência despertou felizmente em mim outras emoções, mais doces, mais próximas das minhas aspirações. Pois Louis não era para mim apenas um objeto de investigação. Ele não era uma abstração ou o personagem de um drama em vários atos que a imprensa e os advogados disputavam entre si como uma carniça.

A falta que eu sentia dele se revelava cada dia mais atroz e palpável. Assim como ele descrevia uma por uma as partes do meu corpo, página após página, eu também listei os sintomas que sua ausência desencadeava em mim: dores de estômago, contrações musculares, batimentos involuntários das pálpebras, endurecimento intempestivo dos mamilos, espasmos vaginais... Mas eu parei com este jogo depressa. Eu não tinha condições de escrever.

Eu já disse que Louis me obcecava, que seu espectro chegava a me visitar às vezes, ele me possuía. Desta vez, seria eu a invocar seu nome, eu que me faria a sacerdotisa do culto à sua glória, disposta a tudo para obter sua presença.

A temperatura ambiente estava amena neste fim de dia ensolarado, e eu me estendi nua na cama, dispondo em volta de mim cada uma de suas definições, o mais perto da zona assim acariciada por suas palavras. Uma vez que se tratava de uma obra em progresso, ainda faltavam algumas, mas as lacunas me pareciam a promessa de outras sessões comparáveis. De outros prazeres.

> **Mamilo** (s. m.): O que mais me encanta nos seus mamilos é a capacidade de mudar de fisionomia segundo o tratamento infligido a eles, mas também em função de fatores sutis como uma fraca variação de temperatura ou uma corrente de ar fresco.

Eu só tinha minhas mãos, mas a corrida dos meus dedos sobre meu seio o pôs rapidamente de acordo com a descrição. A auréola se amarronzou, o peito endureceu, e eu pude ver eclodir aqui e ali pequenos bulbos de epiderme excitada que o menor contato desencadeava neles uma onda elétrica.

> **Garganta** (s. m.): Se é pela garganta que passa o sopro da vida, na mulher é pela garganta que se manifesta em primeiro lugar o desejo.

De fato, eu podia senti-la rosar sob minhas palmas, fremir como se as mãos de Louis a apertassem e inchar até me empinar os seios. Minha respiração estava mais curta. E o calor que se desprendia da região ganhava pouco a pouco toda a parte de baixo do meu corpo, preparando tecidos e mucosas para outras invasões.

Períneo (s. m.): O períneo é discreto.
Ele esconde bem o jogo. Refugiado
entre as coxas, não prestamos
atenção nele nem lhe damos valor, embora
uma única carícia fugaz, um só beijo dado por lábios amorosos
possam bastar para inflamar sua região e seus arredores exaltantes.

Eu passei de leve a ponta do indicador nesta pequena tira de pele rugosa e foi como se Louis acionasse um comando a distância. Minhas coxas se afastaram, minhas costas se arquearam, meu sexo se escancarou, esfaimado, já guloso dos dois dedos que mergulharam em mim.

Mas ele não ficou saciado, e eu não tinha mais cabeça para ler.

Punho (s. m.): Punho fechado, punho cerrado,
punho ameaçador. O que, na maioria das
vezes, é considerado uma arma, torna-se
em certos orifícios, e com uma certa arte,
o mais vigoroso dos instrumentos
de prazer.

Não me lembro de alguma vez ter introduzido em mim a minha mão inteira. Pois eu o fiz desta vez, convencida de que Louis enfiaria no meu ventre o punho vingador que me dilacerava. Movi minha bacia para frente para não ter que torcer o punho e descobri até quais profundezas eu era capaz de me preencher. Uma vez minha mão introduzida completamente, eu a fechei pouco a pouco, inchando a bola de carne que me enchia, empurrando as paredes atravessadas por espasmos.

Como um coração que bate, eu desdobrava e retraía os dedos lentamente, depois cada vez mais depressa, alargando no mesmo compasso minha vagina a cada contração. Eu era uma amante extasiada sob o punho erguido de um homem. E quanto mais eu palpitava no ritmo, mais eu o via esmagado em cima de mim, com a mão em minha boca para abafar meus gritos, a outra mão brandida em mim para assinar sua vitória. Cidadela tomada, cidade conquistada.

No momento de gozar, todos os meus dedos se afastaram num só sobressalto, uma última dor, que crispou meu ventre e rompeu o silêncio da noite. Meu orgasmo vestia o seu punho com uma luva para sempre devedora.

23

Eu não sabia que réplica dar às definições de Louis. Não imaginava encaminhar a ele as notas esparsas que eu acumulava dia após dia na minha Nuvem, esqueleto primitivo das páginas que vocês têm nas mãos. Enquanto eu não chegasse ao final da minha investigação, parecia-me prematuro transmiti-las. Não queria que ele interpretasse erradamente minhas intenções. Que visse em mim somente uma enxerida, embora minha vontade de desnudá-lo tivesse por objetivo desposar sua alma.

E se a falta que as circunstâncias nos infligiam fosse a prova definitiva a que nossos sentimentos deviam se submeter? Podia existir teste mais penoso do que a distância e a impossibilidade de comunicação? Aquilo não valia todas as experiências libertinas? E esse fantasma que se convidava cada vez com mais frequência nos meus dias, saído de meu armário de fantasias, não era a forma mais bem acabada de Louis tal como eu o amava?

square d'Orléans, 5

Pesquisar o endereço no site de busca foi a única providência que fui capaz de tomar naquela noite, depois de voltar ao meu apartamento.

No momento de se despedir, Marchadeau me deu um abraço, efusão súbita que me deixou sem ação e sem voz. Não duvidei de que, nesse contato desajeitado, ele buscava mais um consolo para si mesmo do que me reconfortar. A mistura de seu suor ácido com a água-de-colônia hesperídia que usava me deu um pouco de náusea, mas não tive coragem de afastá-lo. Se eu quisesse manter seus bons serviços, aceitar aquele abraço era o menor dos esforços que eu teria que fazer.

Como seria de se esperar, os primeiros resultados exibidos pelo algoritmo de pesquisa provinham de corretores imobiliários. Eles insistiam no charme tipicamente inglês do luxuoso conjunto neoclássico concebido pelo arquiteto Edward Cresy segundo o modelo de John Nash. Fiquei até sabendo, não sem um sorriso, que o terreno onde o conjunto fora construído pertencia a uma certa Mademoiselle Mars, que o havia cedido no momento em que se instalara na rue de la Tour-des-Dames.

Mas o primeiro link realmente instrutivo discorria com prazer sobre os moradores de renome que a square d'Orléans conhecera desde os anos 1830 até os nossos dias: Alexandre Dumas, Eugène Delacroix...

Meu olhar se fixou quando apareceu por fim, na virada de uma linha, o número 5. Tratava-se de uma citação de 1842 que começava nestes termos: *Nós mudamos para cá há dois dias, place d'Orléans, nº* 5, rue Saint-Lazare. O apartamento é muito bonito e confortável, *mas ainda nos falta tudo.*

Precisei percorrer ainda alguns parágrafos com um olhar oblíquo para adivinhar a autoria: George Sand. Quanto ao "nós", ele adquiria todo o sentido algumas linhas mais abaixo, com estas palavras carregadas de um certo desprezo ciumento: *O maestro, por sua vez, esmera-se e prepara, na mesma place d'Orléans, nº 9, um salão magnífico para receber suas magníficas condessas e suas deliciosas marquesas.* O maestro, claro, era Chopin.

Se Aurore alguma vez residiu enquanto viva neste imóvel, é porque ela dispunha necessariamente de muitos recursos. De recursos, mas também de motivos para se instalar sozinha. Pois era certo que, nos dias ou semanas que se seguiram ao seu casamento com David, ela deixara Saint-Malo pelo apartamento da avenue Mandel, onde ele morava na época.

Mais uma vez, alguma coisa não batia. A única hipótese que me passou pela cabeça foi de que Jean-François Delbard pudesse estar fazendo um investimento ao adquirir um imóvel na capital. Nessa perspectiva, o prestígio do lugar pesava muito, evidentemente. Um tabelião ganhava suficientemente bem para poder comprar um apartamento deste padrão, e o pai de Aurore tinha por certo cultura suficiente para apreciar o caráter único do imóvel. Mas o fato de sua escolha ter caído justamente na square d'Orléans, a dois passos da rue de la Tour-des-Dames, não deixava de me intrigar.

A noite já tinha caído, e eu não via outra pista para explorar de imediato. Qualquer progresso me parecia depender a partir de agora das investigações de François Marchadeau. Reprimi a impaciência e a vontade de entrar em contato com ele imediatamente – ele devia estar pegando o trem com destino a Saint-Malo – e tratei de honrar minha parte do acordo que me ligava ao redator-chefe adjunto do *L'Economiste*.

Escrever sobre David como se eu estivesse do lado dele diariamente era uma forma bastante sutil de impostura no tempo e nos sentimentos que eu tinha por ele. Seguindo os bons conselhos de Marchadeau, eu descrevi rapidamente o que compunha o seu dia típico, um relato a que dei o sóbrio título de *24 horas na vida de David B., empresário do CAC 40 e imperador da mídia*. Não ocultei nada dos detalhes pedidos por meu contratante, chegando à marca da pasta de dentes, aplicando ao meu relato a frieza clínica e os catálogos de referências que fizeram o sucesso literário de Bret Easton Ellis.

David acorda todos os dias às 6:25, não 15 nem 30, mas 25 minutos em ponto, quando seu despertador Cerutti 1881 solta o seu grito estridente. Não se alonga, não demonstra preguiça, não resmunga por começar um novo dia. Pelo contrário, ele pula da cama todos os dias movido pela inalterável vontade de lutar contra a soma de dificuldades, obstáculos e decisões delicadas com a qual será confrontado nas próximas doze a quinze horas. Na meia hora que se segue, cada um de seus preparativos entra com uma precisão de relojoeiro no espaço temporal de cinco minutos que lhe cabe: cinco minutos para fazer a barba com um aparelho Louis Vuitton; cinco para a chuveirada com gel Roger & Gallet Bois d'orange; cinco para vestir um terno sob medida ou um Paul Smith de dois botões; cinco para se pentear e perfumar com uma das cinco ou seis *eaux de toilette* sempre disponíveis na bancada do banheiro, sua preferência recai normalmente sobre clássicos como Habit rouge de Guerlain ou Eau sauvage de Dior; cinco para engolir seu café Malongo Blue Mountain e a tigela de cereais Quaker Oast Life, regada com leite de amêndoa sem lactose e acompanhada de suco de laranja espremido na hora pelo mordomo; cinco finalmente para sincronizar seu iPhone 5 com o computador MacBook Air e apanhar os documentos que trouxe na véspera para casa. São 6:55, 7 horas no pior dos casos, e David B. está pronto para conquistar o mundo...

Prossegui assim em duas páginas cheias, esboçando um retrato que, embora pudesse suscitar sob certos aspectos inveja nos leitores, não podia deixar de provocar uma espécie de repulsa. Quem poderia aspirar a uma vida robótica dessas, reduzida a uma sucessão de gestos cronometrados e combates sem afeto?

Pouco me importava. Essa existência eu deixara para trás. E a história dele me interessava pouco, uma vez que eu precisava edulcorar as únicas facetas que teriam valido a pena olhar de perto: como a dupla condição de caçula e órfão fizera germinar em David um espírito de conquista sem limites e uma moralidade tão incerta quanto suas origens.

Depois de uma breve releitura – sempre confiei na espontaneidade da primeira versão dos meus textos –, mandei tudo por e-mail para fmarchadeau@leconomiste.fr sem esquecer de pedir confirmação de leitura e ainda enviar um SMS prevenindo-o de que uma cópia do artigo o esperava na sua caixa de correio eletrônico quando ele chegasse ao escritório.

Sua resposta chegou quase na mesma hora:

Obrigado. Publicação prevista no próximo número.
Não esqueça de me indicar o pseudônimo que deseja usar. FM

Se este ano me ensinara alguma lição, é que entregar o próprio destino nas mãos de um só homem é loucura. Uma imprudência no limite da inconsequência que eu não estava mais disposta a cometer. Mesmo por amor, mesmo nas mãos de Louis. Pedi-lo em casamento, organizar nosso noivado secreto não eram sinais de abandono, de entrega, mas de conquista. Eu não me oferecera a ele, eu partira para o ataque. Claro, eu estava disposta a tudo para fazê-lo meu, mas certamente não para aceitar tudo de olhos fechados.

Era a mesma coisa em relação a Marchadeau. O fato de ter feito dele meu parceiro não me proibia de seguir minhas próprias pistas, de desenvolver uma estratégia e intuições que me pertenciam. E nada me impedia de guardar para mim alguns detalhes dos relatos que eu poderia lhe fazer.

Está de volta? Que tal um drinque no Trésor? Sophia.

Minha amiga e eu não tínhamos mais nos falado desde aquele telefonema, pouco antes da minha partida para Saint-Malo. Uma eternidade, me parecia. Eu não tinha intenção de compartilhar com ela tudo o que Marchadeau e eu tínhamos apurado, mas sentia falta da sua presença. Da sua jovialidade também. E, mais do que tudo, do bom senso, ao qual ela conseguia acrescentar ternura, fantasia ou humor.

Ok. Em 20 minutos?

Ela chegou com o dobro de atraso, e eu já estava terminando meu primeiro Monaco quando ela surgiu na varanda tão lotada quanto de costume, usando um vestido de verão de motivos florais próprio para realçar suas curvas.

– Talvez não seja o vestido perfeito – eu comentei, evocando sua busca do Graal do vestuário, – mas ele faz um certo efeito.

– O seu também não é nada mau.

Seu cumprimento me deixou pasma: sem tempo para lavar qualquer coisa depois da minha volta, estava usando o vestido de bustiê preto achado no armário de Aurore. Roubado do passado.

– Fred sabe que você sai com este tipo de traje? – eu tentei desviar a atenção para ela.

– Fred tem ciúme de qualquer coisa que eu faça ou que eu use. Eu não preciso te explicar como ele é.

– E aí você exagera!

– Exatamente. Acabo perdendo a paciência com ele... mas também gostando.

– É o grande amor, pelo que estou vendo...

Ela me fez uma expressão indefinida. Eu só esperava que Sophia fosse suficientemente clara com Fred sobre o limite das ambições que ela fixava para a relação deles. O pobre rapaz já conhecera bastantes decepções nos últimos meses.

– E aliás... eu revi meu anônimo.

Rever não era o termo mais apropriado. Mas eu podia perceber que esses encontros às cegas a excitavam mais do que mil anos de noites de restaurante-cineminha-chamego com Fred.

– Sempre sem nenhum indício?

– Não... na verdade, sim. Desta vez, estou praticamente certa de que ele usava um chapéu.

– Um chapéu?

– Sim, um chapéu de verão. De palha, uma coisa assim. Ele botou em cima de uma cadeira e eu esmaguei com a minha bunda quando ele me... enfim, eu te dispenso dos detalhes.

Esse tipo de acesso pudico não se parecia com a *minha* Sophia. Deduzi que a perturbação provocada por esse homem ultrapassava a simples emoção sexual. Ele propiciava o perfume do imprevisto e da aventura que fazia tanta falta na vida dela, ritmada pelos fins de mês difíceis e enfeada por compromissos.

Eu me surpreendia com o fato de ela não me assediar com perguntas sobre minhas peripécias na Bretanha, quando duas silhuetas masculinas pararam na altura da nossa mesa, dois pares de mocassins plantados no calçamento desigual da varanda. O homem da esquerda, seco, cabelo penteado para trás com gel, vestindo paletó jaquetão e camisa branca aberta no peito peludo, me estendeu uma mão firme. Ele se apresentou com uma voz metálica que me era familiar:

– Boa-tarde... Jean-Marc Zerki.

Sophia e eu respondemos ao seu cumprimento. O advogado mergulhou um olhar fugaz na parte de cima do vestido da minha amiga, mas na mesma hora recuperou a atitude absolutamente profissional.

Ao lado dele, embora mais alto meia cabeça e vestido com seu refinamento costumeiro, Louis parecia claramente menos à vontade. Mas mesmo assim ele me lançou um olhar que demonstrava tanto a falta que sentia de mim quanto a agonia de me encontrar em tais circunstâncias. Nossos olhos, que se devoravam com tanta avidez privadamente, não sabiam como se comportar em público. Eu os desviei em primeiro lugar.

Sophia ficou igualmente embaraçada. Louis e ela eram evidentemente cúmplices nessa armadilha, e os olhares consternados da minha amiga mendigavam meu perdão.

Mas quando nós duas nos levantamos para abrir um pouco mais de espaço em volta da mesa redonda, Louis começou a me observar de maneira diferente. Enquanto examinava minha indumentária da cabeça aos pés, sua expressão ia se transformando em surpresa, depois em raiva contida. Ele reconheceu o vestido, mais de vinte anos depois.

– Querem que eu deixe vocês? – propôs Sophia, desejosa de escapar da minha fúria.

– Não, fique.

Para melhor lhe mostrar meu aborrecimento, eu apertei com toda força seu braço. Ela ajeitou o vestido na cadeira do bistrô com ar contrito, como se descobrisse subitamente o quanto ele podia se revelar indecente.

Eu estava furiosa, é claro, mas tinha sobretudo necessidade dela. Não pretendia divulgar aos nossos visitantes a totalidade das minhas descobertas em Saint-Malo, e sua presença me seria o melhor dos álibis. Ela me evitaria mencionar o conteúdo do cofre de Roches Brunes e as perspectivas que ele tinha aberto. Em vez disso, eu me concentrei em todos os elementos que poderiam ser úteis a Zerki na defesa de seu cliente. Com a voz embargada pela emoção, calafrios na espinha por ter meu homem outra vez tão perto de mim e não poder abraçá-lo, eu comecei falando de Gobert e suas ligações com David.

– Nós sabemos disso desde o princípio – interrompeu o advogado, apertando a nuca com uma mão impaciente. – Gobert come na mão de David, e David procura desacreditar o irmão. Mas isso não resolve nada. Nenhum tribunal se satisfará com tão magras presunções.

– Neste caso... creio que tenho coisa melhor para lhes propor.

Um vento súbito soprou no beco, como para acentuar o sopro de verdade que varreria suas dúvidas e suas reservas. Ele levantou as abas do meu vestido e do de Sophia, mais leves, para a maior alegria dos olhares maliciosos. Os de Louis permaneceram fixos no meu rosto, pesados de crítica e desejo misturados.

Uma vez que ele me recomendara proteger tudo que pudesse comprometê-lo, inclusive a chave da sala de vigilância, supus que ele conhecesse a existência dos filmes. Então, como explicar o espanto exibido no seu rosto normalmente tão fechado, tão impossível de ser lido, quando eu expus em detalhes o que assistira na tela? As dezenas de vídeos de David na companhia de suas inumeráveis amantes, todos feitos nos quartos de cenários variados tão característicos do Hôtel des Charmes?

– Sim, evidentemente eu conheço a existência dessas câmeras – ele afirmou endireitando-se, para recuperar algum sangue-frio.

Sob o choque da emoção, sua pele deve ter se aquecido, e uma onda de lavanda e baunilha chegou até mim, me martirizando. Um novo arrepio me percorreu de uma ponta à outra.

– Porém, ao contrário do que se poderia pensar, nem David nem eu somos responsáveis por este sistema.

– Quem, então? – interveio Sophia com sua ousadia habitual. – O Big Brother?

Louis virou-se para a minha amiga, deixando que eu visse o lado esquerdo do seu pescoço, bem onde subia a roseira cuja raiz começava no ombro. Não soube dizer se era o efeito da iluminação, filtrada a essa hora naquela parte da varanda. A rosa me pareceu desbotada, como se a tinta instilada sob sua epiderme estivesse sumindo.

– Neste caso, eu diria que é o Big Father – ele declarou com um sorriso contrafeito. – Foi nosso pai que instalou toda aquela engenhoca eletrônica.

Isso explicava o aspecto antiquado do equipamento, os monitores monocromáticos e o plástico já gasto dos comandos rudimentares.

Zerki, até então discreto, tomou parte por sua vez na conversa:

– Que uso ele pretendia dar a isso, na época?

– Não tenho ideia. Vigiar David e eu, imagino. Ou os criados da casa. Papai era um pouco paranoico. Estava convencido de que a concorrência o espionava. É possível que ele tenha instalado aquilo para prevenir invasões e a captação de informações sigilosas.

– Depois que você herdou o Hôtel de Mademoiselle Mars, nunca teve a curiosidade de olhar as gravações guardadas na memória?

– Não – ele disse, virando-se para mim. – Assim como estava longe de imaginar uma ligação entre esse sistema delirante e os quartos do des Charmes. Como você sabe, sou um homem de letras mais do que de imagens.

A alusão direta ao seu *Alfabeto* e seus recentes envios incendiou minhas faces e peito. Como eu teria gostado que estivéssemos sozinhos, de repente, e que seu ser de carne e osso se fundisse com seu fantasma para que os dois fizessem amor comigo num único grande espetáculo mágico e erótico. Nós, que adotáramos o costume de unir nossos corpos várias vezes por dia, eis que as últimas semanas tinham-nos afastado um do outro de maneira bem cruel. Nossa longa noite em Malmaison me parecia tão longínqua...

Expulsei essas imagens e continuei lhe perguntando:

– Mesmo com David Garchey, você não tentou assistir a nada?

– Eu me limitei a dar a ele o acesso à sala. Quando lhe falei a respeito, ele ficou muito entusiasmado. Eu o deixei se divertir com o material. Depois me disse que não tinha aproveitado grande coisa.

Eu me lembrava de como o jovem artista tinha se animado, na noite da festa de inauguração com a temática de 1830, com a ideia de me mostrar o tal lugar secreto. Eu me perguntava o que teria acontecido com ele e com suas criações depois da chegada do capitão Lechère e seus esbirros à galeria Sauvage.

O advogado subitamente ficou de frente para seu cliente e se dirigiu a ele num tom grave, quase solene:

– A pergunta que eu vou lhe fazer é muito importante, Louis: você acha que David tem conhecimento desse dispositivo de vigilância? Ele sabe que está sendo filmado em casa?

– Acho que não. Quando éramos crianças, nós morávamos no outro prédio, o Hôtel Duchesnois. O acesso ao Hôtel Mars nos era proibido. Devemos ter entrado lá duas vezes em dez anos, sempre sob o controle do nosso pai. Só recebi a chave do subsolo e só descobri o que ele continha no momento da herança, cerca de um ano depois da morte dos meus pais. E em nenhum momento David foi comigo lá embaixo nas raras vezes em que eu desci.

– Desde que tomou conhecimento, nunca falou com ele a respeito?

– Nunca.

– Ele também não?

– Não.

Ele parecia categórico sobre este ponto.

Restava a pista Armand. Se o velho mordomo tivesse sabido do segredo por André, podia-se imaginar que ele teria contado tudo para David. Porém, sem saber por quê, tal hipótese me parecia improvável haja vista as relações tensas que eles mantinham.

Quanto a Louis, a despeito da argumentação tendente a minimizar seu envolvimento, eu achava que ele utilizara o console e seus olhos eletrônicos pelo menos durante um tempo... quando ficara me espiando. Graças às câmeras, ele entrara na minha intimidade melhor do que qualquer outra pessoa e conseguira compor aqueles bilhetes anônimos nos quais me revelava com a mais crua das indecências. "Não é assim que ele me fará ir embora", ele lera nos meus lábios, com um suspiro quase inconsciente.

Mas se não foi ele, então quem conectou esta rede de espionagem a câmeras instaladas no des Charmes? Quem escolheu David como alvo de sua curiosidade doentia? Quem correu o risco – um risco calculado, supus – de deixar os vídeos no disco rígido do console?

– Por que você os manteve? – eu arrisquei finalmente, dividida entre o fluxo de interrogações e o desejo que brotava dentro de mim.

– Como?

– O sistema de vigilância. Você podia ter aproveitado a reforma na casa para mandar tirar tudo. Por que deixou tudo lá?

A contração nervosa dos maxilares indicava sua exasperação. Entre suas mãos – ele lutava para não crispá-las –o castão prateado valsava em círculos, como se a bengala fosse se transformar em varinha mágica para nos fazer desaparecer.

Oh, meu Louis. Você nunca fica tão bonito como na hora em que seu rosto adquire esses ares de bicho acuado. Você nunca consegue me abalar tanto como no momento em que parece encurralado. Nesses momentos eu daria tudo para salvar você.

Porém, embora legítima, minha pergunta o feria, eu via perfeitamente. Você me queria dócil, ardente, incondicional. Não compreendia ainda que, sob meus ataques, não havia senão desejo de amá-lo inteiro, até nos seus dramas e zonas de sombra.

– Não sei... pensei que aquilo poderia me servir um dia.

– Pois bem, creio que você acabou de nos provar isso – congratulou-se Zerki para dissipar o mal-estar. – Com isso, temos tudo que é preciso para enfrentar seu oponente.

Todos compreenderam que esse conjunto de elementos – e acima de tudo a sequência em que David fazia sexo com as duas jovens do Leste Europeu – bastaria para desculpar Louis aos olhos da justiça e da opinião pública.

Contudo, como Marchadeau antes dele, o advogado de Louis temperou o entusiasmo:

– Convido-os mesmo assim à prudência e à maior das reservas. Se quisermos conservar seu poder intacto, é imperativo que guardemos esses documentos confidenciais até o dia da audiência do caso Delacroix.

Ele repetiu a tática que ouvi do jornalista, fazendo a exposição de todos os detalhes do processo próximo, pontuando seu discurso com olhares sombrios e intensos, como um professor admoestando seus alunos.

Como uma criança bem-comportada, escutei seu discurso pontificante e evitei revelar o progresso da investigação que eu vinha fazendo junto com Marchadeau. No fim, como todos pareciam meditar sobre suas palavras, eu falei, como quem não quer nada:

– Temos uma outra vantagem sobre David.

– Qual? – espantou-se Zerki.

– O blog... enfim, a ideia que David tem dele.

– Ou seja?

– Ele continua persuadido de que conseguiu me enganar e que acho que Louis é o responsável.

– Se não conseguirmos provar que ele manobra essa ferramenta, isso não nos servirá de nada.

– Justamente. Eu sei a maneira de desmascará-lo.

Com um relato simples, narrei-lhes os serviços de Fred e Francky, minha dupla de anjos da guarda em assuntos de informática, e os limites em que nós três tínhamos esbarrado.

– Se entendi bem – emendou o advogado – a única maneira de provar o envolvimento de David é descobrir a senha e ter acesso aos dados de seu computador?

– Exato.

– E isso não pode ser feito a distância? – sugeriu Sophia.

A bengala, o modelo com cabeça de águia, rodava cada vez mais depressa entre as mãos de Louis, faltando pouco para cair no chão a cada giro. Ele não procurava mais esconder sua exasperação, apenas a continha. E quanto mais ela aumentava, mais criava entre nós uma distância intolerável, um abismo que eu gostaria de tapar com um beijo. E com uma infinidade de outras coisas mais.

Que vasculhassem assim seus segredos de família era claramente um sofrimento para ele. Talvez também a visão do vestido, dentro do qual eu devia me parecer com *ela* mais do que nunca, como um pálido ectoplasma de seu amor desvanecido. Ou seria, após todos esses anos de espera tanto quanto de temor, a iminência do combate final opondo Louis a seu irmão que castigava a tal ponto seus nervos?

– Segundo Francky, o laptop de David está entupido de proteções e *firewalls* de todos os tipos. Será muito difícil entrar a distância.

– Concretamente, que opção nos resta?

– Continuar fazendo-o acreditar que consegue nos enrolar. E acessar seu computador quando ele não estiver lá.

– Uma nova violação de domicílio – suspirou Zerki.

– Eu não estou violando nada... uma vez que ainda tenho as chaves.

Mas meu olhar de triunfo infantil não convenceu nem acalmou Louis. Ele se levantou de um salto, esbarrando na mesa bamba que ameaçou cair, e falou com raiva, na minha direção:

– Eu a proíbo...!

– Me proíbe? – revidei, o rosto ficando vermelho.

– Você me entendeu muito bem. Está fora de questão você voltar a manter contato com David!

Acrescente-se que eu não falara do meu jantar com seu irmão nem da relação conivente que tínhamos retomado por pouco tempo.

Acrescente-se que eu não mencionara os mil euros líquidos que David me emprestara e que eu não devolvera.

Acrescente-se... eu não relatei tudo que eu havia descoberto sobre ele, em Saint-Malo e em Dinard, artigos de imprensa e certidões de nascimento, a foto do coração gravado e a apólice de seguro... o passado nebuloso no qual uma outra imagem, a do Natal sob o pinheiro, cristalizava todo o mistério.

– Não vou entrar em contato com ele – eu me defendi fracamente, esmagada por sua cólera. – Vou entrar na casa *dele*. Não é a mesma coisa!

– Para mim é! – ele explodiu. – É a mesma coisa!

Ao girar nos calcanhares, sua bengala passou rente aos copos ainda tremendo do choque anterior, e ele desapareceu na penumbra do beco, mancando acentuadamente pelo calçamento desigual. Uma versão tenebrosa do Louis solar que eu amava tanto.

Sob os olhares estupefatos da clientela toldada pelos vapores do álcool, eu me levantei também e, cambaleante, com uma mão apoiada na mesinha, berrei para a noite que o absorvia:

– Você não vai escapar! Está me ouvindo? Pode fugir... mas não vai escapar!

Escapar do quê? De mim? Da minha fúria? Ou da explicação total, talvez até definitiva, quando ele finalmente derrubaria as barreiras de pudor e de dor que o seu passado erguera entre nós?

24

Raiva. Não, abatimento. Ou ainda outra coisa. Um cansaço, o sentimento agudo de que, de todas as batalhas perdidas antecipadamente, a mais desesperada é talvez a que consiste em querer mudar os outros. Jamais mudamos quem quer que seja. Muito menos Louis Barlet.

– Elle! Elle, droga, volte!

A voz de Zerki se juntou à de Sophia:

– Volte! Ele não sabe o que diz. Ele não está bem...

Eu larguei os dois ali, minha amiga e o gomalinado, repelindo os abraços consoladores de uma e as súplicas formais do outro. Depois de alguns passos tão desajeitados quanto os do meu homem, tirei com uma das mãos os meus sapatos para correr melhor, para fugir mais depressa do importuno e da traidora, subir de quatro em quatro os setenta e cinco degraus que levam ao meu ninho do sexto andar e me jogar finalmente na cama. Chorar, chorar à vontade, chorar até exaurir meu corpo. Descalça, e o coração também despido.

Salvar Louis de seu irmão, salvar Louis de si mesmo... Não era senão um único e mesmo empreendimento, e eu começava a achar que era grande demais para mim. Eu era apenas Annabelle Lorand, de Nanterre, içada por um concurso de circunstâncias até seu estúdio do Marais. Pretender corrigir sozinha um passado tão complexo e dilacerante, vários acidentes, várias mortes, vidas destruídas, rancor e ainda mais fantasmas, constituía um desafio desarrazoado. Eu avaliava meus limites agora. E, mesmo assistida por Marchadeau, esta existência não me seria suficiente para desenredar aquela esgotante barafunda. Uma barafunda de dores.

A sombra de Louis tentou forçar minha porta por um momento. Eu resisti, pelo menos em pensamento. Contudo, eu morria de vontade de senti-lo contra mim, em mim, sem o artifício do meu punho ou de dedos desconhecidos. Chega de miragem. Eu o queria, o Louis de verdade. Meu sexo já dilatava de esperança, quando:

Sei que é tarde. Posso ligar para você mesmo assim?

François Marchadeau não me incomodava tanto quanto me surpreendia. Não esperava notícias dele antes do dia seguinte de manhã, pelo menos. Aliás, a essa hora, ele mal devia ter posto o pé na estação de Rennes. Eu toquei na tecla de chamada automática na tela do meu celular. Ele atendeu quase instantaneamente:

– Marchadeau.

– Boa-noite, François. É a Elle.

– Elle! Eu não acordei você?

Foi ao ver a hora exibida no relógio do micro-ondas que tive consciência de ter cochilado. Eram 23:47. Eu dormira cerca de uma hora.

– Não, não... tudo bem. Você está no hotel?

– Ainda não. Estou na prefeitura de Rennes.

– A esta hora? – murmurei, um pouco atordoada.

– A amiga do meu amigo conseguiu que me abrissem os arquivos do Departamento de Saúde e Assuntos Sociais já esta noite. Preferi ir imediatamente. Assim, poderei ir embora de Saint-Malo na primeira hora amanhã de manhã.

Eu reconhecia o repórter que ele deve ter sido no começo da carreira, otimizando cada minuto e cada fonte.

Apesar do surto de juventude profissional, eu esperava que ele demonstrasse um tom meio cansado com uma tarefa tão fastidiosa, ainda por cima realizada numa hora daquelas. Mas o que ouvi foi, ao contrário, um timbre irrequieto, quase excitado.

– Você achou alguma coisa?

– Pode-se dizer que sim – ele falou, enigmático. – E até acrescentaria: o que eu não achei é mais interessante que o documento que tenho sob os olhos neste momento.

– O que é?

– A certidão de adoção completa de David no registro do Departamento de Saúde e Assuntos Sociais de Ille-et-Vilaine!

Ele sentia um prazer quase sádico em soltar suas revelações uma a uma.

– E? – eu o exortei a menos circunlóquios.

– Ele nasceu de fato no dia 5 de janeiro de 1969, como já sabemos. E foi adotado por André e Hortense Barlet em 28 de novembro de 1976, quando tinha 7 anos.

– Certo... mas como você mesmo diz, já sabemos disso tudo.

Através da linha, eu escutava uma página sendo virada, talvez grande e pesada, como se pertencesse a um volumoso catálogo.

– Ele entrou no Saint-Broladre no dia 11 de março de 1972, depois de algumas semanas passadas em famílias de acolhimento provisórias.

– E sabe-se como ele foi parar lá?

– Não. Seu registro não possui nenhum detalhe sobre as circunstâncias da morte de seus pais. O que ele nos informa, em compensação, é o nome deles.

– O nome deles? – gritei, presa de uma impaciência difícil de conter.

– A se acreditar no sobrenome que David tinha antes de ser adotado, seus pais biológicos eram sr. e sra. Lebourdais.

Eu me levantei com um pulo da cama, como que fulminada. Eu conhecia este nome... e, contudo, não conseguia associá-lo a nenhum rosto ou lembrança. Por que então ele me soava de maneira tão familiar aos ouvidos?

Meus olhos vasculhavam desesperadamente a penumbra que invadira meu apartamento, como se um elemento da decoração fosse me indicar a pista certa. Mas nada me vinha. Aquele nome estava no ouvido, na ponta da língua e nos olhos, e mesmo assim...

– Lebourdais? – repeti finalmente, em dúvida.

– Sim, por quê? Você os conhece?

– Eu... eu não sei. Não tenho mais certeza.

Eu percebia a respiração dele no telefone.

– O nome lhe diz alguma coisa, mas você não consegue se lembrar de onde vem... estou enganado?

– Não... é exatamente isso.

– Se lhe servir de ajuda, saiba que mais de oitenta por cento de nossas lembranças recentes são de origem visual. Então, quando uma coisa lhe escapa, faça o inventário de todos os materiais escritos que vocês teve sob os olhos durante os últimos dias. Revistas, livros, anúncios publicitários, chamadas na televisão...

Em muitos aspectos, particularmente nesse tipo de astúcia, Marchadeau me lembrava Alain Bernardirni, meu professor bigodudo no curso de jornalismo. Eu me perguntava se os dois homens se conheciam. Provavelmente deviam ter se cruzado algumas vezes, o mundo da imprensa escrita não é grande.

Esforçando-me para aplicar seu método mnemotécnico, passei em revista todas as coisas escritas que eu vira recentemente. Invoquei até os prospectos que passaram pela minha mão ou o menu do Café de la Plage, em Dinard...

– ... pode ser uma coisa tão insignificante quanto placas de trânsito, nomes de ruas, nomes ou endereços em envelopes – ele prosseguia sem parar, para tentar me trazer inspiração.

– As cartas! – falei de repente em voz baixa.

– As cartas? Que cartas?

– No Hôtel des Charmes há uma mulher que recebe cartas. Ysiam, o camareiro, enganou-se várias vezes e me entregou a correspondência dela.

– Essa mulher... quem é?

– Não sei o que ela faz lá. Mas eu me lembrei do seu nome agora. Émile Lebourdais.

– Émile Lebourdais – ele repetiu depois de mim. – Não pode ser uma coincidência. Não é um sobrenome tão comum.

Pouco a pouco, o mosaico se recompunha. Eu revia os dentes imaculados de Ysiam, seu sorriso no momento de me entregar o grosso envelope pardo, pesado de tantas cartas, depois minha própria expressão, espantada, ao descobrir que uma delas não me era destinada. Duas vezes o mesmo erro, para eu ter certeza de que guardara o nome da destinatária. Émile Lebourdais. Em um dos dois envelopes – agora me voltava –, havia a menção da razão social do hotel: *SAS Les Charmes*. Eu relatei esse detalhe a Marchadeau, que logo aproveitou a informação.

– Não se tem esse tipo de indicação por acaso. Seja quem for essa pessoa, ela é necessariamente ligada ao organograma do estabelecimento. Esse Ysiam não tinha nenhuma ideia de quem poderia se tratar?

– Nenhuma. Ele me disse que nunca vira essa pessoa. Mas na primeira vez que me entregou a correspondência por engano, ele vasculhou as estantes da recepção, atrás do balcão. O que leva a crer que ela recebe regularmente sua correspondência no hotel.

– Que ela tem lá uma espécie de caixa postal – ele completou num tom pensativo. – E isso me dá uma ideia.

– Qual?

– Eu acho que devíamos estabelecer um inventário o mais completo e preciso possível do patrimônio imobiliário da família Barlet: quem possui o quê, em que percentagem, quem herdou de quem...

– Dada a extensão de seus bens, não vai ser fácil.

– Tem razão. Mas algo me diz que é preciso dar uma olhada nesse lado. Veja: se David tivesse herdado o Hôtel de Mademoiselle Mars, e não o inverso, aqueles famosos vídeos jamais teriam chegado ao nosso conhecimento.

A perspectiva continuava fluida para mim, mas eu não chegava a dizer que ele estava errado, e escolhi confiar no seu faro de jornalista aguerrido.

– Mas eu concordo com você – continuou Marchadeau sem recuperar o fôlego, exaltado como o mais ofegante dos cães de caça. – Nós vamos provavelmente nos confrontar com histórias pouco claras. Vai ser difícil obter uma fotografia do conjunto.

– Por que diz isso?

– Porque o caso East *x* Prod tende a nos provar que os Barlet são useiros em ilusionismos financeiros, tipo empresas *offshore* de fachada...

Cogitar cavar tão fundo nos segredos obscuros do império Barlet me pareceu uma prova de sua lealdade e determinação de levantar todos os véus.

– Você disse ainda agora que o mais interessante era o que não tinha encontrado... do que estava falando?

– Ah, sim – ele falou com um ligeiro sorriso. – Tente adivinhar de quem eu não achei o registro?

– Aurore... ? – arrisquei timidamente.

– Exatamente. Aurore Delbard. Desconhecida no Departamento de Saúde e Assuntos Sociais de Ille-et-Vilaine.

– Tem certeza? Mesmo com um outro nome? O de seus pais biológicos, por exemplo?

– Não, isso é impossível. Todas as crianças são registradas com o sobrenome de seus adotantes. Por exemplo: David *Barlet*, e não Lebourdais. De qualquer modo, eu já procurei se houve outra Aurore entre 1975 e 1978. Não achei nada.

Teria gostado de estar com ele naquele momento, continuar depois dele o exame minucioso dos registros, um por um. Nunca se sabe. A hora tardia, o cansaço... O de Aurore talvez tivesse lhe escapado, passado sob seus olhos, rebelde às suas tentativas de desencavá-lo naquela floresta de infâncias partidas.

Aurore Delbard não existia, portanto, naquele arquivo. Oficialmente, ela nunca tinha sido adotada. Eu fiquei sem voz por um bom tempo, remoendo em silêncio as razões que teriam levado pessoas tão diversas quanto Louis e David Barlet, Rebecca Sibony e Florence Delbard, pessoas com interesses tão divergentes, a mentir tão uniformemente.

Então bateram na minha porta várias vezes seguidas, e eu me despedi rapidamente de Marchadeau.

– Elle? Você está dormindo?

Sophia.

Quando por fim concordei em abrir-lhe a porta, ela me contou que ficara andando um tempo pela rua antes de resolver subir os seis andares do meu prédio. Ela estava preocupada comigo. Pediu desculpas também, sem rodeios, usando seu bom humor contagioso como um bálsamo para acalmar as feridas.

– Ei, quando eu penso nisso... você está noiva!

– Sim, e daí?

– Se você está noiva, significa que vai se casar, minha querida. Para sempre desta vez!

Nada menos garantido. Minhas chances de me casar um dia com Louis me pareciam tão hipotéticas quanto tinham sido com David um ano antes. Mas eu não me sentia com energia para contrariar seus esforços para se desculpar. De novo, eu a perdoaria nessa noite, levada por sua energia e seu sorriso contagioso.

– Conclusão?

– Conclusão: ainda não fizemos a sua despedida de solteira!

A perspectiva me pareceu tão descabida quanto se ela estivesse me propondo festejar o Natal em junho. Mas eu podia adivinhar, por trás da tradição, a louvável vontade de me arrancar do oceano de preocupações no qual ela via eu me afogar dia após dia. Nem que fosse por algumas horas, tempo suficiente para uma bebida ou dançar um pouco.

– Está querendo ir agora? – eu me espantei.

Sim, agora e até de madrugada, como loucas, sem outro limite senão a resistência ao álcool e às solicitações masculinas.

Eu estava com tão pouca disposição para baladas quanto num dia de enterro, mas cedi mesmo assim, forçando minha alegria, terminando por me convencer de que seu tratamento frívolo talvez acabasse derrotando, ao menos naquela noite, minhas ruminações sem fim.

Sophia estava sempre à cata do novo lugar da moda ou dos endereços onde era preciso aparecer. Nesta estação, o Pigalle voltara à moda, e pegava bem se esbaldar nos seus bares sexy e boates de clientela sem identidade sexual claramente definida. E assim fomos parar numa boate lésbica da rue Frochot, a dois passos do Moulin Rouge.

– Ei, Sophia, tem certeza de que é uma boa ideia?

A entrada fervilhava de mulheres de todas as idades, abraçadas aos pares e em grupos, já de pileque. Algumas assobiaram ao passarmos, e eu pude até ouvir um "nham-nham" e dois "gostosa!", com os olhares grudados no nosso traseiro até desaparecermos de suas vistas.

– Por quê? – espantou-se minha guia. – Tem medo de ser agarrada por uma mulher?

Medo, não. Vontade? Também não, mesmo sabendo que o jogo de sedução entre mulheres é mais sutil e lisonjeiro para um ego avariado como o meu do que as técnicas de aproximação dos homens. Eu não queria ser paquerada naquela noite, não importava o candidato, seu gênero e seu perfil.

– Vamos, venha! – ela me exortou, me puxando para dentro. – Vou te servir de dama de companhia. E se alguém amolar você, pode deixar, eu te sapeco um beijo de língua!

Era assim que eu gostava de Sophia: natural, protetora, suficientemente à vontade comigo para falar essas coisas sem corar, brincando com a zona incerta onde a amizade se aproxima do desejo sem jamais passar ao ato.

A Calamy Joe, ex-Fox, ex-Moune, rebatizada e redecorada tantas vezes quantas conhecera de fechamentos e mudanças de proprietário, era frequentada por uma fauna de trintonas e quarentonas vestidas com elegância. A maioria exibia uma feminilidade assumida, exaltada pela roupa, penteado e maquiagem, por vezes afrontosamente exagerada por saltos intermináveis ou implantes mamários ou capilares. Elas abusavam de todos os artifícios para apresentar a imagem mais vantajosa que sua beleza natural lhes permitia.

* * *

Comecei dirigindo-me para o bar, mas Sophia me arrastou à força na direção oposta, como se ela já conhecesse a topografia do local – não ousei perguntar se já estivera ali antes, muito menos com quem.

Depois de um labirinto de portas e passagens fechadas, desembocamos num corredor fracamente iluminado, onde se abriam uma porção de pequenas peças, algumas ocupadas, outras vazias. Quanto mais avançávamos para o fundo do corredor, mais a vocação destas cabines privadas ficava evidente: desprovidas de mesas ou cadeiras, tinham uma espécie de tatame elevado à altura da cintura, coberto aqui e ali por grandes toalhas de banho. No interior, casais de mulheres nuas, às vezes acompanhadas de uma terceira participante, agarravam-se numa sinfonia de arquejos e gemidos suaves. Nós éramos as únicas a gozar do espetáculo, pois, mesmo quando a porta de uma célula tinha sido trancada pelas ocupantes, era possível dar uma espiada pela treliça de madeira, concebida para tal propósito.

– Venha... – cochichou Sophia com um sorriso equívoco, me convidando para olhar também. – Não tenha medo. Elas fazem isso para a gente ficar olhando. Caso contrário, ficariam em casa.

Atônita, eu dei uma olhada na cabine mais próxima, onde três ninfas morenas de formas perfeitas se acoplavam ao sabor de suas vontades. O modo como variavam suas combinações, fluido, gracioso como se ensaiassem um balé, captou imediatamente minha atenção. Com exceção de alguns filmes pornô assistidos com Fred muito tempo atrás, eu nunca observara mulheres juntas. A delicadeza, a gentileza que emanava de cada um de seus movimentos me fascinaram por se diferenciar tanto das relações brutas, quase violentas, percebidas nos casais heterossexuais quando se é um observador externo.

Notei contudo que havia uma líder naquela valsa. A mais velha delas, cinquentona de corpo firme, dava o sinal silencioso que as fazia passar de uma posição para outra. Era ela também que tomava a iniciativa das penetrações, usando os dedos, um gigantesco vibrador preto, ou transformando de repente as mãos de suas amantes em instrumentos. Ela decidia qual orifício seria investido, com que força e durante quanto tempo.

Quando se deitaram todas de costas, ela se posicionou para poder introduzir o indicador e o dedo médio de cada mão na boceta bem aberta de suas companheiras, as duas deitadas de um lado e do outro de seu corpão surpreendentemente esbelto para a idade. Graças à posição invertida, as duas outras podiam juntar as mãos no meio das pernas dela, enfiando, uma de cada vez, três dedos decididos na vagina encharcada da sua guia. As formas ondulavam na penumbra ao ritmo dos prazeres nascentes, e eu fiquei ali um bom tempo, cativada por aquela onda de carne palpitante.

Sem me dar conta, e embora eu estivesse vestida, pus uma mão entre minhas coxas apertadas, dilacerada entre a vontade de unir minha felicidade à delas e a vergonha de ceder às suas miragens inéditas.

Pousando no meu ombro uma mão que me fez sobressaltar e soltar um gritinho, Sophia me trouxe à razão.

– Venha, vamos tomar alguma coisa.

Por que ela me impôs aquele quadro? Que efeitos esperava que ele produzisse em mim?

Revi por um instante minha amiga na sua cabine de *peep-show*, vários meses antes, acariciando a vulva sob meus olhos, enquanto seus quinze minutos de exibição regulamentar se esgotavam.

Ela segurou minha mão e foi me puxando até o bar, onde uma fauna mais heterogênea se aglutinava. Eu poderia jurar que, enquanto atravessávamos a pista, invadida por uma massa compacta de mulheres dançando, mãos haviam passado na minha cintura e bunda.

– Querem beber o quê, meninas? – disse a garçonete com um espartilho ainda mais apertado do que o que eu usara no dia da inauguração do palacete.

– Gim-tônica? – sugeriu Sophia.

Enquanto eu aprovava a escolha com um movimento do queixo, uma silhueta loura e farta apareceu no meu campo de visão entre duas grandalhonas que a cortejavam de maneira explícita. A loura parecia bastante à vontade, hesitando manifestamente em escolher uma ou outra, sonhando talvez em segredo com uma ração dupla.

– Merda... – falei com um suspiro, enquanto Sophia me entregava meu copo.

– O que foi?

– Ali. A moça... aquela lourinha meio gorducha...

– O que é que tem? Ela faz o seu gênero, é isso? Quer que eu vá chamá-la para você?

– Deixa de bobagem... é a Chloé!

– Chloé? Eu deveria conhecer? – ela ironizou antes de dar um gole no líquido translúcido.

– A secretária de David!

Livre do coque e dos óculos, fora da torre Barlet e usando um vestido colante moldando o corpo, ela estava irreconhecível. Quase bonita, também. Ela também se entregaria neste lugar a seu comportamento maníaco? Cronometraria religiosamente o tempo que se permitia antes de mandar pastar as duas criaturas que tinham se lançado ao seu ataque?

– Inacreditável! – exclamou Sophia, a voz encoberta pelo som alto e o burburinho ambiente. – Você acha que David sabe que a secretária dele bota as aranhas para brigar depois do expediente?

Deixei passar a expressão grosseira, com o olhar magnetizado pela cena.

– Duvido muito. Na emissora, todos a consideram uma solteirona inveterada e desesperada... do tipo que come os restos do patê na tigela do gato.

Eu caricaturava um pouco a pobre moça, eterna vítima do patrão, cuja vida particular parecia reduzida a uma extensão negligenciável da vida do seu grandioso homem.

Sem avisar, abri caminho por entre a turba e me aproximei a passos largos da loura rechonchuda.

– Boa-noite, Chloé!

Se fosse David em pessoa ela não teria se mostrado mais surpresa. Seus olhos reviraram rapidamente, vasculhando a penumbra em busca de uma escapatória.

– Bo... boa-noite.

– É um prazer vê-la.

Na minha lembrança, nós nos tratávamos com cerimônia. Mas não foi esta quebra das convenções o que mais a desconcertou.

– Sim... – ela disse.

Segurando meu cotovelo, ela me puxou para fora do pequeno grupo e cochichou no meu ouvido, num tom de conspiração:

– Elle, eu... David não deve saber que eu venho aqui.

– Hum... – admiti a contragosto, decidida a prolongar seu suplício. – É verdade que as ideias dele sobre o assunto não são das mais progressistas. Para David, um casal é composto de pai e mãe, e, se possível, de filhinhos louros.

A alfinetada em Alice foi evidente.

– Eu sei... – ela disse, fazendo uma careta. – É por isso que eu lhe peço para não contar nada a ele.

– Não se preocupe – concedi-lhe, sorrindo de orelha a orelha. – Serei um túmulo.

Sophia, impressionada com minha iniciativa, juntou-se finalmente a nós, com nossos dois copos na mão.

– Então? Você me apresenta?

– Chloé, esta é Sophia, minha melhor amiga. Sophia, eu te apresento Chloé, a secretária de David... e uma *habituée* desta boate, se eu entendi bem.

– Ah, legal! – declarou Sophia, entrando no meu jogo.

Chloé agitou a mão em sinal de negação, visivelmente próxima do pânico:

– Não, não, não... é a primeira vez que eu venho – defendeu-se como pôde a pobre moça perdida.

– Sim! – eu insisti. – Não se faça de modesta. E como Chloé é uma moça supergentil, além de ser uma lésbica assumida...

Ela enrubescia a olhos vistos e achei que minhas provocações iam fazê-la explodir antes que eu completasse.

– ... ela vai nos fornecer uma lista completa dos bens imóveis de David e de Louis. Não é demais?

– O quê? – engasgou nossa vítima.

– Ah, você entendeu.

– Mas... eu não posso fazer isso! Se David ficar sabendo, vou para o olho da rua na hora, e por justa causa!

– É mesmo – concordei com uma ponta de crueldade. – É o risco.

– Nem sei se teria acesso aos...

– Claro que tem – cortei, com um tapinha no seu ombro. – Você tem acesso a tudo.

Minha comparsa então teve uma ideia de gênio, a que ganharia a partida: ela pegou o celular, clicou na máquina fotográfica e imortalizou minha presença do lado de Chloé, com duas figuras locais judiciosamente enquadradas em segundo plano.

– Bárbaro! – exclamou Sophia, prosseguindo a comédia. – David vai a-do-rar!

Presa na armadilha, atordoada pelo último golpe, a lourinha mordeu os lábios para conter um vômito. Ela se aproximou outra vez do meu ouvido:

– Ok, eu farei o que está pedindo. Mas quero o original da foto. E que a tua amiga e você se comprometam por escrito a não revelar minha presença aqui.

– Perfeito. Tem a nossa palavra. Quanto a você, trate de não demorar. Você tem vinte e quatro horas para me dar o que eu pedi.

– Tudo bem, tudo bem...

E ela readquiriu sua expressão de empregada servil.

– Vou fazer o melhor que posso.

– Não duvido.

Chantagem é uma coisa desprezível. Pessoalmente, eu desaprovo essa prática e os que recorrem a ela.

Porém, vai saber por quê, eu saí da boate com um sorriso de triunfo, de braço dado com uma Sophia às gargalhadas. Novamente cheia de vontade de lutar, eu mesma soltei um riso sonoro, profundo, que me deu a sensação de expurgar todas as minhas dores.

25

5 de junho de 2010

Gim-tônica na Calamity Joe.
Mojitos no la Fourmi.
Vodca no Floors e café com Calvados no Rendez-vous des Amis.

O final da noite em Pigalle talvez não tenha nos oferecido a embriaguez de sentidos cujo esboço obtivéramos nas cabines da boate, mas o inebriamento eclipsou momentaneamente meus tormentos. Leve, eu flutuava dentro de um éter aveludado e reconfortante, morrendo de rir das brincadeiras de mau gosto de Sophia, flertando com os garçons.

Só tive consciência de ter tirado os sapatos e de andar descalça no asfalto quente no momento em que ele descascou, revelando uma porção pavimentada.

– Tem certeza? Não quer que eu te deixe em casa? – me propôs Sophia por pura formalidade no momento de entrar em um táxi.

– Não... vai me fazer bem andar. Volte você para casa. Você tem trabalho amanhã. Eu posso ficar na malandragem até de noite...

Nada me aguardava nesse dia do qual eu via nascer as primeiras luzes na place Clichy. Sem homem – o meu escondia-se como um bandido em fuga. Sem trabalho. Nenhum imperativo e menos ainda projeto ou certeza que me empurrassem para a ação. Eu poderia vaguear durante dias, cigana da minha própria existência, sem que ninguém se preocupasse com a minha sorte.

É nesse tipo de situação que minha mãe mais me faz falta. Que sua ternura imutável me faz uma falta cruel. Teria adorado que ela me paparicasse e me repetisse que tudo iria dar certo. Quanto a Louis, eu morria de saudades de seus braços que teriam me levado para longe desse presente incerto.

* * *

Da place Blanche até o Marais, o trajeto não é o mais curto nem o mais recomendável que se possa imaginar numa hora tão tardia. Mas, com a cabeça ainda rodando, a planta dos pés deliciosamente massageada pelo chão, eu não tinha medo. Perambulei tranquilamente. Paris despertava, e a flauta transversa, na canção de Jacques Dutronc de que mamãe tanto gostava, soou nos meus pensamentos.

Eles não eram tão sensatos, à medida que eu descia a rue des Martyrs, evitando propositadamente o Hôtel des Charmes.

Seria o abuso do álcool, do qual eu ia ficando sóbria pouco a pouco? Seriam as trepadas às quais Sophia me fizera assistir? Seria a falta de Louis que torturava meu corpo e meu espírito? Nessa madrugada em que a cidade se oferecia a mim sem um barulho, a mim que me prometi desvelar Louis antes de me comprometer com ele, eu teria renunciado a tudo. Eu teria renegado todos os meus juramentos por uma hora de amor bruto com ele. Uma vez que o sexo era a nossa linguagem, eu não queria que ficássemos surdos e mudos um para o outro. Eu queria falar, falar, falar sempre mais!

Louis me ensinou que a lembrança de relações tórridas ficava inscrita na pedra e no calçamento, e que nós podíamos nos alimentar nessa fonte. Eu descobria agora que o inverso era verdade. Era minha vez de inscrever nos muros, nos portões e nas vitrines o desejo que eu tinha dele, que incendiava meu ventre, minhas coxas e o meu sexo tão intensamente que eu quase urrava.

Vestígio número um: no cruzamento da rue des Martyrs e avenue Trudaine, eu nos vi subindo no pequeno carrossel que às vezes ocupava o triângulo de asfalto da praça. Eu me segurava firmemente no pescoço de um cavalo de madeira enquanto ele socava minha bunda com uma cadência infernal, cavalgando em mim tão fundo quanto podia.

Seu pau me parecia tão rígido quanto as barras metálicas às quais nos agarrávamos quando estávamos quase caindo. E desse perigo nascia um ardor mais forte ainda, mais prodigioso. Eu teria suplicado para ele parar se não tivesse sentido as paredes da minha vagina palpitarem em torno dele e as premissas do meu gozo começarem a escorrer.

* * *

Vestígio número dois: no número 54, na vitrine de uma lavanderia de impressionante fachada de pasta de vidro bulbosa laranja e verde, eu me surpreendi estendida sobre uma imensa tábua de passar ainda fumegante do ferro que tinham acabado de aplicar ali. Com a pele das nádegas avermelhadas pelo vapor, eu abria bem as coxas para que meu homem entrasse no meio delas. Com as duas mãos apertadas nas bordas da prancha oscilante, ele bombeava minha boceta trasbordada pelo prazer. A cada investida, nós quase caíamos por cima das pilhas de lençóis.

Vestígio número três: na esquina da rue Manuel, Louis, nu, se ajoelhou na minha frente. Uma das suas mãos serpenteava na minha barriga, subindo até o peito, onde dois dedos começaram a beliscar meus mamilos, enquanto a outra deslizava entre minhas coxas, inspecionando com seriedade o estado da minha boceta. Ele começou varrendo com um gesto vago grandes e pequenos lábios já encharcados, e eu podia avaliar pelo brilho do olhar que ele me dirigia o prazer que sentia nesse exercício. Ele se demorava, só para pôr meu desejo à prova, esperando que eu segurasse sua mão para intimá-lo a mergulhá-la em mim. O que ele não tardou a fazer, com dois dedos trêmulos de impaciência.

O fato de estarmos em plena rua não parecia cercear seus ardores, muito ao contrário, e como sua mão direita ia e vinha dentro de mim, a outra largou meus seios e foi plantar o indicador inquisidor na borda do meu ânus, bem no centro do alvo estrelado. Meus esfíncteres se contraíram com um movimento reflexo, depois relaxaram pouco a pouco, e o longo dedo fez seu caminho pelo estreito conduto que o engolia, centímetro após centímetro. Os dois prazeres se juntaram de repente em algum lugar no âmago da minha barriga, com tamanha precisão que suas mãos me pareceram se tocar através das minhas carnes. Minha garganta soltou um vagido incontrolável. Sem me dar conta, eu colocara um joelho no chão.

Quando parei de divagar e a sequência das ruas de Nouvelle Athènes não me pareceu mais um longo afresco tresloucado à glória da nossa paixão, constatei que meus passos tinham me levado até a rue de la Tour-des-Dames.

Que tal eu aproveitar para dar um pouco de ração a Félicité e pegar algumas roupas?

Ao subir a rua de suave inclinação, avistei na outra extremidade uma silhueta de homem saindo de um dos palacetes. Apressando o passo, reconheci o modo de andar pesado do mordomo. Meu primeiro motivo de espanto foi constatar que ele não estava saindo do número 3, o Hôtel Duchesnois, mas sim do 1, o Hôtel de Mademoiselle Mars. O fato de ele possuir a chave me perturbou. Como tinha conseguido? Louis estava ciente dessas incursões no *seu* domicílio ou Armand agia sob ordem de David? Voltei a pensar no abraço emocionado, sem nenhuma dúvida sincero, que o velho homem me dera algumas semanas antes, e me veio a ideia de que ele também podia ter ido até lá para regar as plantas e alimentar minha gata.

Minha segunda surpresa foi ele não entrar na casa de David, mas se afastar no sentido inverso. Ele dobrou à direita, depois de alguns passos trôpegos, na rue de La Rochefoucauld. Eu o segui a uma distância considerável, me aproximando o suficiente para distinguir, pendurado na sua mão direita, um saco plástico dentro do qual eu conseguia ver diversos envelopes de tamanhos e cores diferentes, bem como um conjunto indistinto de bibelôs e produtos alimentares.

– Onde você vai tão cedo, Armand? De que missão ingrata ainda o incumbiram? – falei para mim mesma.

Ao chegar à esquina da rue Saint-Lazare, ele seguiu pela esquerda. Para não chamar a atenção de alguns pedestres já a caminho do trabalho, recoloquei os sapatos. Armand virou de novo na primeira à esquerda, na rue Taitbout, deixando para trás o correio que funcionava num prédio *art déco*.

Alguns passos adiante, na altura do n.º 80, um elegante portão abria-se para uma passagem privada de aspecto grandioso. Armand desapareceu na abertura. Quando, por minha vez, alcancei o pórtico, pude ler na sua fachada, em letras douradas maiúsculas: *SQUARE D'ORLEANS*.

Com o coração disparado, faltando fôlego, corri na ponta dos pés para segui-lo discretamente. Depois de uma pequena passagem estreita e curva, seguida de um pequeno pátio, desembocava-se por fim na square, conforme as descrições elogiosas que eu lera na internet. O encantamento foi tamanho que precisei de força de vontade para não perder Armand de vista. Ele prosseguia seu caminho e já estava atravessando a pracinha e contornando a fonte que jorrava água no centro bem como as árvores plantadas em volta. No meio de toda aquela brancura e das colunatas antigas, a sensação era de estar num dos bairros mais chiques de Londres, Chelsea ou Mayfair. A ilusão era perfeita, e a desorientação produzida era garantida.

Na outra ponta do retângulo de calma e verdor, infelizmente invadido por numerosos carros de luxo, o homem passou sob um segundo pórtico e foi engolido pela penumbra. Assim que meus olhos se acomodaram, eu o vi parar diante da portaria de um prédio. Ele digitou o código com um dedo ou apertou o botão de um interfone, eu não soube dizer, e entrou na portaria com uma surpreendente vivacidade.

Quando foi minha vez de chegar diante da dupla porta pintada de um verde-inglês, era tarde demais. Mesmo sacudindo a maçaneta, não aconteceu nada. Armand tinha me escapado.

Como não vi ninguém na portaria e nenhum barulho emanava do elevador, deduzi que ele subira a pé. Foi então que notei a placa de mármore fixada sob o arco: *George Sand morou no primeiro andar desta casa de 1842 a 1847 – Sociedade dos Amigos de George Sand*. Do lado oposto, a numeração indicava: 5.

Square d'Orléans, 5.

Embora sem qualquer prova, eu me convenci de que fora ao apartamento da célebre escritora romântica que Armand subira. Tentei perceber algum movimento no andar de cima, uma luz sendo acesa, mas não notei nada. Também não escutei os barulhos característicos de acolhida de um visitante: porta que bate, vozes, risos...

– François? François, é a Elle...

Caminhando com passos lentos na direção da entrada da square, mais perplexa do que nunca, senti necessidade de confiar minhas descobertas a Marchadeau.

Resumi-lhe rapidamente os fatos, inclusive o encontro desastroso com Louis e seu advogado bem como meus excessos da noite. Pelo seu timbre pastoso, ligeiramente rouco, compreendi que o arrancara do sono. Eu também sentia uma necessidade cruel de dormir.

– Ele entrou mesmo no nº 5, você tem certeza?

– Absoluta.

– Hum, parece que tudo começa a se encaixar.

– Como assim?

Se ele tinha tanta dificuldade para acordar, é porque o jornalista continuara suas pesquisas tarde da noite. Do quarto de hotel de Rennes, ele ligara para seus informantes mais confiáveis, particularmente os que podiam ter acesso às declarações patrimoniais dos contribuintes, tais como alguns tabeliães ou os fiscais de impostos, cujo segredo profissional se revelava menos inviolável tão logo eram seduzidos adequadamente ou eram pressionados com os instrumentos certos.

– André Barlet comprou o antigo apartamento de George Sand na Square d'Orléans, 5, primeiro andar, lado esquerdo, durante um leilão em maio de 1977. Venda realizada pelo sr. Cornette de Saint Cyr em pessoa.

O mais célebre dos leiloeiros então em atividade em Paris. Até uma beócia como eu sabia disso.

– Pouco tempo depois da adoção de David – observei.

– Exato.

Quem quer que fosse a pessoa que o mordomo de calça de veludo tinha vindo ver aqui, era evidente que ela mantinha uma ligação com a família Barlet. Mas por que estranha razão acomodar uma morta naquele endereço secreto? Quem teria tomado tal decisão? Teria David cultivado a lembrança de sua ex-esposa a ponto de criar para ela uma espécie de mausoléu?

François foi claro: em nenhum momento, nos vinte anos de amizade que teve com David, este último chegara a mencionar um bem tão prestigioso.

– Conseguiu saber quem o ocupou desde então? Se foi alugado, ou mesmo emprestado?

– Não. Os contatos que consegui mobilizar não se interessam pelas implicações fiscais dos bens imobiliários. Nem pelo que as pessoas fazem de seus bens depois de comprados.

– Imagino que você tenha feito com eles uma lista das outras propriedades dos Barlet... – encorajei-o a contar o resto das descobertas.

– De fato. São os dois palacetes da rue Tour-des-Dames. Segundo os desejos de André e Hortense Barlet, o de Mademoiselle Mars foi legado a Louis, e o de Mademoiselle Duchesnois a David. Nós sabemos.

– É esquisito, quando eu penso... – exclamei à meia-voz.

– Por quê?

– Porque, se bem me lembro do que disse Armand, Hortense Barlet herdou o Hôtel Duchesnois dos pais.

– E daí?

– Bom... você não acha estranho o bem de família ter sido atribuído ao filho adotivo, e o adquirido mais recentemente ter cabido ao filho legítimo?

– Tem razão. Isso poderia explicar todas as querelas entre eles a respeito da reforma dos imóveis.

Eu o ouvi suspirar longamente e depois folhear um maço de papéis, cujo ruído era entrecortado de bocejos sonoros. Ele tornou a pegar o inventário:

– No momento do desaparecimento deles, o patrimônio dos Barlet pai e mãe compreendia também a Roches Brunes, em Dinard, o apartamento da avenue Mandel e sua dependência...

A saber, o pequeno quarto e sala de Rebecca, no nono andar do prédio dos anos 1970.

– ... vários apartamentos na Côte d'Azur – prosseguiu –, bem como dois prédios inteiros, entendendo-se que, com exceção dos dois palacetes mencionados antes, o conjunto desses bens é hoje propriedade de uma empresa da qual David e Louis são sócios igualitários.

– Verdade? Dois prédios?

A extensão de seus bens não era uma surpresa para mim. Meu espanto provinha do fato de eles serem as primeiras pessoas do meu conhecimento a possuir diversos imóveis parisienses na sua totalidade. Parecia tão improvável e mágico para a garota de Nanterre, como se eles fossem proprietários da Torre Eiffel ou do castelo da Bela Adormecida.

– O primeiro é o armazém da rue de Miromesnil, que abrigou o Grupo Barlet até a construção da torre que você conhece...

Com alguns gestos nervosos, ele percorreu de novo as folhas, virando as páginas a toda velocidade. Visivelmente, ele se enervava por não encontrar o que queria.

– E o outro prédio?

– Estou procurando, estou procurando... mas não acho nenhum detalhe nesta lista que me deram. É irritante.

Pelo menos meu blefe com Chloé não seria inútil. Expus meu estratagema a Marchadeau, e nós nos despedimos logo depois, prometendo uma atualização mútua imediata tão logo tivéssemos novas informações.

* * *

Não eram nem 7 horas e assediar Chloé não serviria para nada. Eu estava superexcitada apesar da minha noite em claro, mas tratei de me controlar. Pães e bolos me permitiram esperar duas horas em uma cafeteria que abria muito cedo, a dois passos da place Saint-Georges.

Eu cochilei várias vezes, sestas-relâmpago de um minuto ou dois, e dediquei o resto do tempo a contemplar as idas e vindas dos pedestres em direção à estação de metrô.

Numa coluna Morris ali perto, reparei em um cartaz de um filme de época que fora rodado aqui no ano anterior. Ele ia entrar em cartaz dentro em breve com o título enigmático de *L'Inconnue de Paris*. "O passado matou seu presente", dizia a inscrição acima da imagem central, na qual o rosto do ator principal, usando um chapéu de feltro dos anos 1940, aparecia ao lado de uma sombra de mulher. Entre duas piscadas de olhos para permanecer acordada, pensei outra vez em um dos meus últimos clientes como hotelle. "Espere... não foi você que eu vi há cinco minutos na place Saint Georges?", ele me perguntara.

Era impossível.

Ele só podia estar enganado.

Às nove horas em ponto, liguei para Chloé, no décimo oitavo andar da torre Barlet, certa de que ela teria voltado da máquina de café e já estaria a postos.

– Chloé? É Elle Lorand.

– Elle? – ela balbuciou, paralisada.

– Quero saber notícias... e espero que o final da sua noite tenha sido bom. Que lugar, hein!

A alusão maldosa deixou-a um instante sem voz, depois ela soprou no aparelho como uma conspiradora:

– Eu... você tinha me dado vinte e quatro horas!

– Sim, mas digamos que os acontecimentos se precipitaram um pouco depois do nosso encontro na Calamity.

– Mas eu não posso, agora... estou no trabalho.

– Justamente. Você está no local exato para me fornecer esse tipo de coisa.

– Está bem. Vou ver o que eu posso fazer por você.

– Você tem uma hora.

– Uma hora?!

Ela tossiu como se comprimisse os pulmões com as próprias mãos.

– Sim. Caso contrário, a soberba foto que Sophia tirou partirá para o celular de David. Com os dados de geolocalização do lugar, é claro. No caso de ele ter uma alguma dúvida.

Antes de abandoná-la no seu abominável dilema, esclareci-lhe que eu me interessava particularmente pelo segundo imóvel de propriedade da família Barlet. Quinze minutos mais tarde, sem um segundo de atraso, Chloé me mandou um SMS tão frio quanto um iceberg:

Lista completa dos bens imóveis dos Barlet enviada para o seu e-mail pessoal.

2º imóvel situado na esquina das rues Pigalle com La Rochefoucauld. Entrada 55, rue Jean-Baptiste Pigalle.

Não posso fazer mais do que isso.

Favor apagar o mais rápido possível a foto e também esta mensagem.

Chloé

Paguei a conta correndo, saí da cafeteria e, enquanto caminhava, reli várias vezes a mensagem.

A esquina das rues Pigalle com La Rochefoucauld. Uma entrada situada na rue Jean-Baptiste Pigalle, 55. Como eu conhecia! Não podia conhecer melhor, e o imóvel não era longe dali, e eu mesma morara nele durante um ano. O ano encantado de parêntese erótico que selara para sempre meu amor por Louis.

Sim, esse imóvel era simplesmente...

– O Hôtel des Charmes... – enunciei em voz baixa, atônita.

26

5 de junho de 2010

Imaginem um saco gigante de bolinhas de gude largadas numa pista de patinação e vocês terão uma imagem dos meus pensamentos neste instante. Hipóteses se esbarrando sem lógica e escapando tão rápido quanto afluíram à consciência.

A que persistiu por mais tempo antes de se evaporar consistia em imaginar que David geria o des Charmes com seu sobrenome de nascença, Lebourdais, ao qual ele associara um nome feminino para embaralhar as pistas. O *E* gravado nos vestiários do Saint-Broladre me veio como um sinal: e se ele simplesmente tivesse tirado do nome do seu amor de infância? *E* de Émilie?

Essa possibilidade tinha o mérito de esclarecer pontos obscuros – o motivo por que o des Charmes era o lugar destinado às hotelles, ou como André Barlet conseguira instalar câmeras lá. Mas ela levantava mais perguntas do que elucidava.

Louis me mentira por omissão, esquecendo de esclarecer que o hotel, que vira nascer e desabrochar nosso amor, pertencia a ele tanto quanto ao irmão. Assim, a sofisticada aparelhagem das câmeras, os vidros sem estanho e outros artifícios de espionagem que enriqueciam os quartos do estabelecimento não podiam lhe ser totalmente desconhecidos.

E como eles poderiam ter conhecimento da existência do sistema, possivelmente desde o começo, sem saber que ele estava ligado ao console de videovigilância? Não fazia nenhum sentido.

Revirando sem cessar esses pensamentos na esperança de que se esclarecessem, como Eliza Doolittle rolava pedrinhas na boca em *My Fair Lady*, perambulei pelas ruas de Nouvelle Athènes. Cogitei por um instante interrogar o sr. Jacques, mas ele provavelmente encobriria os patrões, como sempre tinha feito.

Também me contive para não telefonar para os dois irmãos e me limitei a um SMS para Marchadeau. Ele tinha consciência de que se espojara em lençóis pertencentes ao seu velho amigo na única vez que eu me oferecera a ele?

Ele acusou secamente a recepção e me informou na resposta que estava partindo para Saint-Broladre, onde tentaria aprofundar a exploração do local, desta vez à luz do dia.

"Não quero ir, não quero ir pra casa... não quero ir pra casa sozinha", sussurrava a letra de uma musiquinha pop que minha mãe cantarolava enquanto cozinhava, quando eu era pequena. Eu me sentia exatamente nesse estado de espírito, mas sem o colorido dos anos 1980.

Embora o apartamento da rue du Trésor fosse agora um refúgio, eu sabia que desta vez não acharia lá mais reconforto e respostas do que nas ruas, e neste mundo hostil. Além disso, eu sempre apreciara a defasagem que me permitia flanar quando todos os outros corriam, ou me apressar quando todos os outros passeavam despreocupadamente. A manhã parisiense fervilhava agora de atividade intensa, e observar uns e outros, atarefados, apressados, já estressados pelas críticas que não deixariam de receber no trabalho ou na escola, me era por contraste um prazer simples, apesar de ligeiramente cruel.

Mais uma vez, minha caixa de correio estava abarrotada, diversos envelopes pardos nos quais a ausência de selo indicava, sem dúvida possível, que tinham sido trazidos em mãos, e não expedidos. De todo modo, o carteiro nunca passava antes de 10 ou 11 horas, e ainda faltava muito.

Estremeci um segundo com a ideia de que Louis talvez tivesse me procurado aqui, esta noite, depois que Sophia passara para me pegar. Talvez tivesse vindo se desculpar, fazer as pazes, reunir nossos dois corpos para aliviar a agonia de nossos dois egos. Como todas as vezes que eu pensava nele, um formigamento agradável e doloroso tomou conta de mim, do meu peito, do meu sexo. Louis entrara no meu DNA. Estava latente sob a minha pele como um agente adormecido que o menor pensamento reativava. E todo o meu corpo então era agitado pelo desejo.

Galguei os seis andares tão depressa quanto minhas pernas pesadas pela noite me permitiam, e, mal fechada a porta, abri os envelopes. Acreditei primeiro em um erro, pois alguns continham definições que Louis já tinha me enviado. No entanto, ao percorrê-las com um olhar impaciente, me dei conta de que não se tratava de um erro, mas sim de novos textos de seu *Alfabeto* para complementar os verbetes já enviados. Notei sobretudo que todos tinham um ponto em comum, eles não falavam dos *meus* seios, de *minhas* nádegas ou do *meu* ventre, mas dos dele. Cada parte de sua anatomia expressava por intermédio de sua voz o arrependimento. Todo seu corpo implorava meu perdão. Todo seu ser me conjurava a desistir de meu plano contra David. Ele não me proibia de entrar em contato com ele: ele me pedia para não fazê-lo.

Mesmo que sua prosa contrita me tranquilizasse sobre seus sentimentos, mesmo que cada uma das minhas zonas erógenas clamasse a vontade de encontrar seu homólogo masculino, eu sabia que não podia mais recuar. Se eu quisesse que os dois irmãos deixassem cair as máscaras para sempre, eu não tinha outra escolha senão confrontá-los. Nada era simples. O mistério adensava-se à medida que eu avançava sobre o território deles – Roches Brunes, os dois palacetes, o des Charmes e agora o nº 5 da square d'Orléans. Uma evidência me surgia porém: tudo estava ligado. Tudo remontava a uma única fonte, em alguma parte dos meandros do passado da família Barlet.

Se eu conseguisse determinar qual dos dois filmava os quartos do Hôtel des Charmes a partir da rue Tour-des-Dames, então os fios da manipulação começariam a se desembaraçar. Eu não esperava determinar qual dos irmãos pertencia ao campo do Bem ou do Mal. Louis tinha sua parte de culpa. Eu esperava apenas entender o que eu significava para ele. E fazer com que ele ganhasse o processo.

Eu temia que meu login e senha de acesso ao blog tivessem sido invalidados, mas por sorte não fora o caso.

Login: elleelouis

Senha: hoteldescharmes

Uma vez na página de administração, digitei a seguinte nota, supostamente destinada a Louis:

Encontro esta noite, 22h, no quarto de sua escolha.
Escuridão total, é imperativo.

Eu não duvidava de que David consultaria a mensagem e que compreenderia que o quarto ficava no des Charmes. Ele se sentiria provavelmente tentado a se apresentar em pessoa, pois a escuridão preservaria seu anonimato. Foram Sophia e seu amante invisível que me inspiraram essa boa ideia. Sophia, com quem eu contava, com o reforço de Fred, para pegar meu ex-futuro marido em flagrante.

– Você quer que fiquemos na frente do des Charmes e que entremos lá atrás de David?

Ela caiu das nuvens quando expliquei meu plano no telefone, mas não protestou por muito tempo. Felizmente para mim, ela considerava minha proposta uma chance para se redimir de sua pequena traição da véspera.

– Ok – ela cedeu com um tom de cumplicidade. – E se o Louis aparecer?

– Se ele vir a mensagem e achar que é para ele, vocês o interceptam. Se ele escapar... seja o que Deus quiser. Confesso que um joguinho da verdade entre os dois irmãos não iria me desagradar.

Isso não passava de uma meia-verdade. Eu temia esse tipo de confronto da mesma maneira que ansiava pela luz.

– E o que diremos ao Louis para ele se afastar?

– Não sei. Diga apenas que há um alerta de incêndio e que Ysiam avisou você.

– Hum... não muito convincente.

– Então inventem... improvisem!

Menos de uma hora mais tarde, tinham aceitado meu convite, sob a forma de um comentário acrescentado à mensagem. Como eu havia previsto, David mordera a isca. Mas permanecia desconfiado:

Vamos nos encontrar primeiro fora, às 21:45.
No Two Moons.
É perto do hotel.
Encontro na jacuzzi.

* * *

Sophia, a quem pedi socorro pela segunda vez, me confirmou este último ponto um minuto depois:

– Two Moons! – exclamou com um risinho nervoso.

– O que foi? Por que o espanto?

– Ah, nada, minha querida. É apenas a maior sauna de troca de casais de Paris. A essa hora, é pior do que o metrô em hora de pico. No gênero *discreto*, há coisa melhor.

Ela parecia bem informada. Embora eu soubesse que sua vida privada era mais dissoluta do que a minha, aquilo mergulhou-me num real desconforto.

As exigências de David mudavam singularmente o jogo. Em público, e em plena luz, seria difícil para mim fazê-lo confessar suas manobras destinadas a comprometer Louis. Sua presença no clube não constituiria em nada uma confissão de suas maquinações no blog... Mas era pouco provável que ele pensasse em se apresentar em pessoa, uma vez que sua máscara cairia no mesmo instante.

De minha parte, percebi que seria muito mais difícil, em tal contexto, ficar de lado e não participar do jogo libertino. O que eu tinha visto no Brigantin e o que vivera na noite do "castelo" em Saint-Broladre me esclareceram sobre o caráter direto da sexualidade praticada nesses locais. Os que os frequentavam mostravam enorme desembaraço. Bastavam alguns minutos para se ver embolado num arranjo mais ou menos duvidoso, quase a contragosto, a mão no sexo de alguém, uma outra no seu próprio. Mas talvez fosse minha falta de experiência na matéria que causasse tais temores.

– É também o lugar mais clean do Pigalle – tentou me tranquilizar Sophia. – A maioria dos clientes são casais respeitáveis.

Como a ruiva alta de Saint-Malo?, eu me abstive de replicar.

Passei o resto da manhã e boa parte da tarde relendo as notas que escrevi para minhas memórias em gestação, corrigindo certas passagens, tentando verificar os fatos ou os acontecimentos que me pareciam contraditórios, confrontando as lembranças de ontem com os fatos de hoje.

Foram os textos de Louis que produziram em mim tal efeito, ou o fato de Marchadeau ter recebido favoravelmente minha primeira crônica? Eu me sentia perfeitamente desinibida atrás do meu teclado. As palavras vinham naturalmente, sem parar, fluidas. Só as passagens ousadas exigiam mais reflexão. Não que eu sentisse embaraço. Ao contrário, eu estava louca para revivê-las, e, por Louis me infligir de novo o fogo ardente da espera, acabei sentindo uma perturbação grande o suficiente para interromper a escrita. Quando escrevo sobre sexo, não consigo deixar de pensar – e mais ainda de sentir – que são coisas para se viver, imediatamente, sem perder tempo.

Interrompi o trabalho para me conceder o prazer que as circunstâncias me recusavam. Tentei até a calcinha vibradora, presente de Sophia para os dias de desespero sexual. E era o caso presente. O resultado foi mais titilante e picante do que propriamente orgásmico.

Depois do jantar, eu estava colocando meu minivestido sem roupa de baixo quando tive um flash súbito. Eu ainda ignorava como meu pequeno estratagema iria funcionar. Se David soubesse que eu estava de posse dos vídeos russos, ou se suspeitasse de alguma coisa, ele poderia decidir apagá-los ainda esta noite. Eu não podia esquecer que Armand tinha acesso à casa de Louis.

Mas eu estava atrasada. Assim que pus o pé na rua, tratei de ligar para Sophia mais uma vez:

– Sophia, tenho um último favor para lhe pedir.

– Vou logo avisando que se me pedir para te acompanhar no Two Moons com Fred... é não!

Eu ri com essa bobagem. E só Deus sabe que eu não estava com cabeça para brincadeiras.

– Não. É um pouco pesado, mas não tanto...

– Pode falar.

– Eu gostaria que você fosse agora até o des Charmes.

– Agora? – ela gritou. – Mas eu achava que...

– Espere, ainda não acabei. Procure Ysiam. Ele tem a cópia das minhas chaves. Em seguida, passe na minha casa e pegue as chaves do Hôtel Mars. Elas estão na minha mesa de cabeceira.

– E depois?

– Depois você corre para a rue de la Tour-des-Dames, entra na casa de Louis, vá até a sala de controle de que eu te falei...

– No subsolo?

– Sim, no subsolo, e você copia o último vídeo gravado no console. É fácil, eles estão classificados por data de gravação. O mais recente é o primeiro da lista.

– Mas eu não vou conseguir fazer isso tudo sozinha!

– É por isso que você vai com Fred. Tenho certeza de que ele tem um pendrive USB que nos será útil.

Ela não teria tempo de realizar todos esses trajetos e *depois* voltar a tempo ao des Charmes para me socorrer...

Moral da história: provavelmente, eu estaria sozinha lá quando chegasse a hora. A menos que, correndo todos os riscos, Fred fizesse disparar pela cidade os centímetros cúbicos barulhentos da sua moto. A menos que eu não prolongasse minha passagem pelo templo da libertinagem parisiense...

O Two Moons não traía sua reputação. Eu compreendi logo na entrada, enquadrada por dois leões de chácara negros gigantescos de cabeça raspada e dentes trincados. Atrás de cada um deles, duas imensas estátuas de inspiração tailandesa ou indonésia montavam guarda diante da grande porta de madeira trabalhada. Logo depois da entrada, um pequeno guichê acolhia os visitantes. Uma moça pouco cortês, de olhar furtivo, foi logo me estendendo uma toalha branca, um pareô de algodão laranja assim como uma braçadeira de velcro, junto com um saquinho cheio de preservativos.

– Quanto lhe devo?

– Nada. É um dia aberto a todos, a entrada é grátis para mulheres desacompanhadas.

Sem outro comentário, ela apertou um botão que destrancou a porta vermelha à esquerda. No interior, tive um choque ao mesmo tempo com o calor, a decoração de madeira e a descontração que reinava no bar e na sala do lado, onde vários casais nus sob seus pareôs discutiam comportadamente e bebiam seus drinques. A ordem de largada da noite ainda não tinha sido dada, embora o estabelecimento estivesse lotado.

Um outro segurança ligeiramente menor do que seus colegas, notando que eu era novata, me fez sinal para subir a escada. No andar de cima, o alinhamento de armários me impressionou. Lá, homens e mulheres de todas as idades, cores de pele e aparências físicas, se despiam ou se vestiam sem nenhum pudor. Havia uma atmosfera descontraída e simpática. Alguns casais brincavam com outros ou se avaliavam com um olhar oblíquo, projetando se juntar, mais tarde, na sauna ou na jacuzzi.

– Você está sozinha?

Uma morena mais velha, sem um traço particular, fora um opulento peito esticando ao extremo sua camiseta, postou-se na minha frente. Atrás dela, percebi um sujeito magro, mais baixo do que ela, que tentava fazer gênero com seu cavanhaque e numerosas tatuagens tribais.

– Sim, estou sozinha...

– É a primeira vez, não é? – ela disse sorrindo, exageradamente afável. – Se você quiser, podemos lhe explicar o funcionamento da casa. Será um prazer.

– Obrigada, mas...

– Sem compromisso, é lógico! – ela se apressou a especificar. – Enfim, você nos agrada bastante, a nós dois, mas não queremos forçar nada.

Eu ainda não tinha entrado na arena e duas feras com aparência de gatinhos já caíam em cima de mim.

– É muita gentileza... mas estou esperando um amigo.

– Tudo bem – ela disse, com uma cara de decepção. – Sem problema. Vamos ficar pelo menos duas ou três horas. Se você quiser se juntar a nós, pode nos achar na sala maior de cima, bem no fundo.

– Tudo bem...

Depois de pegar um copo no bar, um simples suco de manga, passeei por um momento pelo andar térreo, uma sala comprida e estreita com alcovas e reentrâncias. No centro, grandes sofás acolhiam os visitantes, e uma gigantesca tela plana lhes propunha um fluxo ininterrupto de cenas pornográficas para estimular os mais reservados. Eu me sentei ali um instante, apreciando a variedade da clientela. Ela ia do jovem casal dos subúrbios, na casa dos 20, com piercings e tatuagens no corpo todo, aos sexagenários chiques.

Alguns deles me lançavam olhares insistentes. As mulheres sozinhas constituíam presas privilegiadas pois eram raras, sobretudo quando eram jovens e sedutoras. Isso explicava por que me deixaram entrar sem pagar. Os olhares desnudavam meu pareô, vasculhavam à vontade minhas formas generosas, e eu notei um homem grisalho, porém acompanhado de uma jovem beldade loura, que se interessava particularmente por mim. Colada a ele do lado oposto ao meu, ela se escondia da minha vista, e foi preciso que eles se levantassem para eu poder finalmente apreciar seus traços juvenis. Ela me lembrava vagamente alguém...

Eu os segui até alguns passos dali, à ampla jacuzzi colocada num cenário de rochas artificiais. Vários casais enlaçados brincavam na água alegremente. Eu não tinha mais escolha: se quisesse passar despercebida, devia adotar os costumes do lugar e me despir totalmente. Cinco ou seis pares de olhos femininos e masculinos se deleitaram com minha nudez, e eu me senti sob seus olhos como uma Vênus fundindo-se com a onda borbulhante.

Na parede cheia de fendas, um vasto painel proibia as práticas sexuais propriamente ditas. Só os beijos pareciam autorizados, e meus vizinhos não se privavam, agarrando-se com frenesi em torno de mim. Só um casal permanecia impassível e se limitava a brincar com os jatos de água que vibravam em suas nádegas: o cinquentão e sua criatura loura. Ela me olhava com uma insistência cada vez maior. Terminou atravessando a jacuzzi devagar, lutando contra as bolhas e a corrente.

– Olá. Eu sou a Olga.

Aquele sotaque eslavo, muito pronunciado... O rosto de virgem russa, o corpo de ninfa recém-desabrochada, os seios tão miúdos que seriam necessários três ou quatro dos dela para encher um dos meus... Uma das fogosas que brincavam com David!

– Boa-noite – respondi com uma voz trêmula.

– Sou eu o seu encontro.

Nas suas costas, o casal que me assediara no vestiário desprezava as instruções e o cavalheiro enfiava uma mão tão estreita quanto apressada entre as pernas da mulher, que fechava os olhos e entreabria a boca de prazer.

Eu compreendia melhor a função desse encontro anterior à nossa reunião no des Charmes: David queria se assegurar de que eu iria sozinha, e ele me enviava Olga para me escoltar.

– Ok, agora que você me encontrou, qual é o próximo passo do programa?

– Ele quer que você se divirta um pouco aqui antes de seguir comigo para o hotel.

Que eu me divirta? Para ter certeza de me manter sob controle, David imaginara essa *mise-en-scène* para eu servir de pasto a esse bando de alegres depravados. Agora estava claro, se eu quisesse ver David esta noite e obter as confissões tão esperadas, eu teria que aceitar suas regras do jogo. Ao menos até certo ponto.

Sem perguntar minha opinião, Olga segurou a minha mão e me puxou para fora da água agitada.

– E ele?

Apontei com o olhar seu acompanhante.

– Ele fica aqui?

– Ele? É um cliente.

Ela saiu da onda com uma desenvoltura desconcertante, minha mão na dela, e me levou sem rodeios para o andar de cima, para uma área do prédio oposta ao vestiário. A luz era mais filtrada, o calor mais palpável ainda, e a maioria dos que circulavam por ali estavam em completa nudez, com tanta naturalidade quanto a minha instrutora libertina.

– Ali, o *hammam*... sauna – ela me indicou, à medida que avançávamos no corredor.

Logo depois, divisórias e portas de madeira substituíram as superfícies envidraçadas, abrindo para pequenas cabines parecidas como as que Sophia me mostrara na Calamity. Aqui também, os painéis com treliças ofereciam uma visão direta porém discreta do que se desenrolava no interior. O dispositivo deixava igualmente passar os sons, e gemidos acompanhavam nossa progressão pela galeria. Diante de certas cabines havia grupos de curiosos, alguns se limitando ao papel de *voyeurs*, outros empunhando o sexo sem constrangimento para se masturbar.

– Fode... fode bem fundo essa putinha! – rosnou um homem em plena ação, dirigindo-se ao casal que se agitava atrás da divisória.

A última peça do labirinto, no final do corredor, não apresentava a mesma configuração das outras. Ela era maior e, sobretudo, desprovida de trinco na porta. Cada um podia entrar e se imiscuir à vontade no curso dos embates. Era o canto dos desenfreados, dos praticantes do sexo grupal sem limites. De fato, um aglomerado indistinto de corpos se amontoava. O conjunto compunha um quadro em movimento, gemendo, às vezes urrando, tão fervente quanto um rio de lava.

Aquela massa de aparência indistinta, monstro de cabeças, pênis e bocetas inumeráveis, deixava contudo emergir individualidades, se nos déssemos ao trabalho de observar. Um sujeito gigantesco reteve minha atenção. Movimentando-se na bunda de uma moreninha seca que ele pegava por trás, ainda conseguia lamber a vulva de uma outra, de pé junto dele, e mergulhar a mão inteira na vagina de uma terceira, deitada sobre um colchão ligeiramente elevado. E esta última, por sua vez, engolia o pau superdimensionado de um homem pequenininho.

– Vá! – me intimou Olga, com um indicador apontado para o grupo.

– O quê? – gritei.

– Faça o que você quiser, chupe, foda, enfie a sua mão... como quiser, mas vá – ela ordenou com um tom seco de matrona.

– E se eu não quiser? – desafiei-a, me impondo.

– Se você não quiser, não tem encontro no hotel depois...

Eu registrei o ultimato, demorando meu olhar ainda alguns instantes no grupo que se exaltava a dois passos de mim. Tomei a decisão de me aproximar timidamente, sem saber onde me colocar nem como abordar aquele magma de carne palpitante de prazer. O grito dilacerante de um orgasmo – mas de onde ele viria, céus, de que garganta e de que sexo? – me paralisou um instante. Depois eu me ajoelhei perto de um casal praticando um comportado papai e mamãe.

Dirigindo um olhar que eu pretendia cúmplice ao seu parceiro, deslizei uma mão no meio deles e tentei alcançar o clitóris intumescido da mulher. Eu o esfreguei com o dedo como um feijão na vagem. A reação foi impressionante, elétrica. A mulher ergueu a bacia com um espasmo brusco que expulsou de dentro dela o cacete luzidio, antes que o companheiro retomasse as investidas. Toda a parte inferior do seu corpo estremecia cadenciadamente. Seu orgasmo se aproximava, e eu me senti estranhamente orgulhosa dos efeitos produzidos pelas minhas carícias. Apertei com mais vigor o pequeno botão, cuja resistência elástica afagava a polpa do meu dedo médio.

– Você encontrou seus amigos, ao que parece.

A voz feminina surgira nas minhas costas sem avisar. Seu tom exprimia alívio mais do que crítica. Reconheci o casal do vestiário. Todos os dois sorriam, com a diferença de que o homem se masturbava conscienciosamente, com os olhos fixos nos meus, brandindo o pau como quem segura a bengala ou o cachimbo.

Aquela irrupção poderia ter me deixado pouco à vontade, mas a aparição deles me pareceu a melhor saída possível. Com ela eu tinha mais chance de escapar sã e salva.

Sem largar o clitóris da moça em êxtase sob meu dedo, eu virei o busto e, com os olhos erguidos para ele, aproximei meus lábios da glande violácea do sr. Vestiário. Ele compreendeu a manobra e impulsionou na mesma hora seu grande dardo de carne inchada na minha boca. Apesar de uma certa repugnância – o sabor era azedo e almiscarado –, tratei de afastar os dentes e a língua para acolhê-lo confortavelmente.

– Eu sabia que nós duas íamos ficar amigas – alegrou-se a mulher em voz alta.

E ela se aproximou, e depois de uma estranha contorção, deitou-se de costas e colocou a cabeça bem embaixo das minhas pernas acocoradas, com a boca na altura da vulva. Eu queria ter me rebelado, mas a verga do seu homem me amordaçava. Segundo após segundo, ele se fazia mais ousado, suas idas e vindas avançando tão profundamente em mim que quase me faziam sufocar.

Aqueles dois conheciam as técnicas. A mulher logo começou a me lamber com grandes passadas, aplicadas às vezes sobre toda a superfície da minha vulva bem aberta, outras vezes dirigindo a ponta da língua para os lábios ou o clitóris. A mordaça de carne que invadia minha boca abafou meu grito quando de repente ela enfiou toda a extensão da língua dentro da minha vagina.

Entreabrindo os olhos, percebi furtivamente Olga, cujo sorriso discreto e piscadas de olhos aprovavam minha iniciativa. Uma pergunta idiota, escapada de não sei qual talk-show, me passou pela cabeça: "Será que chupar é trair?" E ser chupada? Até que ponto estou sendo infiel a Louis ao consentir esses pequenos sacrifícios?

Enquanto eu apreciava cada vez mais sua perícia, a sra. Vestiário se afastou do meu ventre e, com uma mão autoritária, apontou meu sexo ao marido, decidida a me oferecer para ele.

Mas eu não lhes permiti decidir por mim. Estava fora de questão me deixar ser possuída. Abandonando as duas mulheres, eu fiquei de frente para o homem. Foi a minha vez de agarrar suas coxas e me projetar para o seu púbis, mais violentamente a cada investida, até sentir a glande tocar as regiões mais profundas da minha garganta. Eu o mantive assim prisioneiro dos meus vaivéns. Eu fazia tão rápido, tão bem e tão forte, que ele seria incapaz de deixar minha boca se tivesse desejado.

– Calma, querida! – reclamou a sra. Vestiário. – Neste ritmo, você vai esgotá-lo em dois minutos!

A profecia não tardou a se realizar pois, após algumas contrações muito rápidas, as primeiras gotas de um gêiser quente e viscoso surgiram na ponta da glande. Tive o reflexo de um último movimento de recuo, e o homem esguichou no ar, algumas lágrimas de esperma espirrando mesmo assim nas minhas faces e lábios.

– Oooooh... – ele bramiu. – Como você chupa bem.

Recebi o cumprimento com um sorriso de expert e me levantei, massageando meus joelhos doloridos. Largando o casal satisfeito só pela metade, fui para junto de Olga.

– Bom... você teve o que queria. Podemos ir agora? – perguntei, com o olhar desafiador.

27

A raiva é um estranho sentimento quando se mistura com frustração.

Eu não tinha gozado e me submetera a uma ordem. Estava furiosa. Menos contra os que se beneficiaram dos meus favores do que contra mim mesma. Eu poderia, eu *deveria* ter recusado aquelas condições iníquas.

Segui a loura Olga, silhueta graciosa coberta apenas com um vestidinho branco transparente. Com uma das mãos, ela digitou uma mensagem no celular – supus que se tratasse do sinal combinado com David. Eu suportara a prova que ele tinha me reservado, e sua cúmplice cumprira a missão. A hora do verdadeiro combate podia soar. Nós podíamos subir no ringue.

Pigalle fervilhava naquela hora, com uma multidão de turistas e provincianos formando em volta de nós uma multidão cosmopolita e variada. Assim vivia o bairro, verdadeiro cadinho universal da diversidade.

– É legal aqui, hein? – disse Olga, de repente mais amena. – Gosto muito de toda essa gente diferente!

Era para eu entender que ela apreciava especialmente a dupla penetração inter-racial, como a que os machos que a olhavam com o rabo do olho pareciam prontos para lhe propor à guisa de preliminares?

Mas controlei meu mau humor e verifiquei na minha bolsa que a pequena máquina fotográfica estava lá, com a bateria bem carregada.

Deixando o bulevar de Clichy e contornando o círculo da place Pigalle, nós passamos pela imponente fachada do Folie's Pigalle, uma das instituições da noite, do lado da Rive Droite. Para chegar ao destino, só tínhamos que passar pela rue Jean-Baptiste Pigalle. Questão de dois minutos no máximo.

Está indo depressa demais, pensei quando entramos na rua de inclinação suave. Sophia e Fred não conseguiriam me encontrar a tempo. Os acontecimentos se aceleravam, e foi com emoção quase comparável à sentida durante minha primeira visita, mais de um ano e meio antes, que eu me aproximei da pequena praça, um pouco acima do des Charmes, a que tinha as três árvores mirradas de mesmo nome.

Cada passo meu tinha o peso das dores, esperanças frustradas e lembranças. Dizer que só fazia poucos meses que eu pusera os pés neste bairro pela última vez! Eu vivera tantas novas experiências aqui... Mas uma ultrapassara todas as outras: aqui acontecera minha primeira vez com o homem da minha vida.

– Algum problema? Não está se sentindo bem? – inquietou-se Olga, me vendo ficar para trás.

Mais do que Louis, não eram as lembranças do lugar que eu me preparava para trair? Porém, minha sede da verdade era mais forte do que tudo, me arrastava sem eu pensar para revelações decisivas.

– Tudo bem, tudo bem... vamos.

Ao passarmos pela entrada, o sr. Jacques mal levantou o nariz dos seus registros. Agora que eu conhecia a identidade verdadeira de seus patrões, compreendia melhor a atitude do concierge em relação a mim, entre a implicância e a deferência. Ysiam não estava no seu posto perto do elevador, e nós subimos sozinhas até o topo do edifício, o quinto e último andar. Seu corredor vermelho-sangue era provavelmente o que eu tinha menos frequentado. Só tinha me aventurado ali uma vez, no quarto Marie Bonaparte. Então, para mim, ele se situava no nível dos mistérios mais bem escondidos, lá onde nosso inconsciente se solta livremente, fora de qualquer controle, como em seu jardim.

Olga me mandou desligar o celular e, depois de verificar que tinha sido feito, ela me conduziu para a porta em frente do Marie Bonaparte. Ao contrário de todas as outras, a porta não era vermelha e sim preta, mas no momento em que a transpus, tratei de não ver nisso um presságio funesto. Como eu havia exigido, a peça estava mergulhada numa escuridão perfeita, preservada por uma pesada cortina atrás da entrada.

Minha respiração se acelerou. A cada segundo, minhas inspirações se tornavam mais febris e eu expirava logo em seguida, num sopro breve e saturado. Minhas pernas bambeavam. Independentemente da minha vontade, meu peito inchava e meus mamilos endureciam a olhos vistos.

Olga se retirou sem uma palavra. Vários minutos se escoaram, precioso instante de pausa que eu aproveitei para rever meu plano: deixar David entrar sem intervir para que ele não duvidasse de nada; tirar a roupa e convidá-lo a fazer o mesmo; tocar nas suas zonas mais sensíveis, se minha memória não falhava: torso, abdome, saco, glande; esperar que ele alcançasse um estado de excitação evidente; pegar finalmente minha máquina fotográfica e, com o flash, flagrar o verdadeiro autor do blog.

Um dispositivo simples, sem falhas. Impossível de ser parado.

Os minutos se sucediam com a lentidão de um molusco. A espera se transformava em suplício. David não iria dar as caras? O relato de Olga teria despertado suas suspeitas? Pelo menos dez minutos se passaram, e eu hesitava em deixar o quarto quando um ligeiro frêmito na escuridão sobressaltou-me. Ainda que minhas pupilas se dilatassem, eu não via nada. Teria contudo jurado perceber um movimento num dos cantos... Uma música explodiu de repente, tonitruante, tão percussiva quanto um soco na cara. Se Louis procurava incansavelmente a música erótica ideal, esta aqui tinha por objetivo evidente me desestabilizar, com seus violentos acordes de guitarra elétrica e o martelar louco da bateria. Death Metal, Death Hardcore, Death qualquer coisa... Havia naquilo uma brutalidade mórbida que predispunha à carnificina e não ao amor.

Um instante depois, como se tivessem surgido da fúria sonora, quatro sombras se precipitaram sobre mim dos quatro cantos do quarto. Pude sentir o deslocamento de ar provocado por sua rápida movimentação. Antes que eu pudesse reagir, meus pulsos e tornozelos foram imobilizados por punhos de ferro. Eu gritei e me debati, mas me suspenderam subitamente acima do chão como se eu não pesasse mais do que um raminho de palha. Depois, tiras de couro se fecharam em volta de meus quatro membros, e escutei em seguida um estalido metálico. Quando me soltaram, senti meu corpo esticado em quatro direções, suspenso em levitação a um metro do assoalho. Eu me senti como uma pequena mosca presa no centro de uma teia. Só faltava a aranha que, com toda certeza, iria me devorar.

Cumprido o serviço, as silhuetas se retiraram, indiferentes aos meus gritos desesperados:

– Vocês não podem me largar assim! Eu avisei a polícia!

Blefar era inútil, eu bem sabia. Minha única tábua de salvação era Sophia, mas era uma tábua que eu mesma ensaboara ao lhe impor uma missão impossível. Fiquei repetindo como um mantra a cronometragem dos trajetos. Na melhor das hipóteses, eu podia esperar vê-la por volta de... 23:30. Mas, se meu cálculo estava certo, agora deviam ser quase 23h. Ou seja, trinta minutos durante os quais David poderia me fazer passar por absolutamente tudo que ele desejasse.

Como se tivesse percebido meus temores, ele entrou no quarto. Eu seria incapaz de identificar quem quer que fosse através das lágrimas que corriam incontrolavelmente pelo meu rosto. Foi pelo perfume que o reconheci. Depois pela voz, reconhecível entre mil, tão parecida com a do eterno galã do teatro francês... Mas eu não estava lidando com Gérard Philippe. David não era o Cid, nem Fanfan la Tulipe. Apenas o homem que quis destruir meu noivo e me enganar da maneira mais abjeta. David, meu torturador.

– Ora, ora, no fim tudo acontece.

– O quê? – eu rosnei, trêmula, impotente de sofrimento e pavor. – O que está acontecendo?

– Nós dois, num quarto deste hotel. Só Deus sabe quantas vezes você trepou aqui – ele me insultou de propósito. – Deve ter dado para toda Paris. Só os muito trouxas não experimentaram...

– O que você quer, porra?

Eu me agitava como uma possessa, mas minhas contorções desordenadas tinham como único efeito apertar mais as tiras de couro na minha pele e machucar um pouco mais os músculos esticados ao extremo.

Ele não respondeu. Eu o ouvi procurar alguma coisa no quarto, depois se plantar na minha frente, exatamente entre as minhas pernas.

– Desfrutar um pouco a visão, para começar.

– O quê?

O pavor me gelou quando, no momento seguinte, o flash de uma máquina fotográfica me ofuscou. A *minha* máquina fotográfica, supus.

– Você é completamente louco! – urrei, apavorada. – Sophia e Fred vão chegar aqui de uma hora para outra!

– Será um prazer. Seus amiguinhos serão bem-vindos! Estou até surpreso por eles não terem vindo com você.

Surpreso? Como ele podia estar surpreso se ignorava tudo do nosso estratagema?

– Confesso que seus cúmplices me decepcionam – ele prosseguiu com o mesmo desdém. – Yves percebeu na mesma hora que estava sendo espionado. Chegou até a fazer com que os teus hackers de domingo acreditassem ter invadido meu computador sem serem detectados.

Quer dizer que David se sabia desmascarado desde o início. Foi por isso que conseguiu desmontar minha armação. E para se garantir contra uma chegada intempestiva dos meus amigos, tomou a precaução de me mandar ao Two Moons com Olga à frente.

Nova balançada no centro da minha armadilha, nova dor atroz fulminando meus membros.

– David, o que você está fazendo é grave – tentei convencê-lo sem real esperança. – Sequestro, ato de barbárie... vai lhe custar caro!

– Pois eu só vejo nisso uma brincadeira de adultos, não muito diferente das que você já participou, aqui mesmo, com Louis. E de boa vontade.

– Desculpe... – implorei. – É o que você quer ouvir? Então está bem... Perdoe-me por tudo: o casamento desfeito, os encontros aqui com o seu irmão... tudo!

A estridência da música nos obrigava a berrar, e eu pensei que a insonorização do quarto devia ser perfeita para que ninguém fosse alertado.

Sem eu perceber, ele se deslocara até o meu lado. Então ele soprou na minha orelha:

– Você não entendeu nada...

– Entendeu o quê?

Então, lentamente, ele acariciou o meu corpo esticado com um gesto indolente, quase lancinante. Das coxas até os lábios.

– Que eu poderia infligir a vocês, a todos os dois, mil suplícios, e que isso não bastaria para reparar todas as traições de Louis.

Meus membros desmantelados suspendiam meu diafragma e comprimiam meus pulmões. Eu tinha dificuldade para respirar. Falar se tornava um sofrimento suplementar, e cada palavra rasgava meu peito.

– Eu repito... Desculpe pelo nosso casam...

– Eu não estou nem aí para a bosta do casamento! – ele vociferou sem me deixar concluir. – Você acha realmente que um cara como eu tem dificuldade para arrumar uma esposa conveniente? Enxergue-se, Annabelle!

Ele soltou um riso cruel.

– Elle, francamente! Se você acha que o meu ego não pode suportar a afronta de ser recusado por uma *suburbaninha*...

Ele cuspiu a última palavra com todo o desprezo de que era capaz. Agradeci aos céus minha mãe nunca ter cruzado com este indivíduo ignóbil.

– Você está completamente enganada, coitadinha! Basta eu assoviar para que mulheres mais bonitas e mais inteligentes do que você venham correndo! Está me entendendo?

Como se um batalhão de beldades servis fosse empurrar a porta e se prostrar aos seus pés, ele começou a assoviar, inebriado de orgulho, patético, ridículo.

– Está bem – eu disse o mais calmamente possível. – Então qual é o seu problema? Que traições são essas que Louis infligiu a você?

Graças a Rebecca eu conhecia pelo menos uma, talvez a mais dolorosa: a relação secreta e ilegítima que seu irmão mantivera com Aurore.

– Vamos! Me diga! A hora é boa, não tenho outra coisa para fazer no momento. Temos todo o tempo.

Eu mesma me espantei por ainda conseguir fazer este tipo de provocação. Mas ele não apreciou minha coragem.

Ele deve ter acionado um comando, pois a música parou subitamente. E, do lugar onde estava agora, a alguns passos na direção da porta, ele murmurou suavemente, quase como uma queixa, com um timbre irreconhecível:

– Ele estragou tudo... ele sempre precisou sujar tudo o que eu tinha. Só isso. Louis só saber fazer isto: roubar o que os outros possuem, ou aviltar quando lhe escapa.

– Aurore? É isso? Você está falando de Aurore?

Seus passos precipitados em direção à saída foram sua única resposta. Ele deu duas batidas secas no batente da porta, atrás da cortina, entreabriu ligeiramente a porta e deixou entrar diversas silhuetas, pelo menos três ou quatro, provavelmente os indivíduos que haviam me posto naquela posição tão penosa.

Eu esperei em silêncio que eles soltassem minhas amarras mas, em vez disso, agarraram com força meus seios, minha bunda e minhas coxas, que eles amassaram, apertaram e bateram como se fosse pão. Eu não era mais senão uma massa entregue aos seus jogos infantis. Uma mulher para modelar.

O pânico aumentou um pouco mais quando compreendi que David desaparecera e me deixara entregue aos caprichos de sua horda frenética e implacável. Estava claro que a fantasia erótica iria se transformar em estupro coletivo.

Contudo, a primeira coisa que se apresentou entre minhas pernas era fria e tão dura quanto aço. O outro fato surpreendente era o silêncio religioso no qual eles trabalhavam. Nenhum insulto, nenhuma exortação para me foderem com mais força ou me humilharem. Mais ainda do que um ritual, eles pareciam seguir com cuidado uma lista de instruções. Um manual.

– David! David, não! Volte aqui! – eu gritava tão alto quanto permitiam meus pulmões quentes como uma forja.

A coisa entrou em mim com um movimento seco porém menos doloroso do que eu temia. Era um falo artificial de tamanho médio, que uma das mãos sem rosto fazia agora ir e vir dentro do meu corpo, com um movimento mecânico, aplicado. Sem se preocupar com as minhas reações, como se eu fosse um objeto.

Quando, em seguida, um monstruoso substituto afastou os lábios da minha vagina e enfiou sua ponta duas ou três vezes mais larga do que a entrada dela, eu sequer senti a invasão dentro de mim.

Nada mais estava claro na ordem das minhas sensações: eu devo, creio, ter desmaiado.

28

6 de junho de 2010

Acordei no Joséphine, meu adorado quarto 1, tão surpresa de me encontrar ali quanto de me sentir viva. Eu me sacudi, mas a cabeça pesada e os músculos doloridos me provocaram um gemido. Como eu tinha sido transportada até ali? Por quem? E sobretudo em que estado? Se vários homens tinham abusado de mim naquele quarto escuro, provavelmente durante horas, então por que meu sexo era a única parte do meu corpo que não estava doendo?

Ouvi o barulho de alguém no banheiro contíguo. Só então compreendi que eu não estava sozinha e que aquele que fazia suas abluções passara a noite comigo. Eu esperava tudo, até ver surgir um dos esbirros de David ou ele próprio, com um sorriso de triunfo no rosto. A quem ele poderia ter me entregado? Que opção teria lhe parecido mais humilhante para mim?

Mas o que me mergulhou em abismos de perplexidade e angústia foi saber que eu ainda era prisioneira. Fred e Sophia teriam me abandonado? Teriam sido flagrados ao chegarem ao des Charmes?

Uma última hipótese, a mais atroz, me perpassou como uma queimadura: seriam eles seus cúmplices? David os havia comprado? Quanto poderia pesar a lealdade de Fred diante da garantia de seu emprego na BTV?

De repente os barulhos de água se fizeram mais presentes. O desconhecido tinha ido para o chuveiro, e um assovio ligeiro chegou até mim. Eu teria jurado reconhecer as poucas notas saídas dos lábios de David, na véspera, na escuridão do quarto dos suplícios.

Não seria lógico David recuperar e abusar de seu bem? A menos que me entregar a um terceiro, como no tempo em que eu era uma hotelle, constituísse para ele o melhor meio de me degradar ao nível de objeto sexual. Um brinquedinho qualquer que os homens emprestam uns aos outros.

Não saberia dizer qual das duas possibilidades me era mais penosa.

– David? – eu o chamei à meia-voz. – David?

Quando a porta do banheiro rangeu e finalmente me tirou do torpor, cheguei a dar uns gritos breves. Talvez um tanto agudos demais. Talvez eu acabasse acreditando que sua presença não era senão um sonho. O desconhecido se imobilizou atrás da porta, hesitou em sair. Eu imaginava sua mão crispada na maçaneta, a respiração suspensa.

Depois de intermináveis segundos, a porta do banheiro ousou finalmente se abrir. O corpo que me apareceu estava nu, e a primeira coisa que vi foi uma rosa tatuada, inteiramente aberta sobre um ombro marcado por sardas.

– Louis? – eu disse, quase sufocando.

Ele estava bem ali, na minha frente, o pau semiereto, um sorriso contido cortando seu rosto. Um sorriso que eu não saberia dizer, naquele momento, se expressava contentamento ou perturbação, empatia ou severidade.

Eu me levantei no leito de Joséphine, sonada.

– Não, não, não... – eu negava sacudindo a cabeça, horrorizada e com todos os membros tremendo. – Não me diga que...

Ele se precipitou para mim, exibindo um ar terno.

– Calma, minha linda. Está tudo bem.

– O que você está fazendo aqui? O que é que...

Ele se instalou confortavelmente, apertando a lateral do meu corpo contra seu peito macio e quente. Eu poderia ficar ali o resto da vida, acalentada por sua presença tranquilizadora e seus odores sutis de lavanda e baunilha.

Mas eu não havia esquecido de nossa discussão. De sua proibição que eu os desmascarasse, tanto o irmão quanto ele. Nós tínhamos nos separado zangados, e eu o encontrava na noite em que David me sequestrara. Isso merecia algumas explicações.

– Quando vi sua mensagem no blog já eram 11 da noite – disse ele.

– Não era dirigida a você.

– Eu sei. Mas eu duvidei de que sua armadilha fosse funcionar assim tão fácil. David está sempre um passo adiante. Quando éramos pequenos, ele ganhava todas as nossas partidas de xadrez.

Sua confissão de fragilidade me tocou, e eu o convidei a prosseguir com um olhar mais conciliador.

– Para satisfazer suas condições, supus que ele tivesse atraído você para o último andar. É lá que se encontram os quartos completamente escuros do hotel.

– E depois?

– David já tinha ido embora quando eu cheguei. Quanto aos sujeitos que se encontravam lá, eles não opuseram muita resistência. São apenas fetichistas SM que ele arranjou nos clubes e pagou regiamente para a pequena encenação. Eles queriam dinheiro, não complicações.

Então fora ele que me salvara das garras daqueles homens. Seus esclarecimentos corroboravam a impressão de que meus torturadores faziam simplesmente seu trabalho.

– E eles...?

Ele adivinhou sem que eu tivesse que mencionar.

– Não... não tiveram tempo. Mas, se você quiser, podemos mesmo assim apresentar queixa contra eles, por tentativa de estupro.

Balancei a cabeça à guisa de recusa.

Ele pousou uma mão terna na minha testa e concluiu, sinceramente tranquilizado:

– Você parece melhor.

– Sim... menos meu pulso e o braço – admiti com uma careta. – E Fred, e Sophia?

Minha observação pareceu surpreendê-lo. Ele franziu os olhinhos castanhos, cujo contorno finamente marcado conferia intensidade ao seu olhar.

– Eles não estavam aqui.

– Tem certeza?

– Tenho. Ou então tinham ido embora.

Entregando-me à barbárie dos meus carrascos?

– A que horas você chegou?

– Não sei direito. Não antes de 23:30.

Ou seja, na hora em que meus dois amigos supostamente deviam estar vindo em meu socorro. Mas mesmo que tivessem chegado depois de Louis, eles provavelmente perguntariam por mim ao sr. Jacques, que lhes teria indicado o quarto para onde Louis me transferira.

Se eles não apareceram na recepção do hotel, então é...

Um arrepio de pavor me percorreu de alto a baixo. Fred, Sophia. Eu não conseguia acreditar que eles pudessem ter trocado de lado, me colocando assim nas mãos do inimigo.

Era demais. Eu precisava de calma, de isolamento, de alguns momentos de reflexão.

– Você pode me levar para a minha casa, por favor?

– No estúdio? – espantou-se ele. – Você não quer se restabelecer na minha casa?

Ao contrário do que eu esperava, a noite passada não me acrescentara nada, nem sobre David nem sobre Louis, e não seria tornando a cair nos braços de Louis, deliciosa tentação, que eu teria o discernimento necessário para desfazer a meada de seus segredos.

Eu queria Louis mais ardentemente do que nunca. Mas o queria livre, digno e confiável. Meu por escolha, e por um consentimento livre de todas as amarras, passadas e presentes. Porém eu via que, apesar do seu amor por mim, ele continuava, tanto quanto David, escravo do seu contencioso fraternal, preso em seu papel, sua amargura, e talvez também em certas lembranças.

Se eu aceitasse retornar ao Hôtel de Mademoiselle Mars, era provável que não saísse mais, e que, cercada de conforto e ternura, embriagada de sexo e paixão, renunciasse às respostas que ainda esperava.

Seu táxi me deixou na entrada da rue du Trésor. Nosso beijo foi breve, mas carregado de um fervor inédito. Pareceu-me uma promessa: a de nossas descobertas próximas.

Como esbocei um gesto na direção da porta, ele me reteve e me atraiu para ele. Seus braços se fecharam em torno da minha cintura, deliciosa prisão da qual foi necessária toda minha força de vontade para me soltar.

– Eu posso subir com você... – ele sugeriu outra vez, sedutor, tentador. – Só um pouco.

E me oferecer o reconforto de que eu tanto precisava. E fazer amor.

Porém, mais uma vez, eu fiz a escolha severa da verdade em detrimento dos meus desejos.

– Não, é sério – recusei com um sorriso forçado. – Estou precisando ficar um pouco sozinha.

Oh, eu teria dado tudo por algumas horas colada nele. Mas esse momento ainda não tinha chegado. E eu não achava nenhuma palavra certa para explicar a ele.

– Descanse bem então – ele falou.

– Sim, você também.

Eu estava fechando a porta do grande sedã escuro, um carro alemão recente, quando o escutei falar baixinho:

– Você principalmente. Você vai pr...

Eu principalmente? O que ele queria dizer com isso? Previsão do quê? Que palavras eram aquelas que a batida da porta tinha levado: você vai... precisar?

Quis perguntar a ele, tentei em vão me agarrar à porta, mas o possante veículo já estava arrancando, me deixando ali, no meu pedacinho de calçada.

Só depois de entrar no apartamento tive a ideia de ligar meu celular, desligado por ordem de Olga desde a noite da véspera. O aparelho estava com pouca bateria, e eu tive que recarregá-lo uns dez minutos pelo menos para que se exibissem finalmente as mensagens não lidas: uma mensagem de voz e dois MMS.

Na primeira, a voz de Sophia soava de maneira estranha, alterada pelo estresse, talvez pelo medo: "Elle, sou eu... Quer dizer, somos nós. Estou na delegacia com Fred. Não tenho muito tempo para falar. Fizemos o que você queria. Mas quando estávamos indo embora, duas viaturas da polícia chegaram para revistar o palacete de Louis. Nós fomos detidos por arrombamento, tentativa de roubo e algumas outras coisinhas simpáticas..."

As acusações eram absurdas: não podia ter havido arrombamento uma vez que eles tinham a minha chave. Quanto ao roubo, eu duvidava de que a polícia tivesse descoberto as imagens no CD ou o pendrive que eles esconderam. "Não sei quando vamos poder sair. Tentei contactar Louis, sem sucesso. Em suma, não vamos poder te encontrar como previsto. Sinto... sinto muito. Um beijo. Nem sei quando vou poder te ligar."

Eu ia ligar para Zerki imediatamente, para que ele voasse em socorro dos meus amigos, quando uma olhada no remetente dos dois MMS interrompeu meu gesto. Eis que Marchadeau, silencioso há pelo menos vinte e quatro horas, se manifestava. Deduzi que ele encontrara elementos que lhe traziam problemas. As duas mensagens datavam da noite precedente, enviadas uma em seguida à outra, alguns minutos depois da meia-noite.

Estranhamente, as duas tinham o mesmo título – *Encontrado na caixa trancada a cadeado, porão Saint-Broladre* – e não estavam acompanhadas de nenhum texto. O que ele conseguira exumar do campo de poeira e entulho em que se transformara o antigo orfanato? Uma caixa, encontrada num porão... Seria possível que arquivos tivessem sido abandonados no local e permanecido inviolados todo esse tempo?

Com um dedo febril, cliquei na primeira imagem, que levou um bom tempo até aparecer inteiramente. Dei um zoom no documento, cujo texto era pequeno demais para ser decifrado naquela escala. O cabeçalho indicava que se tratava de um formulário de admissão no Saint-Broladre datado de 11 de março de 1972, de uma menina com 2 anos incompletos. Seu nome de batismo era Émilie Jeanne Laure Lebourdais. Nascida em 1º de junho de 1970, em Dinard.

Eu repeti o nome diversas vezes seguidas, para melhor me convencer de sua realidade.

– Émilie Lebourdais...

Como a mulher do Hôtel des Charmes. Émilie como o *E* do coração gravado no vestiário do orfanato.

– Émilie Lebourdais... David Lebourdais.

Os dois nomes dançavam na minha cabeça uma sarabanda infernal. A lógica de tudo aquilo aflorava ao meu córtex, pronta para jorrar, mas mesmo assim faltava uma última peça.

– David Lebourdais, Émilie Lebourdais... o mesmo sobrenome. Admitidos todos os dois no mesmo dia: 11 de março de 1972. Um irmão e uma irmã...

Repetir em voz alta os elementos em meu poder me dava a sensação de tirá-los pouco a pouco de seu invólucro de segredo.

A pequena Émilie que ele amava tanto, a pequena Émilie que significava tanto para ele que acabou atribuindo a ela um papel no organograma do Hôtel des Charmes... era sua irmã. O que acontecera com Émilie Lebourdais quando seu irmão mais velho, o pequeno David, tornou-se o segundo filho Barlet, em novembro de 1976? Com que nova identidade ela, por sua vez, reaparecera?

Infelizmente, o formulário não dizia.

Sem fôlego, apertei o botão de consulta da segunda imagem enviada por Marchadeau. Ela se exibiu lentamente – sem dúvida o arquivo era mais pesado. De alto a baixo, linha por linha, assim que as primeiras cores da fotografia foram aparecendo, eu a reconheci: a fotografia diante do pinheiro de Natal. Melhor ainda: tratava-se do original. Desta vez, intacto.

O rosto da garotinha ao lado de David, sorridente, tão bonita no seu vestido escocês, não me surpreendeu.

Pois, apesar dos vinte anos de diferença, apesar do mistério que a cercava ainda, aquele rosto... era o meu. Ou melhor, o de Aurore.

Ou ainda, o de Émilie Lebourdais.

Irmã de David. E sua primeira mulher.

29

Oh, o poder espantoso das telas. A magia embrutecedora da televisão. O efeito narcótico que expulsa as preocupações e inicializa nossos cérebros aniquilados pelo estresse.

Eis sem dúvida por que, submersa naquelas informações frescas, eu diria até enregelantes, meu primeiro reflexo foi ligar a televisão e me deixar embalar pelo rom-rom insípido dos programas matinais. Zapeei preguiçosamente, apenas interrompendo o movimento para mandar uma mensagem para Zerki, pedindo ajuda para tirar Sophia e Fred da enrascada na qual eu mesma os metera. Eu passei assim de uma sequência de videoclipes para um igualmente lamentável canal de notícias.

Entre duas notícias esportivas, vi uma breve nota sobre a fusão Barlet-GKMP. O jornalista de economia, um careca arrogante, expunha o impacto positivo que o anúncio tivera no desempenho das ações respectivas, mostrando gráficos: "... uma subida de 9,7% para as ações do Grupo Barlet desde 1º de maio último, e outra de mais de 11,2% para a GKMP no mesmo período, ou seja, o mais importante aumento dos três últimos anos... O mínimo que se pode dizer é que os mercados acolheram esta fusão com uma evidente satisfação."

Para mim, a equação em que eu pensava era completamente diferente: E + A + D = verdade. Três identidades, mas somente duas pessoas físicas. Eu me perguntava se existia um símbolo matemático para expressar a incerteza que podia pesar sobre um dos componentes de uma fórmula.

Quando finalmente emergi do meu torpor, procurei um pouco mais de conforto junto do meu computador portátil – imaginando paralelamente que Yves, o gênio da informática, também poderia ter hackeado minhas contas de e-mail.

Constatei sem real surpresa que procurar "Émilie Lebourdais" no Google oferecia quase tão poucos resultados quanto "Aurore Delbard". Havia um único resultado. Vinha de um registro de empresas imobiliárias, que designava a srta. Émilie Lebourdais como acionista minoritária da empresa Tour-des-Dames, juntamente com os srs. David e Louis Barlet.

A informação era bem minguada, mas ao menos atestava um fato essencial:

– Ela está viva...? – disse eu comigo mesma, com a voz trêmula.

Senão, por que constaria ainda do registro? Uma rápida olhada nas condições de uso do site me confirmou que as fichas das empresas eram atualizadas todos os anos. Assim, a presença dela no organograma da empresa dos Barlet não podia ter senão um significado: Émilie Lebourdais, também chamada Aurore Delbard, ainda era deste mundo em 1º de janeiro de 2010.

Como um pixel que falta e aparece de repente, esse elemento esclarecia o conjunto do quadro familiar dos "DelBarlet", como alguns gostavam de chamá-los. Se soubessem o quanto esse jogo de palavras era pertinente!

Eis por que os testemunhos da morte de Aurore eram tão contraditórios.

Eis por que Florence Delbard parecia tão pouco à vontade a respeito do desaparecimento da filha.

Eis por que aquele ex-cliente acreditara ter me visto na place Saint-Georges, quando se tratava da minha sósia.

Contudo, por mais numerosos que fossem os esclarecimentos engendrados por esta revelação, zonas de sombra persistiam. Eu me perguntava, confusa, quem poderia ter subtraído a certidão de adoção de Émilie-Aurore do Departamento de Saúde e Assuntos Sociais; quem, da família e dos convidados, sabia que estava assistindo à oficialização de um incesto em 18 de junho de 1988, dia do casamento de Aurore e David; e por que certos protagonistas-chave do drama aceitaram a comédia todo esse tempo dando crédito à tese do suicídio de Aurore por afogamento.

No meio deste redemoinho, algumas interrogações se faziam mais insistentes, mais aflitivas do que todas as outras: se Aurore ainda estava entre nós, por que David e Louis tinham saído em busca de sua sósia todos esses anos? Todo o roteiro elaborado desde o início acabara de se desfazer em pedaços.

Com Aurora viva, o que eu era para eles?

Um último ponto me atormentava mais ainda do que o amor louco entre um irmão e uma irmã órfãos, mais do que a demência de um homem disposto a se casar com uma mulher de seu sangue para reparar as feridas da infância: Louis, *meu* Louis, em tudo isso... Qual tinha sido o seu papel?

Rebecca afirmara que Louis fora o primeiro a suspeitar do laço que unia David e a pequena Aurore da praia. Ele conhecia portanto o segredo do casamento deles. Mas participara da complexa encenação organizada por David, eu supunha, para subtrair a irmã e mulher de David dos olhos do mundo?

Parecia evidente. Como eu suspeitava já há algum tempo, os relatos do dia 25 de dezembro de 1989 sobre as circunstâncias fatais do acidente tinham sido objeto de um acordo entre os irmãos Barlet. Mas por quê? Como Louis, que eu não duvidava de que sentira por Aurore um amor sincero, pudera aceitar tal acordo? Ele não devia ter feito tudo para impedir a união antinatural e para roubar do irmão aquela que ele amava?... Mas ela era irmã dos *dois*, uma vez que, aos olhos da lei, David era tão irmão de Aurore quanto ele.

Pior: com suas relações fraternais indo de mal a pior depois da morte acidental dos pais, Louis deve ter tido mil ocasiões, e outras tantas razões, para se desdizer e revelar a todos a indizível verdade sobre o casal. Eu imaginava a bomba midiática que teria resultado de uma manchete do gênero: David Barlet (diretor do Grupo Barlet): *incesto, mentiras e desaparecimento...*

Louis teria recuperado ao mesmo tempo seu amor e seu lugar legítimo no topo do império Barlet.

Que ele não tivesse usado tamanho trunfo, em momento algum, é algo que não dava para entender. Entre inimigos, não se empregam todos os meios? Que uma trégua tenha sido mantida entre eles durante mais de vinte anos não chegava a me convencer. Pois nenhum dos dois tinha virado a página. Eu já tinha feito esta reflexão: como explicar que, a despeito de suas inumeráveis conquistas, nenhum dos dois tenha tornado a se casar até eu irromper na vida deles?

Se o pacto se perpetuou, era porque uma força, interesses ou um segredo terrível os obrigara a isso. Eu não via outra explicação. Em que se basearia essa aliança de contrários? Que pressão cada um deles exercia sobre o outro?

* * *

Incapaz de abarcar em um só pensamento a extensão desse problema tentacular, peguei meu celular e olhei durante um bom tempo a foto da árvore de Natal à procura de uma inspiração.

– Sr. e sra. Lebourdais – fiz as apresentações para mim mesma.

Os dois adultos desconhecidos tinham recuperado sua identidade. Só podiam ser os pais de Émilie e David. A foto deve ter sido tirada algumas semanas ou alguns meses antes da entrada do irmão e da irmã no Saint-Broladre. O que teria acontecido aos Lebourdais neste breve intervalo: Natal de 1971 e março de 1972? Como seus filhos se viram órfãos em tão pouco tempo?

Era cedo demais para formular qualquer hipótese. Eu só me perguntava sobre os elementos de que seus pais adotivos dispunham. Comigo, Florence Delbard fingira nada saber do passado de *Aurore* antes de sua chegada ao orfanato. Mas eu podia confiar nela? Ela me afirmara que a filha estava morta, chegando a fazer a encenação de visitas ao cemitério! Era possível que ignorasse tudo?

A floresta de sinais que se erguia em toda minha volta me engolia mais do que nunca, e eu me perdi nela a manhã inteira. Agora tudo parecia fazer sentido. Pensei até no último projeto de tatuagem de Louis como um ato falho: *S* e *F*, as duas iniciais que emolduravam os rochedos onde Aurore supostamente tinha morrido não soavam mais nos meus ouvidos como o lema Semper Fidelis, mas como o elo entre os dois amantes malditos que Émilie-Aurore e David tinham sido. *S* e *F*. *Sœur* e *Frère*, Irmã e Irmão.

Todas essas informações transbordavam em mim como uma experiência química malsucedida. Meu cérebro estava saturado de uma espuma opaca. Todos os elementos estavam ali, ao alcance da mão, mas ainda assim eu me sentia perder todo discernimento. Em quem acreditar? A quem pedir ajuda?

Louis? Ele negaria a evidência. Rebecca? Ela procuraria dissimular a verdade por trás do não dito. Sophia? Marchadeau?

Um telefonema decidiu por mim.

– É Jean-Marc Zerki. Louis me comunicou os problemas da sua amiga... a que eu conheci no outro dia.

Então, o capitão Lechère avisara Louis de que seus homens tinham cruzado com dois convidados surpresa durante uma busca realizada no Hôtel Mars.

– Felizmente – alegrou-se placidamente o advogado – a polícia não conseguiu provar nem a invasão, nem a destruição de provas, que era o que suspeitaram em primeiro lugar, haja vista as relações amistosas que os dois jovens têm com vocês.

Destruição de provas, não. Mas subtração às investigações da polícia, eu ainda esperava que sim. A não ser que Fred tivesse conseguido efetuar a transferência antes da chegada dos policiais e esconder o pendrive USB enquanto estavam sendo detidos!

– Eles vão ser soltos?

– Em princípio, esta tarde.

– O senhor sabe quais arquivos os homens de Lechère recuperaram no console?

– Ainda não, infelizmente. Eles cercaram o perímetro até as primeiras audiências. Ninguém pode ter acesso ao console antes dessa data.

Não era uma notícia muito boa para as questões judiciais de Louis, pois toda a estratégia ofensiva de Zerki se baseava nos famosos vídeos russos. Sem eles, seria muito mais difícil destruir David e limpar a reputação de seu irmão mais velho.

Em seguida, eu dormi por várias horas um sono de chumbo, depois progressivamente mais superficial, atravessado por um devaneio estranho. Espalhadas em volta do meu corpo entorpecido, as numerosas páginas redigidas por Louis cobriam de palavras cada canto da minha pequena superfície. No meu sonho, elas subiam de repente, como se movidas por um vento invisível. Cada uma tomando a forma do órgão ao qual era dedicada, elas começaram fazer dos nossos dois corpos uma surpreendente arquitetura de papel.

Já que não fazíamos amor, nós iríamos "fazer palavras".

No entanto, cada pedacinho se dissociava de seus vizinhos e, em vez de se colar no seu homólogo do outro sexo – peitorais de Louis contra peito de Elle, por exemplo, como seria de se esperar –, ele se dirigia para as zonas do outro que mais o tentavam, sem respeitar outro imperativo senão o desejo do momento. Assim, eu vi distintamente a sua boca colar-se nas minhas nádegas, um dos meus mamilos acariciar seu saco, ou ainda nossos sexos se unirem numa surpreendente levitação. Assim desmembrados, não encontrávamos mais nenhum limite para nossas carícias. Não éramos mais limitados pelas sensações de nossas articulações ou de nossa flexibilidade. Pela magia da escrita, as acrobacias eróticas mais loucas nos eram permitidas.

Eu as teria realmente desejado se Louis estivesse presente neste quarto? A ponta macia da minha língua acariciou o botão marrom do seu ânus, tão sensível que, ao menor toque, fazia o esfíncter de papel se contrair. Uma folha de rosa para o homem da rosa.

Eu teria jurado ouvir as folhas rodopiantes murmurando de êxtase. Quando ele não aguentou mais, seu nariz se lançou ao ataque de minha vulva. Utilizando-o como um brinquedo, ele acariciou meus pequenos lábios e todo seu entorno com a narina direita. Depois, sem avisar, dirigiu a ponta arqueada, reconhecível entre todas por sua extremidade ligeiramente curva, para a entrada da minha vagina. Ávido, mergulhou em busca dos meus odores tão profundamente quanto pôde. Ele ia e vinha em mim assim, pequeno membro no meio do seu rosto que, a intervalos, desaparecia completamente no meio das minhas coxas, até me oferecer um orgasmo ligeiro e suavemente inédito. Um líquido abundante e puro escorreu de mim. Era tinta.

Uma nova ligação me arrancou subitamente dos agradáveis delírios. Todas as folhas caíram instantaneamente e retomaram sua posição imóvel.

– Puta que pariu! Graças a Deus, você atendeu!

– Sophia! Onde você está?

– Estou com Fred. Acabamos de sair da delegacia do nono distrito.

– Tudo bem?

– Como alguém que passou a noite sendo interrogada por dois policiais nojentos e um terceiro de porre...

– Que chato, Sophia... mil desculpas.

– A próxima vez que você precisar deste tipo de serviço, esqueça que eu sou sua melhor amiga. Ok?

Eu sabia que se uma outra ocasião se apresentasse, ela não hesitaria nem um segundo. Mas eu entendia sua exasperação.

– O que aconteceu exatamente?

– O que eu disse na minha mensagem. Fora o detalhe de terem nos segurado na saída, nós conseguimos copiar o vídeo para o celular do Fred. Eles nem desconfiaram. Não se deram ao trabalho de examinar o conteúdo dos nossos smartphones.

– Que loucura!

– Pois é. A gente sempre imagina que são supertiras, mas longe disso!

– E as outras sequências na memória?

– Apagamos tudo. Nem a polícia nem David vão poder recuperar mais nada. As únicas imagens problemáticas estão nas nossas mãos.

– Maravilha! – eu me empolguei. – Sophia... eu não sei como te...

– Agradeça sobretudo ao Fred. Sem o conhecimento dele de informática, teriam nos pegado como dois manés.

Que ironia, a sorte do meu novo homem repousar nas mãos do meu ex...

– Temos um encontro com Zerki agora no Antiquaires – continuou Sophie. – Vamos entregar a ele o arquivo que roubamos. Depois vamos para a minha casa, tomar banho, trepar como coelhos... e dormir dois dias.

– Parece um bom programa – eu ri baixinho.

– E você? Tudo bem? Se entendi bem o que disse o advogado, Louis se comportou como herói providencial...

– Sim. Ele...

Mentiu sobre tudo. Acobertou o irmão incestuoso. Renunciou por isso à mulher que amava. E hipotecou a sua união com seu novo amor: eu.

Mas eu podia dizer isso a ela, por telefone, em poucas palavras?

– ... ele foi formidável – terminei falando.

For me, formidable – teria cantado Aznavour no seu saboroso franglês. Mas se eu jamais duvidara da segunda proposição, eu questionava mais do que nunca a primeira. Era verdadeiramente por mim que ele fizera tudo aquilo? Seu coração estava mesmo disponível? Morta, Aurora planava como uma sombra sobre nossa relação. Mas se estivesse viva... não se transformaria em rival?

Foi então que o nome do meu noivo apareceu diante do nome de Sophia na tela do meu telefone.

– Tenho uma outra ligação, amiga. É o Louis.

– Atenda.

– Não, não é grave. Ele vai ligar de novo.

Ele ligou, com efeito, durante toda a tarde, com chamadas cada vez mais próximas. Mas recusei suas insistentes solicitações. Ele terminou se cansando, e as ligações se espaçaram, depois cessaram de todo.

* * *

O que minha mãe teria dito em circunstâncias parecidas? Que solução proverbial, simples e afetuosa ela sopraria no meu ouvido, ela que sabia sempre como me guiar?

– "Volte para casa, minha querida."

Maude Lorand tinha um adágio para cada situação da vida, mas uma única fórmula segundo ela respondia a todos os males: "Volte para casa." Encontre refúgio, retorne às fontes. Encontre-se, *a você*.

Eu lembrei, com uma lágrima brotando no canto dos olhos, que tinha vendido a sua casa de Nanterre. *Minha* casa. Que de agora em diante meu único porto de chegada eram estas poucas paredes impessoais, numa cidade onde eu seria sempre a suburbana agarrada por David. Passado o entusiasmo da independência, estaria eu realmente em minha casa aqui?

– Volte para casa... – eu repetia em voz alta.

De repente, tudo acelerou.

Levantei-me de um salto dos meus lençóis desfeitos, ainda úmidos do meu sono febril.

30

7 de junho de 2010

"A senhora ainda reside na square d'Orléans, nº 5, Paris, 9º distrito, certo?" A pergunta da funcionária da Mutaliz ainda ecoava nos meus ouvidos.

Ir até lá sozinha era provavelmente a pior das ideias. Eu deveria: 1. pedir explicações a Louis, David ou então Rebecca; 2. entrar no prédio sem ser vista e esperar uma nova incursão de Armand; 3. em todos os casos, contar com a cooperação de Sophia no papel de fiel Sancho, jamais hesitando em carregar o moinho das ilusões.

Por que não fiz nada disso? Mesmo hoje, com o distanciamento que tenho, eu não saberia dizer. Deve ser porque nossos maiores medos os enfrentamos sozinhos, como o herói dos filmes de terror, que, contra toda lógica, pois ele podia chamar a polícia, acordar a mulher ou mobilizar os vizinhos, desce sozinho ao porão onde está o monstro que acabará por devorá-lo – como todos sabem.

Assim, foi acompanhada apenas da imagem de minha mãe na sua cozinha da rue Rigault, uma Maude que me sussurrava incansavelmente as mesmas palavras – "Volte para casa, minha querida" –, que eu parti sozinha, a pé, em direção ao bairro La Trinité, depois de hesitar por quase dois dias.

A noite caía suave e agradável. Um temporal havia refrescado o ar da capital, e a atmosfera estava propícia ao passeio de nariz ao vento, sentindo os odores da estação – flores, águas-de-colônia leves, sanduíches quentes...

No caminho, fiquei rememorando os episódios históricos relatados por Louis nas nossas andanças pela cidade. Eu me lembrei sobretudo de sua teoria de que, fosse qual fosse o nosso humor do dia, Paris dispunha em seu cenário de pelo menos um detalhe para ecoá-lo.

Passando diante da sauna libertina do bulevar Sébastopol, que eu observara de perto algumas semanas antes, meus pensamentos seguiram um rumo diferente. Em pouco tempo uma farândola de corpos nus me ocupou o espírito. Quando eu tentava expulsá-los, eles retornavam mais presentes, decididos a se instalar, seus traços se fazendo um pouco mais precisos a cada ofensiva.

Dois indivíduos se destacaram pouco a pouco desse conjunto indistinto. Louis. E Aurore.

E se eu os surpreendesse numa posição escabrosa? E se, quando desaparecia misteriosamente, Louis fosse se encontrar com a minha sósia? Rebecca fora clara sobre este ponto: eles tinham sido amantes "antes e depois" do casamento de Aurore com David. Por que Aurore teria rompido seu relacionamento clandestino com Louis? Eles tinham de fato deixado de se *ver*?

Reprimi tanto quanto possível essas imagens, mas elas se agarravam, lancinantes, tão vivas que eu quase podia tocar Louis e Aurore, farejá-los, sentir a vibração de suas peles e a palpitação surda dos corações se acelerando em seus peitos. Ainda que a perspectiva me queimasse a cabeça, como uma torrente de lava cozinhando minhas últimas e mais tenazes convicções, não consegui me desviar dela de imediato. Eu sentia um fascínio mórbido por esta outra que era eu mesma e não era. Embora vinte anos mais velha do que eu, ela apresentava na minha imaginação um corpo inalterado. Sob as mãos ávidas de Louis, seus seios eram tão firmes e empinados quanto os meus. Mesmo seu sexo, grandes lábios cheios e pequenos lábios delicadamente rosados, não tinha envelhecido e era parecido com o meu. Quando Louis introduziu de repente o dedo médio dentro dela, tive um sobressalto como se eu mesma o tivesse acolhido e como se seu movimento leve tivesse apertado a saliência áspera que tanto me dava prazer.

– Continue... – suspirava Aurore num lamento que eu proferira tantas vezes.

Ao alcançar o cruzamento Strasbourg-Saint Denis, com sua multidão cosmopolita, vendedores de rua e engarrafamentos crônicos, imaginei Louis introduzindo um segundo dedo nela e mexendo em sua vagina com um vigor que quase a fazia cambalear. Perdi por um instante o senso de orientação.

Onde eu tinha de ir mesmo? Eu tinha realmente que ver meus piores temores realizados?

* * *

Depois de alguma indecisão, retomei meu caminho pelos Grandes Bulevares. Não prestava atenção nos restaurantes chiques, nem nos teatros e seus cartazes chamativos. Cheguei a sentir um pequeno aperto no peito ao cruzar a passagem Jouffroy, onde Louis comprava bengalas antigas.

O resto do trajeto foi dentro de um sonho, como se o GPS dos meus sentimentos tivesse tomado o controle das minhas pernas e decidido por mim o caminho a tomar: direto pelo bulevar de Montmartre, continuar pelo bulevar Haussmann, até a embocadura em delta da rue Taibout, à direita, dali subir aquela via de mão única, a princípio plana e depois com uma ligeira subida uma vez passada a rue Lafayette.

Há quanto tempo eu caminhava assim, oscilando no oceano da cidade? Cheguei à altura do nº 80. As letras douradas da square d'Orléans brilhavam ao sol.

Como seria a rotina sexual dos dois? Louis transava com Aurore do mesmo jeito que transava comigo? Ou reservava a cada uma de nós, apesar da nossa semelhança, um tratamento específico?

Tentei imaginá-los, jogados em cima de um velho tapete persa, Louis deitado sobre as costas de sua antiga amante, do jeito que ele gostava de ficar quando terminávamos nossos próprios embates amorosos. Seu pau comprido e fino explorava o rego das nádegas que se ofereciam a ele, até mergulhá-lo de uma vez só na vulva entreaberta, liquefeita de desejo. Esmagando a parceira com todo o seu peso, ele mordia o seu ombro, a nuca, por vezes a face, e eu cheguei a sentir a ponta de seus dentes na minha maçã do rosto saliente.

De vez em quando, ele passava as mãos por baixo do ventre de Aurore e, segundo o desejo do momento, afastava suas coxas brancas e delicadas para abrir uma passagem mais larga e poder acariciar o contorno da sua boceta e o botão hiperatrofiado.

Ela murmurava: "Louis... meu Louis..."

Fiquei petrificada um bom tempo diante do pórtico imponente, com o olhar fixo em um detalhe ornamental que me escapara na ocasião da minha primeira visita. Um 80 dourado estava fixado de cada lado da porta, enquanto um terceiro separava as duas palavras da seguinte forma: SQUARE 80 D'ORLEANS. Os três 80 me pareceram os protagonistas dos triângulos amorosos que se desenrolaram ali.

Sand, Musset e Chopin.

Aurore, David e Louis.

Louis, David e eu.

Dentro de alguns segundos, agora, Aurore, Louis... e eu.

3 x 80 = 240. Vinte e quatro, como minha idade hoje, eu me perdi em superstições absurdas.

– Está procurando alguma coisa, senhorita?

Um senhor idoso arrastando um buldogue velho parou a um passo de mim. Com um beiço tão pendente quanto o do seu cachorro, a cabeça coberta por uma boina escocesa, podia ser confundido com Jacques Prévert de tão parecido com ele.

– Não... quer dizer, sim – respondi na mesma hora. – Vim ver uma pessoa, mas esqueci o seu código.

– Não tem o telefone da pessoa? – ele se espantou, com uma pontinha de suspeita.

– Tenho, mas meu celular está com pouca bateria.

Agitei o culpado sob o nariz dele, tomando cuidado para ocultar a tela que se iluminava com toda sua carga.

– Ah... e onde você vai, se posso perguntar?

– Ao nº 5.

– Ao 5? Mas é lá que eu moro! – exclamou, como se a banal coincidência fizesse de repente de nós velhos cúmplices. – Vai visitar quem?

Eu hesitei, pois da minha resposta dependia a abertura da porta. Eu não podia me enganar: Émilie Lebourdais? Aurore Delbard? Ou uma combinação enganosa como Aurore Barlet? Afinal de contas, era sob este último nome que ela havia oficialmente desaparecido da superfície da Terra.

Voltar para casa. Retornar às origens. Ou então seguir a Mutaliz, que localizava a denominada Aurore *Delbard* no nº 5 da square d'Orléans...

– ... Aurore Delbard – eu disse, com um tom quase interrogador.

– Ah, sim, sei.

Seu rosto se fechou, de repente menos ameno.

– Algum problema? – perguntei a ele, seguindo seus passos para o primeiro pátio.

– Não, não – ele disse, dando de ombros. – Nenhum problema. É só que...

– Sim?

– Bom, é que ela não é vista com muita frequência. Faz uns dez anos que moro aqui, e não devo ter cruzado com ela mais de três vezes. Aliás, a última vez foi há vários anos.

– Ela sai muito... – tomei a defesa da minha sósia. – E costuma trabalhar em horários diferentes.

O homem pareceu se satisfazer com as minhas mentiras, pois elas foram ditas com convicção.

Porém, quando deixamos para trás a fonte e seu rumorejar melodioso e nos aproximamos finalmente do objetivo, ele virou para mim um rosto outra vez curioso.

– Você parece com ela. É irmã dela?

– Não... uma prima. – inventei outra vez.

– Ah, bem que me pareceu...

... que havia uma certa semelhança de família, concluí por ele intimamente.

Ao chegarmos diante da dupla porta envidraçada, ele digitou o código de entrada, me dando as costas para que eu não conseguisse adivinhar o caminho do seu indicador pelas teclas. Afável, por certo, porém prudente.

Do lado de dentro, depois de muito agradecer, eu fui para a escada, à direita. Ao apertar o botão do elevador, um desses antigos modelos de ferro forjado, ele se espantou ao ver que eu não o acompanharia.

– Não vai subir? Vai para qual andar?

Sua observação provava, com efeito, que ele não a via com frequência e que ignorava praticamente tudo sobre ela.

– Não, obrigada pela gentileza. Eu vou para o andar de cima.

Ele aquiesceu com uma última careta e finalmente me deixou fazer minha exploração. Subi os degraus largos e fundos, os passos absorvidos pela espessura do tapete vermelho com grandes motivos florais. As paredes oscilaram um pouco, e a situação me parecia tão irreal que eu não me surpreenderia se visse um casal de fraque e vestido de baile correndo degraus abaixo, escapando do flamejante passado do lugar.

Contudo, excetuando-se os rangidos agudos do elevador, nenhum barulho chegava dos apartamentos. No patamar, notei três portas. Eu não me lembrava mais das indicações de Marchadeau, e nenhuma das campainhas tinha nome.

Comecei tentando a sorte com a mais próxima de mim, à direita. Apertei o velho botão de baquelite preta durante vários segundos. Esperei com o ouvido atento, quase colado ao batente da porta. Mas nenhuma vida se manifestou do outro lado.

A segunda campainha, em frente ao elevador, trouxe, após um tempo bastante longo, um ruído de passos cansados no assoalho, depois um som de fechadura e dobradiças. A porta abriu-se para uma minúscula vovó como não se vê mais em histórias infantis, de óculos, coque grisalho e xale rosa nas costas.

– Oh... desculpe, senhora. Eu me enganei de porta.

– Não faz mal, senhorita, não faz mal.

Ela esperava visivelmente tirar proveito do erro, e eu pressenti que a menor conversa era preciosa aos olhos dela. Mas fingi dar meia-volta imediatamente, me desmanchando em agradecimentos e desculpas, deixando-a covardemente na sua solidão.

Para não despertar suas suspeitas, caso ela me vigiasse através da portinhola, subi quatro ou cinco degraus, que desci na ponta dos pés trinta segundos depois.

Só restava a porta da esquerda. Necessariamente a certa. Encostei o ouvido no painel de madeira envernizada. Ouvi algumas notas, que ressoavam de maneira profunda o bastante para deduzir que vinham de um instrumento musical.

– Chopin... – murmurei.

O dedilhado era entrecortado, canhestro. Contudo, em meio aos erros, reconheci o noturno que Louis e eu ouvíramos durante nosso primeiro encontro.

Por instantes o trecho era interrompido, depois retomado, um ou dois acordes para trás.

Eles transavam com música? As poucas volutas seriam sua partitura sexual ideal, aquela que Louis buscava incansavelmente?

E se a fantasia suprema de Aurore e Louis fosse... eu, a sósia erótica de Aurore? E se os acontecimentos do ano que passou não tivessem servido senão para isto: reunir nós três em uma mesma cama?

Por um instante tive a sensação de que eles estavam parados ali, do outro lado, encostados na porta, ela com o rosto esmagado na portinhola, ele agarrado nas costas dela, com o pau enfiado nela, os dois conscientes de que apenas a estreita lâmina de carvalho nos separava. Eu quase escutava os suspiros de Aurore enquanto ele ia e vinha dentro dela, beliscava seus mamilos com o polegar e o indicador, apertava seu clitóris inchando a cada uma de suas estocadas. Sentir o calor deles tão próximo de mim, o cheiro de suas peles e sexos unidos, quase me fez desmaiar. E, tentando me recompor, terminei apertando desajeitadamente com a palma inteira da mão o botão da campainha.

O piano parou na mesma hora. Minha miragem se dissipou. Um instante passou, depois acreditei ouvir passos ligeiros se aproximando. Uma mão virou a maçaneta da porta desajeitadamente.

Ainda dava tempo de fugir, correr pela escada e nunca mais sonhar com Aurore. Ficar com Louis como ele era, com sua parte de loucura e de mistério.

– Bom-dia...

A voz surpresa vinha de uma menina de uns 10 anos, usando um vestido azul-claro, o cabelo preso cuidadosamente por uma tiara combinando.

Percebi sua perturbação ao primeiro olhar. Ela me olhou incrédula, um véu de pânico alterando a graça de seus traços infantis: eu estava ali, na frente dela, e ao mesmo tempo lá, perto do piano.

Incapaz de falar, observei seu nariz, olhos, boca, tudo o que poderia ter os traços de uma semelhança, mesmo ligeira. Seria possível que eles tivessem concebido uma filha juntos?

De repente, ela lançou um olhar aflito para o interior do apartamento e proferiu um fraco:

– Professora...!

Não, Aurore não era a mãe dela.

Do fundo do corredor, elevou-se uma voz que me pareceu ser a minha, talvez só um pouco mais grave, dando fim ao suplício da criança:

– O que foi, minha querida? Não é a sua mãe?

Seguiram-se alguns passos inquietos, e uma silhueta de vestido branco atravessou o corredor e chegou até nós. Sua mão segurou o painel de madeira e abriu-o inteiramente para descobrir quem deixara sua aluna em tal estado.

Ela podia ter gritado, revirado os olhos aturdidos e terminar me expulsando dali. Não fez nada disso. Limitou-se a um sorriso gelado que parecia dizer, "Finalmente, nós duas". Ela me contemplou alguns segundos, com uma das mãos pousada na cabeça da pequena protegida, que ela terminou dispensando com delicadeza:

– Volte para casa, Louise. Paramos por aqui hoje. Diga à sua mãe que fico com você quinze minutos a mais para compensar, na próxima vez. Certo?

– Sim, senhora.

A menina me lançou um último olhar amedrontado e desapareceu na escada, me deixando sozinha diante de sua professora de piano. Meu reflexo em um espelho.

Fiquei espantada de ver o quanto o tempo poupara Aurore, ou deveria dizer Émilie. Mais desestabilizador ainda era o contraste entre os traços lisos e a intensidade de seu olhar, que dava a impressão de ter mil anos.

– Eu sou... – balbuciei, incapaz de construir a menor frase coerente.

Conhecer Aurore não era somente um imenso choque. Eu não sabia ainda definir, mas já pressentia o quanto esse instante iria redesenhar minha existência e meus sentimentos mais arraigados, assim como determinar meu futuro. Não era uma banal confrontação entre duas quase gêmeas, era um recomeço do meu sistema de vida.

De novo, sua atitude me desconcertou. Em vez de me convidar para entrar, ela se limitou, sempre sorridente, a balançar a cabeça e depois fechar a porta na minha cara. Assim. Sem se apressar e sem se explicar. Sem vontade de saber mais sobre mim, de compreender, ou simplesmente de comparar nossas histórias.

Uma reação muito pouco agressiva, mas foi como se tivesse me esbofeteado da forma mais violenta. Ela mal terminou de trancar a porta e eu desabei em cima do tapete da entrada, lágrimas quentes e pesadas me escorrendo pelo rosto. Nocaute, antes de ter efetuado o menor combate.

Quando um pouco de energia me voltou, soltei um grito grave, profundo, um vagido de animal ferido, tão despojado que nem sabe sequer como se levantar. Dei um soco com força na parte debaixo da porta de Aurore, depois outro, depois uma quantidade de outros mais. Um tamborilar surdo e descontrolado. Mas nenhum barulho do lado de dentro traiu qualquer reação. Minha dor a deixava absolutamente indiferente.

Foi bem diferente com os vizinhos. Vários desceram dos andares superiores, inclusive meu velho amigo, desta vez sem seu cachorro. Alguns se mostraram mais prestimosos, perguntando-se sobre o que teria me posto naquele estado lamentável. Outros ameaçavam chamar a polícia. Mas, do fundo do meu desespero, notei que nenhum mencionou Aurore ou qualquer outro ocupante do apartamento dela. Ninguém por sua vez ousou bater na sua porta.

Do que tinham medo? Tinham noção de que o apartamento era ocupado e que aquela mulher não era um fantasma?

Amparada por um adolescente com corpo de jogador de rúgbi até a entrada, cambaleei sozinha através da pracinha arborizada. Às minha costas, as exclamações indignadas cessavam e, através de uma janela aberta, acreditei escutar o Noturno de Chopin, correndo desta vez a toda velocidade e sem falhas, tocado por dedos seguros.

A reclusa da square d'Orléans retomara o curso indolente de sua vida e me devolvia à minha sem um apreço sequer.

Cheguei ao alto da rue Taitbout sem saber direito que caminho eu percorrera até ali. Rodei um pouco pelo bairro, sem rumo definido. Um zumbi, como se Aurore tivesse me esvaziado de minha substância.

Tanto que eu mal enxerguei a longa carroceria do carro que parou na minha frente cantando os pneus de forma estridente. Duas portas se abriram e os indivíduos que saíram de dentro dela lançaram-se sobre mim sem uma palavra. Não pude identificá-los uma vez que, como notei tarde demais, os dois estavam encapuzados. Eles me arrancaram do asfalto e me jogaram no carro com força. Eu não pesava em suas mãos mais do que um saco de lixo. Eu não sentia, naquele instante, valer mais do que isso.

A limusine partiu em velocidade, sacudindo-nos no banco de trás como três pacotes. Mas, a despeito das guinadas, os gestos dos meus sequestradores continuavam seguros e precisos. Antes que eu pudesse soltar o primeiro grito, uma grossa seringa me foi introduzida na boca, e seu conteúdo escorreu imediatamente para o fundo da minha garganta. Bebi tudo em um único gole, doloroso, incapaz de cuspir.

Um instante depois, eu dormia um sono profundo, com o crânio preso num torno químico, toda a resistência amordaçada pelo produto. Contudo, nos meus sonhos envoltos em náusea, eu me sentia aliviada por aqueles desconhecidos terem me arrancado do pesadelo. Feliz, de certa forma, por me entregar.

31

Abrir os olhos lentamente, pestana após pestana, para não ofuscar minhas retinas, só o suficiente para me provar que eu saíra do coma no qual me mergulharam.

Virei a cabeça para a direita, para a esquerda, para tentar entender onde estava. Mas eu ainda não estava plenamente consciente e me situar num lugar ou numa época me foi impossível.

Com o campo de visão reduzido a um estreito túnel enevoado, eu não vi quase nada. Uma pancada surda soava na minha cabeça impedindo que eu me concentrasse.

Notei que a sala onde me encontrava parecia ampla. Mergulhada na penumbra, quebrada aqui e ali pela luz de alguns candelabros colocados no chão de mosaicos pretos e brancos. A forma característica em tabuleiro, assim como alguns móveis de estilo Império cujo verniz brilhava na penumbra me ofereceram indícios preciosos. E como as dimensões eram inferiores às do castelo de Joséphine...

– Bois Préau...

Esse pequeno castelo vizinho de Malmaison, reconstruído praticamente de novo sob o Segundo Império, propunha um cenário quase idêntico ao de seu prestigioso modelo. Eu esperava não estar enganada, senão só Deus saberia como eu ia descobrir para onde meus sequestradores me conduziram.

As janelas altas tapadas por cortinas de veludo preto escondiam-me qualquer outro indício.

Agarrada a essa ideia com um breve sentimento de pânico, eu me agitei. Foi então que senti um aperto nos pulsos. Eu estava amarrada nos braços da poltrona de cetim vermelho na qual me achava sentada.

Felizmente, não estava nua como eu temia, igual à cena traumática que David me infligira. Contudo, tinham tirado minhas roupas e, no lugar delas, vestiram-me com uma espécie de camisolão branco.

Tentei me debater, mas os nós que me mantinham cativa resistiam aos meus esforços. Aurore, a mulher que eu surpreendera algumas horas antes na square d'Orléans, estaria a par desse macabro simulacro? Seria cúmplice dele?

Na outra ponta da sala, uma porta embutida na parede rangeu e se entreabriu só o suficiente para deixar passar uma sombra. Ela se aproximou com passos ligeiramente desequilibrados. Quando chegou à metade do percurso, eu distingui uma silhueta de homem em traje de gala, um longo fraque de seda branca bordado a ouro. Seu rosto estava escondido por uma máscara de baile.

A alguns passos da minha poltrona, ele desviou à direita, apertou o que devia ser um interruptor e imediatamente dois imensos lustres de cristal se acenderam, inundando a peça com um brilho ofuscante. Eu reconheci, com certeza desta vez, os tons cor de salmão e as ornamentações antigas do salão de baile de Bois Préau, tal como tinha visto em fotografias.

Um instante depois, senti a presença do homem no meu ouvido, e sua voz quente destilou em mim estas poucas palavras, supostamente tranquilizadoras:

– Não se preocupe. Vou soltar você daqui a pouco. É só para evitar que caia.

– Louis...? – balbuciei.

A bruma se afastou dos meus olhos, e os traços que apareceram não me deixaram mais dúvidas.

– Vai ficar tudo bem.

– Por que... por que estamos aqui?

O leve sorriso que atravessava seu rosto alargou-se, mais enigmático. O sorriso do Louis exaltado que me fizera descobrir *sua* Paris romântica. Eu me perguntava em que novo mistério ele pretendia me iniciar, mas ele se limitou a esta fórmula sibilina:

– Espero que você me perdoe o método... mas creio que os fins justificam os meios.

Ele podia ter me dito qualquer coisa, para mim era uma felicidade escutá-lo naquele momento. Sentir sua lavanda e sua baunilha acariciarem meu nariz e sufocarem meu medo num casulo de lembranças doces. Contudo, enquanto ele desfazia os nós, liberando meus braços um depois do outro, uma parte de mim se rebelava, menos dócil, ou simplesmente menos aturdida pela substância que ele mandara me administrar no carro.

Qual o sentido daquela farsa? Por que me sequestraram ao sair da casa de Aurore? Eu devia concluir que ele ordenara que me seguissem? Sim, eu não atendera suas ligações, mas isso o autorizava a empregar tal procedimento?

Ele se afastou de novo, desta vez na direção de uma das portas situadas nas minhas costas, escapando oportunamente à minha série de perguntas.

"Vai ficar tudo bem", ele acabara de dizer. Mas tudo o quê?

– Venha! – ele me intimou fazendo sinal para eu me aproximar.

Descalça no piso frio, o passo hesitante, eu mal me aguentava em cima das pernas. Enquanto me aproximava dele, notei que era só a segunda vez, desde que eu o conhecera, que ele caminhava sem a ajuda de uma bengala.

Ele empurrou uma porta decorada com uma lira e um buquê de flores que dava para um pequeno aposento contíguo. Ali, no meio do mobiliário de época, erguia-se um manequim de costureiro portando um longo vestido de seda cor de marfim. A despeito do meu estado, reconheci-o instantaneamente: o vestido de noiva Schiaparelli, o de Hortense, no qual eu quase me casara com o caçula dos Barlet um ano antes.

– Não pode ser... – suspirei de estupefação.

Eu me culpava por não o ter devolvido a David depois que o tirei no Joséphine, naquela noite, para entregar meu corpo às mãos apressadas de Louis. Armand passara no Hôtel des Charmes alguns dias mais tarde e claramente se encarregara de consertar os estragos.

– Ele precisou de alguns reparos, mas creio que ficou outra vez tão bonito quanto no dia do casamento dos meus pais – disse Louis com ar de triunfo.

– Eu... eu não posso... – consegui gaguejar.

Ele fez cara de quem não entendeu.

– Não gosta dele?

– Louis... – sussurrei com grande cansaço. – Nós não vamos nos casar... não agora.

– E por que não?

Ele me exibiu um sorriso tão radioso quanto na noite do nosso primeiro beijo, tão doce e ameno quanto os que me deu todos os dias da nossa vida em comum. Ele parecia tão seguro de si, tão convencido do próprio encanto.

– Você não está falando sério...

– Ao contrário, acho que nunca falei tão sério – ele replicou depois de um tempo, de repente mais grave.

Eis que o vestido sublime ia se tornar a mortalha do compromisso que eu assumira comigo mesma: não me casar enquanto eu não tivesse desvendado os seus segredos.

– Eu te amo. Você me ama também, eu sei...

– Não podemos fazer isso – eu me insurgi outra vez, não contendo mais meus apelos de indignação. – É uma loucura total!

Então ele segurou meu braço, mais apaixonado do que ameaçador.

– Ah, é? Você acha? Você não é a moça que me pediu em casamento há apenas um mês... a que organizou nosso noivado a alguns passos daqui?

Seus olhos não deixavam mais os meus, imperiosos, exigindo uma resposta.

– Foi você, não foi?

– Eu... eu *a* vi esta tarde – repliquei fora de propósito. – Eu *a* vi, Louis.

Esta informação, mesmo martelada, não pareceu desestabilizá-lo. Pelo olhar firme, pela ausência de piscar de olhos, vi que ele compreendia do que se tratava.

– Eu sei... eu esperava isso. E creia-me, isso não tem nenhuma importância.

– Verdade... nenhuma? – falei, sufocando.

Como ele podia tratar seu antigo amor tão displicentemente? Como era capaz de apagá-lo com um simples gesto de mão, quando Aurore condicionara cada aspecto de sua existência, até mesmo nosso encontro?

– Se eu quisesse, teria casado com ela mil vezes. Mas é *você* que está aqui esta noite. Comigo.

O que responder a isso, eu que sempre me achei um erro de escalação no universo tão glamouroso e sofisticado dos Barlet? Sósia de uma mulher que eu custava a acreditar que tivesse saído totalmente da vida dele...

Ele me aceitava, embora eu tivesse me subtraído a quase todas as provas que ele esperava me ver completar antes da nossa união. Pois, absorvida pela louca busca da verdade, eu negligenciara até mesmo o cerne do nosso amor, a fusão de almas e escritos que obtinha sua força no entendimento de nossos corpos.

* * *

De volta ao salão de baile, ele se virou bruscamente para mim e me encarou com uma intensidade difícil de sustentar.

– Nossos convidados estão aqui. Ele vão entrar a qualquer momento.

– Louis, eu...

Ele apontou para o Schiaparelli, tão esplendoroso sob os lustres, símbolo do voto que ele esperava obter de mim dentro de poucos minutos.

– Então... Você quer pôr o vestido, sim ou não? Você tem que me dizer agora, Elle. E saiba que, seja qual for a sua resposta, eu nunca mais voltarei a fazer esta pergunta.

Eu me confrontei, ao mesmo tempo, com o mais doce e o mais odioso dos ultimatos. Devia eu escolher esse amor desenfreado, embora ele já tivesse desmanchado um casamento e reavivado uma guerra familiar?

– Sim. Eu vou vesti-lo.

Ou melhor, vestir *de novo*, rezando para que esta vez fosse a última.

Então, sem o menor comentário, ele correu para o outro lado do salão e entreabriu um dos batentes da porta dupla. Duas silhuetas graciosas se esgueiraram pela abertura e saltitaram até mim.

– Boa-noite – sussurraram ao mesmo tempo as duas jovens.

A cabeleireira e maquiadora brandia a escova, o pincel e a prancha modeladora, enquanto a costureira colocava-se atrás de uma almofada de alfinetes e tesouras.

Segurando-me como se eu fosse uma boneca, elas só precisaram de algumas reviravoltas competentes para me pôr dentro do vestido, ajustá-lo melhor na minha cintura e busto farto, prender meu cabelo num coque caindo em cascata sobre a nuca, depois empoar meu rosto com alguns toques delicados.

Elas rodavam em volta de mim como os ratinhos da Cinderela, e bem depressa, em menos tempo do que precisei para passar da aflição ao maravilhamento, completaram a obra. Por fim, me estenderam dois espelhos de bolso para que eu pudesse me contemplar. A metamorfose era impressionante. Aquelas duas moças eram verdadeiras fadas e, com poucos gestos experientes, fizeram de mim uma princesa.

Louis me envolveu por um instante com um olhar suave, mudo de admiração e orgulho. Depois foi abrir, desta vez completamente, as duas portas na outra ponta do salão, liberando os grupos de convidados. Eles estavam todos mascarados e trajavam roupas de festa tão contemporâneas quanto a dele era antiquada. Um homem de libré de criado, de cabeleira grisalha – Armand? –, precipitou-se na minha direção, carregando uma segunda poltrona idêntica à minha, que ele colocou do meu lado, sem dizer uma palavra. Outro serviçal dispôs bem próximo uma mesinha de inspiração egípcia sustentada por duas esfinges de costas uma para a outra, sobre a qual via-se um grande estojo de veludo púrpura.

Os convidados se aproximaram de nós em um silêncio religioso. Um instante depois, Louis veio se sentar na poltrona ao lado da minha.

– Obrigado... – ele sussurrou com o canto da boca só para mim, com os olhos úmidos.

Enquanto ele dizia isso, uma jovem de pele morena e cachos escuros veio se colocar à minha direita.

– Olá, princesa! E obrigada!

Ela também? Mas por quê?

– Obrigada? – eu disse, confusa.

– Sim... sem você e seus delírios, eu jamais o usaria uma segunda vez.

Sophia puxou com as duas mãos o decote de um vestido que reconheci na mesma hora: seu famoso vestido ideal. O movimento elevou o seu busto de uma maneira indecente que não escapou à plateia masculina já de olhos pregados nela. Entre eles, notei o cabelo louro espetado de Fred e as têmporas calvas de François Marchadeau, que devorava minha amiga com os olhos com mais avidez que os demais. Em compensação, nada parecia indicar que David estivesse presente.

Estranhamente, todos, inclusive Sophia, se comportavam como se se tratasse da mais comum das festas.

– Sophia... – eu perguntei inclinando-me para ela, ainda grogue. – Quando vocês foram avisados?

– Sobre esta noite? Só na última hora. Um SMS coletivo esta tarde, do tipo "Venham agora para Rueil-Malmaison em traje de festa". Além do mais, eu estava na cama com Fred... lemos a mensagem supertarde!

A linha seca e tão magra de Rebecca veio avançando para nós. Ela se postou ao lado de Louis, seguida de perto por um homem de terno escuro que trazia uma echarpe de três cores no peito. Sem dúvida, o único juiz de paz que aceitara celebrar um casamento num lugar como este e com tamanha precipitação.

Designando o salão e seus ocupantes com um gesto fugaz, o funcionário do cartório colocou-se a alguns metros de nós, com as mãos cruzadas sobre o barrigão que se projetava entre as duas abas do paletó aberto.

De repente, no meio dos vestidos e dos ternos, vi aparecer a blusa de flores da mamãe. Ela me dirigiu um sorriso de puro mel cujo segredo eu conhecia, e eu a escutei distintamente murmurar:

– Ele ama você. E você o ama.

Minha garganta se apertou e as lágrimas me subiram aos olhos.

O homem da echarpe avançou mais um passo.

Ele limpou brevemente a garganta e sua voz tonitruante, compatível com sua corpulência, cheia e profunda, elevou-se no salão, impondo silêncio ao público. Uma multidão compacta de umas cem pessoas estava agora reunida.

– Boa-noite a todos, obrigado por terem vindo, tão numerosos e sobretudo tão depressa, a esta casa prestigiosa. Vamos proceder ao casamento da srta. Annabelle Lorand, 24 anos, jornalista, residente na rue Rigault, 29, em Nanterre, Hauts de Seine. É isto mesmo, senhorita?

Ele me dirigiu um sorriso cerimonioso que me deixou gelada. A menção do meu antigo domicílio me emocionava, e eu teria trocado qualquer coisa pela presença de minha mãe junto de mim num dia como este. Decididamente, ela faltara a cada um dos meus casamentos.

Notei aliás que sua miragem se dissipara no meio da massa de convidados.

– Sim, sim, é isso, em Nanterre – terminei respondendo, sob as cotoveladas de Sophia.

– Bem... srta. Lorand, então, e o sr. Louis Barlet, 42 anos, diretor de uma galeria de arte, residente na rue de la Tour-de-Dames, nº 1, em Paris. Estamos também corretos?

– É isso mesmo – aprovou Louis com uma voz firme.

– Vou começar por lembrá-los de seus direitos e obrigações...

Enquanto o juiz de paz recitava sua ladainha com indiferença preguiçosa, aproveitei para olhar os outros rostos amistosos da assistência. Sob suas máscaras, me pareceu reconhecer os inevitáveis Alban, Peggy, David Garchey e até Jean-Marc Zerki, mais gomalinado do que nunca, sua cabeleira negra como asas de corvo brilhando sob a iluminação perpendicular dos lustres. Todos os outros deviam ser amigos de Louis. Eis portanto o que era a vida social do meu futuro marido. Eis portanto o meio no qual dentro em breve eu passaria a circular.

– ... os esposos deverão um ao outro mútua e perfeita sinceridade, excluindo de fato todas as mentiras de sua vida passada, presente ou futura, por intenção bem como por omissão. Repitam depois de mim: "Eu juro."

Não, evidentemente, o gorducho encarregado de nos unir não pronunciara essas palavras. Contudo, como eu gostaria que tivesse falado. Como adoraria que os juramentos que nos uniam um ao outro também fossem a garantia de uma proverbial transparência.

Eu ia me casar com Louis. Aqui. Agora.

Eu não podia mais fugir nem recuar. Eu já dispensara o caçula; eu não me sentia capaz de sacrificar o mais velho, dos dois o que eu amava, no altar de algumas dúvidas persistentes. À sombra de uma mulher que me parecia ainda mais hostil viva do que morta.

– Srta. Lorand, aceita como seu legítimo esposo o sr. Louis Barlet, aqui presente?

Ele teve que repetir a frase ritual pelo menos duas ou três vezes e, diante do meu silêncio obstinado, um frêmito de ligeira hilaridade percorreu os presentes. Sophia me deu outra cotovelada, soprando entredentes com uma careta autoritária:

– Porra, Elle, diga sim!

Em vez disso, eu declarei com a voz mais alta e mais segura que consegui naquela noite:

– Eu juro.

O barrigudo disfarçou um sorrisinho, sendo acompanhado pelos espectadores na frente dele. Ele me corrigiu com um tom professoral:

– Neste exato instante, senhorita, basta um simples sim.

– Sim... – balbuciei, com os olhos de repente inexplicavelmente cheios de lágrimas. – Sim, claro.

– Perfeito, obrigado – ele confirmou em tom de brincadeira. – Sr. Barlet, aceita como sua legítima esposa a srta. Annabelle Lorand, aqui presente?

O homem se empertigou e soltou outra risadinha abafada que estufou e avermelhou seu pescoço de obeso.

– É inútil nos jurar, hein...

Louis não ligou para a chacota do representante legal e virou-se para mim. E então exclamou com a sua voz mais calorosa, mais afetuosa, a que evocava a paleta infinita dos nossos abraços amorosos e suas fragrâncias íntimas:

– Sim. Eu quero.

A resposta me pareceu emanar de todo seu corpo. Eu tremia até o fundo da alma.

– Bom, bom, bom – aprovou três vezes o oficiante, como teria feito Whurman, o tabelião. – Pelos poderes que me são conferidos, eu os declaro portanto marido e mulher.

E, como se estivesse a par das peripécias que nos haviam conduzido até aquele instante, acrescentou com jeito divertido:

– Desta vez é oficial, eu posso lhes jurar!

Apesar da pobreza do seu humor, dois ou três risos explodiram, e no momento seguinte os aplausos crepitaram como um fogo de artifício em noite de festa nacional, longa salva que não acabava nunca.

Entre meus soluços, Louis me beijou, esmagando meus lábios contra os dele. E no turbilhão do choro, Sophia me apertou no seu peito transbordante. Eu me dei conta finalmente do que acabara de acontecer. Sim, era da minha pessoa que se tratava. Era eu a noiva cambaleante, ainda um pouco drogada, embriagada de uma felicidade impura.

Louis me abraçou de novo e falou no meu ouvido:

– Agora ele não pode fazer mais nada contra nós.

David fizera tudo para nos afastar, e este instante provava que ele perdera a partida. Eu temia contudo que a instituição do casamento não bastasse para nos proteger para sempre de sua ira.

Mas Louis acreditava que sim. Ele resplandecia no seu traje iluminado e não largava o sorriso de felicidade com que acolhera as palavras consagradas.

– Eu já ia me esquecendo...

Ele apanhou o estojo em cima da mesinha próxima e abriu-o sem cerimônia. Dentro, dois anéis esperavam sua hora abençoada. Ao primeiro olhar, eu reconheci o anel de família, polido e gravado desta vez com nossos dois nomes. Ao lado, uma réplica maior, mais sóbria, em suma, mais masculina, esperava que Louis a pusesse no anular.

Ele segurou meu dedo e deslizou a aliança com solenidade. Em seguida, foi minha vez de pegar o anel que lhe era destinado e colocar no dedo dele, com as mãos trêmulas da emoção intensa do instante, finalmente liberada dos pensamentos parasitas que envenenavam minha alegria.

Então, com um sorriso maroto, um ar de desafio como nos tempos das nossas atividades no quarto, eu o encarei.

– Você nem sequer me preparou uma última provinha...?

Ter concebido nossa união como um casamento comum me parecia quase uma injúria à nossa paixão. Eu imaginava os convidados se despindo de repente e se embolando numa grande *pâtisserie* ornamental de carne vibrante, uma espetacular conclusão das nossas núpcias. Mas as mesas de um bufê já estavam montadas na outra extremidade da sala, uma música ritmada se elevava e alguns convidados começavam aos poucos a dançar, como em qualquer recepção de casamento.

– Parece que você está decepcionada – ele caiu na gargalhada.

– Hum... um pouco.

Ele não deu tempo para minha decepção se desenvolver. Apertando minha mão na dele, foi me puxando pelo piso preto e branco. Estranhamente, nenhum dos convidados tentou nos interceptar. No saguão, Richard nos esperava com o boné de motorista na cabeça, tão impassível quanto de costume. Ele entregou a Louis uma de suas bengalas e nos fez sinal para segui-lo.

– Tenho coisa bem melhor do que provas eróticas para lhe propor: uma estreia.

Dizendo isso, Louis apontou para a mesma limusine em que ele me levara a Malmaison na primeira vez.

– Espere... está querendo dizer que vamos deixar os convidados aqui?

Sophia, Fred, Marchadeau... todos. Largados numa festa da qual nós éramos o rei e a rainha, e mesmo assim escapulíamos dela. Quer dizer que eu fugia de todas as recepções dos meus casamentos?

– Mas aonde vamos?

– Faz parte da surpresa... se você quiser me conceder o benefício desta pequena vantagem.

Ele abriu totalmente a porta para mim e esperou pacientemente que eu aceitasse o convite para entrar no carro luxuoso. Eu escorreguei para dentro, puxando atrás de mim a cauda do vestido. Um instante depois, Louis me alcançou e Richard fez cantar os pneus da possante limusine sobre as pedras da alameda. Estávamos partindo "a caminho de não sei onde", teria dito Sophia, embarcados em direção a uma Citera hipotética. A exaltação enchia meu peito e meu ventre de uma onda quente. Eu ria feito boba, sem me dar conta, olhando a paisagem urbana que começava a desfilar alguns instantâneos luminosos.

A essa hora – a noite caíra – o trânsito fluía bem e não tardamos em nos aproximar da capital pelos túneis de la Défense.

– Você ainda não quer me dizer onde...

– Psiu – ele me intimou a um mutismo dócil, com uma das mãos na minha boca. – Deixe-se levar. Você vai ver.

Foi o momento que ele escolheu para tirar de dentro de um compartimento dissimulado no console uma garrafa de champanhe suando de gelada e duas *flûtes* cintilantes. Ele a abriu com um gesto hábil e nos serviu.

– Sra. Barlet – ele entoou, entregando meu copo. – Se minha lembrança é boa, há uma coisa que você nunca fez... e que fico feliz em lhe proporcionar esta noite.

Com estas palavras, ele me confiscou a taça que acabara de me oferecer e a colocou junto com a sua em um receptáculo previsto para este fim. Com os lábios ainda borbulhantes do champanhe, ele me beijou e apertou o corpo musculoso contra meu seio palpitante.

Ele tinha razão: eu nunca transara dentro de um automóvel. Compreendi então, enquanto contornávamos a place de l'Étoile, banhados pela luz do Arco do Triunfo iluminado, que a escapada não tinha outro objetivo senão este: ligar nosso prazer aos mais belos monumentos da capital. Fazer de Paris o jardim de nossos prazeres. Associar para sempre as estrelas da Cidade-Luz ao que nós tínhamos de mais íntimo e mais precioso.

No Champs-Élysées, descobri sob seus dedos inquisidores que eu já estava molhada. Se essa avenida é a mais bela do mundo, o caminho que a sua mão percorria em mim era a mais doce das incursões. Nos inúmeros lampadários, nas ricas fachadas dos imóveis e das lojas de luxo, nós deixaríamos a espuma das preliminares.

Ele virava os três dedos com a aplicação lenta de quem sabe que é desejado, repuxando minhas mucosas tanto quanto a plasticidade delas permitia, avaliando pela frequência dos meus gemidos a amplitude que podia dar às carícias. Cada sacolejo do asfalto parisiense projetava meu amor um pouco mais profundamente dentro de mim. Se ele prosseguisse assim, eu não demoraria a perder todo o controle e a me liquefazer na mão dele. Por isso ele fazia um pausa em cada sinal de trânsito, ao mesmo tempo que nosso carro, mas com os sentidos aguçados, pronto para atacar outra vez meu sexo assim que aparecia o sinal verde. Do outro lado dos vidros escuros, adivinhava-se a multidão barulhenta de pedestres curiosos esbarrando nas laterais da limusine, em grupos. O fato de estarem ali, a alguns passos de nós, apimentava a sensação. Talvez não nos vissem, mas podiam me ouvir. Então eu prendia a respiração, enquanto minha vagina privada de Louis sofria o suplício de sua ausência. A espera era tão dolorosa, com a mão de Louis pousada na minha vulva e meu capuz intumescidos, que eu seria capaz de berrar para Richard avançar o sinal, arriscando-se a atropelar um pedestre, e nos levar de uma vez para a louca corrida dos nossos desejos.

Na Place de la Concorde, com uma das mãos liberei o seu pau, já ereto. Das dobras do tecido, ele surgiu com orgulho. Lá fora, o obelisco, tão majestoso no seu halo de iluminação artificial, deixava-se aspergir pelas fontes em torno de toda sua base. Lançando a Louis um olhar de desafio, enfiei o seu membro em minha boca. Dediquei-me inicialmente a lamber com uma ponta de uma língua travessa a coroa de pele tão sensível que contorna a glande. Cada passagem pelo freio arrancava de Louis um suspiro dócil que me estimulava mais do que qualquer palavra. Passávamos pela Assembleia Nacional quando meti o pau inteiro na garganta e comecei a fustigar a verga agora cativa com grandes lambidas. Foi minha vez de manter Louis em meu poder: um pouquinho mais de pressão e ele transbordaria na minha boca, longo rio em efervescência, esbranquiçado de ardor.

Após uma curva à esquerda, a Notre-Dame perfilou-se quando ele se retirou de mim, à beira do nocaute. Sem se preocupar com seu próprio prazer, ele libertou meu ventre das camadas macias do vestido e tirou com determinação minha calcinha encharcada. Os finos elásticos não resistiram, e logo a fraca muralha de renda voou para o chão nos nossos pés. Meu sexo apareceu sob a luz alaranjada da luz interna do carro. Eu descobri então que, durante o meu sono, alguém havia raspado habilmente o pequeno montinho selvagem que eu deixara crescer desde o nosso noivado. A tatuagem Yin saía de novo da sombra, símbolo do meu sexo, chave da minha feminilidade. Louis depositou ali o mais leve dos beijos, com a flor dos lábios. Depois colou a boca nas pétalas de carne rosada que, lentamente, abriram-se um pouco mais embaixo. Ele mordiscou um pouquinho, recolhendo a seiva que brotava aqui e ali, deleitando-se com a visão e o meu cheiro.

– Minha rosa... – murmurou para si mesmo.

Se Louis pudesse captar a fragrância do meu sexo, teria feito dele sua água-de-colônia, para ter sempre consigo minha marca e poder embriagar-se de mim a qualquer hora do dia.

Exaltado por essa primeira abordagem, ele enfiou a língua em mim sem aviso prévio, retirando-a quase na mesma hora para se deleitar com o entorno almiscarado da minha boceta. Ele repassava sem parar nos mesmos locais, modulando o ritmo e a pressão da língua para que cada carícia me parecesse movida por uma intenção única.

– Mais para cima... – eu implorei no final, exasperada por tantas atenções.

Respondendo à minha súplica, ele levou a boca até a pequena tenda de pele triangular e, arredondando os lábios, começou a aspirar o botão que se escondia embaixo. Ele o aspirava e depois o puxava um instante para fora, para melhor saborear o prazer da próxima imersão. O movimento de sucção levava tudo junto com ele: tabus, prevenções, dúvidas, sofrimentos e pudor. E quanto mais ele engolia com fervor, mais eu me sentia dissolver inteiramente na sua boca. Eu estava à beira da loucura.

Entre dois piscares de olhos, um olhar aturdido pela janela me informou que o automóvel tinha parado no vasto adro da catedral.

Meu prazer aumentava, jorrava para fora da cabine, voava na direção das duas torres e dançava em torno das gárgulas, para no final iluminar os vitrais com meu gozo. Eu era a madona de Louis e minha felicidade, sua obra-prima.

– Sim!

Meu grito ecoou como um tiro, e eu acreditei perceber em volta da limusine o bater de asas dos pombos assustados. Ser ouvida não me importava mais. Eu queria gritar sim para aquela alegria. Sim para nossos corpos reunidos. Sim para a vida juntos. Sim para nossa realização. Não o sim hesitante que, junto do mesmo monumento, eu respondera a David um ano antes. Um consentimento pleno, franco, impaciente e pronto para a luta, pouco maculado pelos últimos mistérios dos Barlet.

Era verdade, eu estava pronta para acolher Louis em mim, para fazer meu o seu desejo. Meus cílios murmuraram um apelo sem que meus lábios precisassem pronunciá-lo. Ele se ergueu ligeiramente, agora de joelhos no meio das minhas coxas inteiramente abertas. Sua glande vasculhou minha virilha como um pássaro busca a entrada do ninho. Ele me penetrou lentamente, decidido a saborear cada centímetro. Nós fomos feitos para essa sintonia, e para muitas outras que aquela noite e as seguintes nos ofereceriam. Ele mal se mexia, preferindo sentir seu membro palpitar entre minhas paredes. Nossas mucosas casavam com perfeição.

Ignoro quanto tempo ficamos como duas estátuas de carne, concentrados nas ínfimas variações de sensações produzidas por nossos sexos reunidos, seu torso caído por cima do meu peito e seu nariz afundado no meu pescoço. Ele gozou finalmente, num espasmo doce.

– Eu te amo... – suspirou ele simplesmente.

Eu ia começar a fazer a minha declaração, mas ele dispensou meu juramento com um beijo terno.

Ele foi remexer no compartimento localizado na porta. Tirou de lá um envelope e estendeu-o para mim com um ar tímido que me enterneceu.

– O que é? – eu me espantei, com as coxas ainda trêmulas da nossa dança.

– Abra.

Uma vez rasgado, o envelope exibiu um único conteúdo: uma chave. Eu a segurei na mão com o mesmo cuidado que teria com um passarinho ferido e observei a etiqueta presa no anel.

– Quarto 2 – li em voz alta.

– O *nosso* quarto. O quarto dos casais casados. O único quarto ao qual as hotelles nunca tiveram acesso.

– Mas... onde ele fica?

Eu podia me gabar, sem exagerar, de conhecer de cor a topografia do Hôtel des Charmes. Contudo, não conseguia situar a suíte nupcial que ele estava me dando de presente.

– Não se chega a ele pelo corredor. Só por uma porta secreta no quarto 1.

Atrás de um dos numerosos espelhos do Joséphine, supus. Eu morria de vontade de ir até lá, de escrever páginas ainda mais belas e mais ardentes do que no precedente. Sonhei como seria gostoso retomar o diálogo de nossas canetas ao mesmo tempo que o de nossos corpos. Eu me deliciava antecipadamente com o dia em que transformaria em palavras o momento presente.

Eu me aconcheguei a Louis. Eu estava bem.

Pronta para defendê-lo, para perdoá-lo. Pronta para amá-lo.

Agora fechem os olhos. De felicidade. De prazer. De abandono perfeito. Pois dizem que, mesmo de olhos fechados, nada lhes escapará. Vocês verão. Doravante verão tudo.

Eu verei tudo.

Impressão e Acabamento:
GRÁFICA STAMPPA LTDA.
Rua João Santana, 44 - Ramos - RJ